KB266736

생각이
거기
머무르다

새로운사람들은 항상 새롭습니다.
독자의 눈과 가슴으로 생각하여 한 발 먼저 준비합니다.
첫 만남의 가슴 떨림으로 여러분을 찾아가겠습니다.

**생각이
거기
머무르다**

초판1쇄 인쇄 2013년 5월 23일
초판1쇄 발행 2013년 5월 27일

지은이 이정호
펴낸이 이재욱
펴낸곳 ㈜새로운사람들

디자인 이즈플러스(최은선)
마케팅·관리 김종림

ⓒ 이정호, 2013

등록일 1994년 10월 27일
등록번호 제2-1825호
주소 서울 도봉구 덕릉로 54가길25
전화 02)2237-3301, 2237-3316
팩스 02)2237-3389
이메일 ssbooks@chol.com
홈페이지 http://www.ssbooks.biz

ISBN 978-89-8120-483-9(03810)

* 책값은 뒤표지에 씌어 있습니다.

이정호 교장의 네 번째 이야기
생각의 창을 내고 마음의 문을 열다

생각이 거기 머무르다

이정호 씀

새로운사람들

네 번째 이야기

견디기 힘든 고통과 신체의 아픔을 희망으로 이겨낸 장영희 교수의 '살아온 기적 살아갈 기적'은 암 투병과 장애 등 암울해지기 쉬운 소재들을 긍정적으로 펼쳐내는 그녀만의 독특한 이야깁니다. 그는 삶이 고단하면서도 늘 주어진 조건들을 축복으로 받아들이는 지혜로운 사람이었습니다.

그가 어렸을 적에 가위질하며 지나가던 엿장수 아저씨가 다시 돌아와 깨엿을 손에 쥐어주며 '괜찮아'라고 말을 건넨 것이 평생 그녀에게 격려와 위로가 되었다는 부분을 주목합니다. 그의 소망이 계속하여 기적으로 이어지지는 못했지만 흔적은 오롯이 남아 많은 이들에게 희망과 용기를 주고 있습니다.

사노라면 많은 기쁨을 얻습니다. 물론 다른 감정들도 무척 많습니다. 그러나 저는 살아온 이야기를 통해 기쁨을 얻고 싶었습니다. 아니 벌써 여러 차례나 그런 기쁨을 맛보기도 했습니다. 한때 제 생각이 어딘가에 머물렀던 것을 기록으로 남긴 덕분에 얻은 기쁨입니다. 그 기쁨도 곰곰이 생각해보면 마치 기적처럼 다가온 것이 아닌가 하는 생각이 듭니다. 물론 제 삶은 장영희 교수처럼 그렇게 극적이지는 않습니다. 하지만 제 삶을 가만히 들여다보면 극적인 요소들이 분명 존재했고 그런 요소들이 마치 기적처럼 축복으로 다가왔거든요.

스스로 만족하고 기뻐합니다. 물론 속상하고 화나는 일도 더러 있고 자신에게 불만도 있지만 그런 일들은 축복에 견주면 하찮은 일일 뿐이라고 여깁니다. 지나간 시간 속의 이야기를 끄집어내어 책으로 엮은 일도 제게는 큰 기쁨입니다.

교단에서 만났던 제자들을 비롯한 여러 사람들과의 소통 이야기인 『그때 그 교실로 향하며』, 시골의 작은 학교에서 행복했던 시간들을 이야기로 엮었던 『다만 힘을 쏟을 뿐』, 아들의 결혼식에 맞추어 하객들에게 드린 가족이야기 『다전댁 둘째아들』이 그것입니다.

이제 저는 네 번째 이야기를 하고자 합니다.

다행히도 저는 세상을 살면서 제 생각을 남들에게 들려줄 기회를 여러 차례 가졌습니다. 제가 살고 있는 울산의 일간지인 '경상일보'와 '울산매일'에 정기필진으로 참여하여 글을 썼거든요. 어떤 글을 어떻게 쓰는 것이 세태에 맞을 것인지에 대해 고민이 참 많았습니다. 그런데 원고 마감 날짜가 다가오면 요행히도 글이 써져 있더라고요. 여태껏 이런저런 글을 좀 써왔지만 주제 선정에 가장 많이 신경을 썼고, 가장 많이 공부하면서 쓴 글을 먼저 담습니다.

이 책의 제1장에 싣는 스물다섯 편의 글들은 신문사에서 오피니언 중 '시론時論'과 '열린 생각'으로 분류된 것입니다. 저는 이 글들을 '생각이 거기 머무르다'로 이름 지었고, 이것을 책의 제목으로 정했습니다. 글을 쓸 당시의 시기성을 감안하면 이해에 도움이 될 것입니다.

질이 모자라면 양으로 때운다는 말이 있습니다. 앞의 글로는 질도 모자라지만 양도 부족하다 싶어서 제 생각의 울타리 안에 있는 글들을 찾았습니다. '산문일고, 단문일록, 제석문과 신년송' 등이 그것입니다. 이왕 싣는 김에 비망록을 뒤져서 동기회와 동문회 이야기, 애별리고, 국내외 여행기를 보탰습니다. 최근에 쓴 인물 탐구 두 편도 추록합니다.

희망과 감사의 달, 5월을 다시 맞습니다. 교직 마지막 해까지 해마다 5월이면 새 책을 선보이겠다는, 처음 책 낼 때 다짐한 약속을 지킬 수 있어서 기쁩니다. 일부러 책을 내기 위해 의도적으로 쓴 글은 없습니다. 필요에 의해 기고한 글, 마음을 다잡으며 새롭게 다짐한 글, 살아오면서 써야만 했던 글들이 제 비망록에 담겨 있어서 이 책이 가능했습니다. 과거든, 현재든 기록은 세월이 지나면 그 나름의 가치를 지닌다는 생각을 다시 해보면서 책머리 글을 마무리합니다.

2013. 5. 태화강 지류 척과천변에서

이 정 호

C O N T E N T S

Ⅳ. 사람의 길, 대동의 꿈

제2장 생각의 울타리

산문일고散文逸稿   91

단문일록短文日錄   122

제3장 마음 또한 거기 머무르다

제4장 길에서 배우다

제5장 아, 우러를 선인이시여

제1장

생각이
거기
머무르다

I. 희망일기를 쓰고 싶다

광풍제월 光風霽月

교수신문은 올해 희망의 사자성어를 '광풍제월光風霽月'로 정했다. '밝고 시원한 바람과 비개인 뒤 맑은 달'이라는 뜻으로 아무 거리낌 없이 맑고 밝은 인품을 뜻한다니 새 정부 출범을 앞두고 매우 희망적인 말로 받아들여진다. 지역마다 송구영신의 행사를 대대적으로 열면서 환호하는 까닭은 지난해보다는 나은 새해를 맞고 싶다는 열망을 담고 있으나 다시 돌아보는 한 해는 별로 그렇지 못했다는 것을 우리는 사자성어를 통해 알 수 있다.

2001년부터 한 해를 돌아보며 올해의 사자성어를 선정해온 교수신문은 지난 7년간 '오리무중五里霧中, 이합집산離合集散, 우왕좌왕右往左往, 당동벌이黨同伐異, 상화하택上火下澤, 밀운불우密雲不雨, 자기기인自欺欺人' 등을 꼽았었다.

이리저리 헤매다보니 앞이 안 보였는가 하면 정치 이념과 상관없이 이해관계에 따라 같은 색깔끼리 모였다 헤어지기도 했으며, 정부가 행정 난맥상을 보이며 방향을 잃고 왔다 갔다 하는 상황도 있었다. 같은 편이면 무조건 편들어주고 다른 편을 적대시하기도 하였으며 서로 이반하고 분열하는 사회현상을 느끼거나 구름이 끼었어도 비가 오지 않는 것처럼 여건은 조성되었으나 아무 것도 제대로 되지 않고 한 해가 가기도 했었다.

저마다 세태를 날카롭게 풍자한 압축어지만 지난 연말에 선정된 '자기기인'은 최악의 사자성어가 아닌가 한다. 뜻을 풀이하면 '자기를 속이고 남을 속인다.'지만 이를 좀 더 실감 있게 번역하면 '자기도 속이고 남도 속인다.'가 된다. 이게 바로 망언이다. 망언하는 자는 자신도 속이고 남도 속인다. 결국 너도 나도 속이는 희망 없는 시대를 풍자한 말이니 우리 사회가 어쩌다 이리 되었나 하는 자조를 느끼게 된다. 말하자면 2007년 최대의 키워드는 '거짓말'인 셈이다. 여기에 굳이 사족을 붙이지 않아도 아는 이는 다 안다.

예부터 '서울 가면 세워 놓고 눈 빼간다.'라든지, '정직이 최선의 정책'이라는 서양 격언으로 미루어 사람 사는 데는 거짓말이 흔히 존재해왔고, 남을 속이거나 거짓말 하지 않고 산다는 것은 그만큼 어렵다는 말이 된다. 여기서 말하는 거짓말이란 자신도 믿지 않는 말이나 행동으로 남을 속이는 것으로 지모智謀나 지략智略과는 엄연히 구별되며 선의의 거짓말은 아예 해당사항이 없다.

남은 속여도 자신은 속일 수 없다. 남을 속이는 것을 남은 몰라도 자신은 모를 리가 없기 때문이다. 거짓말로부터 자유로운 사람은 없다. 그것이 얼마나 어려우면 성철스님이 법문을 '불기자심不欺自心'으로 했을까 말이다.

'착하고 바르게'라든지, '정직하고 용기 있게'라는 용어를 학교에서 자주 접할 수 있는 것은 거짓의 상대어인 정직이라는 덕목이 그만큼 어릴 적부터 강조되어 왔다는 뜻이다. 세상의 모든 부모들은 자식들에게 바르고 성실하게 성장하도록 뒷바라지하고, 자식들이 거짓말을 하면 가슴 아파하면서 어떻게 하면 정직하게 키울지를 걱정한다. 그런데 요즘 세태를 보면 세상이 그러하니 거기에 잘 맞추어서 적당히 살라고 할 수도 없고 참 난감하다.

그러나 이제 우리는 저문 해 그림자 다 지우고 다시 시작해야 한다. '광풍제월' 비 개인 뒤 맑은 바람과 달처럼 마음이 명쾌하고 산뜻한 인품을 갖도록 노력해야 한다. 지금 여기 자신이 서 있는 자리에서 최선을 다하면서 존재지향적인 삶을 살아야 한다.

아파트 평수가 넓어지고 모는 차가 커졌지만 인품은 자꾸 왜소해지는 것 같은 세상, 말을 너무 많이 하니 거짓말이 자주 섞이며, 먹는 입은 고급화되고 여가시간은 늘었지만 마음의 평화는 오히려 줄어드는 세상, 더 빨라진 고속철도와 더 편리한 일회용품들이 쏟아지지만 양심은 줄어들고 행복은 느끼기 어려워진 세상일지라도 우리는 마음속에 이상을 꿈꾸고 희망을 노래해야 한다. 희망이란 원래가 어두움 속에서 빛이 솟구치는 것처럼 고통을 겪은 결과로 얻어지는 산물이니까.

나라도, 의회도 품격이 좀 높아졌으면 좋겠다. 아마도 다수의 개인은 소담스러운 소망을 저마다 마음속에 그리며 새해를 시작했겠지만 문제는 지도자다. 저마다 멸사봉공하겠다고 하지만 세상 명리만 쫓고 있다는 사실을 우리는 많은 경험을 통해 예단할 수 있기 때문이다. 광풍제월이 새 봄 총선을 준비하는 자들에게는 마이동풍으로 들리지나 않을지. (2008. 1. 16)

다시 천고天鼓를 생각하며

해마다 2월에 느끼는 계절 감각은 봄이 어디선가 시작되고 있음에도 늦추위에 떨기가 일쑤이고 활동력을 위축시키기도 하는 그런 때이다. 그런데 올해의 2월은 우리들에게 더더욱 냉기가 감돌아 왠지 봄이 더디 올 것만 같은 느낌이다. 610년의 역사를 간직한 숭례문이 불탔기 때문이다.

그나마 현판은 살려냈다니 다행이다. 숭례문 현판은 당대 명필로 꼽혔던 양녕대군이 직접 쓴 글씨로 다른 현판과는 달리 세로로 달려 있는 것이 특징인데 관악산 화기火氣가 경복궁에 미치는 것을 막기 위해 세로로 세웠다고 한다. 훗날 천하명필 추사 선생도 숭례문 현판을 바라보며 날 저무는 줄 모르고 감탄했다고 한다. 어쨌든 임진왜란이나 6·25 전쟁도 비켜간 대한민국의 자존심이 불탔으니 온 국민들이 어찌 슬퍼하지 않을 것이며, 이 나라의 백성인 자가 개인의 불만을 이유로 방화하다니 그 분노는 또 어떻게 삭일 것인가.

그러나 우리는 얼음장 밑으로 봄이 온다고 노래한 민족시인의 말처럼 따뜻한 봄을 맞을 준비를 해야 한다. 더욱이 새 정부 출범을 앞두고 국민 성공시대를 이끌기 위해 더욱 치밀한 청사진을 제시해야 한다. 지금 우리가 살아가는 세상은 후손들에게는 역사이며 그 역사를 통하여 후손들은 나아갈 바를 찾게 된다.

그러면 100여 년 전 우리 선조들의 2월은 어떠했는가? 나라를 잃고 앞길이 보이지 않던 그 시절의 걸사와 의인들은 풍찬노숙하며 광야를 헤매면서도 구국 일념으로 온몸을 던졌다. 아니 자신의 모든 걸 버렸다. 그런 2월에 만주에서 39인의 의인들이 최초의 대한독립선언을 했으며, 도쿄 유학생들이 2·8독립선언을 했다. 이어서 국내에서는 기미

만세운동을 준비한 것도 2월이다. 필자는 이런 활동의 중심에 서서 역사와 민족혼을 일깨우는 데 진력하시다가 일생을 마친 단재 신채호 선생을 떠올리고 싶다.

'한 번 치면 우렛소리 나고, 두 번 두드리면 기세가 산과 같으며, 세 번 네 번 치면 의사義士들이 구름같이 모여들고, 다섯 번 여섯 번 두드릴 때마다 적의 모가지가 낙엽처럼 흩날린다. 하늘이 조선을 만드시고 하늘이 조선을 보호하시니 조선을 침략한 자 누구인가? 하늘의 적이 멸망하지 않으면 하늘이 번창하지 못하리라.'

위의 글은 단재 선생이 심산 김창숙 선생과 더불어 1921년에 창간한 독립운동 잡지인 '천고天鼓'의 창간사 일부이다. 이 강건하고 의기 찬 문장은 암흑 속에 웅크린 우리 역사와 민중을 일으켜 나라를 잃고도 자중지란에 빠진 임시정부 인사들의 역사의식을 바로 세우고 의열단과 다물단을 독려하여 일제와 그 주구들을 처단하는 데 큰 힘이 되고자 하늘의 북소리를 울렸던 것이다.

단재 신채호 선생은 한말 독립운동가로, 역사학자로 민족의 앞날을 걱정하며 고단한 삶을 살다 가셨다. 단재 선생 같은 이런 선열들이 흘린 피의 대가로 올해는 대한민국 정부수립 60주년을 맞게 되었고, 새 대통령 출범 첫 해를 보내게 된다. 다들 새로운 지도자에 대한 기대도 크고 희망에 들떠 있기도 하다. 아마도 지난 10년간의 학습효과를 반면교사로 삼아 시행착오를 하지 않으려고 노력할 것이다.

그러면 지금까지 어느 정권이든 그런 다짐 없이 출발해서 국민에게 실망을 주었는가? 단연코 그렇지 않다. 한 개인의 삶도 아주 미세한 그림 퍼즐처럼 짜 맞추기가 쉽지 않은데 하물며 국가라는 거대 조직을 운영함에 있어서야 두말해서 무엇 하리. 해서 지금의 언론들이 그 옛날에 울렸던 '천고'의 기개처럼 창간 이념을 재확인하면서 정부 정책과 사회

흐름에 대한 명확한 평가와 여론 형성을 제대로 좀 잘해주기를 간곡히 바란다.

당장은 경부운하와 영어교육이다. 신문사마다 정론직필을 앞세우지만 사실은 그렇지 못한 경우가 허다했고, 꺾이기보다 휘는 데 익숙하기도 했다. 밤의 대통령 운운하며 권부를 자처하기도 했고, 어느 대통령 선거 때는 우리 선거는 어느 신문이 다해준다고도 했다. 그런 언론과 색깔이 다른 대통령 폄훼는 극에 달했던 모습들은 참람 그 자체였다.

이제 일주일 후면 단재 선생이 뤼순감옥에서 서거하신 지 72주기를 맞는다. 언론이든, 권력자이든, 소위 식자를 자처하는 아류이든 귀 기울여 하늘의 북소리를 들으라. (2008. 2. 14)

허위의식에 대한 변명은 가능한가

"인간에게서 언어가 진화한 배경은 '거짓말을 하기 위해서, 그리고 이를 가려내기 위해서'라는 주장도 있으며, '거짓말은 제2의 천성'이라고 규정한 어느 정신과 의사의 표현을 견주면서 불리한 결과를 뻔히 예측할 수 있는데 굳이 그런 해명을 한 이유는 무엇인가. 그게 '사실'이어서 그대로 밝혔다는 해석이 나온다. 그렇다면 이런 말을 해주고 싶다. 공직자는 정직해야 하지만 때론 거짓말하는 능력도 필요하다. 정직이 불필요한 상처를 국민에게 주는 경우에는 거짓말하는 능력이 필요하다."

앞의 글은 열흘 전쯤 어느 일간지에 실린 내용의 일부이다. 새 정부에 입각 예정인 어느 후보자의 청문회에서 부동산 투기 의혹, 논문 표절 등을 검증함에 있어서 답변 내용의 진정성이나 후보로서의 적합성을 문제로 보기보다 너무 정직한 나머지 거짓말하는 능력이 모자라서 국민에게 불필요한 상처를 주었다는 것이다. '허위의식'이란 자신의 존재 기반인 현실로부터 떨어져 있어서 현실을 올바르게 반영하고 있지 아니한 사상이나 이념이라고 사전에서 풀이하고 있다. 그렇다면 이런 경우 허위의식에 대한 변명으로 간주할 수 있다.

봉건주의가 지배하던 조선조를 허위의식으로 가득 찬 세상으로 규정하고 이를 뒤엎으려는 모반사건들이 종종 있었다. 그렇지만 주자학과 선비정신을 앞세운 지배세력은 그들만의 세계를 구축하는 데 충실했을 뿐 세상은 그다지 나아지지 않았다. 일부 사림士林들은 고결한 선비가 정치에 발을 들여 놓으면 창파滄波에 씻은 몸을 더럽히는 것으로 여기고는 벼슬을 멀리하고 강호江湖에 묻혀 학문을 갈고 닦는 것을 덕목으로 받들어 온 전통을 이어받았다.

전 세계를 휩쓸던 마르크스주의자들은 그들 주장 외에는 모두 허위의식으로 간주하고 이념의 회오리를 일으킨 역사를 우리는 안다. 우리나라에서도 한때 이상사회를 지향했던 자들이 허위의식을 걷어내고자 피어린 투쟁을 벌였지만 엄청난 생채기를 남기면서 자유주의자들에게 고배를 마셨다. 그리고 정부 수립 60년을 맞은 지금의 우리는 아직 너무도 많은 허위의식을 시시때때로 보고 듣곤 한다. 정치집단의 행태, 중산층의 부의 축적과정, 기업의 비자금 조성과 편법 승계, 학력 위조, 각종 논문 표절, 미디어의 객관성 결여 등이 대표적인 예이다.

그 중 정치인들은 더욱 그러하다. 해방 이후의 우리 정치가 오랫동안 굴절된 모습을 보여 왔기 때문이다. 혹자는 정치적 경륜과 경험이 자산이 아니라 제척除斥사유가 되거나 백안시되는 현상이 벌어져도 그다지 부끄러워하지 않는 현실을 정치적 허무로 지적하기도 한다. 정치에 대한 허무주의는 정치를 비생산적으로 보는 시각과 정치적 무력감에서 비롯한다. 모든 정치인은 다 나쁘다고 생각하는 유권자들의 실망감과 냉소주의가 있지만 그래도 기회만 주어진다면 정치할 사람은 얼마든지 있고 또 정치는 반드시 필요하다.

주요 공직자의 청문회도 그렇다. 기준을 정한 것도 정치인이고, 그 대상이 되기도 하는 것이 대개 정치인이다. 참신한 인물을 영입한답시고 학계, 관계, 법조계 등 전문분야의 인재를 찾아 나서지만 이내 정치인들이 만든 덫에 걸려들곤 한다. 반복되는 학습에도 해당자들은 구각舊殼을 깨트리지 못하고 기준만 여전히 엄격하게 존재할 뿐이다. 불행하게도 다소의 흠집에는 관대할 수밖에 없는 것은 우리 사회가 지식인과 중산층의 허위의식이나 이중성이 만연해 있다는 것을 인정하고 있기 때문이다.

대개의 사람들이 어쩌면 무의식적으로 자신의 도덕적 과오를 경감

하거나 면제하는 데 익숙해져있는지 모른다. 그래서인지 서로의 입장 차이만 있을 뿐, 아전인수 격이다. 물론 정치를 부정적으로 보는 것은 비단 우리 사회만의 특수한 현상은 아니다. 권력을 획득하고 그것을 행사하는 과정에서 빚어지는 오류나 편법 등의 속성에 원인이 있을 것이다. 경제 정의도 그렇다. 우리는 지금 사제단과 한 변호사가 삼성이라는 거대한 권력과 검찰을 상대로 어느 한쪽은 파국을 맞게 될지도 모르는 치킨 게임을 숨죽이며 지켜보고 있다.

김수영과 같은 부정적 허위의식에 굴하지 않는 시인의 삶이 존중받아야 한다. 이 세상의 모든 것은 지속적으로 반복되지만 끊임없이 모순은 생성되고 또 이를 극복하는 과정을 통해 사회가 변화하고 발전한다는 창조적 발전 논리는 유효해야 한다. 형식의 선진화가 아니라 의식의 선진화를 추구해야 한다. 그럼에도 불구하고 우리는 허위의식에 대한 변명을 허용할 것인가. (2008. 3. 11)

실용주의를 위한 서설序說

이명박 정부가 표방하는 국정지표는 '선진 일류국가'이다. 선진 일류국가를 실현하는 방법으로 '실용주의'를 꼽았다. 실용주의란 원래 '19세기 후반 미국을 중심으로 실제 결과가 진리를 판단하는 기준이라는 사상'이며, 미국은 이를 바탕으로 세계 최강국이 되었다.

덩샤오핑의 '흑묘백묘론黑猫白猫論'이 한때 부각되기도 했다. 즉 생산적 발전만 가능하다면 자본주의든, 사회주의든 가릴 것 없다는 개방정책인데, 우리 실용주의 노선과도 닮은 데가 있지 싶다. 아마도 국리민복에 도움이 된다면 법이나 제도보다 우선하여 정책을 추진하겠다는 뜻이리라.

실용주의의 뿌리는 우리 역사 속의 실학사상을 음미해볼 만한 가치가 높다고 생각한다. 실학사상은 17세기 전반에 한양의 성시산림城市山林들에 의해 수립된 새로운 학풍으로, 18세기 중반부터 북학北学으로 되살아나 선진문명과 과학기술을 보유한 청나라를 본받고, 양반들의 특권을 억제하여 백성들 삶의 질을 향상시키자는 주장들이었다.

실학사상이 확산되기 전에도 실용주의와 닮아 있는 예가 있다. 율곡 이이가 '성학집요聖學輯要'를 통해 임금의 길을 설파했고, 토정 이지함은 사대부 출신의 대상인大商人으로서 중상주의를 통한 부국을 주장했다. 실제로 토정은 장사를 하여 모은 재산을 어려운 사람들에게 나누어주었다.

성공한 관료 경제이론가도 있다. 김육(1580~1658)은 대동법大同法의 꾸준한 실시로 국가경제 복원 프로젝트를 실제로 실행했다. 채제공(1720~1799)도 노론의 집요한 반대를 무릅쓰고 치밀하게 신해통공辛亥通共을 이끌어 상업발전의 물꼬를 텄다.

이수광(1563~1628)은 주자학 일변도의 학풍을 깨고, 학문의 균형감을 살린 실학의 선구자였다. 그는 조선 최초의 백과사전식 저서인 지봉유설芝峯類說 집필 등 통합적 학문업적을 이루었고, 중국 중심의 화이관華夷觀을 벗어나 50여 개 나라를 소개하는 개방적 자세를 보였다. 중흥장소中興章疏를 통해 인조 임금에게 12조에 걸친 개혁을 제시했다.

율곡과 더불어 조선 개국 이후 시무時務(나라를 다스리는 일)를 가장 잘 알았던 사람은 유형원(1622~1673)이었다. 그는 18년에 걸쳐 반계수록磻溪隧錄을 집필하였는데, 새로운 농법 개발을 통한 수확량 증대를 꾀했고, 토지개혁을 주장하였다. 주류 성리학에 비판적 메스를 가한 이익(1681~1763)은 성호사설星湖僿說을 통해 농업 중심의 자급자족 경제를 주장했고, 그에게는 무수한 후학들이 따랐다. 지리경제학의 개척자 이중환(1690~1756)도 택리지擇里志를 통해 지역불균형 해법을 내놓았다.

중상주의 경제학을 개척한 유수원(1694~1755), 과학자 홍대용(1731~1783)을 사숙한 북학파의 핵심사상가 박지원(1737~1805)을 필두로 박제가, 이덕무, 유득공 등은 '이용후생利用厚生 학문을 천시하는 폐단으로 국가경제가 궁색하고 백성들의 삶은 누추하니 청나라를 오랑캐라 비웃기보다 따라 배워서 상공업을 진흥시키고 유통경제를 활성화시켜야 한다.'고 주장하였다.

유형원, 이익의 학풍을 이어받은 정약용(1762~1836)은 조선의 최고 경세가였다. 정약용은 중농주의 학파의 사상을 비판적으로 계승하면서 독창적 사상과 토지개혁론을 주장하였다. 다산은 확고한 역사의식을 갖춘 후에야 비로소 실사구시實事求是가 가능하다고 했다. 미국이 청교도 정신의 바탕 위에 실용주의가 성공한 것처럼 실용만 지나치게 강조하면 천박성을 면하기 어렵다는 뜻일 게다.

대개 실학은 남인 중심으로 형성되었다. 실학자들의 이런 노력에도 역사의 시계를 거꾸로 돌린 노론들의 철권정치에 의해 암울했던 19세기를 보냈다. 그러다가 후손들은 마침내 나라 잃은 죄업만 물려받았다. 개혁군주이자 학자였던 정조임금이 10년만 더 살았어도 19세기는 민본民本정신에 바탕을 둔 실학이 찬란한 꽃을 피웠을 것이다. 이렇듯 실학은 시대를 앞서간 선현들의 고혈膏血이었던 바 이를 재조명시켜 실용정신으로 삼는 것이 이 시대 위정자들의 소명이 아닌가 한다.

갖은 간난艱難 끝에 한국은 다시 일어섰지만 보통 사람들의 행복지수는 그리 높지 않다. 한국판 서브프라임을 경계해야 하고, 토지공개념도 부활시켜야 한다. 부富의 축적과정이 정당하지 않고는, 세금 많이 내는 것을 자랑스럽게 여기지 않고는, 사람의 가치가 지금보다 좀 더 존중되지 않고는 '국민 성공시대, 국민을 섬기겠다.'는 구호조차 거추장스러울 뿐이다. 실용은 결과로 말한다. 그 결과가 반드시 위민爲民으로 나타나야 한다. (2008. 4. 4)

음식이든 책이든 편식은 문제다

우리가 얻는 정보는 대개 방송이나 신문, 인터넷 같은 매체들이고, 좀 더 전문적 깊이를 가지려면 관련 서적을 읽는 것이 보통이다. 삶이 바쁜 사람들이야 메스미디어가 주는 정보만도 다 주워듣기가 쉽지 않지만 그래도 그 정보를 생성시키는 전문가들은 그것만으로는 턱없이 부족할 것이다. 정보를 받치고 있는 지식이나 학문은 다양하고 포괄적인 양적 문제와 내포성과 유용성 같은 질적인 문제에 있어서 책을 통하지 않고는 불가능하기 때문이다.

지난해 연말 대선이 한창일 무렵 정치인들은 무슨 책을 주로 읽으며, 어떤 책에 감동받고 또 어떤 책을 통해 삶과 정치에 대해 생각하는지를 쓴 글을 본 적 있다. 이명박 후보는 당시 세계적으로 성공한 지도자들이 어려운 상황에서도 갈등을 두려워하지 않고 정치 리더십을 발휘한 내용을 소개한 '맥거리스 번스'의『역사를 바꾸는 리더십』을 보며 향후 정국을 구상한다고 했다. 정동영 후보는 도덕 불감증이 팽배한 사회에서 삶의 의미를 되짚어보게 하는 법정 스님의 법문과 강연을 엮은『산에는 꽃이 피네』, 장하준 교수의『사다리 걷어차기』등을 읽었다고 한다. 이회창 후보는 대선 기간 내내『로마제국 흥망사』,『명상록』,『로마인 이야기』를 읽었으며, 권영길 후보는 자크 아탈리가 쓴『미테랑 평전』을 집중적으로 읽었다는데 프랑스 최초의 사회당 출신 대통령의 집권 과정과 분쟁 해결 과정을 학자적 시각으로 분석한 책이란다.

이처럼 독서는 자신의 필요에 의해 반드시 행해야 할 일이니 이제는 취미가 아니라 생존이라는 말을 실감하게 된다. 독서나 정보 습득의 방법에 관해서는 학문에 왕도가 없듯 이론이 다양하다. 중심개념을 찾기 위한 탐색, 서문 정독, 차례 유의, 배경 이해, 합목적적 독서 등이 그것이다. '외워두면 좋은 문장은 따로 기록[文筆], 어려운 어휘를 분류[音義], 주요 사건의 대강 기록[記事], 맘에 드는 글 따로 기록[纂言], 본받고 싶은 것 따로 기록[取則]' 등 옛사람들의 독서방법도 새겨볼만 하다.

어떤 식으로든 책은 읽을수록 다다익선이나 문제는 독서나 정보 습득의 편식현상이 존재한다는 점이다. 음식의 편식이 신체의 불균형을 가져오는 것처럼 독서의 편식은 심각한 결과를 낳을 거라는 생각이 든다. 더러 사람들이 어떤 특정 책이나 신문의 논지를 비판 없이 그대로 받아들이는 경우를 보는데, 이게 바로 독서 습관의 편식 경향이 아닌가 싶다. 특히 신문의 경우 한국의 주류 신문들이 사주의 의도에 따라 특정 정치집단에 노골적 편들기를 해도 이미 그런 논지에 중독된 사람들은 자신이 습득한 정보의 편향성을 간과하고 절대시하는 경우가 허다하다.

최근 자연과학과 인문학을 연결하고자 하는 '통섭統攝(Consilience)이론'이 주목을 받고 있다. '통섭'은 '지식의 대통합'을 가리키는 말로, '큰 줄기를 잡다.'라는 의미를 가지고 있다. 책을 읽거나 정보를 습득하는 방법으로 '통섭'의 원리를 적용해도 무방할 것으로 본다. 우리 사회도 진보와 보수, 사회주의와 자본주의, 친기업과 반시장으로 대별하기보다 '통섭'처럼 사회 대통합을 추구하면 좀은 덜 시끄러울 것이다.

경부운하 사업이 우리에게 축복이 될지 재앙이 될지에 대해 큰 줄기를 잡으려면 관련 자료나 정보가 더 많이 우리 국민들에게 전달되어야 한다. '한국 근·현대사'는 대안 교과서를 표방하며 3년 넘게 준비해온 역사 교과서라는데, 이 또한 단위 학교에서 선별적으로 채택하기 전에 상당한 논의가 필요하다. 즉 '통섭' 방식의 접근이 필요하다는 말이다. 근래 논란이 되고 있는 '학교재량 휴업일' 문제도 그렇다. '누구를 위한 방학이냐?'라는 물음은 잘못된 정보에 의한 시각이지 결코 본질적 질문이 아니다.

　　반면에 책을 통하여 좀 더 새겨볼 또 다른 문제도 있다. 삼성 비자금 사건이 불거진 이후 천주교 정의구현 전국사제단을 이끄는 김인국 신부는 인도 푸네대학 총장으로 있는 경제학자 '나렌드라 자다브'가 쓴 가족 연대기인 『신도 버린 사람들』을 읽기를 권한다. 다음은 김 신부가 인용한 한 구절이다.

　　'다다는 내가 한 연구에 대해 물었다. 그걸로 보통사람들을 어떻게 도울 수 있느냐?'

　　그의 이야기는 이렇게 이어진다. '아무리 공부를 많이 하고 연구를 많이 해도 길거리의 사람들을 돕지 못한다면 전부 낭비일 뿐이다.' (2008. 4. 30)

염치廉恥 부재의 시대

　1969년부터 꼬박 25년에 걸쳐 민초들의 삶을 역사보다 더 역사적으로 기록한 『토지』의 작가 박경리님이 세상을 떠났다. 『토지』는 원고지만도 4만 장 분량, 300여 명의 등장인물, 작품속의 어휘 2,515개, 속담 438개를 이용하여 총 5부 16권으로 완간된 소설로 그의 필생의 업적이다. 구한말부터 광복에 이르는 동안 평사리와 용정을 무대로 한 집안의 몰락과 재기를 유장悠長하게 그려내었다.

　작가가 인식하는 시선을 서민의 입장에 두어 당시의 고통스러운 현실을 진솔하게 반영한 대작이다. 문학은 진실에 이르기 위한 핍진逼眞한 구사와 정갈한 문체로 표현될 때 그 가치를 인정받는다. 『토지』는 이에 가장 부합하는 작품이며, 한국 문학사의 찬란한 금자탑이다. 그가 세상을 떠나던 날을 전후로 생전 모습을 담은 자료들이 소개될 때 필자의 귀에 번뜩 스치던 것은 '세상에는 염치없는 사람들이 참 많다.'는 말이었다. 작품 속에서도 그런 표현은 나타난다.

　'그놈 생각을 하면 지금도 가슴이 두근두근 뛰는데 그 염치 좋은 놈이 떡 나타나서 하는 거동 좀 보소', '비 맞은 강아지 엉덩이 걷어채듯 영미와 중국 간에 차관 문제가 거론되고 있으니 아무리 국제간의 일이란 몰염치하다 하더라도 비참하지 않습니까.'

　'염치廉恥'란 사람이 갖추어야 할 예의와 체면을 아는 것이다. 즉 남에게 신세지거나 과분한 칭찬받을 때 부끄럽고 미안한 마음을 가지는 상태를 말하며, 좀은 양보하고 자기를 낮추는 자세가 바로 '염치'이다. 반대로 좋은 것 혼자 다하면 '몰염치'가 된다. 『토지』속의 몰염치한 자로 기억되는 자는 최참판댁에서 식객 노릇을 하던 '조준구'가 대표적이다. 지금 우리 사회에는 '조준구'류의 몰염치한 사람들이 득실거리는 것 같아 짜증난다.

삼성의 전방위 로비를 위한 비자금이 불거질 때 새 정부가 들어설 무렵이었다. 마침 최고 권력기관 책임자에 임명될 자들의 연루 문제가 제기되었다. 그러나 특검은 그들에게 면죄부를 주었다. 그렇다고 문제를 제기한 사람이 무고죄로 잡혀 들어갔다는 소리도 들리지 않는다. 해당 자들은 지금 시치미 뚝 떼고 높은 자리에 앉아 있지만 국민들은 그들이 어떤 류의 사람인지를 대강 안다.

이어서 청와대 수석들의 문제가 불거졌다. 논문 표절과 부동산 매입 과정에서 자유로운 사람은 거의 없었지만 대표적인 사람만 물러나고 대부분 임명되었다. 장관 임명도 마찬가지고 비서관도 그렇다. 상당수가 버블세븐 지역에 부동산을 소유하고 있으며, 농지 매입 과정의 변명도 가지가지니 참 염치가 없다. 모두 자기들만의 바벨탑을 쌓아올리기에 바쁠 뿐, 겸양의 미덕을 발휘하여 고사하겠다는 사람 이야기는 들은 바 없다.

더 가관이 있다. 미국 쇠고기 수입 협정으로 온 나라가 들끓고 있는데 "광우병 걸린 소로 만든 스테이크를 먹어도 절대 안전하다."고 말하는 국회의원이 없나, 여야가 바뀌니 대번에 말을 바꾸지를 않나. 주무 장관이라는 자가 "30개월짜리 소는 너무 어리니 10살은 되어야 하지 않겠느냐."라는 소리는 차라리 측은하기조차 하다.

또 있다. 한국 부자의 95%는 모두 정당한 방법과 검소한 생활을 통하여 부자가 되었다고 말하는 국회의원도 정말 야마리 없다. TV 토론회에서 "땅 투기 못한 사람은 바보"라고 말한 어느 교수도 너무 몰염치하다. 영어몰입교육, 경부운하를 시작으로 미국산 쇠고기수입 일괄 타결까지 국민의 뜻에 반하는 일들을 계속 강요하는 이 정부 자체가 어쩌면 국민들에게 너무 염치없는 짓을 하고 있다는 느낌이다.

염치없는 짓이야 비단 정치인이나 고관대작들뿐이랴. 『토지』에 등장하는 수많은 염치없는 인간들처럼 간에 붙었다가 쓸개에 붙었다가 하는 약삭빠른 인간이 있는가 하면, 아녀자를 대상으로 하는 범죄행위도 다 염치없는 탓이다. 내 욕심 챙기려고 남의 눈에 눈물 자아내는 자 다 몰염치하다. 노사가 공동선共同善을 외면한다면 그 또한 염치없는 짓이고, 한쪽 편을 들면서 여론을 호도糊塗하기에 바쁜 일부 언론인들도 몰염치하기는 마찬가지다.

이렇듯 우리는 눈만 뜨면 좀 더 많이 배운 자, 좀 더 많이 가진 자의 몰염치한 짓거리를 목격하게 되는 '염치 부재의 시대'에 살고 있다. 금년 들어서 더더욱 그런 것 같아 정말 개탄스럽다. 국민을 섬기겠다는 집권층이나 서민의 정당을 자처하는 정치집단부터 몰염치의 일그러진 자화상을 지워야 한다. 경주 최부자처럼 절제된 부자의 전형도 있는데, 백만장자 '유진 랭'이 뉴욕의 빈민가 대부가 된 예도 있는데, 지금의 한국 사회는 진정 염치 회복이 불가능한가. (2008. 5. 26)

희망일기를 쓰고 싶다

기러기목 오릿과에 속하는 고니류를 백조라고 부른다. 백조는 11월 초쯤 겨울을 나기 위해 한국에 와서 이듬해 봄까지 천수만이나 주남 저수지 등에서 머문다. 이런 백조의 다양한 몸짓을 사진으로 담아 시인의 시선으로 의인화시킨 『우리에게도 따뜻한 날이 올까』라는 책이 있다.

작가는 백조 사진을 찍을 때마다 호수에 흰 눈이 쌓이고 앙상한 나뭇가지 사이로 찬바람이 부는 겨울에 백조를 보는 즐거움을 낭만이며 전설로 표현한다. 그는 또 백조에게 '자신감의 첫 시작은 내가 누군지 아는 거야.'라는 주문을 한다. 어쩌면 우리 인간 모두에게 던지는 화두일 수도 있고, 위기에 처한 지구환경을 지키자는 희망 메시지일 수도 있다. 작가가 바라보는 세상은 시대가 참으로 척박하여 제대로 생존하기도 힘겹다는데 지금은 또 얼마나 가슴 답답해할지 모른다.

새 정부의 산뜻한 출발을 환호했지만 인수위의 거만한 호들갑을 시작으로 청와대 수석 임명부터 불안한 전주곡이 시작되었다. 그러더니 마침내 미국 쇠고기 일괄 타결이 촛불정국을 자초하게 된 것이다. 고공행진을 하고 있는 유가와 곡물 가격, 치솟는 환율이 시대의 척박함을 넘어 위기감을 느끼기에 충분하기 때문이다.

미안하다고 하면서도 재협상은 불가하다는 대통령은 과연 국민을 섬기는 게 맞는가. 반대 여론을 무릅쓰고 연구원들에게 설득 논리를 어서 만들어내라고 닦달하는 대운하 관계 관료는 그게 나라를 절단낼 일인지를 아는지 모르겠다. 거리의 촛불은 언제쯤 보지 않아도 될지, 화물연대는 언제쯤 문제가 풀릴지 걱정이 아닐 수 없다. 이런 현상이 생산적 긴장관계가 아니라 끝장을 보아야 한다면 정말이지 큰일이다.

그래도 우리는 희망일기를 써야 한다. 근래 국민들이 갖는 첫 번째

어젠다agenda는 통합의 리더십이다. 대통령이 이런 리더십을 갖도록 간언할 수 있는 인적 쇄신이 이루어지면 좋겠다. 그래서 찢겨진 마음들을 여미고자 분골쇄신하고 있다는 이야기가 '다음 아고라 토론방'에서 활발하게 전개되면 좋겠다. 훌륭한 정치가일수록 실속 있는 말을 완곡히 드러내 보이곤 한다는 허허실실虛虛實實 전법을 터득한 대통령이 '언부중리言不中理 불여불언不如不言'이라는 새 좌우명 글씨를 추사 선생께 부탁드리고 싶어 한다는 말 되는 기사도 보고 싶다.

미국 쇠고기 협상에서 큰 교훈을 얻은 정부가 '서희 외교 아카데미' 학교를 개설하여 세계 주요 국가들과 무역협정을 맺을 만반의 준비를 하고 있다는 뉴스도 듣고 싶다. 그 결과 이미 주요 선진국들과는 성공리에 협정을 마쳤다는 반가운 소식이 해외 동포들에게 전해졌으면 좋겠다. 경제 관료들이 성호星湖가 일생 동안 반계磻溪의 학문을 천착하고 정리하면서 완성한 학문이 제자들에게 이어져 '별들의 호수'를 이루었던 시절의 선인들을 상우고인尙友古人으로 여기며 이용후생 학문을 발현시키고 있다는 평가를 받는다면 참 좋겠다.

'가진 자의 부富는 덜어내고 없는 자에게는 보태주라.'는 다산학茶山學의 정신처럼 참된 부요富饒는 자신의 것을 덜어내는 데서 시작되고, 재산이 아무리 많아도 자기 것을 덜어낼 수 없다면 가난한 자라는 인식이 확산되어 '재산 헌납운동본부'가 즐거운 비명을 지르고 있다는 가설은 불가능할까. 영어 몰입교육에 한국의 미래가 달렸다고 주장하는 사람들이 폐간 조치되었던 '뿌리 깊은 나무'를 '샘이 깊은 물'로 부활시킨 영어 천재 한창기 선생께 감동받아 '겨레말 살리기 본부'에 가입했다는 소식은 얼마나 반가우랴. '좌파와 꼴통'이라는 용어가 사라지고, 학교마다 희망의 교육공동체를 구가하고 있다는 뉴스앵커의 들뜬 목소리는 또 얼마나 산뜻하랴.

전 국토의 지가地價 폭등을 감수하고도 마침내 첫 삽을 들었던 10개 혁신도시 건설이 새 정부에서도 순조롭게 진행된 결과 국가 균형발전의 틀을 갖추게 되었다는 소식과 정부가 유도한 도농都農 거주 순환체계가 은퇴한 도시인들에게 크게 각광받아 앞 다투어 고향으로 돌아가고 있다는 기획특집 방송을 종종 보고 싶다. 고향은 이제 떠난 이들이 돌아오기를 기다리는 사람들만이 사는 곳이 되었고, 현재 진행형의 삶은 모두 도시 혹은 서울에서만 펼쳐지고 있어 고향 사람들은 모두 과거를 살고 있는 사람들로 인식되어버렸다는 어느 소설가의 한탄은 옛날 말이라는 가슴 뛰는 이야기를 듣고 싶다.

더불어 사는 길 찾기에 몸소 앞장서고 있는 '변산 공동체의 윤구병 선생 따라 하기'가 들불처럼 번져나가고, '강물에 눈물을 보탠다'는 4대강 순례자들을 모두 소하천 살리기 요원으로 특채했더니 개울마다 송사리, 피라미가 활개치고 있다는 지방 뉴스를 들을 수 있으면 정말 좋겠네. 정말 좋겠네. (2008. 6. 19)

II. 시골에서 나이 들기

석유 파티는 끝났다

건국담론, 걷어치워라

시골에서 나이 들기

'뿌리 깊은 나무'의 한창기

우리 시대의 역설逆說

축원의 글, 전기轉機를 꿈꾸다

석유 파티는 끝났다

지금 촛불 정국이 진행되는 동안 우리에게는 정말 걱정스러운 상황을 맞고 있는 유가 문제가 있다. 이 고유가 문제는 여간 심각하지 않다. 무역수지 적자와 스태그플레이션 현상이 현실로 나타나고 있고, 또 더위가 본격적으로 시작되면서 치솟는 기름 값에 이어 전력사용이 급증하여 또 하나의 걱정을 보태고 있다.

석유는 채굴 가능한 석유를 이미 절반 이상 써버린, 언젠가는 고갈되고 마는 유한자원이다. 날이 갈수록 생산비는 증가하고 공급은 한정되어 있는데 수요는 급증하고 있으니 유가가 오를 수밖에 없다. 3억 년 동안 만들어진 석유를 200년 만에 다 써버리게 된 것이다. 유가가 배럴당 200달러 이상 오를 것이라는 전망도 나오고 있다. 우리나라는 26개 석유 순 수입국 중에서 필리핀에 이어 두 번째로 석유취약성 지수가 높다고 한다. 이것은 우리가 다른 나라보다 훨씬 더 고유가에 대한 면밀한 대책을 세워야 한다는 말이 된다.

녹색연합은 올해 초 유가가 100달러를 넘어섰을 때, "석유 파티는 끝났다."라는 성명서를 발표했다. 그러면서 지금의 고유가 상황이 일시적 수급 불균형이 아니라 석유 고갈의 징후이므로 특단의 대책을 마련해야 한다고 주장했다. 석유 전문가 '폴 로버츠'는 2004년에 이미 "현재 배럴당 40달러를 넘어선 원유가 100달러까지 오르게 되면 어떻게 될지 상상만 해도 끔찍하다."라고 했는데 이미 그 상황을 훨씬 초과한 것이다.

그럼에도 지금까지의 정부 대책은 너무나 안일한 나머지 국제 유가의 흐름을 예측하는 데 실패했다. 고유가에 대비하지 못하고 오히려 고환율 정책을 선택함으로써 물가를 죄다 오르게 만들었다. 뒤늦게 깨달은 정부는 지금에 와서야 환율시장 안정화에 피 같은 달러를 들이붓고 있다. 곡물가와 더불어 원유가의 상승은 세계적 흐름이지만 환율시장을 정부가 방치함으로써 결론적으로 경제를 더 어렵게 만들었다. 그래 놓고도 대통령은 담당 차관에게만 책임을 묻고는 사과는 커녕 장관 경질도 하지 않았다.

겨우 내놓은 것은 석유 소비를 줄이기 위한 대책 몇 가지가 전부다. 하지만 그것도 강력한 실행 의지 없이는 허사다. 주유소 등의 영업 제한, 단거리 주행제한, 대중 교통수단 이용 확대, 난방시설의 연료 전환, 자동차 운행일 제한 등 강력한 자구책이 실행되어야 한다. 물론 단순히 절약만으로는 안 된다. 소모성 유류는 전체 소비량에서 일부이기 때문이다.

만약 고유가 상황이 계속된다면 머잖아 국가 비상사태를 맞을지도 모른다. 지금 당장 석유 소비를 줄이는 방안뿐만 아니라 전향적으로 재생가능 에너지의 공급을 증가시키는 방안을 적극 모색해야 한다. 또 '국가에너지기본계획'을 이제 200달러, 300달러, 최대 500달러를 전제로 다양한 시나리오를 설정하고 대안을 마련해야 한다.

다행히도 지자체마다 신·재생에너지 사업 열기가 활활 일어나고 있다는 소식은 가뭄에 단비처럼 반갑다. 2003년에 이미 '태양열 도시'를 선언한 전남 광양시를 시작으로 충남 태안은 태양광과 태양열, 지열, 해상풍력, 바이오디젤 등 5가지 신·재생시설을 한데 모은 '종합에너지특구'를 조성한다고 한다. 대전은 '신·재생 에너지 허브도시 대전' 육성을 위한 선포식을 열고 에너지 관련 크러스트를 구축해나갈 예정이란다. 그밖에 부산의 '해상풍력단지 조성', 대구의 '태양광 발전시설 312개소 보급', 전북의 '세계 최대 규모 태양광 발전소' 준공 소식이 바로 그것이다.

울산도 이런 사업에 조속히 동참해야 한다. 울산으로 이전할 한국석유공사가 오는 2012년까지 19조 원의 자금을 투입하여 세계 60위권의 석유기업으로 집중 육성시킬 계획도 반갑다. S-OIL(주)이 1조 4천억 원대의 자금을 투입해 기존 정유 정제에 이어 합성섬유와 석유화학 기초 원료를 생산하는 대규모 '아로마틱 공장'을 온산읍 일원에 건립한다는 발표도 반갑기는 하다. 그러나 이와 같은 노력은 제한적이고 부분적일 뿐 석유 고갈 문제를 근본적으로 해결해 주지는 못한다.

획기적인 대체에너지가 개발되지 않는 한 현재의 산업구조로는 석유에 의존할 수밖에 없기 때문이다. 즉 산업과 수송 분야의 구조 개편을 통한 '석유로부터의 독립'을 준비해야 한다는 말이다. 따라서 정부는 지금 고공행진하고 있는 유가가 언제인가 다가오게 될 석유 파티의 종말을 예고하고 있음을 심각하게 인식하고 국가 장기종합전략인 '비전 2030'에 에너지계획을 집중적으로 보완하여 국가대계를 튼튼히 해야 할 것이다. (2008. 7. 10)

건국담론, 걷어치워라

오는 8월 15일이면 대한민국 정부가 수립된 지 60년이 된다. 현 정부는 출범 직후 '건국60년 기념사업위원회'를 구성하고 국무총리실 산하에 기념 사업단을 출범시킨 바 있다. 그런데 '정부수립'이라는 용어 대신 '건국'이라는 용어는 너무도 생경스럽다. '건국'의 시점에 대한 광범위한 공론도 없이 일방적으로 '건국 60년'이라고 표현하는 데는 정말이지 동의할 수 없다.

더더욱 아닌 것은 '건국절' 문제다. 실제로 광복절을 아예 '건국절'로 개칭하자는 법안이 국회에 제출되어 있는 상태다. '광복절'이라는 국경일을 지워버리고 그 자리에 '건국절'을 집어넣자는 말이다. '흙 다시 만져보자 바닷물도 춤을 춘다.'는 표현으로 이루 말할 수 없는 기쁨을 나누던 광복을 얻기까지 얼마나 많은 희생들이 담보되었는지를 기억하자는 날이 바로 '광복절'인데 이를 없앤단다. 8월 15일이 일제 식민지로부터 해방된 날인 동시에 대한민국 정부가 수립된 날이기 때문에 두 가지를 모두 기념해야 하지만 '건국'의 기준으로 삼아 '건국절'로 바꾼다면 지하의 선열들이 통곡할 것이다.

이는 1919년에 이미 민주공화제를 채택하고 정부기관을 구성했던 임시정부에 대한 평가와도 밀접한 관계를 지닌다. 정부수립 직후 이승만 당시 대통령은 '대한민국 30년'이라고 표현했는데 이는 임시정부 때부터 이미 대한민국의 국가적 실체가 만들어졌다고 본 것이다. 3·1 운동의 결과로 1919년 4월 10일 상해에서 대한민국 임시정부 수립을 보게 되었다. 임시정부는 의정원의 첫 회기를 '대한민국 원년'이라고 명시하여 1919년이 대한민국 원년元年임을 분명히 하였다. 제헌국회에서 의장 이승만은 '오늘 여기서 열리는 국회는 기미년에 서울에서 13

도 대표가 모여 수립한 민국 임시정부의 계승이다'라고 선언했는데, 이는 정부수립이 임시정부를 계승하고 국가를 재건한다는 사실을 분명히 한 것이다.

임시정부 자료에 '건국 4천년'이라는 용어가 나오는데 1948년의 정부수립을 '건국'이라고 한다면 단군을 축소 왜곡하는 일이 된다. 고조선 이후 우리 민족이 세운 많은 나라들이 개국했어도 누구도 '건국'이라고 말하지 않았다. 임시정부와 대한민국 정부수립에 참여한 분들도 감히 '건국'이라는 용어를 쓸 만큼 역사에 오만하지 않았다. 왕조가 바뀌어도 여전히 국조는 '단군'이었고, 국권 침탈시기에도 독립 운동가들에 의해 국혼은 이어져 왔다.

그럼에도 일부에서 주장한 1948년 8월 15일 정부수립일을 분단에 대한 비탄과 통일 열망을 낳게 한 기점으로 보는 시각을 매몰시키고 대한민국 건국에 초점을 맞춘 '건국 담론'을 정부가 수용한 것이다. 과거를 덮고 미래지향적 대한민국을 강조하는 뜻이 지나쳐 마침내 '건국절'이 등장한 것이다. '건국절'은 나라가 세워진 날을 기념하는 것인 만큼 우리에게는 이미 '개천절'이 있다. 대한민국은 건국한 게 아니라 국호를 새롭게 정한 것일 뿐이다. 한때 외세에 침략 당했다가 다시 나라를 찾았다고 해서, 국가 성립 요소가 완벽하지 못하다고 해서 역사성을 무시하고 '건국'이라고 주장하다니 이 무슨 해괴한 논리인가.

필자는 10년 전 어느 학교에 근무할 때 연호를 해방 직후 '국기國紀'로 표현한 것을 처음 본 순간 그때의 벅찬 감동을 잊을 수 없다. 1946년 6월 26일 첫 졸업생을 배출하면서 '수료자대장'과 '시상명부'에 '국기 4279년 6월 26일'로 기록한 것을 직접 눈으로 확인한 것이다. 당시 전국적으로 '단기' 연호가 사용된 것은 식민사관에서 민족사관으로의 전환을 의미하며, 연호를 '국기'로 표현한 것도 역사와 민족의식을 더욱 강하게 나타낼 수도 있다는 추측이 가능하다.

　시골의 작은 학교에서조차도 일제 강점기의 뼈아픈 과거를 털어내고 단군조선을 이어가려던 노력을 생각하면 '건국 60년'은 용어 선택의 오류를 지적하지 않을 수 없다. 일본은 천조대신天昭大神 건국 2600년을 내세우면서 단군조선을 왜곡시켜 일본 연대와 비슷하게 조작했다. 중국은 한국고대사를 자기네 지방정권에 편입시키려는 동북공정을 감행하고 있다. 그런데도 우리는 정부와 정치인부터 앞장서서 스스로 뺄셈의 역사를 갖자고 하니 참으로 통탄스럽다.

　유대인들은 예루살렘 성전이 로마 사람들에 의해 파괴된 것을 애도하고 다시 세울 수 있기를 '통곡의 벽' 앞에서 기도한다. 역사란 이처럼 기억하는 것이다.

　불감청고소원不敢請固所願이라, 감히 청할 길이 없으니 건국담론 걷어치우기를 간절히 바랄 뿐이다. 대한민국 헌법 전문은 이렇게 시작된다.

　'유구한 역사와 전통에 빛나는 우리 대한국민은 3·1운동으로 건립된 대한민국 임시정부의 법통과…….' (2008. 8. 1)

시골에서 나이 들기

'바라보는 강물이 구월 들판을 금빛으로 만들고 가듯이 사람이 사는 마을에서 사람과 더불어 몸을 부비며 우리도 모르는 남에게 남겨줄 그 무엇이 되어야 하는 것을 구월이 오면 구월의 강가에 나가 우리가 따뜻한 피로 흐르는 강물이 되어 세상을 적셔야 하는 것을.'

굳이 강가에 서지 않아도 안도현 시인의 '그대 구월이 오면'의 시구詩句가 마음에 닿음은 계절의 변화가 완만하게 진행되면서 가슴을 일렁이게 하는 서정성 때문이지 싶다. 여전히 간밤에도 사택을 나서자 산 위에 달 걸리고 하늘엔 별 쏟아지니 나날이 신비롭다. 아침에 눈뜨면 보이느니 이슬 머금은 이파리들이니 지난 1년은 물론 이곳에 머무르는 날까지 세심洗心에 힘쓰며 정중동靜中動의 날이 이어질 것이다.

지난해 이맘때쯤 길천벌에서 몇 년 지낼 요량으로 행장을 내려놓았다. 이곳은 고헌산을 시작으로 가지산 거쳐 배내봉 지나 와불臥佛처럼 편안히 누운 간월산과 신불산 등 솟구친 준봉들이 머리를 조아리는 벌판 한가운데에 자리 잡은 지 80년도 더 넘은 상북면 지역 최초의 학교 터이다.

듣느니 새소리, 바람소리, 풀벌레소리요, 보느니 철따라 변화하는 경관들에다 밥상에는 손수 가꾼 야채들이니 날마다 오감이 즐겁기도 하다. 텃밭에서 가꾸는 먹거리들의 움틈과 생장을 바라보며 대지가 주는 은혜로움을 느끼기에 충분하고 나누어 갖는 기쁨 또한 여간 크지 않다. 가끔씩 일에 욕심을 좀 내다보면 주위는 어둠으로 사위어가고 어둑한 밭에 서서 마주보고 선 아내의 모습도 정겹다.

밖에서 들리는 소리는 여전히 시끄러운 세상사를 전달하고 있다. 고

환율과 주식시장 위기에다 가구당 빚이 사천만 원을 육박한다고 하니 큰일이다. 민영화니, 감세정책이니, 언론정책 등 십년 전으로의 회귀는 역주행하는 자동차를 보는 것 같아 염려스럽다. 그러나 사회 발전이라는 게 많은 굴절을 거치게 되어 있다고 치부하면서 기분을 달랜다.

여태껏 농사일과는 무관하게 살아왔지만 언젠가는 시골로 돌아가려는 여망은 대개의 도시민들이 갖는 공통점이 아닐까 싶기도 하다. 더러는 그런 여망을 실천에 옮기는 사람도 있지만 여건이 맞지 않는다거나 외로움을 어찌 이길까 하는 두려움으로 인해 마음으로만 머물기 십상이다. 또 어떤 이는 직장을 은퇴하고 고향으로 돌아가고 싶지만 '부모 형제는 이미 그곳에 아니 계시고 친구들마저 다들 객지로 떠나고 없으니 돌아간들 무엇 하리' 하는 자조 섞인 체념을 하곤 한다.

이제 곧 한가위가 되면 골목길마다 고향 찾은 귀성객들이 붐빌 것이다. 그나마 지금은 도시에서 살아가는 세대들의 다수가 시골 출신이어서 명절이 되면 고향을 찾지만 세대가 바뀌면 귀성객 없는 설렁한 시골이 되고 말 것이다. 아니 이대로 가면 향촌사회의 존립 기반마저 무너질지 모른다. 지금도 이미 성공한 사람은 성공했기 때문에 돌아가지 않고, 성공하지 못하면 더 못 돌아가는 곳이 고향이라는 풍토가 고착화되고 있기 때문이다.

정녕 우리들의 고향을 이렇듯 단절된 과거로 만들어버린다면 우리는 정말 슬프게 되고 말 것이다. 이런 상황을 예단하고 농사꾼을 자청하며 변산 공동체를 운영하는 윤구병 선생은 시골에서 보내는 희망의 메시지를 준비하고 있다. 그는 너무 바빠 세상을 불만할 틈이 없단다. 차원의 차이는 있지만 필자 또한 근무지를 시골로 희망한 것은 은퇴를 염두에 둔 포석을 깔고 시골에서 나이 들기를 적응중이지만 중간 결론은 매우 만족스럽다는 것이다. 좀 더 나이 들면 자식들에게 시골로 찾아오게 할 자신감이 생긴 것이다.

　그림 같은 전원주택에 살겠다는 뜻이 아니다. 은퇴 후에는 자연히 외연이 좁아질 수밖에 없으니 그냥 시골에서 생명의 존귀함과 노동의 소중함을 체험하면서 행복을 찾고 싶다는 말이다. 그것은 한 인간이 종국에는 자연으로 돌아갈 것을 예비하는 길이다. 그리고 자연에 순치되는 자연스러운 흐름이다. 은퇴 후에도 욕심을 못 버리고 집착하기보다, 곡예하듯 기교를 구사하며 거짓의 묘비명을 준비하기보다, 우리 유한한 삶이 강물처럼 낮은 곳으로 흘러 지족상락知足常樂하는 모습은 뒤태도 아름답지 않을쏜가. (2008. 9. 9)

'뿌리 깊은 나무'의 한창기

　서슬 퍼런 유신체제이던 1976년에 잡지 하나가 창간되었다. 브리태니커 백과사전 세일에 성공한 한창기가 발행인이었다. 당시 우리 잡지들이 국한문 혼용과 세로쓰기가 정석이던 시절에 '뿌리 깊은 나무'는 한글 전용과 가로쓰기였다. 형식뿐만 아니라 내용도 우리 것에 대한 지극한 애정을 담았다. 군부의 톱질에 의해 1980년에 '뿌리 깊은 나무'가 쓰러지자, 다시 '샘이 깊은 물'로 1984년에 태어나 우리 것의 곰삭은 맛을 한껏 우려내었다. 그러나 그가 62세이던 1997년에 세상을 떠난 후 오래지 않아 옹골진 살림이 결단나면서 그 샘물도 말라버렸다.

　'뿌리 깊은 나무'의 창간사는 한글을 우리 문화의 그릇이요 기틀로 보았다. 이는 마치 한글 속에서 민족의 얼과 우리 문화의 아름다움을 본, 우리 것을 변질되지 않는 입말로 온전히 살려내려고 한 문화 창의 문을 보는 듯하다. 가히 우리말을 다루는 무르익은 솜씨와 삶의 안팎을 두루 톺아보는 깊은 안목을 유감없이 보여준 명문이었다. 우리말은 본래 한글 이전의 현상이지만 세종대왕은 그런 소리들을 합리적으로 적을 기호를 고안했으니, 실제로 음절 단위로 자음자모와 모음자모 두 개 이상 모아서 적는 게 오늘날의 한글이다.

　이런 우리 한글의 우수성은 몇 가지로 요약된다. 먼저, 탄생 기록을 가지고 있는 세계 유일의 문자이다. 거의 모든 문자는 오랜 세월에 걸쳐 누가 만들었는지도 모르게 조금씩 변해왔지만 한글은 '이 달에 세종대왕이 손수 언문 스물여덟 자를 만들었으며, 그 이름이 훈민정음이다.'라는 기록이 세종실록에 분명하게 드러나 있다. 또 현재 쓰이고 있는 한글 자모 스물넉 자는 몇 개의 기본자를 먼저 만들었다. 그 다음, 나머지는 이를 파생시켜 나가는 이원적 체계로 만들어진 것이다.

제자 원리가 매우 과학적이고 체계적이면서 문자의 활용성을 극대화할 수 있는 독창적인 방식을 취하는 음소 문자라는 점이 매우 훌륭하다. 모음이 일정한 소리를 지니면서 소리와 문자가 일치하는 점도 한글의 우수성을 잘 드러내고 있다. 한글이 창제된 이후 오랜 세월 동안 널리 씌어왔지만 '훈민정음'에 '한글'이라는 이름을 붙인 주시경 선생의 노력으로 한글은 대중화되었다. 일제강점기 때는 그의 제자 최현배 선생을 비롯한 조선어학회 관계자들에 의해 우리글이 지켜졌으며, 해방 후는 한글학회를 중심으로 더욱 갈고 다듬어져 왔다.

이렇듯 훈민정음 반포를 기념하고 한글을 기리기 위하여 '한글날'을 법으로 정했다.

처음 제정한 때는 훈민정음이 반포된 지 여덟 회갑이 되던 1926년이었고, 1946년 한글 반포 오백 돌을 맞이하여 '한글날'이 공휴일로 정해졌으나 1990년에 공휴일에서 제외된 일은 비운이었다. 유네스코가 지정한 기록문화 유산인 '한글'이 우리 문화사에 끼친 영향이 얼마나 큰가를 재확인하기 위해서라도 다시 공휴일로 지정되어야 한다.

이마적에 한글 사랑을 몸소 실천한 한창기 선생은 섬세하고 탁월한 식견으로 우리말 문법체계에 통달한 선구자였다. 선생은 19세기말 서재필 박사가 순 한글로 독립신문을 창간한 이래 가장 혁명적으로 한글로만 우리 고유의 문화를 담은 잡지를 펴내는 데 성공했다. 그는 미국 문화상품을 순 미국식으로 팔아 돈을 번 다음, 그 돈을 토박이문화의 발굴과 창달에 모조리 투입한 시대의 전위에 섰던 인물이다. '뿌리 깊은 나무'를 창간한 공로로 한글학회로부터 공로상을 받았으며, 사후 정부로부터 문화훈장을 추서追敍받았다.

오늘날 한겨레신문을 시작으로 우리 신문들이 한글 전용과 가로쓰기가 일반화된 것도 선생의 선구적 역할과 결코 무관하지 않다. 또한 정보화시대를 맞아 순수 한글 범용의 환경 속에서 인터넷 강국으로 도약시키는 데도 선생이 그 골간을 이루었다고 해도 무방할 것이다.

선생은 명문 법대를 나왔지만 법조계 쪽으로는 아예 돌아보지 않았으며, 영어의 달인이었지만 일생을 한반도 사람들이 이녁 말을 잘 쓰게 하는 데 헌신했다. 우리말을 망각하고서는 결코 우리 삶이 풍요로울 수 없음을 강조했고, 판소리를 비롯한 전통문화를 오롯이 보존하는 데 크게 기여했다.

다시 한글날을 맞으면서 필자는 선생을 한글 스승으로 여기며 후학임을 자청한다. 한글 전용과 가로쓰기는 선생의 소원대로 이루어졌다. 그러나 우리글이 디지털 환경 속에 괴발개발 흐트러질 대로 흐트러져 버린 데다 영어교육이 지나쳐 우리말과 글은 왠지 하찮은 존재가 되어 버린 것 같은 지금의 우리 모습이 선생께 참 송구스럽기만 하다. (2008. 10. 9)

우리 시대의 역설逆說

때로 자신이 살고 있는 거처를 떠나면 미리 정한 시간과 공간 그 어디에도 매이지 않고 자유로움을 꿈꾸곤 한다. 하지만 늦가을 여행길은 누렇게 물든 들판을 에돌면서 어느 핸가부터 마음 한 구석에서 향수보다 더 큰 짠한 아픔들이 다가오게 된다. 특히 풍년가를 구가해야 할 올해가 더욱 그러함은 이미 우리들의 밥상이 중국산에게 점령당해 버린 데다 애써지은 자신의 농산물을 갈아엎는 장면을 목도目睹하고 있기 때문이다.

어느 섬이나 바닷가에서도 흐뭇한 마음으로 삶의 현장을 지켜볼 수 있고, 시장 바닥에서도 매기買氣 활발한 장면을 볼 수 있으면 좋으련만 그렇지 않는 게 현실이다. 영어교육은 꼭 이래야만 하는지 확신이 서지 않고, 국제중학교 설립으로 보통 아이들은 벌써부터 한 풀 기가 죽은 듯하다. 올해도 어김없이 수능의 계절이 돌아왔지만 열심히 공부해왔던 우리 청소년들에게 비상飛翔할 날개를 달 수 있을 것이라는 기대보다는 취업의 문이 너무도 좁아져 버린 상황을 생각하면서 어른들은 언젠가부터 다음 세대를 걱정하는 세상이 되었다.

상황은 이제 시작에 불과할지도 모른다. 지난여름에는 고유가가 우리를 위협하더니, 가을 들자 멜라민 파동이 한동안 시끄러웠고, 세계 금융시장은 악몽의 시월을 보냈다. 환율은 치솟고 주식시장은 불안한 널뛰기를 거듭하니 차라리 펀드 선풍이 없었더라면 좋았을 걸 싶다. 느닷없는 쇠고기 협상 결과가 빚은 촛불정국에 대해 불법성만 가려내려는 것도 온당한지 모르겠다. 외환고가 푹푹 줄어들고 있는데도 통화스와프 체결했으니까 위기가 지나갔다고 생각하면 그 또한 착각일 게다.

사회 각 분야마다 백 기어back gear를 넣고 있는 모습을 보면 턴 오버

turn over가 잦은 농구경기를 보는 것 같아 재미가 참 없다. 아직도 소위 '747정책'은 유효한지 모르지만 '양극화는 트렌드'라느니, '1%가 내는 종부세를 왜 80%에게 묻느냐'는 식의 어록을 남기며 환율정책 혼선과 키코 사태를 불러일으켜도 담당 장관은 물러날 기세가 안 보인다. 쌀 직불금 부당 수령으로 대표되는 우리 사회의 집단적 윤리 부재에 대해서는 그저 탄식할 뿐이다.

천억 대의 곗돈이 날아갔다느니 하는 강남귀족 기사는 차라리 딴 나라 얘기였으면 좋겠다. 갖은 수단을 동원하여 부의 세습을 추구하는 기업인도, 권리에만 몰두한 나머지 결과적으로 협력업체의 고통을 강요하는 강성노조도 다 그들만의 리그일 뿐 힘 빠지기는 매 한가지다. 부자간 권력세습도 모자라 손자까지 이어질 거라는 북쪽 이야기도 그들만의 나라일 뿐 북한 주민 다수의 삶은 아랑곳하지 않는다. 좋은 것 자기네들 다하면 우리 국민들은 무엇으로 성공시대를 열지 위정자들이 심각하게 고민 좀 했으면 좋겠다.

인조반정 이후 몇 차례 환국換局이 있기는 했지만 조선 후기는 오로지 노론, 그들의 나라였다. 그 중심에 송시열이 있다. 그에게 중요한 것은 사대부 계급의 이익이었고, 그것은 사후에도 대물림되었다. 그가 심취한 주자학은 당쟁가로서의 도구일 뿐이었다. 후학들은 대를 이어 그를 신격화했고, 그 반대 사람들은 분루憤淚를 삼키면서 그를 편벽偏僻한 소인으로 낙인찍었다. 나라와 백성들의 삶은 안중에 없고 그들의 나라에만 충실했던 그때의 망령들이 우리 시대에도 도처에 되살아나 숱한 역설들을 낳고 있다.

대물림에 대해 카네기는 '반자본주의적이고도 반민주적인 것'이라고 비판하면서 가장 경계해야 하고 절대로 해서는 안 되는 일이라고 했다. 그럼에도 불구하고 그들만의 나라를 추구하는 사람들은 온갖 거짓

틀을 만들어가며 대를 이어갈 세습에 몰두한다. 그들에게 공동체의식
이란 게 존재하는지 모르지만 우리는 '제프 딕슨'의 '우리 시대의 역설'
을 곱씹으면서 그래도 질곡의 시대가 끝나는 새아침을 기다려야 한다.
　'건물은 높아졌지만 인격은 더 작아졌고, 고속도로는 넓어졌지만 시
야는 더 좁아졌다. 소비는 많아졌지만 더 가난해지고, 더 많은 물건을
사지만 기쁨은 줄어들었다. 전문가들은 늘어났지만 문제는 더 많아졌
고, 약은 많아졌지만 건강은 더 나빠졌다. 그리고 너무 드물게 기도한
다. 여가 시간은 늘어났어도 마음의 평화는 줄어들었다. 더 줄어든 양
심, 그리고 더 느끼기 어려워진 행복' (2008. 11. 7)

축원의 글, 전기轉機를 꿈꾸다

공기가 차갑고 바람은 매섭다. 들판도 텅 비었고, 나무는 옷을 벗었다. 이는 우리가 사는 곳이 태양으로부터 점차 멀어지면서 햇살이 엷어지고 있음이요, 동지가 가까워지고 세밑이 다가오고 있음이다. 이럴 때면 봄부터 쉼 없는 생명의 변화가 일어나던 들판이 비워줄 때를 아는 지혜를 발휘하고 있음을 스치는 바람은 안다. 송두리째 벗어버린 것 같은 나무가 사실은 내년을 위한 겨울눈을 남기고 있음도 자연의 오묘한 섭리이다.

끊임없는 생명력을 지닌 자연의 순환체계 앞에서는 비우기보다는 채우려고만 하는 사람의 욕심이 부끄럽고 왜소해지기만 한다. 음기가 극에 달한 그 순간 양기가 기지개를 켜는 동지는 음양의 변곡점이고, 제야는 묵은해와 새해가 교차하는 지점이기 때문이다.

이런 시기에 우리 선인들은 심기일전하여 인생의 전기를 마련하려는 노력들이 있었다. 동짓날과 제야에 쓴 동지축冬至祝과 제석문除夕文이 특히 그러하다. 그 예로 전통적 문체를 따르기보다 독창성을 발휘하다가 인정은커녕 문체반정으로 몰린 이옥李鈺(1760~1813)의 제석문은 비록 자조적이기는 하나 간절한 소망을 담고 있다.

'바라건대, 그대 글의 신은 나를 비루한 놈이라 여기지 말고 바보 같은 나를 한 번 도와서 예전 습성을 씻어버리게 해 달라. 내 비록 불민하나 새해부터는 조심하여 그대를 저버리지 않도록 노력하리라. 오늘은 세모라, 내 감회가 많이 생겨 붓꽃을 안주 삼고 벼루 샘물을 술 삼아 길어 올리니 마음의 향기 한 글자 실낱같이 가늘고 희게 타오르는구나. 글을 잡고 신에게 고하노니 신령은 와서 흠향하시라!'

상황이 좋지 않거나 위기에 처했을 때 이를 반전시킬 글을 쓴 다른 예로 기우제문祈雨祭文이 있다. 가뭄이 극심할 때 비가 내리기를 축원하는 기우제문은 지역 최고의 문장가로 하여금 고을 수령의 이름으로 글을 짓게 하여 영험이 있는 기도처를 찾아가 간절히 기도할 때 사용된 글이다. 아마도 고을 백성들의 고통을 덜기 위한 소망과 기원을 표출하기 위해 혼신의 힘을 다했을 것이니 하늘을 울렸을지도 모른다.

필자도 해맞이 행사가 그리 요란하지 않던 시절에 묵은해를 돌아보면서 글로써 여의치 못한 나의 한 해를 위로하기도 하고, 새해 다짐을 하곤 하던 때가 있었다. 그러다가 어느 핸가부터 그만 두었다. 서로 다른 면이 존재하는 것 같은데 한 쪽 면을 출발하여 돌다보면 결국 같은 자리로 돌아오는 '뫼비우스의 띠' 같은 내 삶이 불만스러웠기 때문이다.

불만은 또 다른 데도 있었다. 예전에는 조용히 집에서 제야의 종소리에 귀 기울이며 마음 맑게 먹고 새해 소망을 담곤 했는데 요즘은 온통 난리법석을 떠는 해맞이 행사로 인해 내 마음도 흐트러져 버렸기 때문이다. 실제로 한 해는 남들처럼 해맞이 행사장에 갔는데 날씨는 엄청 춥지, 행사장은 번잡하고 해서 이건 아니다 싶었다. 밤늦게까지 노는 일이나 해돋이를 보는 것까지는 좋았으나 새해 첫날부터 심신이 피곤했다. 그 후로는 다시 예전처럼 주로 집에서 나이 듦에 대해, 세상사에 대해, 새해 소망에 대해 잠심潛心하면서 견결堅決한 다짐을 하곤 한다.

자치단체마다 지금쯤이면 다가올 제야와 해맞이 행사를 준비하고 있겠지만 야단법석을 떨기보다는 규모를 줄이고 차분히 진행시켰으면 좋겠다. 지금이 어느 때인가. 세계적 금융위기에다 경제 한파가 희망마저도 얼어버리게 할지도 모르는 삭풍의 계절이지 않는가. 그로 인해 수출은 부진하고 후방산업도 휘청거린다. 대책 없이 망연자실하는 기업인이 늘어나고 직장인은 실직 위기에 몰리고 있으며, 소상인은 불황에

허덕인다. 여기에다 도가 넘은 갈등과 소통의 부재를 바라보는 일반 국민들의 시름도 깊다.

이렇듯 매듭지어지는 2008년의 뒷맛이 영 개운치 않은 가운데 20여 일이 지나면 새해를 맞아야 한다. 위정자는 이제 더 이상 허언과 경박한 자신감을 드러내지 말아야 한다. 지난 한 해 말만 앞세운 구두선口頭禪으로 인해 국민들이 얼마나 실망했는지, 또 얼마나 심사가 뒤틀렸는지 잘 알고 있지 않은가. 저물고 있는 남은 날들만이라도 낯내는 자리에 나와 희색만면하기보다 자칫 암울하게 전락할지도 모르는 이 나라, 이 민족의 명운을 반전시킬 축원의 글을 기도하는 마음으로 준비하라. (2008. 12. 9)

III. 다시 태어나기 어려운 이 세상에

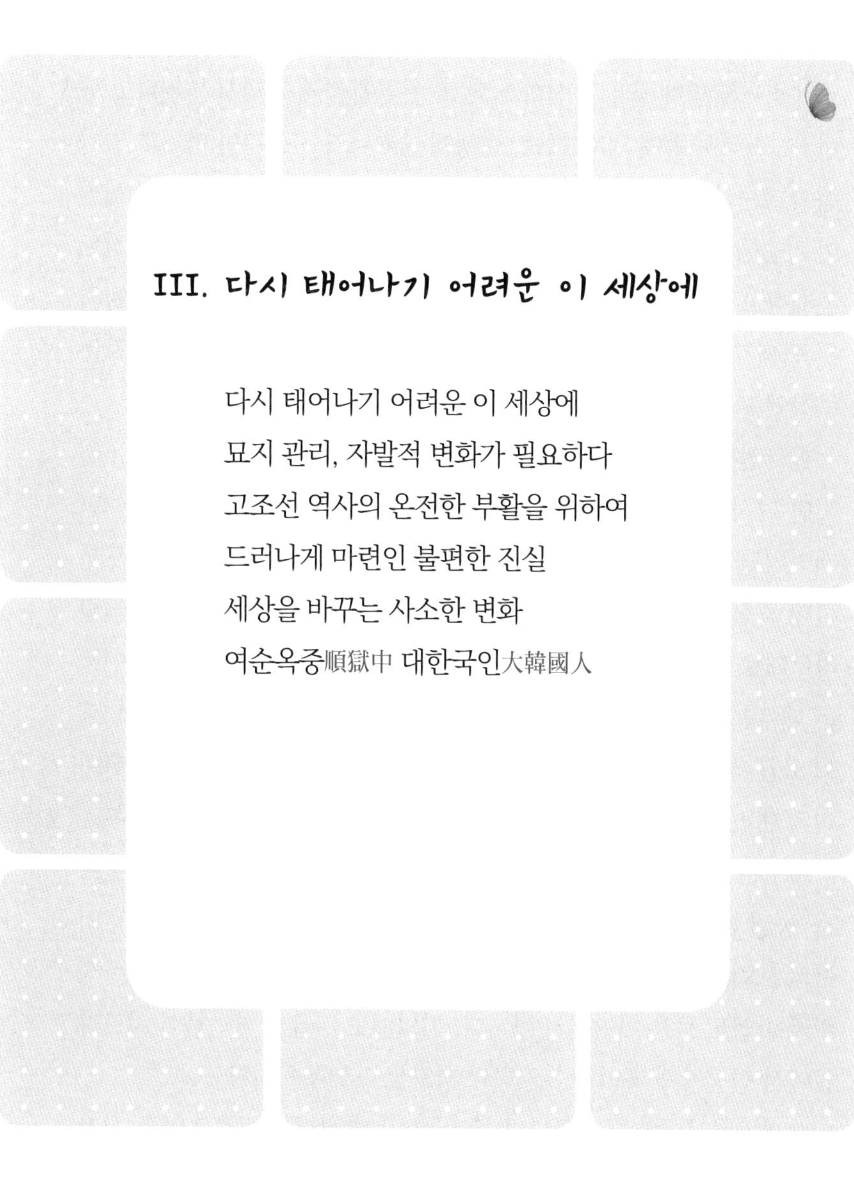

다시 태어나기 어려운 이 세상에

묘지 관리, 자발적 변화가 필요하다

고조선 역사의 온전한 부활을 위하여

드러나게 마련인 불편한 진실

세상을 바꾸는 사소한 변화

여순옥중順獄中 대한국인大韓國人

다시 태어나기 어려운 이 세상에

세월이 달빛에 물들면 신화가 되고, 햇볕에 바래면 역사가 된다고 했던가. 그 역사 속에 의기義氣를 실행에 옮기다가 자신뿐만 아니라 일가족이 고난의 길을 걸었던 독립운동가의 후손들이 있다. 이분들은 세월이 가슴에 맺히면서 한으로 남아 있을 것이다. 몰역사적 인식이 아직도 존재하고 있기 때문이다. 우리 역사 중 두고두고 잊지 말아야 할 일의 첫 번째가 나라 잃은 시기이다. 그런 시기를 '실국시대'로 표현하자는 주장에 필자는 동의한다.

한국전쟁 역시 정말 잊지 말아야 할 비극의 역사이기에 해마다 6월이면 다시 상기해야 한다. 하지만 올해의 어느 공영방송사 특집은 한 개인의 공적을 지나치게 미화했다는 비판이 따랐다. 주인공이 간도특설대 출신이었는데 그 부대는 독립군들을 주로 토벌하던 조선인 게릴라부대로서 고문, 강간, 살해 등 갖은 만행을 저질렀다. 광복 이후 이들은 대부분 건군의 일원이 되어 한국전에 참전하였다. 그 공로로 32세에 육군 참모총장이 된 백선엽이 대표적 인물이다. 그 후 그는 사학비리의 대명사가 된 우리들의 일그러진 영웅이다.

누구는 장관을 지낼 때도 건방을 떨더니 대통령 문화특보가 되자마자 '궁궐 담장이 낮아서 민비가 시해되었다.'는 망발을 하였고, 천만 인구의 도백道伯이 춘향전은 '변사또가 춘향이를 따먹은 이야기'라는 성비하 발언도 묵은 이야기가 아니다. 이외에도 저급한 발언들이 지도자급에서 심심찮게 흘러나오곤 하니 참으로 후안무치하다.

서세동점시대의 틈바구니 속에 일본은 1882년 제물포조약을 시작으로 청일전쟁, 러일전쟁을 거치면서 조선 땅에 안착하였다. 조선은 1897년에 대한제국을 선포했지만 2년 전에 명성황후 시해사건이 있었으니 나라는 이미 기울었다. 이어서 그들은 1905년에 을사늑약을 통하여 외교권을 빼앗았고, 마침내 1910년 8월 29일 부왜역적들의 도움을 받으면서 국가 통치권을 넘겨받게 된다.

명성황후 시해사건은 차마 떠올리기 싫은 사건이다. 수십 년이 지난 후 공개된 '에조 보고서'는 이 사건이 얼마나 국격에 훼손을 가했는지 능히 알 수 있다. 가공스럽게도 이 사건에 조선 군인들이 가담했으니 사건 직후 일부는 처형되고 또 다른 일부는 일본으로 도망갔다. 그 후 전북 관찰사에 오른 이두황과 자객에게 암살당한 우범선이 그 대표 인물이다. 그는 자객에게 암살당했지만 그의 아들 우장춘은 세계적 육종학자가 되어 한국에 기여함으로써 아버지의 빚을 좀은 갚게 된다.

몰염치한 자들은 또 있다. 소위 '낙성대연구소' 멤버가 그들이다. 위안부는 일본 국가 차원에서 강제 동원되지 않았다느니, 강제징용자 수가 부풀려졌다느니, 일제가 조선의 토지와 쌀을 수탈했다는 국사 교과서는 잘못이라고 주장한다. 그들은 식민시대의 경제 데이터를 바탕으로 식민지근대화론을 주장한다. 이완용처럼 합리성에 포획된 인간 유형이 아닐 수 없다. 다시 태어나기 어려운 이 세상에 그딴 짓을 해서 일본에게 면죄부라도 주겠다는 말인가. 구국에 앞장섰던 수많은 분들의 삶에 욕이 되는 짓거리가 더 이상 용납되어서는 안 된다.

한국근대사 속의 우리 선조들은 이루 말할 수 없는 수난을 겪었다. 특히 우국지사들의 자기희생은 세월이 지나면서 후손들에게도 매우 힘든 삶을 강요했다. 일제의 잔혹사를 생각하면 지금도 몸서리를 치겠지만 그래도 대한 광복의 그 뜨거웠던 환호에 선조들이 힘을 보탰다는 자부심은 매우 클 것이다. 8월 햇살은 무척이나 뜨겁다. 그 뜨거운 햇살만큼 우리들 가슴도 뜨거워야 한다. 우리 역사에서 가장 큰 치욕을 당한 날도, 환희가 넘쳤던 날도 8월이었고, 충의의 표상이신 고헌 박상진 의사가 순국하신 날도 8월이었기 때문이다. 님은 1921년 8월 11일 절명하여 그달 20일 경주 백운대에 안장되셨으니 90년 전 오늘은 상중喪中이다.

'다시 태어나기 어려운 이 세상에 다행히 남자로 태어났으나 아무 일도 이루지 못하고 가니 청산이 조롱하고 녹수가 비웃네.'

님께서 남긴 절명시는 후세 사람들에게 장부丈夫의 기개를 가르치고 있다. 의로움을 실행하신 불멸의 혼령이시여, 간난艱難의 강을 건너 겨레는 번창하오니 길이 안식하소서. (2011. 8. 17)

묘지 관리, 자발적 변화가 필요하다

서울시의 무상급식 지원 문제로 사생결단하던 한 사람은 일단 수면 아래로 잠적했고, 대신 그의 상대였던 또 한 사람은 곤혹스러운 날들을 보내고 있다. 차기 서울시장은 누가 될지 모르지만 세상이야 어떻게 돌아가든 해마다 추석 전에 우리 모두가 한 결 같이 하는 일들이 있으니 조상님 산소에 벌초하는 일이다.

한 집안의 구성원으로서 필자의 벌초 이력은 아마도 30년이 넘은 것 같다. 7대조 산소부터 관리하는지라 가까이는 고향인 농소 지역 몇 군데와 좀 멀리는 양남, 강동, 옥동 등이었는데, 버스로 이동하여 한참을 걸어간 다음 역할을 나누어서 벌초하던 때가 이제는 옛일이 되었다. 한때 주손인 형님과 필자는 우리들이 책임 세대가 되면 한 곳으로 모아 후손들이 어렵지 않게 벌초할 수 있게 하자고 얘기하곤 했었다. 그러다가 소문중이 결성되면서 참여자가 늘어났고, 예취기가 보급되면서 작업이 한결 쉬워졌다.

공교롭게도 조상님이 누워계시던 곳마다 개발되면서 이장이 불가피하게 되자 7년 전에 새로이 산지를 마련하고 그곳에 문중납골묘를 조성하였다. 위로는 선조님들의 영령을 모셔오고, 아래로는 집안사람들이 이승을 하직하면 고향산천 굽어보며 영면할 거처를 마련함이니 가히 집안의 대역사였다. 애초 목표대로 대부분의 선조님들을 모셨고, 세상 떠난 후손들의 유해도 여기에 모셨다.

산재했던 산소는 자연스럽게 파묘되었고, 화장 풍습에도 동참하게 되었으니 참 잘된 일이었다. 그런데 해가 갈수록 후회되는 일이 있다. 후손들에게는 자랑이지만 남들 눈에는 거슬릴지도 모른다는 생각과 봉분을 비롯하여 잔디나 수목관리를 수많은 세월이 지나도 후손들이 잘 해낼 수 있을지 걱정인 것이다. 안치한 유해도 이렇게 모시기보다는 땅에 묻어서 자연으로 돌아가게 하는 방법이 옳을 것이라는 생각에 미친다. 하여 장기적으로는 납골묘 기능보다는 새로 안치될 분의 유해뿐만 아니라 이미 안치한 유해조차도 인근 나무 아래 묻고, 그 자리에는 위패나 영정을 모셔서 사당 형태로 운영하는 것이 옳을 성싶다.

우리나라 장묘문화의 변천은 다양하게 변해왔다. 삼국시대 이전의 고인돌은 기원전 3세기까지 성행했던 것으로 추정된다. 그 이전에는 사람이 죽으면 가매장하여 탈육시킨 후 유골만 수습하여 관 속에 넣는 이중 장제와 사후에 유골을 수습하여 집안사람들이 한 관 속에 함께 들어가게 되는 가족 공동묘지제도가 있었다. 통일신라시대에는 불교 영향으로 화장이 성행했고, 고려시대에는 불교식인 화장과 유교식인 매장제도가 공존하였다. 조상숭배가 철저하던 조선시대에는 무덤을 집 근처에 두고 싶어 했으나 후기로 갈수록 명당자리를 찾아 산으로 올라갔다. 그 여파로 동대산에는 농소 사람들의 공동묘지라고 해도 과언이 아닐 정도로 산소가 밀집해 있다.

세계적 흐름을 보면 일본이나 중국, 인도, 스위스도 대개 화장을 한다. 다행히 한국도 장묘문화가 화장으로 거의 바뀌었다. 납골 형식조차 자연으로 돌아가는 방식의 확산이 필요하다. 수목장도 좋고, 잘 썩는 나무상자에 담거나 한지에 싸서 평장하는 것이 자연 순환 방식에도 맞을 것이다.

남은 문제가 있다. 이미 조성된 묘소는 어떻게 할 것인가. 아직은 후손들이 대부분 산소를 관리하지만 그리 간단치 않을 뿐더러 언제까지 가능할지는 예측하기 어렵다. 그렇다고 법이 이를 강제할 수도 없을 것이다. 그렇다면 지속적 관리가 어렵다고 판단될 경우 자발적으로 파묘하고 자연으로 돌아가게 하는 방법이 옳지 않겠는가. 아무 석물도 없는 산소야 묵혀도 크게 문제될 것은 없지만 상석을 비롯하여 여러 가지 석물들을 놓아둔 산소는 묵히느니 차라리 파묘하는 것이 조상님을 덜 욕보이는 것이리라.

인간은 죽음을 인지할 수 있는 유일한 존재라고 한다. 그로 인해 죽음에 관한 문화가 형성되었고, 우리는 그 문화 속에서 살고 있다. 하지만 죽음을 받아들이는 지금의 장례문화는 과거에 비해 현저히 간소화되었고, 죽은 이의 연령이 높을수록 대개 슬픔도 반감된다. 살아있는 나도 언젠가 하늘로 돌아갈 때면 천상병님의 귀천歸天을 읊조리며 기꺼이 자연으로 돌아가리. (2011. 9. 20)

고조선 역사의 온전한 부활을 위하여

예부터 시월을 상달이라 부르는 것은 제천의식을 통하여 신에게 감사를 표하는 달이라는 데서 나왔다. 또한 시월은 이 땅에 하늘이 열린 날, 즉 개천절이 들어있는 신성한 달이기도 하다. 개천절은 고조선 첫 임금인 왕검 성조가 나라를 세운 날을 기준으로 하지만 개천이라는 말을 엄밀히 따진다면 천신인 환인의 뜻을 받아 환웅이 처음으로 하늘을 열고 백두산 신단수 아래 내려와 신시를 열어 홍익인간의 대업을 시작한 날로 보는 것이 맞다.

정부는 1949년에 양력 10월 3일을 개천절로 정하고 국경일로 삼았다. 그에 앞서 개천절은 대한민국 임시정부가 음력 10월 3일을 개천절로 정하여 대종교와 합동으로 경축한 데서 비롯한다. 올해도 정부에서는 4343주년 개천절을 맞이하여 고조선 개국을 경축하였고, 사직동 단군성전에서는 '개천절 대제전'이, 마니산에서는 '2011 강화개천대제'가 열렸다. 정부 주관 기념식에서는 '하늘과 땅과 사람이 세운 나라'를 자축하며 국사편찬위원장의 개국기원 소개에서 단군개국은 우리 역사상 최초의 국가임을 천명하고, 개천절 제정 경위와 의의를 밝히면서 올바른 역사인식의 필요성을 역설했다.

고려시대 이래 단군은 외세에 침탈당할 때마다 우리 민족 역사의식의 중심이었다. 조선 초기만 해도 기원전 24세기에 조선을 건국했다는 사관이었으나 후기로 갈수록 사대주의가 심화되어 '기자동래설' 쪽으로 논의의 중심이 옮겨갔다. 그래도 단군 제례는 꾸준히 이어져 오다가 일제 강점기 때 끊어졌다. 한민족의 혼을 말살시키려는 시도에 따라 역사성을 멸실시키고 단군신화로 격하시킨 것이다.

다행히도 국립중앙박물관에 고조선관이 개관되고 교과서도 단군 성조들을 역사적 사실로 기록하고 있다. '삼국유사와 동국통감에 따르면 단군왕검이 고조선을 건국하였다.'라는 간접 표현이 아닌 직접 표현방식을 택한 것이다. 사실은 1900년을 전후로 발행된 여러 종류의 역사교과서에서 이미 단군의 역사를 기록했었다. 그런데도 그런 기록들을 실증할 만한 사료들이 없기 때문에 인정할 수 없다는 주장들이 강단 사학계에 존재한단다.

일제 식민사관과 중화 패권주의사관 모두 고조선 역사에 대한 시간과 공간을 축소시키는 것이 그들의 목표이다. 이런 마당에 실증사학 운운하면서 이에 동조하다니 참으로 개탄스럽다. 고조선은 문헌사료가 부족하여 오히려 중국사서史書 기록을 참조하고 있고, 근래에는 출토 유물을 통하여 고조선의 강역이 한반도뿐만 아니라 광활한 대륙까지 차지하고 있었음을 증명하고 있다. 일본은 그들이 천손의 자손임을 자처하며 고조선 역사를 조직적으로 말살시켰고, 중국은 고구려 역사까지 자기네 역사로 편입시키려는데 우리 사학자들은 도무지 무엇을 하고 있는지 묻지 않을 수 없다.

유가 계통 사서인 '삼국유사'나 도가 계통 사서인 '제왕운기'나 '환단고기'가 믿을 만하지 못하다거나 북한에서는 단군릉을 발굴하여 대대적 복원을 했다는데 이게 어느 정도의 객관성을 담보할 수 있는지는 필자도 확인할 길이 없다. 그렇다고 국립박물관에 고조선관이 엄연히 존재하고 교과서가 개정되었는데도 이설이 존재한다는 것은 언어도단이다.

단군조선 시대를 이끌어간 경전인 '천부경'도 진위 여부는 별개로 치고 존재한다. 여든한 자에 불과한 천부경은 조화와 상생의 원리 등을 담고 있다. 다른 경전과 달리 섬겨야 할 신을 묘사하지 않고 간결한 함축미를 보여준다. 우리 역사상 가장 광대한 영토를 차지했다고 하는 치우천황은 전쟁에 나서면 불패의 왕으로 이미 2002년 월드컵 때 붉은 악마의 상징으로 되살아나기도 했었다. 고조선 역사가 47대 마지막 왕에 이르기까지 실제 역사였음을 강조한 견해도 존재한다.

동서양을 막론하고 건국에 관한 신화적 요소를 전혀 배제시킬 수는 없을 것이다. 신화가 역사적인 사실 바로 그 자체는 아니라 하더라도 그 속에 내재된 역사성은 중시해야 한다. 단군의 개국 이야기를 그대로 왕조사로 해석하는 것이 무리일지 모른다. 하지만 조상님들이 수난을 당하고 위기에 처할 때마다 민족의 구심점 역할을 해왔다. 따라서 계속 그와 같은 의미와 가치는 어떤 종교를 믿느냐와 무관하게 존중되고 유지되어야 한다. (2011. 10. 20)

드러나게 마련인 불편한 진실

간디(1869~1948)는 '위대한 영혼'이라는 뜻의 '마하트마'라는 극존칭이 붙을 정도로 인도인들뿐만 아니라 세계적으로도 성자로 추앙받고 있는 인물이다. 그럼에도 불구하고 그를 둘러싼 불편한 진실 얘기가 나온다. 그의 일생은 진리 추구와 비폭력으로 압축되지만 성자와 체제 옹호자의 두 얼굴이 함께 존재한다는 것이다. 이야기는 최근에 번역되어 나온 '마하트마 간디 불편한 진실'에 근거한다. 원문이 1958년에 씌어졌으니 사실은 오래된 진실이다.

이 평전은 인도의 진보운동가인 '남부디리파드'가 냉철한 비판 지성과 깊은 존경심으로 써내려간 책이다. 간디는 1차 세계대전 당시 인도 청년들을 총알받이로 징병해 사지로 내몰았으며, 여러 혁명가들을 서둘러 처형해 달라고 영국 정부에 요청한 사람이란다. 그가 완전한 성인이 아니라는 말이다. 그가 20세기의 대표적인 성인이고 인도 민족운동 지도자임에도 이런 불편한 진실들이 존재한다니 사람이 완전무결하기란 참 어려운 모양이다.

이처럼 간디는 완벽한 성인聖人이 아니지만 그렇다고 우리에게 알려진 그가 허상이냐 하면 그렇지 않다. 그는 처음으로 인도 민중들을 하나로 묶어낸 탁월한 지도자이자 독립 후 동료와 수하들이 부정부패에 물들어갈 때도 끝까지 청렴함을 잃지 않았던 인물이다. 그런 이유로 그의 위대함에 대해서는 거의 이견異見이 없다. 다만 그가 걸었던 길과 그가 남긴 업적에 대해서는 이견도 존재한다는 것이다.

그런 그가 언급한 '일하지 않고 얻는 재산, 양심이 없는 쾌락, 인품이 결여된 지식, 윤리가 부족한 사업, 인간성이 빠진 과학, 희생이 없는 종교, 원칙 없는 정치' 등 우리를 파괴하는 일곱 가지 존재는 만약 이런 걸 감추었다가 드러나게 되면 불편한 진실이 되는 것이다. 불로소득으로 욕구충족에만 급급하거나 인품이 따라주지 못하는 지식은 별무 소용이다. 부도덕한 거래가 횡행하고 기술에 의한 사회지배[Technocracy]는 인간 사이의 온정조차 메마르게 한다. 기복적인 종교 활동은 쉬우나 헌신하고 봉사하는 일은 쉽지 않다. 정치에 원칙이 없으면 사회는 암울하고, 국민들은 믿고 의지할 수 있는 곳이 없어진다.

우리 역사 속에도 불편한 진실은 존재한다. 17세기의 조선은 임진, 병자 양란을 겪으면서 지배층의 무능이 드러났지만 오히려 주자학을 예학으로 바꾸면서 이전보다 더 노골적으로 지배층의 이익에 복무하는 학문으로 이용했다. 선비정신이 사라지고 지도층의 무능이 조선을 급격히 쇠락시켰다. '송자宋子'로 추앙받았던 송시열도 사실은 노론의 이익만 집요하게 추구하며 대를 이어 그들의 나라를 구축하는 데 골몰했고, 나라를 잃었던 시기에는 의인들도 많았지만 침략자들의 앞잡이 노릇이나 하면서 부역한 자들도 한둘이 아니었다. 어쩌면 가려진 불편한 진실보다 이런 역사가 되풀이되지 않기 위한 노력들이 미흡하다는 데 더 큰 문제가 있는지도 모른다.

우리는 그동안 인사청문회에서 너무도 많은 불편한 진실을 보아왔다. 거개가 자신을 파괴하는 짓을 저지르는 데 익숙해져서 죄의식을 못 느끼는 것 같다. 국민들은 치부가 여실히 드러나는 장면들을 보면서 이것이 한국 주류사회의 단면이라고 판단했을 것이다. 우리들의 지도자들이 완벽하기를 바라는 것은 아니다. 너나 할 것 없이 인간이 갖는 한계 때문이다. 인과관계를 살피건대 납득할 만한 상황을 두고 그렇게 엄격할 수는 없는 것이다. 서울시장 선거과정에서 네거티브 전략에 몰입했던 쪽이 진 것도 한 예가 된다.

예로부터 예의염치禮義廉恥는 위정자가 갖추어야 할 기본덕목이라

고 했다. 즉 예의와 의리, 청렴을 중히 여기고 부끄러움을 알아야 된다
는 말이다. 남보다 더 배워서 똑똑한 사람들은 자기관리를 추상秋霜같
이 할 자신이 없으면 스스로 입신양명을 포기하는 것이 맞다. 사랑하는
사람 사이에 불편한 진실이 자주 드러나면 그 사랑이 깨지듯 지도자들
의 불편한 진실이 자꾸 드러나면 국민들의 공분을 불러일으킨다.

감추어진 것은 드러나게 마련이다. 국민들은 이제 더 이상 지도자로
자처하는 이들의 불편한 진실을 듣고 싶어 하지 않는다. 설령 기회가
온다손 치더라도 드러날 치부가 있으면 겸양하는 것이 옳지 않은가.
(2011. 11. 21)

세상을 바꾸는 사소한 변화

인구 870만 명의 뉴욕은 지하철의 도시이다. 1904년 개통 이래 서울 지하철의 3배에 달하는 선로를 갖고 있어서 매일 아침 500만 뉴욕 시민의 발이다. 그렇지만 언젠가부터 뉴욕은 연간 60만 건의 중범죄가 발생하는 우범도시로 전락했다. 그런 중범죄 중 90%가 지하철에서 일어나서 80년대에는 여행객들 사이에 뉴욕에 가면 절대로 지하철을 타지 말라고 권할 정도가 되었다.

그런 와중이던 1994년에 검찰청 출신의 '루돌프 줄리아니'가 시장에 당선되면서 그는 지하철 환경개선에 나섰다. 우선 무임승차 같은 경범죄 단속과 함께 차량과 역사의 낙서를 지우고, 바닥 청소를 시작하면서 재발 방지를 위한 노력을 기울였다. 5년을 계속한 끝에 커다란 성과가 있었다. 시장은 이어서 도심 곳곳의 낙서를 지우고, 널브러진 쓰레기를 치우는가 하면, 도로 무단횡단 단속에도 나섰다. 그 결과 역시 경범죄뿐만 아니라 연간 2000여 건의 살인 범죄가 1000여 건이나 줄어든 것이다. 이런 변화의 비밀은 사소한 힘에서 비롯된 것이다.

깨진 유리창 하나를 방치해두면 그 지점을 중심으로 범죄가 확산되기 시작한다는 '깨진 유리창이론'을 실제로 적용한 사례가 아닌가 한다. 사소한 무질서를 방치하면 큰 문제로 이어질 가능성이 높다는 의미일 것이다. 사소하지만 치명적인 실패를 낳을 수 있다는 것은 비단 범죄방지이론에서만 적용되는 것이 아니다. 미국 경제학자 '하울리'는 1%의 실수가 100%의 실패를 낳을 수 있다고 했다. 즉 100−1=99가 아니라 100−1=0이 될 수 있다는 말이다.

지난 번 고황유 허용문제를 두고 시의회에서 여야 간 첨예하게 대립한 것도 반대쪽 논리가 바로 이런 상황을 염려했기 때문이 아닌가 한다. 정유사의 고황유 사용이 사소한 부분일지라도 대기문제에 악영향을 미치지 않도록 치밀한 제어장치를 해야 할 것이고, 반대한 쪽에서도 향후 어떻게 대기문제에 참여하고, 모니터링을 어떻게 해야 할지를 고민해야 한다.

2주쯤 전에는 석유화학공단 정전 사태가 큰 우려를 낳았다. 불과 16분 동안의 정전이었지만 여러 개의 공장 굴뚝에서 동시다발적으로 엄청난 불길과 시커먼 연기가 솟아올라서 시민들은 큰 불안에 떨었다. 언론사들은 일제히 전력망 개선을 미루다가 결국 이 지경이 되었다고 보도하면서 설치 5일된 가스절연개폐장치(GIS) 고장이 정전 원인으로 추정된다고 했다. 단, 기기 결함 탓인지 아니면 한전 측의 조작 실수인지는 합동점검반의 면밀한 조사결과가 나와 봐야 알 것이다. 그런데 업체의 피해대책 중심으로 논의를 진행하고 있다는데 시민의 건강권과 환경적 측면에서도 함께 검토되고 재발 방지대책도 강구되어야 한다.

이미 석유화학공단에 전기를 공급하고 있는 용연변전소가 전기를 공급할 수 있는 용량이 한계에 와 있었단다. 이에 시 당국은 지난 2월 석유화학단지 고도화를 위한 전력공급 개선 건의서에서 '전용 한전변전소 설치, 기존 송전선로 외에 신울산전력소에서 별도 1회선 인출, 용연변전소의 송전선로를 현재 300MV에서 400MV로 용량 증대'를 건의하였다. 그럼에도 불구하고 이런 사고가 난 것은 사전 조치가 미흡했다는 비난을 면키 어렵다.

대형사고가 발생하기 전에 그와 관련된 수많은 사소한 징후들이 반드시 존재한다는 것을 밝힌 '하인리의 법칙'이라는 것이 있다. 노동 현장의 재해나 각종 사고와 재난, 또는 사회 경제적 위기나 실패와 관련한 법칙으로 확장, 해석되고 있다. 자본의 횡포와 분배의 실패가 부른 반월스트리트운동, 과다한 복지예산 등 재정관리 부실로 인한 국가 파산위기 등도 아마 분명히 어떤 사소한 전조현상이 있었을 텐데 이를 감지하여 미리 대처하지 못한 누군가에게 그 책임이 있을 것이다.

무역 1조 달러 시대를 맞은 우리는 축배의 잔을 높이 들어야 함에도 사회 곳곳에 존재하는 사소한 문제들로 인해 걱정이 많다. 그 중 젊은 이들의 취업과 결혼, 출산과 육아는 개인적인 일이고 사소한 듯하지만 국가의 흥망이 달린 일이다. 사소한 습관의 변화가 사람의 운명을 좌우하기도 한다. 분노하는 젊은 층, 지쳐가는 장년층, 무기력한 노인층으로 채워진 사회에는 희망이 없다. 내년 화두의 전면에는 세대 문제를 풀어갈 사소한 변화를 내세워봄이 어떨까 싶다. (2011. 12. 21)

여순옥중旅順獄中 대한국인大韓國人

총선을 앞두고 예비후보자 등록을 마친 분들의 사무실 개소식이나 출판기념회 소식이 빈번하다. 여기저기 길목 좋은 곳에는 신수 훤한 예비후보자들의 모습들이 대형현수막에서 펄럭거린다. 가히 선거의 계절이다. 나라에 헌신하고 겨레를 위한다는 사람들은 적어도 마음속에 의인 한 분쯤은 마땅히 새겨야 할 터이다.

우리는 그런 롤 모델을 현세 사람들에게서 찾을 수도 있지만 먼저 살다간 선인들에게서 찾을 수도 있다. 시대적 상황은 다르고 직면하는 문제들도 다르지만 역사의 수레바퀴를 돌려야만 한다는 과업은 어느 시대를 막론하고 당연히 존재하기 때문이다. 서산대사는 일찍이 선각자의 길을 암시하는 선시를 쓴 바 있다.

'눈 내리는 들녘을 걸어갈 때 모름지기 발걸음을 함부로 하지마라. 오늘 내가 걸어가는 발자취는 후세에 따라올 이의 이정표가 되리니.'

백범 선생이 어떻게 해서든 남북 분단을 막으려고 38선을 넘어 김일성을 만나러 갈 때 이 시를 차용함으로써 유명해졌다. 눈 소식이 잦아진 요즘 이 글귀가 자꾸만 생각나는 것은 왜일까. 바로 백여 년 전 나라가 위급존망지추危急存亡之秋를 맞으매 안중근 의사가 침략자를 저격한 뒤 의연히 죽음을 맞았기 때문이다. 동시대에 태어나 의사의 뒤를 이은 분들은 고헌, 단재, 만해, 도산, 심산 등 헤아릴 수 없이 많다.

의사는 황해도 해주에서 태어나 한때 교육운동에도 헌신하다가 항일 무장투쟁을 시작했다. 1909년 10월 26일 만주 하얼빈에서 '이토 히로부미'를 사살한 후 뤼순 감옥에 수감되었다. 이듬해 2월 14일에 열린 법정에서 두려움 없는 목소리로 최후 진술을 했다. '이토'의 15가지 죄목을 나열하고는 "나는 개인의 사사로움으로 거사한 것이 아니라 대한

의용군 사령의 자격으로서 이토는 대한의 독립 주권을 침탈한 원흉이자 동양평화의 교란자이므로 내가 총살했다.”

의사는 사형선고 후 항소 의사를 묻자 무죄인 자신에게 감형 운운하는 것은 치욕이라며 단호히 거절했다. 선고 전날 의사의 두 동생은 면회를 가서 어머니 조마리아 여사의 편지를 전했다.

“깨끗이 죽어서 명문의 이름을 더럽히지 않도록 하라. 만약 늙은 어미보다 먼저 죽는 것을 불효라 생각한다면 이 어미는 웃음거리가 될 것이다. 너의 죽음은 너 한 사람 것이 아니라 조선인 전체의 공분을 짊어지고 있는 것이다. 네가 항소한다면 그것은 일제에 목숨을 구걸하는 짓이다. 네가 나라를 위해 이에 이른즉 딴 맘먹지 말고 죽어라.”

그리고 40여 일 간의 시간과 지필묵이 의사에게 허용되었다. 의사는 자신의 인생역정인 ‘안응칠의 역사’를 자술하고, ‘동양평화론’을 집필하다가 채 마무리하지 못한 채 죽음을 맞는 사이에 옥중에서 휘호한 유묵을 남겼다. 시기적으로는 모두 경술 2월과 3월로 되어 있으니 102년 전 이즈음에 해당한다. ‘경술 2월 어여순옥중 대한국인 안중근庚戌二月於旅順獄中大韓國人安重根’을 쓰고 왼손바닥에 먹을 묻혀서 찍는 것으로 마무리하였다. 왼손의 잘린 약지가 선명하게 남아있는 이 장인掌印에서 느껴지는 기개를 어디에 비견하리.

고귀하고 또 고귀한 이 유묵들은 200여 폭이 완성되었다고 하나 현재까지 확인할 수 있는 것은 모두 54편이란다. 그 중에서도 26폭의 유묵만이 문화재위원회의 심의를 거쳐 보물 제569호로 지정되었다. 의사는 1910년 3월 26일 순국하시기 전날 마지막으로 면회 온 동생들에게 이렇게 유언을 남겼다.

“내가 죽은 뒤 내 뼈를 하얼빈공원 곁에 묻어뒀다가 국권이 회복되거든 반장返葬해다오. 나는 천국에 가서도 또한 마땅히 우리나라의 회복을 위해 힘쓸 것이다. 대한독립의 소리가 천국에 들려오면 나는 마땅히 춤을 추며 만세를 부를 것이다."

우리는 의사에 대한 경외심을 넘어 감히 함자銜字를 입에 올리는 것조차 불경스럽게 여겨야 할 지 모른다. 그러나 이 어쩌랴! 의사가 순국한 지 35년 만에 나라는 다시 빛을 찾았고, 또 다시 70여 년 세월이 흘렀건만 반장은커녕 유해조차 찾지 못했다. 의사의 집안사람들은 남다른 고초를 겪었지만 조국은 그 후손들을 홀대했다. '정령이시여, 바라옵건대 후학들의 불비례不備禮를 용서하시고 지혜로운 지도자를 내려주옵소서.' (2012. 2. 17)

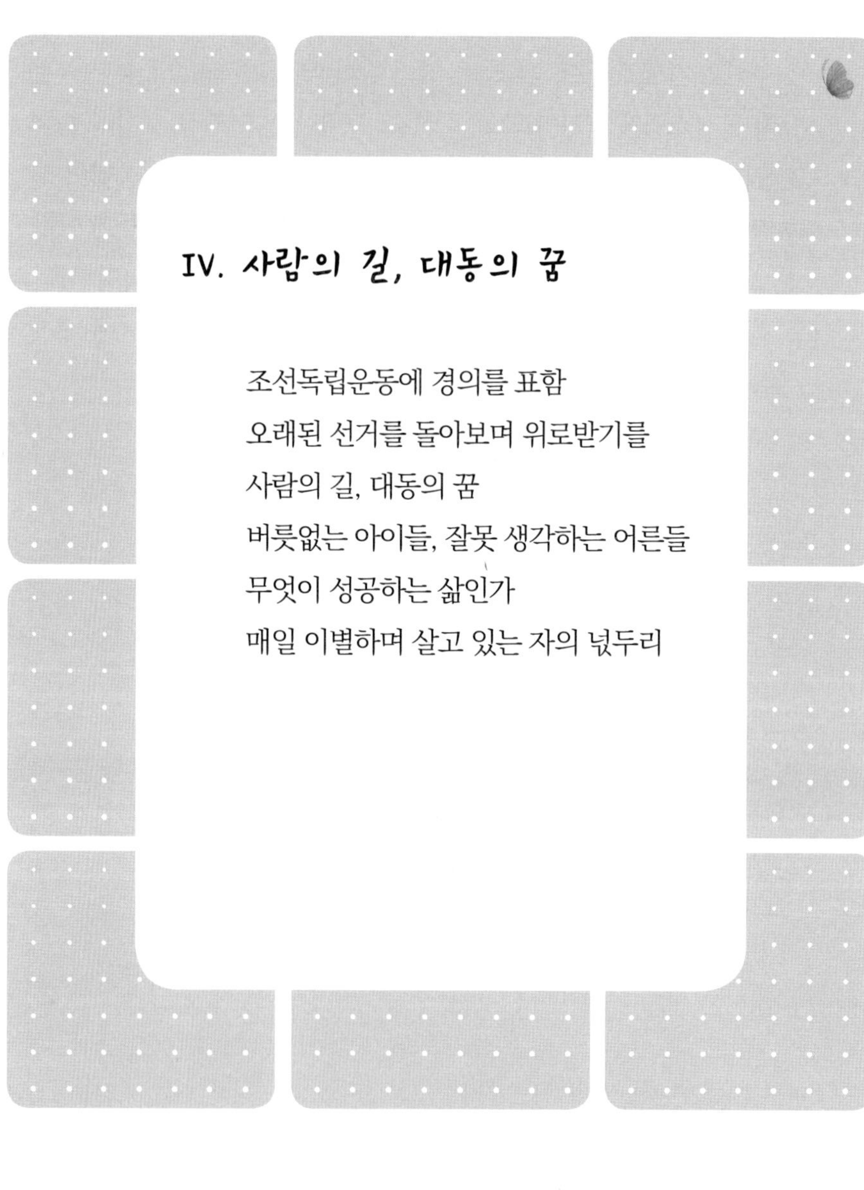

Ⅳ. 사람의 길, 대동의 꿈

조선독립운동에 경의를 표함

오래 전 기억 창고에 저장된 3·1절 기념식 모습들이 떠오른다. 면내 초·중등 학생들이 다 모이고, 지역 유지들이 참석한 가운데 독립선언문을 낭독하고, 의식가를 부르고, 끝으로 만세삼창을 하던 그런 장면들……

"기미년 삼월일일 정오, 터지자 밀물 같은 대한독립만세, 태극기 곳곳마다 삼천만이 하나로, 이날은 우리의 의요 생명이요 교훈이다. 한강 물 다시 흐르고 백두산 높았다, 선열아 이 나라를 보소서, 동포야 이날을 길이 빛내자."

3·1운동은 일제강점기에 일어난 가장 큰 역사적 사건이다. 지역과 계층, 남녀노소, 신분고하를 막론한 전 민족의 궐기였던 것이다. 두 달 동안 1542회에 걸쳐 200만 명이 넘는 사람들이 만세 시위에 참가했고, 7500여 분이나 목숨을 잃었다. 중국의 5·4운동과 간디의 비폭력 저항 운동에도 영향을 미친 엄청난 의거를 마치 무슨 캠페인인 양 '운동'으로 표현하는 것은 맞지 않다. '3·1만세 의거'로 고쳐 부르는 것이 마땅하다.

울산은 언양에서 가장 먼저 천도교인을 중심으로 일어났다. 이어서 병영에서는 의기 있는 청년들이, 남창에서는 학성이씨 문중 사람들이 들고 일어났다. 93년 전의 3월과 4월은 온통 독립만세의 달이었던 것이다. 일제강점기를 거치는 동안 울산은 박상진 의사와 최현배 선생 등 200여 분의 독립유공자를 배출했다. 다만 노덕술이라는 자가 울산 출신이라는 게 기분이 좀 찜찜하다.

기이하게도 경술국치 이듬해인 1911년에 한 일본인에 의해 '조선독립운동에 대하여 경의를 표함'이라는 논문이 발표되었다. 한일병탄을 일본 제국주의의 침략으로 규정한 일본의 양심이 존재했던 것이다. 암울했던 그 시절, 귀하게도 식민통치에 저항하는 조선 민중에게 빛이 되어준 그는 '후세 다츠지(1880~1953)' 변호사였다. 그런 그를 지난 3·1절 특집 '역사스페셜'에서 소개했다.

그는 1919년 도쿄 재일조선인유학생의 2·8독립선언 주동자들을 무료 변호하며 무죄를 주장하였다. 1923년 관동대지진 때 6천여 명의 조선인 학살사건에 대해 일경의 폭동 조작에 의한 것임을 규명하였다. 1926년에는 동양척식회사의 나주군 토지강제매수 분쟁을 변호했고, 같은 해 박열 선생의 일왕 폭살미수사건을 변론했다. 그런 그에게 그의 사후 51년이 지난 2004년에 우리나라 건국훈장 애족장이 수여되었다.

반면에 우리에게는 참 부끄러운 자화상이 있다. 독립선언문 작성자인 최남선과 33인 대표 중 최린 등 세 명은 일찍이 변절하여 일생을 조선인 황민화에 앞장섰다. 장석주는 3·1만세 의거를 무력 진압해야 한다고 했고, 현영섭은 조선어 폐지론을 주장했다. 신석호, 이병도는 조선사편수회에 참여하여 식민사관에 기여했다. 이들을 포함하여 1935년 총독부가 발행한 '조선공로자명감'에는 353명이나 이름을 올리며 '불세출의 인인仁人'으로 부추김 받았다. 독립지사들이 풍찬노숙하며 고초를 겪을 때 이들은 지조를 팔아 영화를 누렸던 것이다.

일제강점기가 길어질수록 더 많은 지도자들이 총독부의 회유에 굴복했다. 식자識者들은 변절하고, 문인들은 소위 성전 독려에 나섰다. 일경의 끄나풀이 되어 동족을 해코지하는가 하면 독립군 때려잡는 간도특설대를 자원한 자들도 있었다. 이들은 대개 좌우 대립이 극심한 해방 정국에서 이승만 뒤에 숨었다가 6·25가 나자 전공을 세우며 권세를 누렸다.

　그러나 정부 수립과 전쟁 승리에 기여했다 할지라도 역사는 그들에게 결코 면죄부를 주지 않는다. 그들을 단죄하는 것은 마땅할 터, 나라가 하지 못한 일을 국민의 성금으로 ‘친일인명사전’이 완성되었다. 여기에 맞서 친일은 불가피했다며, 식민지 근대화론을 들고 나온 집단이 생겨났다. 이들의 일부는 여기에 그치지 않고 열사들을 테러리스트라 하고, 일생을 망쳐버린 종군위안부를 능욕하니 이런 불손한 자들을 보았나.

　정의와 진리의 역사가 다시 깨어나야 한다. 다시는 친일이 불가피했다든지, 친일이 옳았다는 소리가 나오지 않아야 한다. 친일 청산이 종북 좌파를 지향하면 안 되듯이 보수 아래에 친일이 기생해서는 안 된다. 암울했던 그 시절, 식민통치에 저항하는 조선인을 위하던 일본판 쉰들러 ‘후세 다츠지’, 그를 통하여 우리는 우리의 독립운동사가 얼마나 소중한지를 다시 깨우쳐야 한다. (2012. 3. 20)

오래된 선거를 돌아보며 위로받기를

"벚꽃은 한 때였다. 오늘 비 때문에 벚꽃 이파리가 후두둑 다 떨어졌다. 오늘 저버린 건 벚꽃만이 아니다. 졌다, 다 졌다, 이기다가 졌다."

예상대로 19대 총선 출구조사에서 여야 후보가 박빙의 경합으로 나타난 지역구가 무척 많았다. 그런데 묘하게도 이런 판세가 대부분 여당 쪽으로 승리가 기울자 야당을 지지한 어떤 젊은 사람의 낙서 내용이다. 아마도 이 사람은 한숨을 내쉬며 그날 밤 잠자리를 많이 뒤척였을 것 같다.

사실 선거의 속성은 첨예하게 대립하는 것이 불가피하다. 그 과정이 끝나면 이기고 지는 쪽이 생기는 것 또한 당연하다. 당내 공천이나 정파 간 단일화 과정에서도 수많은 탈락자가 나오고 마침내 최종 대결에서도 지역구마다 한 사람만 웃을 뿐이다. 이런 과정에서 진 쪽은 당사자뿐만 아니라 가족들과 지지자들도 많은 상처를 받게 된다. 지는 일은 그렇다고 쳐도 불공정성 때문에 분노하는 경우도 허다하다.

유권자들의 또 다른 상처는 검증과정에서 드러나는 각 후보자들의 가려진 진실이다. 이번에도 예외 없이 많이 드러났다. 그밖에도 많은 사람들이 여러 가지 이유로 상처만 받는 것이 아니라 분노하기조차 한다. 더러 가족 간 갈등을 유발하기도 하고 심지어는 이 풍진 세상에 맞서 싸우기도 한다. 그러나 우리의 과거를 돌아보면 그나마 이런 상처조차도 다행으로 여겨야 할지 모른다.

사실은 정당의 정강정책이나 후보자들의 역량평가가 당락을 갈라야 진검승부이다. 그런데 집단적으로 네거티브 전략을 구사하기 바쁘고 인신공격성 발언도 도를 넘는 경우가 허다하다. 비등한 힘겨루기에서 막판 돌발사건은 결정적 변수가 되기도 한다. 집권당에 대한 심판과 견

제세력인 야당에 대한 평가가 아니라 누가 얼마나 더 흠결이 드러나느냐 여부에 따라 결과가 달라진다고 보기 때문이다. 그래서 사실은 진검 승부가 아닌 것이다.

이런 모습의 우리 총선을 보고 미국의 유력일간지 워싱턴포스트(WP)는 '스캔들이 장악한 한국 총선'이라고 보도했다. 최근 당명 변경 등을 통해 거듭나기를 시도한 한국의 양대 정당이 메모리스틱에서 비롯된 불법사찰 문제와 유튜브 동영상의 막말 사건으로 인해 곤경에 빠졌다는 것이다. 그런데 묘하게도 한쪽은 물 타기에 성공했고, 다른 한쪽은 결정적 패인이 된 것 같다.

어찌 되었든 결과는 드러났고, 그 결과를 싫든 좋든 받아들여야 한다. 승자의 편 사람들이 기쁨을 만끽하는 동안 허탈감에 빠지거나 힘든 사람들도 많을 것이다.

그래도 우리의 과거를 돌아보면 정치를 혐오할 것이 아니라 그나마 다행으로 여기며 선거를 기꺼이 즐겨야 한다. 선거철만이긴 하나 허리 굽힌 출마자들에게 유권자 대접 받는 것도 즐길 일이다.

다시 한 번 우리의 과거 선거로 돌아가 보자. 선거라는 형식을 거쳤지만 우리가 경험한 선거가 조악하기 그지없었다. 5~60년대의 고무신 선거가 그랬고, 3·15 부정선거가 그랬다. 3선 개헌이 그랬고, 유신헌법이 만들어지는 과정에서의 국민투표가 그랬다. 유정회 출신 국회의원도 많이 이상했고, 통일주체국민회의 대의원 선거도 참 희한한 경험이었으며, 체육관에서 선거인단에 의해 뽑던 대통령 선거도 우리의 부끄러운 자화상이다.

세몰이를 하면서 엄청난 선거비용을 유발했던 시절도 있었다. 차떼기로 현금이 오고간 것이 사실로 드러났고, 지금도 약간은 잔존하는지 모른다. 그래서 이걸 막느라 선거공영제가 도입되고 선거사범에게는 엄격하게 법이 적용되고 있음을 우리는 안다. 선거법을 위반한 사실이 드러나지 않았다고 해서 웬만해서는 선거법에서 자유롭기도 쉽지 않다.

앞으로도 선거는 꾸준히 이어진다. 많이도 시끄럽고 요란하겠지만 부디 이전투구를 벌이기보다는 신사적 경쟁 풍토가 만들어지면 좋겠다. 좀은 마뜩찮아도 정치인을 욕하기보다 더 많은 사람들이 투표에 참여하면 좋겠다. 우리의 과거를 돌아보면서 냉소를 넘어서 선거로 인해 받은 상처를 위로받으면 좋겠다. (2012. 4. 19)

사람의 길, 대동의 꿈

안동에 있는 한국국학진흥원의 유교문화박물관을 찾으면 맨 먼저 '대동大同'이라는 단어를 만난다. 건물 외벽에 '사람의 길, 대동의 꿈'이라고 씌어져 있고, 그 옆에 선비들의 핵심 덕목인 '절의節義'가 표기되어 있다. 건물 안으로 들어서면 판각 10만여 장을 비롯한 많은 유물들보다 먼저 '유교가 꿈꾸는 세상, 대동 세계' 안내판이 나타난다.

"위대한 유교이념이 구현되던 시대에는 어진 사람을 지도자로 뽑았고, 신의를 가르치고 화목을 닦았다. 노인은 여생을 편안하게 마칠 수 있었고, 젊은이는 능력을 발휘할 일을 가졌으며, 어린아이도 건전하게 자라날 여건을 보장받았고, 의지할 곳 없는 과부와 홀아비, 고아, 병든 자도 모두 부양을 받을 수 있었다……. (중략) 이런 까닭에 음모를 꾸미는 일이 생기지 않았고, 훔치거나 해치는 일도 일어나지 않았다. 이런 세상을 '대동 세계'라 한다."

'대동 세계'는 공자의 후학들이 설정한 일종의 이상사회이다. 명칭만 다를 뿐 이상사회의 전형으로 '요순시대'를 말하기도 한다. 플라톤의 이상국가도 공동소유, 남녀평등, 의무교육, 정의와 도덕의 문제, 다수결 원칙 등 오늘날 우리에게 여전히 유의미한 용어들이다. 인간은 생존 이상의 그 무엇을 추구하는 바, 아마도 대동이 꿈이 아닐까 싶다. 그것이 진정한 사람의 길이기 때문이다.

왕조시대에 이를 실현하는 방법은 어디까지나 임금을 통해서였다. 이른바 임금을 요순 같은 성군으로 만드는 일이 중요했던 것이다. 퇴계의 '성학십도'와 율곡의 '성학집요'는 임금을 성군으로 만들기 위한 노력의 일단이며, 조정의 경연 강의나 상소 등을 통하여 끈질기게 요구되었다. 한때 조광조가 인과 덕의 왕도정치를 앞세우며 실천유학이 일어

났으나 조선시대 유학의 주류는 성리학파의 이론 유학이었다.

사람의 길을 선도해야 하는 계층은 바로 유교에서 가장 떠받드는 선비였다. 그 중에서도 으뜸은 맹자가 말하는 '대장부론'이다. 벼슬과 재물의 유혹으로도 그 마음을 흩뜨릴 수 없고, 어떤 고난도 그 의지와 기개를 꺾을 수 없었다. 그런데 이것이 한 개인의 사상을 넘어 국가가 선택하고 추구해야 할 가치라면 현실로 옮기는 일은 그리 간단하지가 않다. 대동의 가치를 실현하려는 노력들은 사실 중국보다는 조선이 더 강했다.

그 대표적 인물이 정여립인데 후세 사람들에게 조선시대 유일의 공화주의자로 불린다. 그는 대동계를 만들어서 양반, 상민, 노비, 백정 등 신분 차이를 넘어 모두가 평등한 세상을 꿈꾸었다. 그러나 그는 반대파 당에게 모반으로 몰리며 임란 직전 개혁적 선비들의 떼죽음으로 이어져 조선왕조 쇠퇴의 한 원인이 되었다. 그럼에도 허균에게 배턴이 넘겨져서 가공인물 홍길동이 율도국이라는 이상 국가를 세우게 된다.

이런 대동사상의 가치를 실현하려는 노력들은 꾸준히 이어졌지만 실패를 거듭했다. 성군은 드물었고, 대장부의 길을 걷기보다는 파당에 충실한 짜가 선비들이 많았던 것이다. 마침내 중국에서는 1850년에 홍수전이 주동한 태평천국 봉기가 일어났는데 15년이나 계속되면서 유교의 대동을 허구로 보고 공자묘를 파괴하기도 했다. 임꺽정도, 장길산도 대동이 실현되지 못했기에 등장한 도적들이었다.

그렇게 세월은 흐르고 시대를 넘어 우리는 21세기를 살고 있다. 오늘날 우리들이 바라는 세상도 여전히 수천 년 전 공자와 플라톤이 꿈꾸던 세상의 또 다른 모습일 뿐이다. 한때는 공산주의 열풍이 휩쓸고 지나갔지만 그 이론을 제공한 사회주의자들도 대동의 꿈이 있었을 것이다. 풍요를 구가하던 시장경제도 자본의 횡포 앞에 헉헉거리고, 정의를 앞세운 진보도 대동 세계를 그리고 있겠지만 도덕성 문제로 몸살을 앓고 있다.

그래도 대동의 꿈은 여전히 포기할 수 없는 사람의 길이다. 중국은 지금 유교를 바탕으로 하는 '소강小康사회'라는 차선의 '이상사회론'을 제시하고 있다. 우리도 더 많은 사람들의 비전이 집약된 국가이상론을 설정하고, 실제로 국민을 섬기는 정부, 능동적 복지를 펼쳐나가는 나라가 되어야 한다. 더욱 노력이 필요한 것은 어떻해서든 성장의 열매를 더 많은 사람들과 나누어야 하고, 국민 다수의 행복지수를 높여야 한다. (2012. 6. 20)

버릇없는 아이들, 잘못 생각하는 어른들

제목을 이렇게 떡 뽑아놓고 보니 좀 이상하긴 하다. 아이들이라고 해서 어찌 다 버릇이 없을 것이며, 어른들이 하는 일이 어째서 다 잘못할 수 있느냐고 묻는다면 할 말이 없으니까. 그런데도 이렇게 뭉뚱그려서 통칭할 만한 부분이 있지 않나 싶다. 말하자면 세대 간에 불신과 불통의 벽이 엄연히 존재한다는 생각이 들어서이다.

어른들이 아이들을 가리켜 버릇이 없다고 말한 것은 아주 오래 전부터이다. 기원전 희랍의 소크라테스가 한 말은 대강 이렇다.

"청소년들은 사치를 좋아하고 버릇이 나쁘다. 어른의 권위를 비난하고 공경하지도 않는다. 그들은 어른이 방에 들어오는데 일어나지도 않는다. 그들은 부모들과 너무 다르며, 음식을 쩝쩝거리면서 먹고, 선생님들을 괴롭힌다."

아리스토텔레스도 "젊은 세대를 보면 나는 문명의 미래에 대하여 절망에 빠진다."고 한탄했던 말이 회자되고 있으며, 고대 이집트의 파피루스 기록에도 비슷한 글이 나온다.

신세대들의 사고나 행위에 대해 못마땅해 하는 기성세대들의 시각에는 동서고금이 따로 없는 모양이다. 지금의 어른들도 분명 신세대일 때가 있었을 테고, 자신을 돌아보면 버릇이 없었음을 인정해야 할 부분이 있을 것이다.

어른에 대한 젊은이들의 생각 또한 엇비슷하다. 부모와 자식 사이가 그렇고, 직장 상사와 아랫사람 사이가 그렇고, 스승과 제자 사이가 그렇다. 자식은 아버지의 일방통행에 불만이고, 아랫사람은 직장 상사를 말이 안 통하는 벽창호라며 투덜댄다. 학생들은 선생님을 고루하다며 딴 짓을 해대곤 하는데, 우리는 이를 가리켜 세대 차이라며 서로를 탓하기만 한다.

그런데도 여전히 인류 문명은 발달하고, 세상은 꾸준히 진화해간다. 기실은 어른들의 젊은이들에 대한 힐난도, 젊은이들의 어른들에 대한 부정적인 생각도 다 일방적으로 맞거나 틀린 것이 아니라는 말이다. 양쪽 다 반쯤은 맞기에 완전하지는 않지만 별 탈 없이 굴러가는 것이다. 다만 현대사회는 변화속도가 너무 빨라 어른들도, 아이들도 돌연변이가 좀 자주 출몰하는 게 걱정이기는 하다.

다 끝난 일이지만 지난 대선은 어느 때보다 세대 간 대결 양상이 두드러졌다. 기성세대들은 "니들이 배고픈 걸 아느냐, 한국경제의 기적을 누가 만들었냐."면서 기존질서를 지지하는 입장이었고, 반대로 젊은이들은 야당 후보의 정권교체론에 동의하면서 변화를 지지했다. 어른들은 안도의 한숨을 내쉬었지만 젊은이들은 '묻지 마 투표'에 불만이 많다. 승자는 패자를 품어야 하건만 오히려 패자를 약 올리는 어른 같잖은 어른들은 보기에 마뜩찮다.

신세대는 어느 시대를 막론하고 존재한다. 그리고 기성세대와 다르다는 이유로 잔소리를 듣곤 한다. "요즘 아이들이 뭘 모른다."고 혀를 차거나 "요즘 애들 버릇이 없다."는 개탄과도 닮아 있다. 그러나 신세대들이 기성세대와 다름으로 해서 아름답다는 사실도 기억해야 한다. 차세대들은 가능성의 주체들이며, 새로운 문화를 주도한다. 젊은 과학도들과 예술인, K-팝 가수들과 스포츠 스타를 보라.

그런데 그들이 살아갈 환경은 지금 어른들이 경험하지 못한 나쁜 상황에 직면하고 있다. 저출산 고령화 사회가 도래하고 경제 한파가 감지되고 있는 것이다. 고용이 불안하고 부동산 버블 붕괴도 염려된다. 힘든 것은 여기에만 머무르지 않는다. 환경과 에너지 문제가 걱정이고, 육아와 자녀교육도 벅차한다. 어른들은 성장 일변도의 세상을 살아왔지만 젊은이들이 살아갈 세상은 이처럼 불안정 요소가 도처에 널려 있다.

이런 처지의 젊은이들이 우리들의 자식이고, 자식들과 동시대를 살아가야 할 사람들이다. 동시에 이들은 대를 이어 역사의 수레바퀴를 돌려야 할 책무를 물려받아야 한다. 세대마다 짊어져야 할 짐이 있고, 주어지는 과제가 다르다. 따라서 어른들은 신세대들이 감당해야 할 여러 가지 난제들을 슬기롭게 풀어갈 수 있도록 장애물 제거에 지혜를 모아야 한다. 뿐더러 예측불허의 돌발변수에 대처할 국가 중장기계획을 치밀하게 수립해야 한다. (2013. 1. 15)

무엇이 성공하는 삶인가

"자주 그리고 많이 웃는 것, 현명한 이에게 존경을 받고 아이들에게서 사랑을 받는 것, 정직한 비평가의 찬사를 듣고 친구의 배반을 참아내는 것, 아름다움을 식별할 줄 알며 다른 사람에게서 최선의 것을 발견하는 것, 건강한 아이를 낳든 한 뙈기의 정원을 가꾸든 사회 환경을 개선하든 자기가 태어나기 전보다 세상을 조금이라도 살기 좋은 곳으로 만들어 놓고 떠나는 것, 자신이 한때 이곳에 살았음으로 해서 단 한 사람의 인생이라도 행복해지는 것, 이것이 진정한 성공이다."

미국의 시인이자 사상가인 '에머슨'이 쓴 '무엇이 성공인가'라는 글이다. 그는 하버드대 신학부를 졸업하고 목사가 되었으나 그의 사고와 맞지 않아 그만두었다. 그는 종교적 독단이나 형식주의를 배척하고, 범신론적인 초월주의자였다. 1803년에 태어난 그는 미국 사상계에 큰 영향을 끼쳤다. 한국에서도 『세상의 중심에 너 홀로 서라』 등 번역본이 출간되었다.

에머슨이 태어나던 즈음의 조선은 개혁군주 정조가 승하(1800)하고, 북학파의 영수인 연암 박지원(1805)이 세상을 떠났다. 그리고 연암의 손자 박규수(1807)가 서울 북촌에서 태어났다. 이용후생학파 학자들이 학문을 논하고, 규장각이 조선 후기 문화를 주도하던 시대였다. 에머슨의 사상이 한창 무르익던 19세기 후반의 박규수 사랑채에는 실학을 개화사상으로 연결시킨, 그를 따르던 내로라하는 젊은 인재들이 드나들고 있었다.

그런 역사성을 가진 그곳에 긴 세월이 흐른 후 헌법재판소가 들어섰다. '박규수 선생 집터'라는 표지석이나 천연기념물 8호로 지정된 백송이 그런 역사를 증명하고 있다. 제헌 헌법은 헌법위원회로 하여금 법률의 위헌 여부를 심사하게 하였지만 민주화의 열기와 함께 1988년에 헌법재판소가 설립되어 길지 않은 기간 동안 많은 판례를 축적해왔다.

헌법재판소는 국가권력의 남용을 통제하는 특별법원이다. 삼권분립과는 따로 존재하는 독립적 기관이며, 재판을 통하여 헌법의 최고 규범성을 담보하고, 국민의 자유와 권리를 보장하는 사법기관이다. 이곳에는 9명의 재판관이 근무하며, 이 중 소장은 대통령이 국회의 동의를 얻어 임명하는데 임기 6년에 정년은 70세다. 범인들은 감히 쳐다보지도 못할 자리다.

그 자리는 지극히 좁은 문을 통과한 사람들만이 앉을 수 있다. 타고난 영재성과 최고의 학벌 출신에다 선택받은 사람만이 후보가 된다. 역할 또한 중차대하기 그지없다. 그렇기에 최고의 예우도 받는다. 재판관의 업무추진비도 엄청난데 여기에다 특정업무경비를 연간 4천만 원씩 받으니 소장이야 더 말할 필요가 없다. 가히 성공한 사람들의 전형이 아닌가.

그런 헌법재판소장 후보자를 두고 우리는 왜 한 달을 넘게 피곤한 입씨름을 하고 있는가. 청문회는 정말 생계형 권력주의자로 몰아붙여서 그가 인격 살인을 당했을까. 혹여 실패를 몰라서 교만에 빠진 사람은 아닐까. 아니면 자신이 성층권에 살고 있다고 생각하는 용렬한 위인은 아닐까. 그런 그가 자진 사퇴는커녕 오히려 반발이 만만찮다. 마침내 참여연대는 그를 횡령 혐의로 고발했다. 이쯤 되면 그가 이룬 성공은 사상누각일 뿐이다. 이미 헌법재판소장을 지낸 차기 국무총리 후보도 별반 차별성을 느끼지 못한다.

세상에는 자신의 인생을 성공으로 이끄는 사람들이 많다. 그런 사람들 중 필자보다 훨씬 젊은 사람임에도 존경하는 마음까지 품은 것은 그리 오래지 않다. 그들은 힙합 가수와 영화배우가 만나 부부가 된 '션 앤

정혜영'이다. 그들의 삶을 주도하는 남편은 열여섯 살에 가출하여 많은 실패를 딛고 가수로 진출했고, 영화배우 아내를 만나 4남매를 낳아 키우면서 더없는 남편이요, 아버지로 살아가고 있다.

그들은 보통 사람들의 생각을 훨씬 뛰어넘는다. 기부금의 액수도 그렇지만 기부행위에 대한 생각 자체가 너무도 훌륭한 나머지 빛이 날 정도다. 돈이 많아서는 결코 아니다. 자신들만 행복할 수 없어서, 돕고 있는 사람들의 처지가 너무 마음 아파서란다. 그들 부부의 마음은 진정한 천사이고 재벌이다. 자, 누가 성공하는 삶을 살고 있는가. (2013. 2. 19)

매일 이별하며 살고 있는 자의 넋두리

나이가 많아질수록 주변 사람들이 점차 떠나간다. 대개 그렇듯이 나도 부모님을 여의었고, 한 분밖에 없던 형님마저 떠나보냈다. 집안과 이웃의 많은 어른들도 저 세상 사람이고, 친구들이나 교단지우들도 더러는 돌아오지 못할 강을 건넜다. 그 중에는 생전에 정을 나누고 교감한 사람들도 많기에 문득문득 보고 싶고 그리울 때가 있다.

겨울을 지나오면서 두 달 간격으로 친구 둘을 잃었다. 주말에도 시간 내기가 어려운 직업을 가져서 생전에 자주 만나진 못해도 가까이 지내고 싶은 좋은 친구들이었다. 어쩌다가 만나면 반가운 인사를 나누곤 했는데 이제는 다시 만날 수 없다.

친구의 영정 앞에서 한 잔 술 올리며 영혼의 안식을 빌었다. 이런 부음을 접할 때마다 누구도 죽음으로부터 자유로울 수 없고, 나 또한 예외일 수가 없다는 것을 새삼 확인하게 된다.

한 친구는 교통사고로, 또 한 친구는 병을 못 이겨서 세상을 떠났다. 조금 빨리 끝낸 친구들의 인생에 대한 안타까움과 더불어 지난 연말에 잇달아 두 번이나 겪은 낙상 사고를 떠올렸다. 조금 더 심하게 넘어졌으면 어떻게 되었을지 참 아찔하다. 이쯤 되고 보니 어떻게 살아야 덜 후회하고 떠날 것인가 하는 생각을 좀 자주 하게 되었다.

덜 후회하는 삶을 살고 싶다는 생각은 비단 죽음 앞에서만 느껴지는 것은 아니다. 이미 건강을 잃은 사람들을 보면 그렇고, 요양병원에 가 보면 더욱 그렇다. 과거에 마음을 많이 나누었던 사람들과 자주 이별하게 되는 것도 그런 생각이 들게 한다. 만남과 헤어짐이 빈번하게 이루어지는 현대인의 삶의 구조 때문에 좋은 사람을 좀 더 오래 품고 그리워할 여유를 못가진다.

동시에 자신은 사람들과 어떤 관계를 맺으면서 살아가고 있는가를 되짚어보게 된다. 이럴 때 가장 떠오르는 글이 함석헌 선생의 '그런 사람을 그대는 가졌는가!'이다.

'만 리 길 나서면서 처자를 내맡기며 맘 놓고 갈 만한 사람, 마음이 외로울 때도 저 맘이야 하고 믿어지는 사람, 구명보트를 서로 사양하며 너만은 제발 살아다오 할 사람, 이 세상을 놓고 떠나려 할 때 너 하나 있으니 하며 빙그레 웃으면서 눈을 감을 사람…….'

부끄럽게도 나는 그런 사람을 갖지 못했다. 하지만 그리 서운해 할 일은 아니다. 내가 남에게 그런 사람이 되어주지 못했는데 어찌 그런 사람이 내 곁에 있어주기를 기대한단 말인가.

살아오면서 참 많은 사람들과 만나고 헤어졌다. 해마다 아이들과 헤어졌고, 동료들과 이별했다. 너무 빈번하여 이별의 의미를 새길 틈이 없었고, 깊이를 느낄 겨를이 없었다. 지금도 아는 사람들이 매일매일 마음속에서 저만치 멀어져 가고 있다.

현대인들의 삶이 대개 이러하니 어느 시인은 '이별 없는 시대'라는 표현을 쓰기도 한다. 만남만큼이나 아름다운 것이 이별이거늘 그래서는 안 되는 줄 알면서도 우리는 이별에 대해 너무 예의가 없다. 함께 있을 때는 서로 믿고, 따르고, 정을 나누고, 의지하다가 막상 헤어지고 나면 인연을 이어가기 어렵다. 심지어는 세상과 마지막으로 이별하고 있는 사람마저도 너무 빨리 떠나보내고, 서둘러 슬픔을 거둬들인다.

이런 풍토를 아쉬워하면서 '무소유'의 법정 스님이나 '울지 마 톤즈'의 이태석 신부처럼 떠올리고 싶은 사람이 있다. 컴퓨터와 관련하여 위대한 업적을 남기고 만 47세의 나이로 5년 전에 세상을 떠난 '랜디 포시' 교수이다. 그는 시한부 인생을 살면서 '마지막 강의'에서 수많은 사람들에게 감동을 주었다. 천만 명 이상이 그의 강의 모습을 동영상으로 보았고, 그 강의를 토대로 쓴 책은 280만 부 이상의 판매를 기록하며 베스트셀러가 되었다.

"감사할수록 삶은 위대해진다, 행운은 준비가 기회를 만날 때 온다, 모든 사람에게서 좋은 면을 발견하라, 가장 어려운 일은 듣는 일이다, 내일을 두려워하며 살지 말고 바로 지금 이 순간을 즐겁게 살아라, 피할 수 없는 현실은 당당히 맞서라."

고승高僧들에게는 '천화遷化'라는 꿈이 있었다. 떠날 때를 예감하고 홀로 골짜기로 들어가 흔적 없이 사라지는 것이다. 포시 교수는 큰 감동을 세상에 선사하고 아름답게 떠나갔다. 마지막 숨을 거둘 때까지 조크와 웃음을 잃지 않았다고 전한다. 얼마나 깊은 내공을 쌓아야 이런 현대판 천화에 이를 수 있을지 존경스럽기 그지없다. (2013. 3. 25)

제2장

생각의 울타리

산문일고 散文逸稿

운문사를 찾아서 [1975. 10. 25(토)~10. 26(일)]

가정실습으로 며칠 쉬는 동안 갑갑한 가슴을 털어내고자 쉽게 계획한 운문사행 아침은 그리 상쾌하지 못했다. 같이 근무하는 J선생, 이웃 학교의 L선생과의 다소 불분명한 결합인 데다 그냥 재 너머 운문사를 목표로 했을 뿐, 태산준령인 지형에 대한 사전 지식이 턱없이 모자랐다. 뿐더러 준비물 또한 냄비와 수저, 라면 몇 개, 쌀 조금, 밑반찬 약간 정도로 많이 허술했다.

대강의 준비물을 챙겨서 궁근정에 이르니 11시 30분이었다. 수업이 끝날 때까지 L선생 방에서 김정호의 노래를 들으면서 기다렸다. 방을 살펴보니 책장에는 쌓인 먼지가 가득하고 구석구석 땀 냄새가 진동을 했다. 그러나 그리 책할 바는 못 된다. 무언가 한 가지를 추구하기 위해서는 다소의 무질서를 용인해야지 않겠나. 기다리는 시간은 원래가 지겨운 법, J선생과 바둑 한 판을 두고 난 뒤에서야 종례가 끝난 모양이었다. 점심을 빵으로 때우려다가 아무래도 안 될 것 같아 근처 식당에서 라면을 시켜서 먹었다.

두시 무렵 궁근정국민학교에서 출발했는데 걸음을 재촉하여 석남사 입구에 도착하니 14시 25분이었다. 대강 이렇게 하면 될 것이라는 생각에 석남사 오른쪽으로 돌아 좀 오르니까 사이길이 나왔다. 분명 등산길인데 너무 좁고 가팔랐다. 숨을 헐떡이며 한 시간 정도를 오르다보니 가지산으로 이어지는 큰길이 나왔다.

아니 이것 참 몸은 또 왜 이런가. 이빨은 쑤시지, 귀는 윙하고 머리가 흔들거렸다. 수건을 머리에 매고 걸으면서 귀바위를 지나고 쌀바위를 지나도 운문사로 가는 서북으로 뻗은 길은 보이지 않았다. 이어진 큰길을 계속 가다보니 1,239m의 가지산 최고봉에 이르렀다. 햇살이 멀

리가고 구름이 덮이는가 싶더니만 동쪽으로부터 자욱한 안개와 운해
가 밀려오면서 시계가 매우 흐려졌다.

시간은 이미 17시 25분, 조금 휴식을 취하면서 더 이상의 전진을 포
기하지 않을 수 없었다. 왔던 길을 되돌아오니 어느 새 구름은 걷히고
어둠이 산하를 꽉 덮었다. 멀리 울산공업단지 불빛이 반짝이고, 골짜기
마다 산재한 마을들이 불을 밝히고 있었다. 산기슭의 산사에도……. 우
리가 걷는 길이 큰길임을 다행으로 생각해도 땅의 기복과 돌부리는 밤
길을 더디게 했다. 경남북을 가르는 최저 능선 지점인 운문령에 이르렀
을 때는 시간이 19시였다.

사방은 깜깜하여 옆에 앉아 있는 동료의 얼굴마저 잘 보이지 않았다.
엉성하게 계획한 운문사행이었지만 가지산 정상에 발을 디딘 것에 만
족하려니 아무래도 좀 섭섭하였다. 어둠 속에서 길을 살피다보니 북쪽
으로 다소 큰길이 보였다. 운문사로 이어지는 길임에 틀림없어 보였다.
하늘엔 은하수가 길게 남북으로 가르고 북극성을 좌우로 북두칠성과
카시오페이아가 선명하게 보였다. J선생은 하산했다가 내일 다시 도전
하자고 하고, L선생은 가지산 정상 정복으로 만족하자고 했다. 이런저
런 고민을 하다가 좀은 무리긴 하지만 야간 산행을 해보자는 나의 의견
에 모두 동의하여 운문사 방향의 길을 걷기 시작했다.

사방은 고요하고 세 사나이의 발자국 소리가 유난히 크게 들렸다. 다
닳아가는 전등을 땅에 비추면서 울퉁불퉁한 돌밭 길을 걷노라니 좀은
으스스한 느낌에 겁이 나기도 했다. 차바퀴 흔적이 있는 걸 보면 계속
큰길이 나 있음이 틀림없음을 확인했다. 빈속을 채우려고 길 가면서 먹
은 생라면이 물을 요구했다. 계곡을 흐흐는 물을 흠뻑 마시고 수통에
채워 앞으로 몇 시간이 걸릴지도 모르는 야행 길을 계속 걸었다. 40분
쯤 걸었을까, 개가 짖고 불빛이 보였다. 주인을 불러 길을 물으니 운문

사까지 30리요, 10리만 더 걸으면 마을이 나온단다. 조금 더 걸으니 또 한 채의 오두막이 보였다. (수십 년 지나서야 이곳에 1967년 무장공비가 출몰하여 길천초등학교 동문인 당시 32세의 정두표 씨가 희생당한 곳임을 알았다.)

발에 채이는 것이 돌이요, 약간 빛나는 것이 물이렷다! 낯선 산하를 이렇게 밤길 걸으면서 무작정 끝없이 가고 싶다는 생각도 들었다. 그런데 텅 빈 속이 자꾸만 밥 생각을 나게 했다. 한참을 걸으니 산골짝 호롱불 아래엔 정담이 오가고 마당 가득한 볏짚과 볏섬을 보니 늦가을 들녘과는 무척이나 대조적이었다. 길을 물어가며 출발한 지 세 시간 뒤에야 전깃불이 밝고 제법 사람들이 모여 사는 곳 같아 보였다.

같은 부류의 사람을 만나면 반가운 것이 어쩌면 동병상련이라는 말을 만들었는지 모른다. 학교를 만난 것이다. 학교 안을 둘러보니 벽지라고 하기에는 좀은 괜찮아 보이는 위치와 교정이었다. 적당히 자리 잡은 건물 배치와 아기자기하게 설치된 시설물들이 은은한 달빛 아래 그 모습을 약간씩 내보이고 있었다. 우리가 찾는 숙직실이 보이지 않아 갈증도 풀 겸 학교 앞 상점에 들어갔다. 이 학교가 '문명국민학교'라는 것과 선생님이 모두 여덟 분이라는 것, 젊은 선생님이 없다는 이야기도 들었다.

여기서 운문사까지는 오리 길이요, 잘 곳은 쉽다고 했다. 기왕이면 돈 안 받는 학교 숙직실을 이용하려고 30여 분을 애써도 찾지 못했다. 다리 난간에 걸터앉아 숙식을 걱정하던 차 숙직교사인지 손전등을 들고 학교를 순찰하고 있었다. 때를 놓칠 새라 다가가 사정을 얘기하니 쉽게 문제가 풀렸다. 초면인데도 사람 좋아 보이는 문을수 선생님이었다. 숙직실은 군불을 지펴서 뜨끈뜨끈했다. 여장을 풀고 밥을 지어먹고 나니 12시 30분이었다. 조금 전 부엌 앞에서 졸던 때와는 달리 잠이 안 왔다. 지나친 피로가 오히려 잠을 멀리 하는 것 같았다. 세 사람은 서로 오늘을 이야기하다가 억지로나마 잠을 청하려 하는데 밖에서 인기척이 났다. 문 선생님이 말씀하신 전달부 아저씨였다. 구차한 얘기를 겨우 끝내고 다시 누워 곤한 잠을 잤다.

다시 아침이 왔다. 밥을 지어먹고, 운문사를 둘러보고, 암자로 난 길을 지름길로 알고 한참이나 산을 헤매다가 다시 골짜기를 따라 내려왔다. 간밤에 지나왔던 그 길로 돌아오면서 이제 생활의 나태함을 낙엽 태우듯 날려 보내리라 다짐했다. 고생을 각오한 한 번의 모험이 이렇게 길이 남을 추억으로 새겨질 줄이야.

꽃돌이, 그리고 강아지들

날씨가 채 풀리지 않던 어느 해 3월 초, 며칠 집을 비우다가 돌아오니 엉덩이가 헐고 한 쪽 다리를 저는 작은 개 한 마리가 사택 안으로 들어와 있었다. 유기된 발바리 종류의 수캐로서 떠돌다가 사택 안에 추위를 피할 만한 곳을 찾아든 모양이었다. 그곳은 현관 아래 빈 공간인데 바람이 낙엽을 옮겨다 놓아서 비바람을 피하기에 썩 좋은 환경이었다. 불쌍하다 싶어 먹을 것을 조금 주었더니 아예 그곳에 터를 잡고 나가지 않았다. 주인도, 나이도 알 길 없는 이놈을 꽃샘바람 시작되던 때 들어왔다고 하여 '꽃돌이'로 이름 지었다.

원래 개를 좋아하지 않아서 키울 생각이 없었지만 측은지심으로 시작된 이 뜻하지 않은 동거가 두어 달 지나면서 조금씩 생각이 달라졌다. 사료도 먹이고, 급식소 잔반을 얻어다 먹였더니 다리는 여전히 절었지만 헐었던 곳에 새 살이 채워지고 털에 윤기가 났다. 여전히 사람을 경계하지만 학교 아이들은 꽃돌이를 좋아했다. 가지마다 새로 돋아난 나뭇잎들이 찰랑거리고 밤공기가 풋풋하게 느껴지는 저녁의 교정을 산책하는 날이면 어김없이 이놈도 동행했다.

저녁에는 부부가 오도카니 살고 있는 사택 지킴이가 되어 열심히 짖어댔다. 그 소리가 싫지 않았다. 물이 차고 모내기가 시작되면서 저녁마다 개구리들의 합창이 시작되고, 어느 날 아침부터인가 자주 들리던 까치소리 대신 뻐꾸기 소리가 가까이서 들리면서 개 짖는 소리는 정겨운 소리의 한 축이 된 것이다.

여름이 가까워질 무렵 꽃돌이는 어디서 올랐는지 온몸에 벼룩이가 달려들어 매우 근지러워 했다. 목욕을 시키고, 몸에 약을 치고, 벼룩을 잡아주고, 개집을 지어주었다. 그래도 여전히 이놈은 사람을 경계하고 손에 무엇을 들었다 하면 지레 겁을 먹고 도망가곤 했다. 사랑을 받지 못하고 핍박받으며 크면 아마 사람도 저러하리라는 생각도 들곤 했다.

그래도 같은 식구라는 생각으로 거두면서 그럭저럭 정이 들어가던 어느 날 이놈이 보이지 않았고 하룻밤을 자고 나도 돌아오지 않았다. '아이고 이놈이 개장사한테 잡혀가서 생을 마감했구나.' 하는 생각이 들면서 참 불쌍하게 여겨졌다. 일주일쯤 뒤 한 아이가 하는 말이 '꽃돌이'가 자기 집 근처에 있다는 것이었다.

반가운 나머지 곧장 자전거를 타고 몇 번이나 이웃 동네에 찾아가 봐도 보이지 않았다. 그런데 그놈이 열흘 쯤 뒤 대문 앞에 나타난 것이었다. 눈은 퀭하니 들어가고, 그동안 올랐던 살은 다 빠지고, 털은 부스스하여 더욱 불쌍한 모습이었다.

그래도 죽었다 싶던 놈이 살아 돌아오니 얼마나 반갑던지 먹을 것을 듬뿍 주면서 '집 나가면 개고생이니 다시는 나가지 말라.'며 타일렀다. 그런데 웬걸 수시로 보이다가 안 보이다가를 반복했다. 그 소리를 들은 동네 이장댁 아주머니가 일러주었다.

"이웃 동네 어딘가에 발정한 암놈이 있어서 그놈이 바람이 난 것이다."

그 소리를 들으니 괘씸하기 그지없었다. 아니 우리 내외가 제 놈한테 얼마나 잘해주었는데, 처지가 불쌍하여 꿈에도 나타나곤 했는데 이럴 수가 있나 싶고 배신감마저 드는 것이었다. 동물의 종족 보존 본능을 생각하면 좀은 이해가 되다가도 그 뒤로는 제 놈이야 나가든 말든 무심하였고 밉기까지 했다.

개는 내게 지금까지 그다지 좋지 않은 기억을 만들어오곤 했다. 그 기억들은 대개 70년대 이전 어릴 적에 겪은 오래 묵은 것들이다. 여기서 말하는 개는 진돗개도 아니고 풍산개도 아니고 족보도 없는 그냥 똥개다. 아주 어릴 때는 똥이라도 쌀라치면 어슬렁거리며 다가오는 개가 무서웠고, 동네 싸돌아다니다가 덩치 큰 개를 만나면 덜컹 겁이 나곤 했다. 특히나 그런 개가 있는 집에 심부름이라도 갈라치면 컹컹대는 소리만으로도 공포의 대상이 되곤 했다.

정말 더 안 좋았던 기억은 개를 잡는 과정에서 펼쳐지는 끔찍한 장면들, 이를테면 노끈으로 목을 조른다든지, 뜨거운 물을 부어서 죽은 개의 털을 제거하거나 털을 태운다든지 하는 것들 때문이다. 어떤 때는 아버지가 껍데기를 벗긴다고 감나무에 묶어놓고는 다리를 잡으라고 할 때도 있었는데 혹여 피가 손에 묻을까 봐, 칼에 손을 다칠까 봐 얼마나 무서웠는지 모른다.

그래도 사람의 마음이 참 이기적이게도 개고기를 먹는다는 것에 대해서는 죄의식은커녕 몇 날 며칠을 잘도 먹었다. 우리 집이 개고기와 가까워진 것은 아버지의 건강 때문이었다. 20대 후반부터 속병을 앓기 시작한 아버지는 곤궁한 살림에 가성소다와 활명수는 물론이고 겨울이면 보약뿐만 아니라 조청에 들깨를 섞어서 잡수시곤 했지만 그다지 차도가 없으셨다. 죽을 자주 드시는가 하면 밥이 좀 되기라도 하면 그날 밥상은 온전치가 못했다. 먹을 것이 귀하던 시절에 별달리 보양식을 조달할 길이 없으니 아버지는 그렇게 개고기를 가까이 하셨고, 덕분에 우리 식구들은 모두 그런 식습관에 익숙해져 갔다.

다행히도 아버지의 연세가 쉰이 넘어가면서 앓던 속병이 잦아들어 간간히 잡수셨을 뿐 그렇게 빈번하지 않으니 자연스레 우리 식구들도 고만고만한 정도가 되었다. 어찌 되었거나 어릴 적의 개에 대한 나의 경험은 그다지 유쾌하지 못했고, 세상이 바뀌어서 애완견이 등장하면서부터도 실내에서 개를 키웠을 때 위생적인 문제, 유기견의 문제나 반

려동물에 대한 지나친 의존성도 여전히 우호적 생각을 엷게 한다.

가뭄이 극심하던 그해 가을 어느 날 발바리 종류의 강아지 한 마리가 사택의 새 식구가 되었다. 보름 쯤 뒤에는 다시 진돗개 새끼 한 마리가 또 들어왔다. 개도 개 같지 않은 개를 기른다면서 아는 사람들이 갖다 준 강아지들이었다. 먼저 들어온 놈은 가을에 왔으니 '가을이', 또 한 놈은 새벽에 갖다놓고 갔다고 '새벽이'로 이름 지었다. 진짜 식구도 늘었다. 시월 마지막 날에 첫 손녀가 태어났다는 소식이 목포에서 왔었다.

이거 참 뜻하지 않게 사택 안에 개가 세 마리나 되었으니 난감하기 짝이 없었다. 하는 수 없이 먼저 들어온 '꽃돌이'를 처분하기로 하고 그 놈을 유인하여 대문에 끈으로 묶어두었다. 그래도 그놈이 끌려가는 것이 보기 싫어서 가져가기로 한 사람에게 주인 없을 때 데리고 가라고 했는데 어느 날 외출에서 돌아오니 정말 없었다.

많이 안쓰러웠다. 지난여름 내내 바람이 나서 무단가출을 수도 없이 반복하면서 바싹 골은 데다가 눈덩이마저 생채기가 나서 흉하기 그지없는 몰골을 하고 있어서 싫기도 했지만 상황이 어쩔 수 없었다. 아이들이 꽃돌이 어디 갔냐고 물었을 때 나는 궁색한 거짓말을 했다.

"새벽이 하고 바꿨다!"

신기하게도 이 두 마리의 암놈 강아지들은 어미와의 분리 불안 없이 처음부터 잘 적응했다. 먹이를 사오고, 개집도 새로 하나 사고, 묶을 줄도 마련했다. 보온을 위한 헌옷도 넣어주었다. 강아지들이 온 뒤로 아이들은 신이 났다. 특히 유치원생과 1학년 아이들은 등교하자마자 교실로 가기 전에 사택에 들어와서 들여다보고, 만져보고 하면서 귀여워했다. 한 아이의 말이 아직도 귀에 맴돈다.

"교장선생님, 우리 학교가 너무 좋아요."

"왜?"

"가을이와 새벽이가 있어서요."

우리 내외는 강아지들에게 정도 많이 쏟았고 덕분에 외롭지도 않았다. 겨울이 다가올 무렵에는 춥지 않게 옷가지도 더 넣어주고 정성을 쏟았다. 열심히 먹이를 주고 개똥도 부지런히 거름 무더기에 묻었다. 봄이 되면서부터는 저녁시간이면 나란히 한 마리씩 몰고 운동장을 돌았다. 한 번씩 놓아주면 두 놈은 간만의 자유를 만끽하면서 제 맘대로 쏜살같이 달리다가 둘이서 싸우고 장난치고 하면서 재롱을 피워댔다.

덩치의 차이가 엄청나도 발바리인 가을이는 좀처럼 새벽이에게 힘의 열세를 인정하려 들지 않았다. 두 놈은 감각은 얼마나 예리한지 출근할 때는 못 본 척해도 운동하러 나가는 모습을 보면 풀어달라고 낑낑대며 야단이었다.

초여름 어느 날 사택 주변에 수캐들이 여러 마리 우르르 몰려들었다. 키우는 가을이의 암내가 근동에 났던 모양이었다. 수캐가 접근하는 것을 차단하기 위한 갖은 노력에도 불구하고 그들의 공략을 막지 못했다. 가만히 응한 가을이도 그렇지만 짖지 않고 구경한 새벽이도 공범이었다. 일이 치러지는 장면을 목격하고는 물을 덮어씌우는 등 억지로 분리시켰으나 상황이 종료된 것을 확인하는 데는 그리 오래 걸리지 않았다. 얼마 지나지 않아 가을이의 젖꼭지가 조금씩 커지더니 배도 점점 불러왔다. 그게 그리 미웠지만 동물의 생태가 원래 그러려니 생각하니 용서가 되었다.

분양되어온 지 만 1년이 조금 넘은 시월 하순에 가을이가 강아지를 네 마리나 낳았다. 세 마리는 에미를 닮았고 한 마리는 애비를 닮았다. 다시 사택은 아이들로 붐볐고 날마다 난리가 났다. 네 마리의 강아지들은 태어나자마자 전교생의 사랑을 듬뿍 받았지만 모두 거둘 수가 없으니 한 달이 좀 넘어서 뿔뿔이 흩어졌다.

그런데 가장 빌빌대던 한 마리는 끝내 적응을 못하고 돌아왔다. 태어난 강아지를 포함하여 한때 여섯 마리에서 두 마리가 줄어든 네 마리와 다시 겨울을 보냈다. 애비 닮은 털보 강아지는 '보야'로, 다시 돌아온 강아지는 아담이를 줄여서 '담이'로 불리며 함께 추운 겨울을 나는 동안 뒷바라지하는 일이 여간 성가신 일이 아니었다.

다시 봄을 맞으면서 보야는 분양되었지만 그래도 세 마리는 내게 벅찼다. 먹이를 대는 일, 똥을 치우는 일, 운동시키는 일도 그렇지만 냄새도 나고 털이 빠지고 하니 참 소득 없는 짓을 한다는 생각이 들어서 담이만 남기고 팔아넘겼다. 매일 눈을 맞추며 정이 든 강아지들과의 이별도 한참 동안이나 짠했다.

외롭게 남은 담이가 사랑을 독차지한 기간은 그리 길지 않았다. 6월 무렵 친구들과 제주도를 갔다 오니 이놈이 널브러져 있는 것이었다. 숨은 떨어지고 강아지의 몸은 싸늘했다. 왜 죽었는지는 정확하게 잘 몰라도 아마 뭘 잘못 먹은 게 있었던 것 같았다. 사람이 관리를 잘못하여 이렇게 된 것 같아 담이에게 미안하기 그지없었다. 벚나무 아래 묻은 담이는 세월이 지나면서 해마다 아름다운 꽃으로 부활할 것이다.

키우던 동물과의 이별, 이것도 차마 사람이 할 짓이 못 되는 것 같았다. 동물에 대한 각별한 애정이 있는 사람만이 그들을 키울 자격이 있지 아무래도 나는 그런 사람이 못 된다는 자책이 많이 들었다. 이제는 책임도 지지 못할 강아지들이기는 안 할 것이다. 그들의 모습과 눈망울들을 떠올리며 다시는 개로 태어나지 말고 존귀한 몸으로 환생하기를 기원한다.

오래된 선거

선거의 계절이 다가왔다. 여기저기 길목 좋은 곳에는 신수 훤한 예비후보자들의 모습들이 대형 현수막에서 펄럭거린다. 나이가 든 사람일수록 선거에 대한 경험은 많겠지만 그런 경험이 많다고 해서 민주주의를 더 많이 만끽했다는 건 당연히 아니다. 선거라는 형식을 거쳤지만 우리가 경험한 선거가 상당 부분 공정하지 못했다는 것을 너무도 잘 알기 때문이다.

5~60년대의 고무신 선거가 그랬고, 3·15 부정선거가 그랬다. 유신헌법이 만들어지는 과정에서의 국민투표가 그랬고, 유정회 출신 국회의원도 많이 이상했다. 통일주체국민회의대의원 선거도 참 희한한 경험이었고, 체육관에서 선거인단이 뽑던 대통령 선거도 우리의 부끄러운 자화상이다.

세몰이를 하면서 엄청난 선거비용을 유발했던 시절도 있었다. 차떼기로 현금이 오고간 것이 사실로 드러났고, 지금도 약간은 잔존하는 것 같기도 하다. 그래서 이걸 막느라 선거사범에게는 엄격하게 법이 적용되고 있음을 우리는 잘 안다. 선거법을 위반한 사실이 드러나지 않았다고 해서 웬만해서는 자유롭기가 어렵지 않나 싶다. 어느 날 기초의회 의원들까지 정당공천제로 바뀐 것이 무엇 때문인지는 잘 모르지만 원래대로 돌려놓아야 한다.

내가 경험한 최초의 선거는 분단장 선거다. 초등학교 2학년 때 아이들이 손을 들어서 정하는 분단장 선거에서 표로 뽑히고도 담임선생님에 의해 거부당했던 아픈 기억의 선거다. 이유는 콩알만 하게 작은 데다 복장이 남루하고 꾀죄죄하여 부적격 판정을 받은 것이다.

그 생각을 하면 선생님이 약간 원망스럽다가도 그럴 만도 하다는 생각을 하곤 한다. 그런데 내 머릿속에는 정말이지 평생 지워지지 않는 오래된 선거가 하나 있다.

때는 60년대 중반 중학교 다니던 시절로 거슬러 올라간다. 한 학년이 겨우 두 반에다가 남녀공학의 시골 중학교였다. 2학년에 갓 올라와서 얼마 지나지 않은 어느 날 전교 학생회장단 선거가 예고되었다. 회장이야 당연히 3학년 몫이고, 우리 학년에는 남녀별로 각 한 명씩 부회장을 뽑게 되어 있었다. 애당초 나는 그런 선거에 나갈 제목이 되지 않음을 자신이 잘 아는 터, 관심이 있을 리 없었다.

우리 학년의 부회장에는 공교롭게도 남녀 각각 두 명씩 출마를 하게 되었다. 그런데 마치 러닝메이트처럼 짝을 이루면서 공동전선을 구축하게 된 것이다. 당시 우리 중학교는 대개 세 개의 초등학교 출신들이 같은 중학교를 다니고 있었다. 그게 참 이상한 것이 그것도 무슨 지지 기반이라고 세 개의 출신교 중 세력이 많이 약한 쪽에서는 대개 후보자조차 내지 못하고 남은 두 학교에서 각각 한 명씩 출마한지라 모양새가 제법 그럴 듯하였다.

정말 묘한 일은 같은 초등학교 출신들끼리 짝을 이룬 것이 아니라 서로 엇갈리게 짝을 이룬 것이었다. 어느 날 보니 나는 나랑 같은 초등학교를 나온 후보자의 편이 아니라 다른 학교를 나온 후보자의 편이 되어 있었다. 지지한 후보와는 상대적으로 우호적 관계였고, 다른 후보와는 아주 사소한 어떤 문제로 인해 생긴 약간의 감정 때문에 그렇게 된 것 같다.

명색이 참모 격인데 정책도, 공약도, 연설문도 전혀 참여한 기억이 없다. 다만 저녁이면 이 동네, 저 동네로 몰려다니면서 선거운동 흉내를 내곤 했다. 표가 있는 집 앞에 가서 사람을 불러내어 한 표 부탁한다는 뭐 그런 선거운동에 끼어 다닌 게 전부다.

이동거리가 멀기도 하고 날씨도 제법 추웠을 텐데 힘들었다는 기억은 별로 없다. 아마 여학생들과 어울려 다니는 그게 재미있었던 모양이다. 추워서 덜덜 떨어가면서 다닐 때 덩치 큰 여학생들이 그때 유행하던 하얀 나일론 목도리로 감싸주던 기억도 나고, 약간의 간식도 나눠먹었던 것 같은데 기억에 별로 없다. 호떡, 라면, 어묵 같은 간식은 그 이듬해 나온 것 같다.

어느 날 저녁에 천곡이라는 동네로 선거운동을 나갔다. 두 패로 나뉘어서 남학생끼리만 어떤 여학생 집을 찾아갔다. 한 친구가 여자 목소리 흉내를 내며 그 집 여학생의 이름을 불렀다. 그런데 그 여학생 대신 아버지가 벼락 치듯 "이놈!" 하고 고함을 지르며 달려 나오는 것이었다. 그때 집 앞에 서 있던 남학생 대여섯 명은 혼비백산하여 줄행랑을 놓았다. 나는 바로 집 앞에 있던 제법 높은 채전 밭 울타리를 뛰어넘었는데 그걸 어떻게 뛰어넘었는지 지금 생각해도 신기하기만 하다. 다행히 한 사람도 잡히지는 않았고 그 어두운 밤에 다친 사람도 없었다. 우리끼리 얼마나 안도의 숨을 쉬었는지 모른다.

선거운동 기간이 끝나고 드디어 선거일이 다가왔다. 투표가 모두 끝나고 개표 결과가 나왔는데 우리가 지지했던 후보 두 사람이 모두 떨어졌다. 남자 부회장은 서너 표가 모자랐던 것 같고 여자 부회장은 차이가 제법 많이 났다. 왜 이런 결과가 나왔을까를 곰곰이 생각해보았다. 1학년과 3학년에서 제법 큰 차이로 이기고도 전체 집계에서 졌다는 것은 같은 학년인 2학년에서 인심을 잃었다는 결론에 이르렀다. 생각건대 우리 쪽 후보들이 잘난 체했을 수도 있고 두루 접촉을 하지 못한 탓도 있었던 것으로 보인다. 거기다가 짝을 이루었던 여자 부회장 후보가 상대 후보보다 인기가 제법 뒤떨어졌기 때문에 그 영향도 있었던 것으로 생각된다.

실제로 비등한 박빙 승부에서 투표 방식의 오류가 불리하게 작용했다는 것을 안 것은 개표 결과가 나온 직후였다. 6개 학급별 결과가 나왔는데 5개 반은 모두 2학년 부회장 후보를 남녀별로 각각 한 명씩 쓰게 했다. 사실은 그게 정상이다. 그런데 유독 우리 2학년 남학생 반만 담임선생님이 투표 방법을 남녀 후보 구분 없이 두 표씩만 행사하라고 했던 것이다. 같은 후보에게 두 표씩 행사하는 것도 가능하다는 설명이었다. 좀 이상하다 싶었지만 나는 그래도 의리 있게 우리가 지지했던 후보들을 남녀별로 각각 한 명씩 써서 투표함에 넣었다.

그런데 대다수의 우리 반 친구들은 남자 부회장 후보에게만 두 표씩 몰아주었던 것이다. 그건 누가 설명하지 않아도 표의 집계상황을 보면 산술적 계산이 나오기 때문에 쉽게 드러났다. 60여 명 학생들이 두 표씩 투표했으니 120여 표가 되는데 여자 부회장 후보 두 사람이 얻은 표는 기껏 스무 표 가량이었다. 우리는 누구도 이의를 제기하지 않았다. 용기도 없었거니와 같은 반 친구들에게 그만큼 인심을 잃었다는 결과이기 때문이다.

지금 세월 같으면 어림도 없는 소리다. 선거관리위원도 구성되지 않은 채 선생님들이 진행했고, 우리 반 투표 방식은 말도 안 되는 소리였다. 일정한 투표장소가 지정된 것이 아니라 학급별로 투표하고 개표했고, 투표용지에 기표한 것이 아니라 필기구로 기명을 했다. 그렇게 선거는 끝났고 떨어진 사람끼리 해단식을 가졌다. 여자 부회장 후보 언니가 삶아준 국수 한 그릇 먹고 밤새 놀았다. 어느 누구도 선거에 대한 이야기를 꺼내지 않았다. 그리고 나의 사춘기는 시작되었다.

신불산상벌神佛山上伐을 오르내리며

'옛이야기가 있는 산행'을 환경운동연합 조직살림국장님이 공지했다. 안내자는 '우리가 간혹 가을바람 부는 억새평원에서 가슴 뻥 뚫리는 감동도 맞이해야 하지 않겠느냐'는 반문과 더불어 사전답사를 다녀온 배성동 시인아 이번에 가지 않으면 후회할 것이라는 메시지도 함께 담았다. 좋은 산행이 될 거라며 들뜬 나를 바라보던 아내가 따라나선다. 친정 엄마 기일이라 부산 간다던 사람이 이상도 하지.

신불재 입구에서 만난 일행은 모두 열 명이었다. 각자 자기소개를 하는데 나는 깜짝 놀랐다. 뛰어난 독립운동가였으나 왼쪽 날개를 단 죄로 제대로 조명 받지 못하고 전설로만 남아 있는 선인의 외손녀가 서백당 규수 출신의 친구와 함께 나타난 것이다.

등산 초입에 잠시 들른 시인의 친구 이도사 산채에서 잘 아는 또 한 사람이 보태졌다. 이렇게 하여 신불평원 답사를 위한 동행자들은 반가운 기분으로 오르막길을 시작했다.

경사는 가파르고 꼬부라진 데다 삐죽삐죽 튀어 나온 돌부리들이 험난함을 예고했다. 몸이 늦게 풀리는 나는 처음부터 일행의 끄트머리에 섰다. 이게 자기 페이스대로 가는 게 편하다는 숱한 경험의 결과라고나 할까 뭐 그런 것인데 오늘은 좀 별로다. 기행시인을 따라가야만 그가 흘리는 이야기를 주워들을 수 있는데 그게 좀 애로가 있는 것이다. 꼴찌인 나를 배려하여 자주 쉬고 이야기를 늦추어도 앞대가리는 아무래도 좀 놓친 것 같다.

영남알프스 산자락을 샅샅이 뒤지면서 옛사람들의 흔적들을 복원하고 있는 시인의 이야기는 참 다양도 하다. 이 길은 산기슭 사람들에게는 삶을 이어가는 방편으로 넘나들던 고갯길이었단다. 봄이면 신불평

원에 지천으로 깔려 있던 산나물을 뜯으러 다니던 길이었고, 늦가을이면 지붕을 이기위해 억새풀을 지고 내리던 길이었다. 또 겨울이면 땔감을 구하러 오르내리던 길이기도 했을 것이다. 때로 소바리짐을 가득 실은 소들도 조심스레 발걸음을 옮기던 길이었을 것이다.

시인은 그런다. 이 고개를 사이에 두고 해안지방과 내륙지방으로 많은 보부상들이 오갔던 길이라고. 오늘 동행하고 있는 사람들은 행장을 보아하니 소금장수나 옹기장수같이 큰 힘 쓸 만한 자는 없고 건어물이나 이고 진 잔챙이 장사꾼들이란다. 멸치장수, 미역장수, 북어장수…… 나는 그 어디에도 해당되지 않는 떠돌이일 뿐이리라. 공허한 낱말의 파편들을 붙들고 표류하기 일쑤인 세상사 다 잊고 괴나리봇짐 하나 달랑 메고 정처 없이 떠도는 유랑객이라고나 할까.

그나저나 수십 번의 꼬부라진 길을 꺾어 돌아 겨우 7부 능선쯤에 이르렀을 때였다. 시인은 아는 사람만이 찾아드는 바위벼랑 아래 기도처로 우리를 인도했다. 이런저런 덧말을 했지만 귀에 남은 것은 방도사를 찾은 여인을 엄처사가 취했는지, 아니면 거꾸로인지는 잘 모르지만 한 사람은 여복이 있었고 또 한 사람은 굴러들어온 복도 못 챙긴 꼴이 된 것은 맞다. 한 가지 얻은 지혜는 산에 혼자 오래 머무르면 수명이 감한 다는 사실이다.

힘든 다리품을 팔아 겨우 만디에 올라섰다. 거기는 원래 억새가 주 인이지만 오늘은 온통 사람의 천지였다. 일행은 평원 입구 나무 계단 에 앉아 점심을 먹었다. 우리처럼 신불재로 올라오는 사람 말고도 신 불산에서 내려오는 사람, 영축산에서 건너오는 사람이 뒤엉겼다. 오늘 만큼은 바람의 고갯길이 아니라 억새와 사람과 바람이 한데 어울려 온 통 출렁이고 있었다. 거기다가 산악자전거꾼들도 몰려와서 좀 거치적 거렸다.

우리의 목표는 신불산도, 영축산도 아니었다. 이 광활한 30여만 평 의 평원을 비롯하여 양 사방으로 눈에 들어오는 모든 것들이었다. 동으 로 내려다보니 멀리 신불산을 향해 머리를 조아리고 있는 문수산과 남 암산, 황금빛으로 물들어 있는 삼남 들녘과 산자락의 저수지다. 바라다 보이는 나머지 방향은 모두 산줄기에서 산줄기로 이어져 있으니 이곳 을 가히 영남알프스라고 하지 않는가.

오늘 우리는 눈에 보이는 모습만이 목표가 아니었다. 장사꾼과 나무 꾼도, 나물 뜯던 아낙들과 억새 베던 사내들도, 임란 때의 선조님들도, 빨치산들의 영혼들도 모두 억새로 부활하여 함께 눕고 함께 일어서는 모습을 봐야 하는 것이다. 그 옛날 단조성터에서 죽어갔을 피어린 선조 들의 단말마 소리도 바람 드세면 들리겠지. 안타까운 모습도 눈에 보인 다. 산불 차단을 위해 큰 너비로 밀어버려서 드러난 맨땅이 그것이다. 이는 곧 비가 오면 토양이 유실되면서 단조성 내의 습지가 훼손되고 태 고의 신비가 사라져가니 산지기 시인은 못내 안타까워한다.

일행은 휘적휘적 평원을 싸돌아다니다가 하산을 시작했다. 시인은 깎아지른 벼랑길로 우리를 몰고 갔다. 안 그래도 아슬아슬한 기분인데 산 아래에 포사격 연습장이 있어서 불발탄을 건드리면 큰일 나니 옆길로 새지 말고 자기를 졸래졸래 따라오란다. 일행은 겁난다는 생각보다는 발걸음을 뗄 때마다 신비롭게 나타나는 풍경에 매료되기 시작했다. 어마어마하게 크기도 하고 기묘하게도 생긴 바위들이 도열하고 있었기 때문이다. 거기에다가 온갖 나무들이 마치 바위 병풍 위에 그림들처럼 자리 잡고 있으니 아 이곳이 정녕 우리들의 울산 땅이란 말인가!

'이 길 이름이 무엇이오?' 하니 '꼬꾸랑재'란다. 재미난 이름이라서 내려오면서 몇 차례나 되뇌던 끝에 겨우 외웠다. 사실 이 고갯길 옆으로 밧줄을 타고 오르내리는 암벽등산길이 있는 모양이었다. 이 길에다가 사람들은 '아리랑리찌, 쓰리랑리찌, 에베로리찌'니 하는 이름을 붙인 모양이다. 이게 못마땅한 어느 농부 시인은 산은 우리 산인데 정처 불명의 이름을 갖다 붙였다고 항변의 글을 써서 세워놓았다. '아리랑 고개 쓰리랑 고개'라고 하면 된단다. 말인즉슨 맞지 않는가.

시인의 마지막 이야기는 숯구디(숯가마)였다. 이 험한 길 중턱에 숯구디의 흔적이 아직도 남아있었다. 실제로 이 숯구디의 주인이 아직 생존해 있어서 여기에 얽힌 이야기를 많이 채록해 두어서 실감나는 이야기를 들을 수 있었단다. 숯을 굽는 사람이나 여기까지 와서 이고지고 내려가서 내다파는 사람이나 다 얼마나 고단한 삶이었을까. 돈 한 푼이 얼마나 귀했으면, 살아남고자 하는 의지가 얼마나 강했으면 이런 수고로움도 능히 감당했으리.

거의 7할쯤 내려와서 돌아본 모습은 더욱 절경이었다. 역시 산의 비경은 바위와 소나무가 빚어내는 것인지 각별히 눈이 갔다. 바위 중간중간 큰 구멍에 편안하게 자리 잡은 소나무 세 그루가, 바위 꼭대기에 마치 머리카락 풀어헤친 듯 서 있는 소나무가 돋보였다. 바위틈새 중간에서 발아되어 아래로 뿌리를 내리고 위로 줄기를 뻗으면서 비좁게 자리 잡은 소나무 한 그루에게 나는 '석간송'이라는 이름을 지어 어둑할 때까지 애쓰신 시인님께 선물로 드리며 오늘을 하늘이 내린 큰 기쁨의 날로 오래오래 새기기로 했다.

김장 담그기

올해는 김장에 대해 여느 해와는 달리 신경이 좀 쓰였다. 이제사 철이 드는 건지, 아내를 위하는 마음이 늘어난 건지 잘 모르겠다. 아니면 다른 이유일 수도 있다. 지난해에 난생 처음으로 김장에 참여하면서 '이야 이거 진짜 준비가 장난이 아니구나.' 하고 느낀 탓과 최근 한 5년 동안 질 좋은 배추를 쉽게 확보했었는데 올해는 그렇지 못했다는 점이 그것이다. 두 아들이 다 따로 살림을 차렸으니 챙겨주어야 한다는 부모로서의 책무성도 또 다른 하나의 이유가 된다.

식구 많은 집에 비하면 김장의 양은 그다지 많지 않다. 하지만 배추의 포기 수로 치면 마흔 포기요, 수혜자로 치면 우리 내외 말고도 두 아들이 가져갈 것, 시골 어머니께 갖다드릴 것까지 무려 네 집의 김장이다. 이 김장은 아내가 없으면 어림 반 푼 어치도 없다. 그 많은 양념 준비며 총괄 지휘는 누가 다하랴. 하여튼 뭐 며칠 전부터 그 많은 양념들을 준비한 아내의 고생이 참 많아보였다. 예약된 배추가 도착하기까지 하릴없는 나는 이참에 김치 공부를 좀 하고 싶었다.

김치는 배추나 무를 소금에 절여 씻은 다음 고춧가루, 파, 마늘, 생강 등의 양념과 젓갈을 넣고 버무려서 저장하는 발효식품이다. 김치의 종류는 많지만 일반적으로 알려진 매운 김치의 경우 지방마다 특유의 방식이 있고 종류도 다르다. 이런 김치를 겨우내 먹기 위해 우리는 김장을 한다. 봄철의 젓갈 담그기에서 봄과 여름에는 고추, 마늘을 준비하고 가을에는 무, 배추를 가꾸는 등 일 년을 꼬박 준비한 뒤에야 비로소 온 가족과 이웃들이 함께 하는 큰 행사이다.

김치는 약 3천 년 전의 문헌인 '시경詩經'에서 처음 언급되었다. 여기에 채소절임을 뜻하는 '저菹'라는 글자가 '김치'라는 뜻이란다. 조선 중기 의학서인 '벽온방酸瘟方'에 김치를 '딤채'라고 했다는 기록도 있다. 어느 국어학자는 '딤채'가 '팀채'로, 다시 '딤채'가 되었다가 구개음화 하여 '김채'로, 다시 '김치'가 되었다고 한다. 또 다른 기록으로 '침채沈菜' 또는 '침지沈漬'로 썼다고도 하니 김치에 따른 글자는 잠길 '침沈', 담글 '지漬', 나물 '채菜' 등이니 채소를 소금물이 배게 하는 방식을 뜻 하는 것 같다.

이렇듯 김치를 겨울 동안 오래 먹도록 한꺼번에 많이 담그는 것을 우 리는 '김장沈藏'이라고 한다. 김장은 고려시대의 '동국이상국집'에 무를 소금에 절여서 겨울에 대비한다는 구절이 시초라고 한다. 조선조 '동국 세시기'에 봄에 장을 담그고, 겨울에 김장을 담그는 일이 중요한 1년의 과정이라고 되어 있다. 또 농가월령가 중 시월령의 '김장 담그기'로 미 루어 이때 이미 김장 풍습이 확산되었던 것으로 보인다. 다만 요즘과의 차이는 저장 방식에서 김칫독과 김치냉장고의 차이가 아닌가 한다.

통배추가 재배되고 배추김치가 일반화된 것은 19세기 후반이고, 옛 날에는 김치의 주재료가 저장성이 좋은 무였다. 그때의 무김치는 소금 의 농도가 20% 내외로 매우 짰다. 이렇게 무를 통으로 소금에 절인 김 치를 '짠지'라고 했는데, 그 명칭은 내가 자라던 1960년 전후로도 그대 로 남아 무김치를 '짠지'라고 했다. 동치미와는 전혀 다른 무김치였다. 다만 그때는 고춧가루를 포함한 양념이 밴 무김치를 그렇게 불렀던 것 이다. 겨울이면 큼직한 무짠지를 숟가락의 윗부분에 꽂아서 밥과 번갈 아가면서 먹던 어릴 적 기억이 나뿐만은 아닐 것이다.

뿐더러 옛날에는 고춧가루를 김장에 사용하지 않았다. 임란 이후 고 추가 들어와서 18세기 무렵에 김치의 주된 양념으로 널리 사용되면서 소금의 양이 줄어들었다. 조선후기 학자 서유구는 농업위주 백과사전 격인 '임원십육지'에서 고추를 김치에 많이 쓰면 무가 더욱 오랫동안 저장된다고 기술하였다. 고추를 많이 넣으면 부패를 더디게 하며, 옅은 소금물에 절여도 김치 맛이 오래 간다고 했다. 또한 고추의 자극적인 맛은 식욕을 자극하고 탄수화물의 소화를 촉진시킨다는 것이다.

김치의 효능은 이처럼 식욕을 돋궈주고 소화를 촉진시킨다. 고추뿐만 아니라 생강도 그렇다. 김치는 다이어트 식품으로서도 효과가 높다. 채소들은 열량이 적고 식이섬유를 많이 함유하고 있으며, 김치에 많이 들어가는 고추는 신진대사를 활발히 하여 지방을 연소시키기 때문이다. 채소의 대장암 예방이나 마늘의 항암효과와 더불어 유산균의 항암효과도 널리 알려진 효능이다. 그 외 비타민 제공, 항산화성 피부노화 억제 등 타 식품에 비해 김치의 효능은 월등하다.

이제 배추 구한 이야기를 좀 할까 한다. 여느 해보다 추위가 빨리 찾아오고 배추 양도 딸려서 김장에 애로가 있을 것이라는 예고가 있긴 했다. 날이 가물고 일찍 추워져서인지 배추가 알이 안 가져진다는 말도 많이 돌았다. 아내는 미리 시골에 사는 지인을 통해 고춧가루며 마늘을 확보하고 있었고, 젓갈도 누가 주어서 대강의 준비는 해놓은 상태였다.

그런데 문제는 배추를 못 구한 것이다. 아는 사람을 통하여 이리저리 알아봐도 믿을 만한 배추를 구하기가 쉽지 않았다. 더군다나 배추 절이기가 무척 어렵다는 걸 알기에 내력을 아는 절인 배추를 구하기는 더욱 쉽지 않았던 것이다.

어쩌면 이런 애로를 겪는 것이 세상 탓도 있고, 너무 까탈을 부린 탓일 수도 있다. 텔레비전에 나오는 이벤트성 김장은 그 엄청난 양을 잘도 하던데 나는 정작 먹거리에 대한 불신 탓으로 내력을 모르는 배추를 사기 싫었던 것이다. 혹여 농약이나 안 쳤는지, 얼마나 유기농에 가깝게 키웠는지, 성장촉진제를 뿌리지는 않았는지가 관건이었다. 또 중국산 배추가 들어온다는 말도 나돌았다.

절인 배추도 그렇다. 어떤 소금을 사용했는지에 따라 배추 맛이 달라지기에 아무거나 쉽게 살 수 없었던 것이다.

가만히 생각해보니 이유는 또 있었다. 요 몇 년간 좋은 배추만 골라서 김장을 했으니 웬만해서는 배추가 마음에 안 들기 때문이다. 지난해의 경우 들꽃학습원에 근무하는 모 주무관님이 인근의 밭을 빌려서 정성껏 가꾼 배추를 고맙게도 아파트까지 갖다 주었다. 재작년에는 시골에 사는 분이 주선해주어서 잘 해결했다.

그 앞의 3년간은 시골학교 사택에 살면서 유기농법으로 길러서 장만했으니 더 말할 것도 없다. 그때는 오히려 대구 사는 처제가 우리 집에 빈대 노릇을 좀 했다.

나는 여러 날 고민 끝에 용기를 내어 척과 골짜기에 사는 여자 동기생에게 전화를 했다. 이런저런 과정을 이야기하면서 배추가 있냐니까 있다는 것이었다. 농약 안 친 것은 물론이고 촉진제는 아예 들어보지도 못했단다.

체면 없는 소리를 또 했다. 배추를 절여줄 수는 없느냐고 말이다. 역시 그 친구는 간수 빼고 몇 년 묵힌 소금으로 절여주겠다고 했다. 좋아서 기분이 날아갈 듯했다.

며칠이 지나고 김장을 하기로 한 날에 배추를 가지러 갔다. 배추 값이야 달라는 대로 주면 될 것이지만 그 친구 신랑한테 잘 보일 요량으로 집에 꼬불쳐놓은 술 한 병을 들고 갔다.

그 추운 날에 밤잠 안 자가며 배추 절이느라 고생한 친구에게 못내 고맙고 미안했다. 친구는 오히려 날씨가 추워서 덜 절여지고 겉이 좀 얼었다며 미안해했다. 아니 거기다가 무도 한 자루 담아주고, 따놓은 감도 먹을 만큼 주었다. 하직 인사하는 나에게 밭에 서 있던 배추도 몇 포기 더 뽑아주었다.

그렇게 마음 넉넉한 친구 덕분으로 그날 오후에 우리 가족들은 기분 좋게 김장을 했다.

아들들은 치대고, 아내는 분류하여 통에 나누어 담고, 나는 감독을 했다. 김장 작업을 하던 아들들 내외가 배추가 포기도 좋고 맛있다고 하자 나는 큰소리를 떵떵 쳤다.

"이런 배추는 느거 아부지니까 구하는 거지, 아무나 구하는 게 아냐!"

얼음골 빗더미 길을 오르다

어느덧 빈 들판에서 떠 가버린 구름자리/ 나 혼자임을 알았을 때/ 내 혼미를 누가 깨우는 환청/ 나도 발걸음 돌리는 어느 한 시대/ 그 황량을 삼키는 무한의 자유/ 떠도는 나

— 김송배의 '비어 있음에 대하여'에서

주말이면 문득문득 그렇게 떠돌고 싶은 가을날들이었다. 아마도 그날은 올 가을의 마지막 산행일 듯하여 기꺼이 따라나섰다. 환경단체들은 밀양 '얼음골 케이블카'가 무척이나 못마땅할 것이다. 산행을 주관하는 환경연합 사람들은 앞으로 진행될 '신불산 로프웨이'도 반대한다는 의도도 담긴 기자회견을 했다. 9시 무렵 골짜기 입구에서 간단한 산행 안내를 받고 열네 명의 동행자들은 걷기 시작했다. 배낭에는 '내 발로 걸어가는 하늘억새길' 구호를 달고서. 오늘은 지난번과 달리 4명의 대학생들이 함께하여 한층 젊은 분위기였다.

산행대장인 기행시인의 주 메뉴는 '천화현穿火峴'이었다. 선인들은 천황산에서 간월산까지의 가파르고 긴 산등을 오르는 길을 '천화현'이라고 불렀는데, '하늘이 막혀 불로 뚫었다'고 할 만큼 험난함을 의미한다고 할 것이다. 이걸 줄여서 '불등火쯤'이라고도 하는데 우리가 오르는 길의 꼭대기가 가장 대표적이란다.

얼마나 험악한지 용의 이빨처럼 생겼다 하여 '용아龍牙'라고도 한다는데 거의 수직으로 올려다 보이는 산꼭대기에는 정말 온갖 맹수들이 우글거릴지도 모른다는 생각이 들기도 했다.

길의 초입에서 깎아지른 비탈에 땅을 고르고 절을 앉힌 그 정성에 부처님도 감응했는지 편안한 모습이었다. 여름이면 얼음이 언 모습을 볼

수 있다는 돌무더기를 지났다. 귀한 만큼 천연기념물 224호로 지정되어 있지만 오늘은 그냥 돌무더기일 뿐이다. 약간의 길을 돌아드니 온통 돌무더기만 가득한 비탈길이었다. 한 시간도 더 넘게 흙이라고는 거의 구경도 못하고 그냥 돌만 밟았다. 먼 옛날에 바위덩어리가 하늘도 보이지 않을 만큼 막혀 있다가 큰 폭발이 일어나 거대한 바위가 산산조각이 나면서 아래로 흘러내린 형국 그대로인 것이었다.

마치 빚더미처럼 징그럽게도 쌓여 있었다. 그래서 '너덜길'이지만 일명 '빚더미길'이란다. 이 재는 밀양과 언양을 연결하는 가장 빠른 지름길인지라 바쁠 때 더러 하산 길로 이용했단다. 길잡이는 이 '빚더미길'이 마치 돌들이 켜켜이 선 것이 흡사 신용카드가 여러 장 겹쳐 있는 듯하단다. 그런데 케이블카를 타면 빚이 늘고, 두 발로 걸으면 빚이 준다면서, 그래서 '빚청산길'이란다. 이 길은 정말로 빚더미처럼 지겹고 어려웠다. 날은 찬데 힘은 들지, 그래서 입을 벌리고 숨을 쉬었더니 입 안이 온통 말라서 혀가 돌아가지 않고 숨도 가빴다. 그래도 후미에 서서 꾸역꾸역 한 발자국씩 옮길 수밖에 없었다.

사과장수니, 오이장수니 하는 별명이 붙은 예쁘고 연약해 보이는 여학생들도 날다람쥐처럼 잘도 올라갔다. '소설 동의보감'에서 허준이 스승 유의태의 반위(위암)를 확인하기 위해 해부했다고 하는 동의굴 앞에서 잠시 조우한 뒤 근육이라고는 없다 싶은 아내도 헉헉거리는 영감을 내버려두고 뒤꼭지도 보여주지 않았다. 빗면도 아닌 거의 수직으로 차올리는 너덜길은 정말이지 멀고도 또 멀었다. '빼도 박도 못 한다'는 말처럼 힘들어도 올라가야만 했다.

겨우 흙을 밟고도 한참을 더 걸어서 마침내 불등에 올라섰다. 곧이어 엄습하던 추위도 어지간히 매서웠다. 길 위에는 사람들이 줄을 이었다. 농동산에서, 또는 케이블카를 타고 오는 수많은 사람들이 천황산 쪽으로 발길을 옮기고 있었다. 시인은 곳곳에 떨어져있는 쓰레기를 집게손으로 집어 담으면서 한탄을 한다. 이게 다 케이블카 때문인데 앞으로 어떡할 거냐는 거지. 걱정은 또 있었다. 풍력발전기 설치를 위한 기초조사 구조물이 들어서 있었던 것이다.

일행들은 두어 군데의 관전 포인트에서 시야에 들어오는 모습들을 살펴보았다. 서남간 방향의 백운산 아래 산내면 일대를 내려다보니 주거지역이 골고루 분포하고 있었다. 얼음골 사과가 각광을 받으면서 소득이 오르자 원주민보다 전입 주민들이 더 많이 생겼단다. 북쪽과 동남쪽으로 눈을 돌리니 억새밭 대평원 둘레로 고산준봉들이 점잖게 앉아 있었다. 소위 낙동정맥의 백미인 해발 1,000m 이상의 7개 산군을 이름 하여 '영남알프스'라고 하는데 여기에다 울주군은 2011년에 총 150억 원을 투입하여 산악녹색길인 '하늘억새길' 약 30km를 조성한 것이다. 개인적으로는 '영남알프스'라는 표현이 마음에 좀 안 든다.

대평원 둘레의 이 산길은 예부터 이 지역 사람들에게는 주요 이동통로였다. 말하자면 울산과 언양, 양산, 밀양, 청도 사람들의 물류 길이었고, 사람 교류의 길이었던 것이다. 대평원으로 올라서는 길의 대표적인 것이 바로 배내5재이다. 배내재를 필두로 배내봉에서 밝얼산 쪽으로 이어진 긴등재, 왕방재라고도 하는 간월재, 신불재, 금강골재(꼬꾸랑재, 아리랑재)가 그것이다. 배내재와 긴등재 사이의 오두매기 산길이 오히려 5재보다 빈번하게 이용되었다고 들었다.

영남알프스와 나는 오랜 인연이 있다. 영남알프스는 행정구역상 울주군 상북면에 가장 많이 소속되어 있는데 1970년대에 2년을, 2000년대에 3년을 산자락에서 근무하면서 매일 산의 능선을 바라보며 살았기 때문이다. 교사 발령 첫해의 6학년을 졸업시킨 1975년 2월에 이천분교 졸업식에 참석하기 위해 몇 시간을 걸어서 오갔던 배내재 눈길을 잊지 못하고, 운문령 너머의 청도 가던 그 먼 밤길도 아스라하다. 그 후 30년도 더 지나 밤낮으로 학교 사택에 살면서 언젠가는 눈에 보이는 저 능선을 모두 밟아 보리라던 바람도 모두 실행했었다. 칼바람 에이던 어느 겨울날 배내재에서 출발하여 간월산, 신불산, 영축산 거쳐 죽전마을로 하산하던 길, 안개 자욱하던 고헌산의 어느 날, 가지산을 종주하며 파안대소하던 5월의 어느 하루, 종종 찾곤 하던 밝얼산과 긴등길, 오두메기길, 길을 잃고 이리저리 헤매던 비탈길……

천황산에 오른 시간에는 나도 엄청난 무리들 속의 한 사람이었다. 산 정상 부근에는 이미 가을이 떠나가고 없었다. 홀씨를 모두 날려 보내고 마른잎줄기만 바람에 나부끼는 억새 숲들이, 이파리를 모두 떨군 앙상한 가지가 이미 겨울 차림을 하고 있었다. 조금 아래로 옮겨서 사자바위에 의지하여 점심을 먹었다. 먹는 일이 스킨십 못지않게 친밀감을 더한다는 것을 산에서 음식 나누는 장면에서 많이 느껴졌다.

우리는 불멸의 산, 영남알프스가 만든 억새평원을 돌려세우고 하산 길로 접어들었다. 재약산을 거쳐 사자평 방면으로 진행하다가 일행은 곧장 표충사로 가는 최단코스로 방향을 바꾸었다. 늦게 합류한 또 한 사람의 길잡이가 아무래도 시간이 무리일 것 같다는 조언에 따른 것이다. 일행들이 저절로 한 줄로 늘어선 산길은 어느 새 낙엽들로 가득하였다. 10여 분을 내려왔을까, 진불암 가는 길 쪽으로 다시 방향을 바꾸었다. 이정표는 방향과 함께 20분 거리임을 안내했다.

그 길은 하산 길이라기보다 왼쪽 산줄기를 가로지르는 외로운 산길이었다. 산짐승이나 지나다닐 것 같은 그 길은 암자까지 20분이 아니라 한 시간은 족히 걸리는 거리였다. 부분적으로는 낭떠러지가 아찔하기도 하고, 그런 만큼 재미도 있었지만 중간 목적지가 도무지 나타나지 않아 애가 탔다. 도중에 숯가마 두 군데를 거쳐 왔는데 둘 다 형태가 거의 완전했다.

　이 험준한 곳에서 구운 숯을 도무지 누가, 어떻게 모두 져다 날랐을지, 또 소비층은 누구였을지 한편으로 궁금하기도 했다. 암자는 거의 9부 능선에 자리 잡고 있었는데 돌과 시멘트가 주 재료였으며 신기하게도 샘물이 있었다.

　암자를 지나고부터는 본격적인 하산 길이었다. 어마어마한 바위 크기에 놀라고, 또 바위틈새에서 귀한 생명을 자랑하는 소나무가 신기했고, 절벽도 아찔했다. 산 아래 동네가 훤히 보였지만 길은 결코 짧지 않았다. 거의 산자락에 가까웠을 무렵에는 아직도 곱게 물든 가을이 한창이었다. 정말 눈이 시리도록 아름다웠다. 해는 지고 바람 불어 날씨는 황량한데 절 마당에서 우리를 태우러 올 차를 기다리는 시간은 지루했다. 그나마 보살님이 건네준 따뜻한 차 한 잔이 약간은 위로가 되었다. 기다리는 시간이 길어지자 10여 명의 우리들은 도로를 따라 깜깜한 밤길을 걸어 내려왔다.

　차를 타고 얼음골 주차장으로 가서 다시 차를 몰고 능동터널을 지나 언양에서 늦은 저녁을 먹으며 해단식을 가졌다. 하마터면 누군가 다칠지도 모르는 험한 길을 모두 무사히 다녀왔음에 감사하고, 시간이 늦어 적이 당황했을지도 모르는 일정을 해지기 전에 마무리할 수 있어서 다행이었다. 주관하고 안내해준 분들이 고맙고, 함께한 사람들이 고마울 뿐이다. 오늘 코스 또한 언제 밟아본 적이 있으며, 언제 또 밟아가리. 비록 꼴찌를 벗어나지 못하는 산행 실력이지만 기회를 자꾸 만들어서 도전과 성취의 기쁨을 계속 맛보고 싶다.

단문일록 短文日錄

2004년부터 2011년까지 8년 동안 37일의 일록

● 2004. 6. 13(일)

어제 오후에는 싸이 공부 좀 하고, 산을 한 바퀴 돌고 그랬다. 저녁에는 채팅 기능을 우연히 확인하여 큰 아들과 채팅을 했다. 햐 거참 재미나더군. 이런 걸 보면 시작을 잘했다 싶은데 잘 해나갈지 모르겠다.

오전에 서재 정리를 했다. 몇 달 안 했더니 책들이 제멋대로 놓여 있었는데 치우고 나니 기분이 좋네. 그런데 요즘 이 넘의 인터넷 때문에 책을 멀리하니 큰일이다. 그래도 집안에 관한 책이며 울산에 대한 자료는 꼬박꼬박 잘 보고 잘 모은다.

시골 집 빈소를 들렀다가 산에 갔다. 오랜만에 눈물이 찔끔 났다. 살아계신 아버지를 뵈러 다니다가 오늘은 아니니……. 아니 부모님을 만나러 갔다. 12일만이다. 일부러 걸어서 올라갔다. 딱 1시간 걸렸다. 삼우제 이후 처음 가는 길이라 가까이 갈 무렵에는 가슴이 두근거렸다. 두 분은 나란히 잘 계셨다. 두어 시간 산소 옆 그늘에 앉아 많은 분들과 통화를 했다. 큰일 마친 후에 인사를 한 것이다.

● 2004. 6. 17(목)

비 오니 기분 좋다. 부모님 산소에 잔디 걱정을 했는데 참 다행이다. 무슨 놈의 연수만 갔다 하면 분임장 하라고 해서 죽겠다. 그 때문에 바로 시골도 못 가고 집에 왔다, 자료 만들려고. 얼른 마치고 시골 가야지. 내일 아침이 삭망이거든.

● 2004. 6. 19(토)

어제는 연수기간 중 문화체험 코스로 경주 남산 갔다. 배리 삼존불 코스로 해서 용장사지 코스로 내려왔는데 4시간 걸렸다. 지금까지 다녀본 코스 중 가장 으뜸이었다. 금오신화 작가 김시습도 만났다. 담에는 가족들이랑 와야지.

신명에 있는 울산교육수련원에서 초중등 교감들 76명의 워크숍이 열렸다. 역시 연수는 좋은 것이다. 아이들 학교 다닐 때 수학 선생님이던 최○○ 교감님이 아들 안부를 묻는다. 참 고맙다. 점심때 집으로 돌아와 싸이질 하고 있다. 오늘도 사진 몇 장 올릴까 보다. 비오는 주말에 낮잠 자고 일어나니 좋네. 아니 전화벨이 자주 울려서 별로 못 잤다.

● 2004. 6. 30(수)

경주여자정보고등학교에서 연수를 받고 있다. 아름다운 학교운동본부에서 주최하는 2박3일 간의 관리자 연수지만 나는 오늘만 청강생이다. 경주여상이 무척 아름답게 꾸며지고 있다. 보기 좋다. 공부 못하는 아이들에게도 행복할 권리가 있다. 조경 원리, 벽면 색채, 친환경적 조성, 현대화, 휴먼 스킬(내가 느끼는), 웰빙 트렌드, 리모델링……. 학교에 돌아가서 어떻게 추진하느냐. 걱정이 무척 많다.

● 2004. 7. 2(목)

비오는 들녘을 바라보면 더 평화롭다. 서로 도와가며 함께 꿈을 키우는 삼평초등학교! 남들은 세 평밖에 안 되는 작은 학교라고 놀리기도 한다. 음력으로 5월 보름날이다. 시골에서 삭망을 지내고 49제 천도제 올릴 절에 갔다. 49제는 돌아가시기 하루 전날로부터 7주가 끝나고 그 다음날이란다. 그래서 7월 15일이 천도일이란다. 장례일로부터인 줄 알았는데 사흘 앞당겨졌다.

아름다운학교 운동본부에서 주최한 공모전에서 작년도 대상 수상교인 장안초등학교에 갔다. 대단히 아름다운 학교였다. 전교생 45명에 직원이 20명, 여러 가지 가축들과 온갖 식물들이 자라고 특유의 장승 문화를 되살리는 등 대단한 학교였다. 정말 아름다워야 할 것은 Humanware겠지만 외형도 중요하기는 할 것이다.

● 2004. 9. 16(목)

부산 석포성당에 있는 재종자형 빈소에 조문을 갔다. 자형은 64세를 일기로 세상을 떠났다. 누님이랑 참 잘 어울리는, 좋은 분이셨다. 동안에다 인간적이고, 조용하시고, 정말 본받을 분이셨다. 그래도 마지막에 힘들지 않고 편안히 가셨다니 다행이다. 정말 보기 드물게 맑은 분이셨다. 부디 천상에서 편히 쉬시며 누님이랑 아들들 셋 굽어 살피소서.

● 2005. 5. 10(화)

(2월)시내 들어오는 것을 포기하였고, 졸업식은 교감이 다하는 양 바빴고, 18일에는 계룡대를 방문하였고, 시조 할아버지의 이 달의 문화 인물 행사로 바빴고, 유능한 교사 넷을 보내고 새내기를 셋이나 받았다. 교육계획서 마무리 손질하고.

(3월)새 학기가 어설프게 시작되었고(나 참), 때 아닌 3월 폭설(울산 23㎝, 87년만의 기록), 추위는 3월 내내 이어졌고, 어머니 제사, 용연서원 향사, 석계서원 토론회, 학운위 구성 문제로 무거동에 자주 들렀고, 진한 술자리가 여러 차례 있었고, 그 바람에 지갑도 잃어버리고, 3월은 정말 정신없이 흘러갔지.

(4월)늦추위로 벚꽃이 열흘 정도나 늦게 피었고, 비오는 날의 봉안당 준공식(4/10), 큰 집 제사, 교총 일로 두 차례, 통일연수 차 사흘간 서울 출장 다녀오고, 심 질환이 걱정되어 약물초음파검사, 위 내시경 등 힘들게 했다. 드디어 치질 수술까지, 아 정말 힘든 4월이었지. 아마도 학교는 열흘이나 나갔나? 이땐 담임 안 맡는 것이 얼마나 다행인지 모른다.

● 2005. 5. 19(목)

16, 17 양일간의 특휴를 받아 시골집에 가서 아버님 첫 기일을 보내고 다시 서울에 왔다. 이제 내일이면 다시 울산으로 간다. 토요일은 또 64연합동기회에 가야 하고, 두 곳 결혼식에 가야 한다. 월요일인 23일

에는 2주 만에 학교로 간다. 교장 선생님이나 직원들에게 참 미안하다.

스승의 날이 지나갔다. 아마 학교 밖에서 지내기는 처음일 게다. 올해도 어김없이 상당수 제자들의 연락이 왔다. 79 선암 6-4 동기를 대표하여 유○○, 박○○과 식사며 선물을, 81 선암 2-1 차○○이 꽃바구니와 메시지를, 85 복산 6-2 서예반 이○○이 꽃바구니와 떡 케이크, 메시지를. 74 길천 첫 제자 이○○ 군은 꽃바구니가 학교 있다 하고, 85 복산 6-2 정○○은 학교를 다녀왔다 하고, 23일에는 88 남부 6-3 주○○, 90 남부 1-5 주○○과 약속하고, 그밖에 비서관 강○○군, 예삐 차○○, 착한 선생 홍○○, 이○○를 좀 있으면 오늘 오후 서울에서 만나게 된다. 더 이상 무엇이 행복한가? 나는 행복한 선생이다.

누군가에게 내가 기억되고 있음이 얼마나 행복한 일인가. 거지반 연락이 없다가 문득 나타나는 수많은 제자들이 그렇게 고마울 수가 없다, 정말.

● 2005. 7. 19(화)

D-6, 힘든 고비 다 넘기고 이제는 대강 정리되어가는 시점이다. 아마도 잘 될 것이다, 아니 틀림없이.

● 2005. 10. 7(금)

가을밤 / 김용택

달빛이 하얗게 쏟아지는 가을밤에
달빛을 밟으며 마을 밖으로 걸어 나가 보았느냐

세상은 잠이 들고 지푸라기들만 찬 서리에 반짝이는

적막한 들판에 아득히 서 보았느냐

달빛 아래 산들은 빚진 아버지처럼 까맣게 앉아 있고

저 멀리 강물이 반짝인다

까만 산속 집들은 보이지 않고

담뱃불처럼 불빛만 깜박인다

하나 둘 꺼져 가면 이 세상엔 달빛뿐인 가을밤에

모든 걸 다 잃어버린 들판이 들판 가득 흐느껴

달빛으로 제 가슴을 적시는 우리나라 서러운 가을 들판을 너는 보았
느냐

● 2005. 10. 17(월)

두려움을 버려라.

열정을 가져라.

분석하고 평가하라.

독립적 사고를 하라.

현실에 만족하라.

환하게 웃어라.

무언가에 푹 빠져라.

한순간도 자신을 의심하지 마라.

허리를 꼿꼿이 펴라.

당신이 믿는 것에 단호하라.

부끄러움 없는 야심으로 밀고 나가라.

능력을 발굴하고 약점은 무시하라.

싫은 것은 당당히 'NO'라고 말하라.

웃음거리가 되는 것을 두려워 마라.

어떤 것도 지나치게 심각하게 받아들이지 마라.

—이렇게 또 다짐해 봅니다, 마음만큼은.

● 2005. 10. 21(금)

나는요,

나는 믿는다고 하면서 의심도 합니다.

나는 부족하다고 하면서 잘난 체도 합니다.

나는 마음을 열어야 한다고 하면서 닫기도 합니다.

나는 정직하자고 다짐하면서도 꾀를 내기도 합니다.

나는 외로울수록 바쁜 척합니다.

나는 남에게는 쉬는 것이 좋다고 말하면서 계속 일만 합니다.

나는 희망을 품으면서 불안해하기도 합니다.

나는 벗어나고 싶어 하면서 소속되기를 바랍니다.

나는 변화를 바라지만 안정도 좋아합니다.

나는 절약하자고 하지만 낭비할 때도 있습니다.

나는 약속을 하고 나서 지키고 싶지 않아 핑계를 찾기도 합니다.

나는 남의 성공에 박수를 치지만 속으로는 질투도 합니다.

나는 실패도 도움이 된다고 말하지만 내가 실패하는 것은 두렵습니
다.

나는 너그러운 척하지만 까다롭습니다.

나는 사람들 만나기를 좋아하지만 두렵기도 합니다.

나는 사랑한다고 말하지만 미워할 때도 있습니다.

흔들리고 괴로워하면서 오늘은 여기까지 왔습니다.

그리고 다음이 있습니다.

내일이 있습니다.

그 내일을 품고 오늘은 이렇게 청개구리로 살고 있습니다.

공감이 가는 이야깁니다요.

● 2005. 11. 9(수)

시간은 이리도 빨리 흘러 2005년도 그리 많이 남지 않았다. 이런저런 너무도 빠르게 시간이 지나간다. 회의와 논의의 연속이다. 교육청의 하루는 하는 일 없이 빠르게 퇴근 시간이 다가온다. 요즘은 또 무슨 저녁 약속이 이리 자주 생기는지 모르겠다. 오늘도 교원평가 문제로 긴장하고 일정은 바쁘게 돌아간다.

● 2005. 11. 15(화)

다시 낙엽 지고 찬바람 부는 겨울 길목이다. 어제는 아내의 생일이라 이런저런 생각이 들었다. 인생에 대하여, 삶에 대하여, 늙어감에 대하여……. 올 가을은 주말이면 토, 일요일 중 하루는 꼭 산에 갔다. 시명산, 천성산, 신불산, 동대산, 반구대, 주왕산, 치술령……. 그렇게 다니면서 머리를 식히곤 했다.

● 2005. 12. 4(일)

특수여건학교 조정 발표 이후 북구, 동구 교장들이 난리를 피우고 있
다. 참 웃기는 사람들 같으니라구.

● 2006. 2. 3(금)

2006년 1월 한 달이 후다닥 지나갔다. 어떻게 처신해야 하고, 주장
을 펴야 하는지에 상당한 고민이 있다. 사람들은 자신이 어디에, 어떻
게 놓여야 하는지를 매우 중시한다. 그리고 어떻게 사는 것이 좋을 것
이라는 생각보다 어떤 자리에 앉고 싶다는 것을 중히 여기는 사람이 적
지 않다.

● 2006. 3. 6(월)

다시 새 학기가 시작되었다. 한 고비를 넘겼지만 이런저런 일로 신경
쓸 일이 한두 가지가 아니다. 금요일엔 어머니 제사를 모셨고, 토요일
엔 산소에 가서 시골 집에서 옮겨온 철쭉 계통의 나무를 식재했다.
어제는 중학 동창 스물여덟이 여수 금오산을 등산하고 돌아왔다. 50
대 후반을 달리는 남녀 동창들의 만남이란 게 얼마나 가슴 시린 추억들
이 묻어있는지 모른다. 아무튼 술과 음악과 광기가 뒤섞인 하루였다.
두 명의 여자 동창은 39년 만에 만났다. 생각사 추억이다.

● 2006. 3. 26(일)

2006. 농소중학교 총동문회 정기총회에 갔다. 시골 면 단위 남녀공학 중학교를 1964년 3월 입학했고, 1967년 2월 졸업했으니 어느 새 39년이 지났다. 지금은 완전히 도시화되었지만 그때는 참……. 하긴 그런 중학교도 졸업하지 못한 초등 동창도 얼마나 많았던가! 체육관인 설송관에 걸린 현수막의 내용이 그럴듯하다. 그러게 말이다. 어느새 세월은 이리 흘러 나는 노년에 가까워가고 있다.

－동대산과 동천이 있어 아름다운 곳, 내가 꿈을 먹고 자란 농소중학교!
－저 푸른 소나무 천년을 살듯, 우리의 인연도 천년만년 이어가리라.
－까까머리, 단발머리 옛 친구야, 내 영혼의 보석이라네.
－역사와 전통이 살아 숨 쉬는 명문고, 농소중학교는 내 마음의 고향이다.
－친구야 반갑다, 그 아름다운 시절이 어제 같구나.

● 2006. 5. 19(금)

비가 오고 있다. 오는 비는 올지라도 한 닷새 왔으면 좋겠다. 비오는 날이면 옛 생각이 더욱 간절하기도 하고, 빗방울이 가슴을 적시는 기분이 들기도 한다. 어느 사이 5월의 한가운데를 비켜가고 있다. 아카시아 꽃들은 비에 젖어 떨어진다. 스승의 날이 지나갔다. 기념식 준비로 바쁘던 나날이었다. 의식의 차질 없는 진행을 위해 많은 준비가 필요했다.

학교를 떠나 있으면서 처음으로 맞는 스승의 날을 애물단지 운운하며 비판적 소리를 담아내는 언론들이 밉다. 하지만 어찌 하리요. 학부모가 담임교사에게 하는 약간의 성의가 그렇게 부담스럽다니. 하루쯤은 대접받아도 될 법하련만 세상은 이렇듯 야박하다. 그러나 교사의 길을 가야 한다. 급식 지도한 젊은 여교사가 학부모에게 무릎을 꿇는 이 어처구니없는 현실 속에서도 교사의 길을 가야 한다. 진정 교사의 가치는 제자들의 가슴에 오래 남는 선생님이 되는 것이다.

올해도 참 고마운 제자들이 여럿 있다. 여섯 명이 같이 만난 88 남부 6-1 제자들은 정중하고 깍듯했다. 그 중 둘은 18년만의 만남이었다. 모두들 반갑고 고마운 사람들이다. 27년 만에 얼굴을 본 79 선암 제자 박○○, 멀리 군대에서 전화 온 오 중위, 오늘도 서울에서 전화 온 마흔 넷의 여제자, 문자로, 싸이 홈피로, 선물로……. 특히 같은 교직의 길로 가고 있는 4명의 제자들 감사 표시가 너무도 고맙다. 나의 마음은 늘 그 때 그 교실로 향할 것이다. 내 인생에서 제자는 삶의 올림표 이니까.

● 2006. 7. 4(화)

출장을 겸하여 여행을 다녀왔다.

6/29(목) 이○○ 교장, 장○○ 선생을 태워 아내와 함께 7시에 목포로 출발했다. 세발낙지 먹어야 되는데 아직 철이 아니라서 뻘낙지를 먹었다. 목포 북교초등학교의 e-Learning연구학교 보고회 참석, 아내는 유달산 구경을 갔다. 유달산 기슭에 있는 개교 109년째의 유구한 전통의 학교다. 김대중 대통령 모교(30회)였다. 두 분을 광주까지 모셔 드리고 여행을 시작했다. 담양(면앙정, 가사문학관, 소쇄원)을 거쳐 화순에 서 잤다.

6/30(금) 화순(고인돌공원, 운주사) — 강진(무위사, 영랑 생가, 다산초당) — 해 남(녹우당, 윤선도유적지, 만의총) — 구례(지리산 온천 숙박), 국도를 계속 달렸 는데 전남 지역은 마을마다 정자며, 마을 표석, 비석문화가 유난히 발

달한 곳이다.

7/01(토) 남원(황산대첩비, 송흥록 생가) – 함양(상림 숲, 안의 갈비찜, 정여창 종택, 남계서원) – 산청 단성, 합천, 고령, 대구 거쳐서 21시 무렵 울산에 도착했다.

● 2006. 8. 3(목)

긴 장마가 끝났다. 그러나 장마가 남긴 상처는 엄청나다. 전국적으로 엄청난 피해를 안겼다. 특히 강원도 인제, 평창 등을 쑥대밭으로 만들었고, 북한도 엉망진창이 된 모양이다.

다시 불볕더위가 기승을 부리고 있다. 교육위 선거도 뜨겁다. 11일이면 결과가 나오겠지만 걱정이다. 아마 잘 될 것이다. 공약 정리, 홍보물 제작, 연설문 작성……. 그것도 세 사람 것을 한꺼번에 만들려니 좀 힘들었다. 하지만 일선에서 직접 뛰는 사람에 비하면 고생이랄 것도 없다. 모두 건승하기를 기원한다.

오른쪽 팔 때문에 힘들어 하는 아내가 어서 나았으면 정말 좋겠다.

● 2006. 8. 24(목)

그대가 곁에 있어도 나는 그대가 그립다 / 류시화

물속에는 물만 있는 것이 아니다.
하늘에는 그 하늘만 있는 것이 아니다.
그리고 내 안에는 나만이 있는 것이 아니다.
내 안에 있는 이여,

내 안에서 나를 흔드는 이여,
물처럼 하늘처럼 내 깊은 곳 흘러서
은밀한 내 꿈과 만나는 이여,
그대가 곁에 있어도 나는 그대가 그립다.

● 2006. 9. 10(일)

'시불가실時不可失', 한번밖에 오지 않는 기회를 놓치지 말라!

● 2006. 10. 4(수)

춘풍접인春風接人 추상지기秋霜知己, 오늘 시청 민원실 액자에서 만
난 글귀이다. 마음에 새기고 싶은 글이 아닐 수 없다.

● 2006. 11. 29(수)

지난 11월 19일 초등교사 임용고사에 100명 모집에 625명 지원, 실
제 279명 응시, 179명이나 떨어져야 하는 사정이다. 특히 남학생, 그것
도 ROTC 생도 출신들은 더욱 안타깝다. 만약 떨어지면 임용 기약도
없이 입대를 해야 한다. 월요일부터 채점 작업 진행 중이다. 20명이 넘
는 채점단이 감금상태로 사흘째다. 과연 남학생이 몇 명이나 합격할
까? 아마도 다섯 명 넘기가 좀 어려울 것 같다. 도무지 외우고 학점 따
는 데는 여학생을 당할 재주가 없어 보인다.

● 2007. 2. 27(화)

2007. 3. 1자 교육공무원 인사 마무리……. 고난의 행군이었다. 떠나고, 오고가고, 새 인물이 들어온다. 강물이 흘러도 강은 그대로인 것처럼 사람은 떠나도 시스템은 그대로 존재한다.

● 2007. 6. 14(목)

홍비서, '임종정념' 이 좋은 낱말을 어디서 찾았노? 원래 이게 불교에서 나온 말이지만 가톨릭 신자인 네가 써도 무방할 것으로 본다. 사람이 죽을 때까지 흔들림 없이 바른 정심을 가진다는 게 얼마나 어렵겠냐.

그건 그렇고 천상에 계신 네 아버지가 하느님하고 의논해서 천상 선녀를 네게 보내셨구나. '이지혜'라는 이름표를 단 선녀 말이다. 엔젤, 다른 말로 천사라고도 하지. 내가 보아하건대, 착하고, 지혜롭고, 아주 미인이야. 얼굴에 그렇게 나타나 있어. 진심으로 축하한다. 부디 지금의 사랑을 반드시 결혼으로 이어지기를 기원한다.

세상에서 한 분밖에 안 계신 아버지를 떠나보내고, 그 섭섭하고 시린 마음을 달래줄 천사를 네게 보내신 하느님과 아버지께 진심으로 감사하며, 그 뜻을 높이 기리어 평생 반려자로 맞아, 서로 아끼고 사랑하며 행복한 날들 이어가기 바란다.

네게는 이미 준비된 행운과 복이라고 나는 생각한다. 원래부터가 워낙 심성이 착하고, 순박하고, 진실한 마음을 가지고 세상을 살아가니 하느님이 이런 선물을 주시지. 다시 한 번 멋진 여친이 네게 나타남을 축하하고, 앞으로도 꾸준히 의지 굳고, 착하게 살아가기를 바란다. 네

19년 전의 선생님이 마음을 모아쓴다.

● 2007. 8. 12(일)

너는 네 생각보다 훨씬 더 잘할 수 있어,

왕의 자녀 학습법,

학원과외 필요 없는 6-3-1 학습법,

솔로몬 학습법,

사람아 내게 죽을 때까지 충성하여라,

20대를 변화시킨 30일 플랜,

18시간 몰입의 법칙,

꿈꾸는 다락방……

저자 이지성을 만났다, 이제 서른넷의 노총각 교사를. 그에게 존경과 찬사를 보낸다. 우리 교사들은 이지성처럼 이렇게 진화할 수 없는가?

● 2007. 8. 22

33년 만에 첫 부임지로 돌아간다. 지난 8월 1일 교장 전직이 확정되기 전부터 나는 길천초등학교를 지목했다. 기분이 너무 좋아 마음이 둥실 떠 있었다. 내 손으로 스스로 써서 가는 곳이니 오죽 기쁘랴! 나도, 아내도 지금 거기 가서 무엇을 할 것인지에 대해 이런저런 생각 중이다.

　- 1974년 4월 1일 길천초등학교 교사 발령

　- 2007년 9월 1일 길천초등학교 교장 발령

● 2007. 10. 23

가지산 자락의 길천초등학교는 아름답습니다. 80여 명의 아이들과 교직원들이 행복해 합니다. 즐겁습니다. 마치 별장 같은 사택에서 지내니 기분이 마냥 좋습니다. 텃밭의 무와 배추며, 아침마다 줍던 도토리와 은행알도 좋습니다. 밤하늘에 올려다보는 별들이며, 내리비치는 달빛이며, 다 좋습니다. 당연히 고칠 점도 있지만 그마저도 좋습니다. 성공하는 교장이 되고자 합니다. 소규모 학교의 교장이 그냥 노는 것만이 아니라는 걸 보여줄 것입니다. 성원해주시면 더욱 잘하겠습니다.

● 2008. 2. 2

부모님이 돌아가신 달을 수월讐月이라 부른다. 원수 같은 달이라는 뜻이다. 2007년은 내게 그런 해였다, 수년讐年……. 인생의 동반자인 형을 잃었었다. 최대의 비극이고, 슬픔이며, 아픔인 2007년 가을로 해를 넘기고도 나는 문득문득 돌아가곤 한다. 아니 잊어서는 안 된다. 내가 잊기에는 형님이 너무도 안쓰럽기 때문이다. 소리 내어 웃을 수가 없다.

해를 넘기고 한 달이 지났다. 열흘이나 해외여행도 다녀왔다. 그래도 이 찢어진 가슴을 어이 하리. 그래도 할 일을 챙기며 살아가야 한다는 사실이 나를 우울하게 한다. 모처럼 홈피를 정리하면서 또 가슴 아파하다.

● 2008. 5. 22

전날부터 꽃바구니며 선물들이 참 고맙다. 오○○ 어머니의 뜻밖의

꽃바구니부터 강○○, 차○○, 이○○ 제자의 꽃바구니가 고맙다. 최
○○, 최○○, 이○○ 제자의 방문과 선물, 정○○의 선물, 김○○ 제자
의 떡, 철원에서 부쳐온 이○○ 제자의 포도주도 고맙고, 1976년 약수
3학년 12명의 초대와 선물도 고맙다.

때마침 국무총리상 수상을 축하하며 여러 가지로 축하해주신 분께
감사드린다.

총동창회, 신부장, 최부장, 진○○……. 축하카드 보내주신 손○○,
강○○ 북구청장, 교육장님도 고맙고 전화나 문자로 축하해준 이봉○,
이○희, 박○임, 이○옥,

홈피에 축하해준 서○○, 황○○ 등등 모두 고맙다.

● 2009. 1. 6

해가 바뀐 지 엿새째다. 세월은 벌써 이리 흘러 나이를 말하고 싶지
않은 그런 나이가 되었다. 지난 한해 나는 참 행복했었다. 아름다운 추
억도 많이 만들고 직장도, 가정도 원만했다.

장외연수도 많이 하고, 배구도 많이 하고, 많은 산도 올랐다. 밝얼산,
배내봉, 가지산 자락, 간월재, 지곡골짜기, 고헌산, 제약산, 능동산, 천
황산, 주왕산……. 집안 화전, 백령도, 하의도와 고창, 그리고 광주, 열
흘간의 호주와 뉴질랜드, 나흘간의 구주지방 여행, 13차례의 칼럼과
두 차례의 고향 이야기.

3세가 처음으로 태어났고, 건강도 잘 유지되었지만 큰아들의 결혼문
제는 나로 하여금 많이 속상하게 한다. 안재일 제자의 주례, 신희용 선
생의 주례, 김대언 약사의 주례도 비교적 성공적이었지만 정작으로 아
들 결혼문제는 이리도 나를 마음 아프게 한다. 기다림이 필요하리라.

올해가 그 종지부를 찍고 새로운 행복 원년이 되었으면 한다.

● 2009. 4. 11

지난겨울 필리핀 여행 다녀오고, 따라주는 후배들도 늘어나고, 여유로운 마음도 생겨서 참 좋다. 작은아들이 곧 울주보건소로 오고, 예윤이도 아주 건강하게 잘 자라고, 아버님 자찬묘지명이며, 고조부 비석도 입석하는 등 의미와 가치를 부여할 수 있는 일이 성공적으로 마무리되어 기쁘다.

올해 길천의 봄을 이렇게 정리하고 싶다. 현관과 복도 환경이 의도대로 바뀌었고, 디지털교과서 시범학교를 지정받아서 좋다. '방과후학교' 거점학교를 운영하고, 스쿨버스가 운행되고, 시립예술단 초청 벚꽃맞이 음악회도 참 좋았다.

울주군 장학모니터 팀장도 평소 아끼고픈 후배와 함께 해서 좋고 보육교실이 성공적으로 운영되는 등 많은 고민 끝의 결과는 매우 만족스럽다. 6학급의 전형을 만들려는 나의 계획은 착착 진행되는데 문제는 아이들의 수가 나로 하여금 걱정하게 만든다.

● 2010. 12. 21

생애 최고의 선물 주원이에 이어 자윤이를 태어나게 한 그 어머니를 칭찬합니다. 귀한 몸으로 태어나 교사가 되었고, 그 교사는 다시 두 아이의 자랑스러운 엄마가 되었습니다. 어느 역할도 모두 중요하겠지만 이 시대의 화두가 저출산인 만큼 어찌 그대를 칭찬하지 않으리오. 그대처럼 우수한 유전인자를 소유한 사람들은 더 많은 번창을 필요로 하지만…….

내가 그대 젊은 교사들에게 어떤 모습으로 비쳤는지는 잘 모르지만 나는 그대들이 늘 사랑스럽고 든든했다. 그리고 자랑스러웠다, 드림팀 일원 모두가. 지금도 그렇지만 세월 지나면 많이 그리워질 사람아! 비단 사랑은 이성 간의 문제이거나, 피를 나눈 사람이거나, 친구 간의 문제만이 아니라는 걸 내가 느끼는 만큼 아마도 그대들 또한 조금은 느꼈으리라 생각한다.

아기도, 엄마도, 가족들도 다들 건강하고 행복하기를 기원한다. 언제 우리 만나면 많이 반갑겠지? 그때까지 잘 지내시오.

–지난 9월에 둘째 아기를 얻은 길천 박○○ 선생님 홈피에 쓴 글입니다.

● 2011. 4. 4(월)

슬픔, 너에게 안부를 묻는다 / 류시화

너였구나, 나무 뒤에 숨어 있던 것이.

인기척에 부스럭거려서 여우처럼 나를 놀라게 하는 것이 슬픔, 너였구나.

나는 이 길을 조용히 지나가려 했었다.

날이 저물기 전에 서둘러 이 겨울 숲을 떠나려고 했었다.

그런데 그만 너를 깨우고 말았구나.

내가 탄 말도 놀라서 사방으로 두리번거린다.

숲 사이 작은 강물도 울음을 죽이고, 잎들은 낮은 곳으로 모인다.

여기 많은 것들이 변했지만 또 하나도 변하지 않은 것이 있다.

한때 이곳에 울려 퍼지던 메아리의 주인들은 지금 어디에 있는가.

나무들 사이를 오가는 흰새의 날개를 갈던 그 눈부심은

박수치며 날아오르던 그 세월들은 너였구나.

이 길 처음부터 나를 따라오던 것이

서리 묻은 나뭇가지를 흔들어 까마귀처럼 놀라게 하는 것이 너였구나.

나는 그냥 지나가려 했었다.

서둘러 말을 타고 이 겨울 숲과 작별하려 했었다.

그런데 그만 너에게 들키고 말았구나.

슬픔, 너였구나.

많은 슬픔을 묻고 삽니다. 나의 슬픔은 참 많습니다. 그 중 영원한 이별을 고한 사람들과의 이별이 큰 슬픔입니다. 형제와의 이별이 가장 슬프고, 다음이 부모님입니다. 그다음 친구들이 떠나가고 있습니다. 믿고 지내던 선후배 동료들도, 어릴 적 친구들도 해마다 몇 명씩 떠나가고 있네요.

또 다른 슬픔도 많습니다. 멀쩡하게 살아있는 사람들과도 담을 쌓고 사는 사람도 여럿 있습니다. 그 담을 헐고 싶지만 내 가슴이 그리 넓지 못하기도 하거니와 그리 사는 것이 편하기도 합니다.

어느새 머리카락은 백발이 성성하고 감성은 점차 무디어갑니다. 내 늙음보다 아내가 늙어가는 것이 그렇게 슬픕니다. 어느새 어떤 집단에 가든 직장 내에서는 내가 가장 나이가 많다는 것이 또 슬픕니다. 그러나 다 묻고 삽니다. 감추고 삽니다. 또 그렇게 살아야 합니다. 그러나 종종 이런 나의 슬픔에게 안부를 묻습니다.

안 그러면 그게 또 다른 슬픔이 되거든요.

제석문除夕文과 신년송新年頌

종종 섣달 그믐날 밤에 지난 한 해를 돌아보며, 또는 새해를 맞으면서 축원하는 글을 씁니다. 돌아본 세월 속에 세상사가 함께 하고, 해마다 가족과 가까운 사람들의 무탈을 기원하기도 했지만 늘 자신의 가슴이 좀 더 넓어지고, 보다 큰 사람이 되기를 바랐습니다. 아마도 그게 참 어려운지 지금도 여전히 인생의 과제가 되고 있으니 범부凡夫로서는 영원히 이르지 못할지도 모릅니다. 그렇다손 치더라도 살아있는 날까지는 꾸준히 그렇게 지향하고 싶습니다.

● 묵은해와 새해가 오가는 길목에서—1988. 12. 31

텔레비전에 나오는 어릿광대들의 몸짓에 이어
박수 소리와 웃음이 어우러지고,
원빈이와 원희는 저들끼리 무엇이 즐거운지 깔깔대고,
아내는 잠자리를 준비하고,

나는 이렇게 글을 쓰노라.

어리게만 보이는 원희를 보면 그냥 즐겁고,
맹랑한 원빈이를 보면 나는 기분이 좋다.
한 놈은 철없지만 그렇게 순진하고,
하나는 또록또록하고 분명한 소리가 나는 까닭이다.
나의 분신이요, 희망인 까닭인지 자식이 그렇게 좋다.
그도 그렇지만 두 아이가 모두 참 착하다.
제 아비보다도, 제 어미보다도 훨씬 착하고, 엄치 똑똑하다.
남들이 아낄 만큼이나 칭찬받은 아이들이 난 참 자랑스럽다.
그래 참 건강하여라.
새해에는 4학년이 되고, 6학년이 된다.
부쩍 자라 더욱 큰 꿈이 크도록 가슴을 넓혀라.
굳이 일등을 안 한들 어쩌랴.
벌써 너희들은 우리 부부에게 많은 기쁨을 안겨준 것을.
힘든 것이 어떤 것인가를, 어려움이 무엇인가를,
벅찬 감격 뒤엔 땀이, 어려움이, 고뇌의 아픔들이 숨어 있다는 것을
너희들은 스스로 알아야 하리라.

아내여, 그대는 어찌하여 나의 짝이 되었던고?
우리가 만난 지 어느 덧 열 두해, 그 동안 우리는 참 행복했었다.
더러는 아픔도, 쓰라림도 같이 했지만 그런 날보다는 기쁜 날이,
슬픈 날보다는 즐거웠던 날이 우리에게 그 얼마였던가!
우리가 살아오면서 얻은 행복은
아주 작은 돈과 아주 큰 고마움들이 아니던가!

그대가 참 착한 여인이라는 것을 나는 깊이 새기고 있노라.

지금의 이 행복은 그대가 지켜주었다고 나는 믿는다.

어찌 나의 모습이 이쁘기만 했으리요.

때로는 괴팍하게, 더러는 밉상스럽게 그대 앞에 나타나지 않았던가.

그래 참 고맙구려, 그대여!

이 넓은 세상에 태어나 우리가 이렇게 만나 사는 것이

하느님의 뜻이 아니고서야 어찌 가능하리요.

나도, 그대도 많이 부족하고 모자라겠지만,

그러나 조화를 이루려는 노력들이

이제 열매로 영글어 가니 얼마나 자랑스러운가.

가르침이 곧 배우는 것임을 느껴지던 날들의 연속인

교실생활이 어느 덧 열다섯 해!

일곱 번째로 졸업반 마흔 일곱을 맡아

두 아이가 전학가고, 한 아이가 전학 오고,

많은 아이들이 모두모두 착한 모습이었던 것을.

하지만 상○이와 ○근이도, ○숙이와 ○순이도 참 고마운 아이들
이다.

그러나 알뜰하게 살펴주지 못한 나는 이들에게 죄인이다.

아직도 불씨를 안고 있는 ○성이도, 종○이도

그들은 무엇이 그렇게 만든 것인지를 느끼지 못하니 안타깝지 아니
하랴.

그들을 사랑하고자

산도 오르고, 아침운동도 하고, 글도 쓰고, 글씨도 쓰고…….

아, 그러나 난 아직 참교육에서 한참이나 멀어져 있는 것을 어찌리.

아이들아, 부디 부모님의 자랑스러운 아들딸이 되거라.
나라를, 민족을 뜨겁게 사랑하는 자가 되거라.
그대들 앞에 진정으로, 진정으로 축복 있으라.

● 신년송—1989. 1. 8

새해에는 마음의 텃밭 일구고,
게으른 짓, 나약한 허우적거림 떨쳐버리고,
높은 곳에서 세상을 볼 수 있는 안목을 일구고,
깊은 계곡에서 올려다보는 좁은 시야는 팔아버리고,
진실을 가장한 기만을 버리옵고,
의로움으로 향해 떳떳하게 나아가게 하소서.
허나 작은 일에 혹함이 없이
더 작은 일에 기를 쏟아버리는
어리석음을 범하지 않게 되기를 긴절히 기도합니다.

기껏 아홉 구비를 넘지 못하는 인생이지만
이제 나는 넷째 구비를 넘고 있지 않는가.
이름하여 나이 40이면 불혹이라.
어느 새 친구들과의 만남에서
머리카락이 쉬었다느니,
우리도 늙어가고 있다느니,
자조 섞인 푸념을 늘어놓음이 공연한 헛소리는 아닌 것 같다.

삶이 이리도 헤픈 것인가!

청춘이 이토록 짧단 말인가!

하지만 꼭 그렇지도 않다.

아직도 이룰 일이 많고, 걸어야 할 희망이 너무도 많다.

바쳐야 할 정열이 아직은 용솟음쳐야 하고,

세워야 할 뜻은 더 높은 곳에서 날 오라 하거늘

어찌 먹은 나이를 후회만 하랴.

흔들림 없는 중용의 길을 걸으리라.

과불급이 없는 바른 도리를 추구하리라.

가난하면서도 도를 즐기고,

부유하면서도 예를 좋아하려면 절차탁마를 해야 한다는데

나 그길 걸으며 혹함에 흔들리지 않는 바위가 되리라.

● 송구영신―1991. 12. 31

　살아가면서 어느 한 해인들 중요하지 않은 해가 있으리오만 이제 약 5시간 후면 다시는 되돌릴 수 없는 1991년이 되고 만다. 국내외로나 개인적 삶에서 큰 부분들을 간추려 본다. 걸프전쟁과 함께 '91년이 시작되었다. 중동의 자존심을 내세운 후세인과 스커트미사일에 맞서 다국적군과 패트리어트미사일로 밀어붙인 부시와 미국의 부활이 연초의 뉴스거리였다. 그러나 15개 공화국연방으로 조직된 소련이 몰락했다. 공산주의 종주국이 약70년 만에 역사 속으로 사라진 것이다. 개방과 개혁을 앞세운 고르비는 결국 옐친에게 권력을 넘겨주게 되었다. 그밖에도 에이즈 파문, 동구권의 자유화 물결, 간디 수상 피살, UR태풍 등이 세계적인 뉴스거리였다.

　나라 안으로는 약 30년 만에 지방자치제가 실시되었다. 동네 선거였던 기초의회 선거에서의 이채익과 김춘생, 이덕호, 이동석, 정장훈 씨의 출마와 당선 축하회, 광역선거에서는 정갑윤씨 당선과 이채헌, 이상원 씨의 낙선, 그러나 지역이기주의[NIMBY]가 심화되고, 지방의원의 자질이 특히 문제가 되기도 했다. 아직도 계속되고 있는 민자당의 계파 간 대권 문제로 인한 갈등과 김영삼, 민주와 신민의 합당, 수서 비리와 뇌물 사건, 김동영 의원 사망 등이 정치권 뉴스였다.

심화되는 무역 적자와 주식시장의 붕괴 위기, 쌀시장 개방 반대, 정주영 현대 명예회장의 정치 참여, 1,200여억 원의 세금 추징, 세모 유병언과 오대양, 스쿠알렌, 인간실종시대, 페놀 방류, SBS와 태영, 보사부 출입기자의 촌지사건, 태풍 글래디스의 강타로 동남부지방에 하루만에 약 550mm의 폭우가 쏟아지기도 했다. 예능계 입학 부정사건, 강경대와 김귀정, 김기설의 유서 대필사건 등도 세상을 시끄럽게 했다.

그러나 정말 좋은 일, 희망적인 일도 있었다. 남북 단일 탁구팀의 세계 제패, UN 동시 가입, 남북합의서, 한반도의 비핵지대화 선언 등이 그것이다. 통일의 그날은 반드시 오리라.

자 이제 학교로, 집으로, 이웃으로, 성당으로 들어가 보자. 정들었던 남부에서 청량으로 학교를 옮기고, 5학년 주임과 연구주임 업무를 맡았었고, 수업연구를 추진하다가 언양에서 맞붙은 싸움, 동 학년 간 특별실에서의 오붓함, 신리분교 방문과 학사시찰, 스카우트 야영, 출근길의 편리함 등이 중요한 일이었던 것 같다. 소라횟집, 진하, 칠암, 오리고기, 율리 산장…….

11월에 있었던 교대 동문전 출품과 동문의 밤, 고교 동문회 참석과 모교 야구부의 청룡기, 대통령배 우승은 기뻤지만 Homecoming day는 가지 못했다. 일삼회와 함께 한 여섯 차례의 모임, 한우리 회원과의 백암, 남산, 영천 낚시, 양정 뒷산, 반구대, 내원사 버섯 따기, 해인사와 부곡, 코리아나 뷔페도 즐거운 일이었다. 작년 학부모와의 인정 나눔도 빼놓을 수 없다. 찬미네 이사, 상원, 신지, 진원, 영호, 재후네와 리버사이드 뷔페, 평화 쌈밥, 무더기 반장 당선…….

이제는 가정과 집안으로 들어가 보자. 온가족이 함께 한 신문배달, 불가능을 가능으로 바꾼 아파트 중도금 완납, 성가대원으로서의 노력과 뿌듯함(1박2일의 콘도, 횟집, 밤숲, 대구 성가음악회, 바오로성당, KBS발표회 등), 18년을 기다린 누락경력 인정, 원빈이의 전교 3등과 원희의 학급 1등이 보여준 가능성, 국제신문의 1월 1일자 가족 소개, ○혜○ 선생님과의 다시 만남, 제자들의 대입, 고입 합격 소식, 선암 동료들…….

기쁜 일, 좋은 일이 이토록 많고 즐거웠건만 누가 호사다마라고 했던가, 형님의 뼈저린 실수와 충격, 집안사람들과의 갈등, 큰처남의 수술, 아버지와 아름이, 숙모의 건강문제, 혼쭐난 약 3주간의 치질과의 전투, 아들들의 기대에 못지않은 우려 등이 그것이다. 아직도 실마리가 풀리지 않는 상태의 일들이 원만하게 해결되었으면 좋겠고, 어차피 삶의 모습들이 궂은 날, 맑은 날이 되풀이되는 날씨 같다면 나와 나의 가족, 가까운 사람들의 건강만큼은 지켜졌으면 좋겠다. 정말 쓰라린 맛은 내 인생에 다시 나타나지 말지어다.

자 이제 3시간 후면 새해가 된다. 새 아파트로 이사, 원희의 중학교 입학, 원빈이의 중3 고입 준비, 나의 학교 전보, 교통문제와 차량 구입, 생활고 해결, 형님댁의 보다 밝은 모습, 부모님 건강, 그 밖의 처가 형제, 동생들에게도 좋은 일 가득하길 빌어본다.

내일이면 오늘과는 다른 의미로 솟아오를 해야, 밝게 빛나거라.

어둠에 가린 깊게 드리운 그림자 지워 내거라.

진정으로 정직하고 성실한 자의 삶에 희망과 환희가 넘치게 하라.

우리 아이들의 의지가 큰 언덕을 넘게 강하게 비춰주어라.

아내의 아픈 곳을 짙게 쬐거라.

나의 못난 모습을 비춰 녹여 버리거라.

나와 나의 형제들에게 사탄이 접하지 못하게 경고의 빛을 보내거라.

노부모 어른들껜 평안을 주시게 하라.

이 모든 것이 주 하느님의 이름으로 이루어질 지어다.

어느 때보다 더욱 절실한 마음으로 다미아노가 기도드립니다.

● 새 천년 한 해를 보내며—2000. 12. 31

새 천년이 다가올 때의 요란했던 희망과 설렘이 어느 새 훌쩍 지나가 버렸다. 365일은 그리 짧지 않았지만 다시 나는 허전함을 떨쳐버릴 수 없다. 가정사가 그러하고, 개인적인 일들이, 직장에서의 일들이, 주변의 일들이, 세상사가 아픔과 고통을 느끼는 경우가 더 많았으니 이걸 아쉽다 하리요, 어서 가라 하리요.

아, 나는 이제 새 천년의 두 번째 해를 맞이할 준비를 위해 오후가 되면 진하 바닷가로 간다. 새로움을 맞는다는 것은 과거의 일들을 돌아봄이 있을 때, 묵은 마음을 정리하고 찌꺼기를 떨쳐버렸을 때 바람을 담은 새해가 다가오리라 생각하며 뒤를 돌아보고자 한다.

게을러서 체중을 늘리고 배만 나온 탓으로 아내에게 잔소리를 듣게 하고 건강의 적신호를 느낀 건 분명 나의 탓이렷다. 아내가 한 번씩 힘들어하는 건강문제도 그 전과 같이 그저 보고만 있었던 방관자가로 일관했으니 미안하기 그지없고, 걱정만 했을 뿐 적극적 해결책을 구하지 않았으니 이것도 나의 탓이 아니겠는가. 큰 아이가 한약사 고시 문제로 자진 유급을 하고, 여섯 달이 늦은 9월에 졸업을 해도 아직 그 문제는 속만 태우는 꼴이 되어 있다.

9월에 있었던 약사고시는 과락 문제로 큰 실망을 하던 차에 아주 행운을 얻은 합격을 통보받아 천만다행이었다. 하지만 여자 친구와 헤어지는 가슴앓이를 아직도 하고 있는 듯하여 아픈 마음이고, 작은 아이는 본과에 올라 학교생활에 잘 적응하여 문중 장학금도 받고 여자 친구를 얻었다는 것은 나 또한 기쁘기 그지없다. 서울대에 들어갔으면 열애에 빠질 가능성이 크건만 지방 캠퍼스에서 연애 한 번 못 하고 학창 생활을 끝내면 그것도 얼마나 아쉬운 일이겠는가.

협심증으로 걱정하시던 아버지가 드디어 11월에는 입원을 하시고, 덩달아 어머니도 입원을 하시면서 고부간에는 신뢰의 벽이 허물어지는 것 같아 걱정스럽기 짝이 없다. 형님네 식구들은 딸아이가 일본으로 건너간 것, 백모님이랑 일본에 다녀온 후 마음을 트게 된 것이 다행이고, 별다른 소리가 안 들려서 안도가 된다. 아우네는 순천에서 울산으로 옮겨와 조카 놈을 자주 볼 수 있는 기쁨을 주어 좋긴 하지만 아우의 직장에 불안 요소가 있는 것 같아 걱정스럽기도 하다.

재종 한호 형님이 3성 장군이 되어 금의환향했을 때의 기쁨도, 집안 아제비들과의 화해도 다행스럽다. 조상들의 2백년 숙원 사업인 용연사 복원이 마무리 단계에 와 있고, 내년이면 준공을 보게 된다니 이 또한 좋은 일임에 틀림이 없다. 3월에 있었던 송재정사 준공식을 겸한 학성 이씨 화수회를 가질 때 시조 충숙공 학파선생 기사집을 마무리하여 발간했던 일도 보람찬 일이었다.

중학교 동창회를 주최하기 위하여 노심초사하던 일들은 무난히 행사를 끝내고 이제 한 페이지의 추억거리로 남아있다. 초등학교 동기회는 날이 갈수록 여자 동기생들의 적극적 참여로 이제는 동기애가 넘쳐나고 있다. 서울 연수 갔다가 친구들과의 만남은 세월을 뛰어넘는 우정의 세계를 경험했었다. 진하를 찾은 동기동창이 있음에 나는 더욱 동기회를 위해 노력하리라. 고향 골짜기에서 향수를 찾은 가재잡기나 산나물은 새롭게 친구를 얻은 일이고, 자녀 결혼식이며 동창회에서 우리들은 우리들이 친구임을 확인하는 시간을 공유하는 기회가 늘어나고 있음에 나는 기뻐한다.

아픔을 넘어 다시는 일어나지 말아야 할 일들도 이어졌다. 여러 차례에 걸친 동기생 부모상이 나에게도 언젠가 닥칠 거라는 생각에 심히 걱정을 낳기도 했다. 일삼회, 이삼회, 삼일회, 함월회, 선암회는 고만고만하게 한 해를 넘기고 있지만 한우리, 성가회는 와해되는 소리를 듣는 기분이다. 더욱 기가 찬 소리는 가까운 이들의 숨 막히는 고통의 소리가 그것이다. 생활고를 못 이긴 친구의 자살 소식이나 자식 잃은 친구의 고통은 차마 듣고 싶지 않은, 악몽으로 끝났어야 할 최근에 겪은 가장 큰 비보였다. 아, 다시는, 다시는 이런 일이 일어나지 않기를 나는 간절히 기도한다.

이제 학교로 돌아가 보자. 지난 해 11월에 시작되었던 타 시도 전입자 제한문제를 걸고넘어진 추진위원장으로서의 역할은 외롭고 힘들었던 시간의 연속들이었다. 얻은 사람과 잃은 사람들을 헤아렸던 일들이 이젠 미흡하지만 일부가 수용되어 나의 소리가 허공에 머무르지 않았음에 나는 기뻐한다. 농서에서의 원을 나는 성동에서 풀었다. 콧구멍 트인 관리자를 나는 만났고, 근무평정의 한을 나는 풀게 되었다. 승진을 걱정해주는 사람들을 나는 만났다. 다행이고 다행스러운 일이었지만 나의 역부족으로 승진 문제를 내년으로 넘겨야 한다. 그것만으로도 나는 다행이지 않는가!

목돈 들인 자격연수는 두 번의 방학을 모두 반납할 것이고, 일반연수와 워드 시험에 노력한다면 승진은 점차 가까이 다가오리라. 솔바람 소리를 들으며 자라나는 성동 아이들과의 만남을 나는 헛되이 보내지 않

으리라. 미완성으로 끝날지라도 나는 계속하여 결핍을 파는 가게를 열
리라. 몽땅 연필을 선물로 준비하고 아이들을 초대하여 하룻밤을 같이
한 시간을 나는 소중히 여기리라. 이 곳 성동에서 교사의 입장에서 아
이들을 마지막으로 만나리라. 아람단을 통해, 또 다른 입장에서 나는
아이들을 만날 것이고, 그리하여 사랑을 나눌 것이다.

그들의 아버지며 어머니도 나는 열심히 만날 것이다. 울산교육사의
집필 원고나 청소년연맹에 대한 애정보다도, 전교조 가입보다도, 교무
부장의 역할이 중요하고 특기적성이나 학교평가가 내겐 더 소중하다.
학교가, 선생님이 어떤 일을 수행해야 하는지를 나는 손수 보여주려 노
력할 것이고, 나의 또 다른 기쁨을 거기서 얻으려 할 것이다. 그리하여
지금의 남부 아이들처럼 많은 시간들이 지나도 인터넷에서, 마음의 교
감에서 성동과 진하 사람들을 만날 것이다.

바깥세상은 새 천년에도 참 소란스러웠다. 곤두박질 친 주식시장에
서 코스닥은 젓을 담고 피땀 어린 나의 투자도 낙담으로 돌아왔다. 제
2의 IMF를 예고하듯 사람들의 경제 지표는 끝이 보이지 않는 추락을
계속하고, 삶의 고통을 강요당하는 사람들이 오히려 늘어나고 있다. 대
우가 무너지고 현대가 크게 흔들리는 위기 상황이 우리를 불안하게 했
다. 신화는 없었다. 재벌도 무너지니 어느 곳이든 안전한 곳은 없었다.

그래도 집단 이기주의가 무엇인가를 극렬히 보여준 의약분업에서
아픈 사람들이야 죽든 말든, 국민들의 불편이나 부담은 뒷전이고, 동네
약국이야 몰락하든 말든, 상대를 몰염치한 집단으로 몰고는 남들이 모
두 그르다고 해도 그들만이 오로지 옳다는 주장을 거듭하며, 의사 나으
리들의 뱃가죽을 기름덩이로 가득 채우기 위해 그들은 똘똘 뭉쳤다. 정
부도 백기를 들고 그들의 편을 들어주었으니 그들의 주장은 정당했다?
그들의 주장을 역사가 심판할 것이다.

4·13 총선은 큰 변화를 가져왔지만 형식만 바뀌었을 뿐 조금도 진전 없는 혼미를 아직도 거듭하고 있다. 55년 분단사에 큰 획을 그은 남북 정상회담은 가히 충격적이었지만 두 차례에 걸친 이산가족 만남과 김대중 대통령의 노벨평화상 수상 외에는 얻은 것에 비해 너무도 많은 것을 퍼주었다는 비난을 받을 수밖에 없는 결과를 가져왔다. 미국의 대선도 유래 없는 치졸함을 계속한 끝에 고어는 울고 부시가 웃었다. 시드니 올림픽은 지구촌의 축제였지만 곳곳에서의 분쟁은 끊이지 않았다. 연예가는 서태지가 돌아오고 허준이 살아났지만 백지영이 울었고, 주병진이 낭패를 보았고, 커밍아웃한 빠송이 무대 뒤로 사라졌다.

박찬호가 전성기를 구가하고 여자 골퍼들이 조용했다. 강초현은 은메달을 따고도 스타로 떠올랐고 북한의 스포츠는 몰락했다. 광우병 파동과 농민 시위는 이 땅의 농부로 살기엔 너무도 풍토가 척박하였다. 교실이 무너지는 소리를 들어야 해도 대안은 없고, 물수능이라는 비판을 받은 일도 바람직한 일은 아니고, 7차 교육과정 파동은 내년에도 계속될 것이다. 공무원 연금법 개악은 정년 단축으로 인한 후유증을 남은 교사들에게 돌리는 꼴이니 가만히 앉아서 수천만 원을 날리고도 대책은 없는가!

답답하고 지루한 세상사는 또 내년에도 이어질 것이다. 어처구니없는 일들도 어떤 형태로든 나의 귀로 들어오고 나의 눈으로 보게 될 것이다. 허나 어디에선가 그런 일이 일어날지라도 나의 주변을 비켜 지나갔으면 좋겠다. 운명을 거스를 수는 없어도 드센 운명의 기를 꺾는 것은 세상 살아가는 모두의 책임일진대, 부디 악인은 사라지고 선인들이 득세하는 세상이 열리기를 간절히 기도한다.

부디 새해에는 나의 주변에 의외의 악운이 덮치지 않기를 간절히 바란다. 악운을 물리치기 위한 많은 노력이 헛되지 않기를 간절히 소망한다. 가까이는 나의 가족들이, 주변의 많은 사람들이, 멀리는 지구촌 인류 모두가 자신을 위하고 남을 배려하는 삶에 익숙하기를 간절히 기대한다. 나에게도 노력한 만큼 적절한 보상이 따르기를 갈망한다. 잘 가시오. 밀레니엄의 첫해여 새해 신사년에는 좋은 일만 물려주시구려.

● 2001년 송가—2001. 12. 31

찬바람을 뚫고 새해를 맞으러 갔던 2001년의 한해가 저물었다. 지난 한해도 역시 개인사나 세상사가 전혀 예기치 않은 일들로 가득 채운 해가 되었다. 학교에서는 솔바람 아이사랑, 다중지능이론과 한판 씨름을 벌였고, 이름 한 번 갈려고 애쓰던 일들이 실망과 기쁨이 되풀이되면서 안정을 찾게 되었다. 여느 해처럼 아들들이 객지로 떠나고 빈 둥지만 남은 집에서 홀로서기에 노력 중인 아내에게 마음의 박수밖엔 아무 것도 해준 게 없다. 시골 부모님이 건재해주신 게 참 고맙고, 형님네, 동생네도 그리 힘든 일은 겪지 않은 것 같아 다행스럽다. 수년을 별러 완공한 용연서원 준공을 본 게 집안의 자랑이 되었고, 강이계의 근원을 밝히는 데 일조할 수 있어서 기뻤다. 주변 친구들, 친척들이 크고 작은 일들을 겪었겠지만 잔인했던 2000년보단 얼마나 다행인가 싶었다.

그러나 개인사의 화두는 단연 만남이고, 세상사의 중심은 9·11테러와 각종 게이트가 틀림없다. 그밖에도 잔잔하게 흘러간 것 같으면서도 크고 작은 일들이 끊임없이 이어졌던 지난해를 돌아보는 이 시간은 이미 새해의 새벽을 달리고 있지만 나는 새해를 소망하고 설계하기에 앞서 저문 해 속의 365일은 내게 다시 돌아올 수 없는 과거로 접으면서 내 작은 역사를 기록하려 한다.

세상사는 재미가 새로움에 대한 호기심일 거라는 생각에는 지금도 변함없지만 올해처럼 과거 속의 사람들을 다시 만나는 것이 이렇게 큰 기쁨으로 다가올 줄이야. 모두 동기회의 덕분이고 인터넷의 영향이다. 1999년에 동창회를 주최했던 36년만의 초등학교 동기회 이후 어릴 적 친구가 그립고 보고픈 마음들이 와락 채워지고 좀은 뜸한가 싶었는데 2000년에 다음카페에서 만났던 89남부 제자들과의 해후가 가슴을 찡하게 만들었다.

그런데 올해는 그 연속선상에 놓인 것처럼 혜정이가 중심이 된 85 복산 6-4 제자들, 정화가 이끌어낸 86 복산 6-2 제자, 미정이가 주도한 90 남부 제자들과 나눈 사제지정을 나는 눈물겨운 반가움으로 가득 채웠었다. 최소 십 수 년을 뛰어넘어 마주 대한 그들의 모습이 내게는 얼마나 자랑스럽던지. 어디 그뿐이랴, 이미 2~3년 전에 만남이 시작되었지만 나이 40이 된 첫 제자들은 제자가 아니라 이 시대를 함께 살아가는 동반자적 관계임을 확인할 수 있는 기회가 여러 번 있었지 않았던가. 누구보다 행복을 잘 엮어 가리라던 그들의 후배 정○○이가 좀은 안타까운 소식을 들은 후 한 번 만나리라던 생각에서 2십 수 년 만에 만나 나의 속마음을 전했던 일이며, 아름다운 인연이 되었던 은○, ○진이 자매를 만나 눈에 넣어도 아프지 않을 것 같은 사랑스러움에 나는 바라만 보아도 기분이 좋았었다.

내 스스로 찾아간 92~93 함월 제자 사이트, 90 남부 사이트를 비롯하여 많은 제자들과 주고받은 메일이나 공개적으로 올린 글들을 통해 나의 과거를 공유할 수 있는 제자들이 있음에 나는 얼마나 기뻐했던가! 마침내 나는 아이러브스쿨에 나의 방을 차려놓고 제자들을 기다린 지 5개월여 만에 내가 28년에 걸쳐 거쳤던 11개교 제자들 중 100명에 가까운 제자들이 찾아와 일일이 거명하기에는 헤아리기 어려운 수많은 제자들과의 만남을 나는 진심으로 하느님께 감사했다.

　함께 기울인 술잔에서, 함께 나눈 이야기에서 내가 그들의 가슴에 존재하고 있음이 그렇게 고마울 수가 없었다. 새록새록 샘솟는 그들에 대한 애정을 나는 분에 넘는 축복이라 여기며, 이 땅의 교사가 되었음에 감사히 여기며 더욱 그들에게 가까이 다가가기 위한 노력을 기울이리라. 내 교직생활의 중간 추수를 해야지 싶다. 그리하여 나는 교사의 이름표를 달고 있으면서 그들과 나눈 진솔한 이야기들을 한 권의 책으로 엮어 아직도 사제 신뢰가 믿기지 못하는 사람들의 가슴에 사랑의 향기 담은 민들레 홀씨 되어 살포시 내려앉으리.

　내게 있어 고등학교 시절과 교대 2년은 회한의 시간들로 얼룩진 것 같아 돌아보고 싶지 않지만 나의 과거 속에 엄연한 실체로 존재하고 있기에 굳이 부정하려 하지 않으리. 아니, 어쩌면 깨어지는 아픔 없이는 새로운 시작을 예고할 수 없듯이 결코 부정할 수 없는 나의 과거사이기에 그것이 어떤 형태로든 유형, 무형으로 지금의 나를 형성시킨 것으로 인정하며, 보다 적극적 접근이 필요하다는 생각이 아마 가장 크게 든 한해가 2001년이었다. 같은 지역에 살고 있다는 것만으로 친하게 지내고 있는 동창들과 쌓은 우정 뒤에는 또 다른 우정들이 가려져 있었다.

　11월 16일 졸업 30주년 Homecoming day! 30년이 지나도 서로 알아보며 파안대소하고, 욕지거리하며 친근감을 나타내고는 우리들이 건재하고 있음에 얼마나 기뻐했던가! 수백 명의 친구들과 그들의 아내들, 선생님과 나눈 그날의 기쁨들이 나의 아픔들을 쓸어내기에 충분했다. 살아서는 못 만날 것 같았던 과거 속의 내 친구들을 그처럼 많이 만날 수 있어서 나는 기분이 나를 듯하였다. 나 비록 이런저런 모습으로 살아가고 있지만 모진 세파 이겨내고 입신양명한 친구들이 있음에 얼마나 자랑스러웠던지. 4반끼리의 모임에 이어 하룻밤을 재끼면서 키들 거리며 옛날을 얘기했던 태수, 영식, 재욱이 그놈들을 언제 한 번 초대하여 진한 우정 다시 나누리. 그날 찍은 사진 속의 우리들은 까까머리 청소년들이 아니라 쉰이 넘은 중년의 중후한 모습들로 채우고 있었으니 우리네 인생도 세월 먹은 만큼이나 선문답도 내릴 수 있어야지 않겠나, 친구들이여!

2001년에 마지막으로 만난 사람들은 지금 나로 하여금 상당한 파장 속으로 끌어들이고 있다. 졸업 20주년 행사는 잊은 지 오래고, 가끔 만나는 재울동문회 선후배들은 그 나름의 의미가 있다. 하지만 최금숙, 곽원석, 김인호, 김병기, 김정숙, 김은주 그 밖의 몇몇 교대 동기생들은 글로 만나다가 문상의 이름을 빌려 직접 만난 몇 동기생들을 살아서 만날 수 있음에 나는 지금도 가슴이 뛴다. 그리고 참 잘 늙어가고 있다는 생각을 해 본다.

그들은 지나온 세월만큼이나 잘 늙어가고 있었다. 학문에 뜻을 두어 교수의 길로 가는 친구도 아주 대견스럽고, 쌓아온 경력만큼 직위를 바꾼 친구도 자랑스럽다. 번화가에 자리 잡고 경제적 기반을 잡은 친구도 참 좋다. 정말 좋은 친구는 마음의 여유들이 내게마저도 마구 쏟아내는 그 친구들이다. 하느님을 지향하던 그 모습이 그대로 친구들에게 보이고, 하느님께 기도하던 그 말들이 내게 전해져 나를 감동시켰다. 적절히 감춘 그녀의 주름마저도 좋게 보이고, 노랫가락은 또 웬 그리 절절한지. 부디 그 친구의 가족들이 엮어 가는 사랑의 고리들 속에 주님 은총 가득, 행복 한 아름 늘 가득하기를 빈다. 아, 사람은 저리 늙는 거야 하고 생각할 수 있는 기회가 내게 주어졌음에 나는 감사한다.

임오년 말의 해가 밝았다. 2002월드컵의 해가 밝았다. 큰 아이에겐

사회로 나가는 첫 해가 될 것이고, 작은 아이에겐 서울 생활의 시작이
될 것이다. 아내는 어느 방향의 홀로서기를 할 것인지가 궁금하고, 아
버지는 금년에도 내 곁에 큰 언덕으로 남아 계셨으면 좋겠다. 동생이
심리적으로 안정된 생활을 할 수 있었으면 좋겠고, 형님댁 식구들도 마
음 맞는 한 해가 되었으면 좋겠다. 내게 있어 올해는 교직생활의 전환
점이 되는 기회가 주어지기를 희망하고, 주변 사람들과 잘 융화되어가
기를 희망한다.

　월드컵이 무난히 치러지고 16강 염원이 이루어지기를 소망한다. 북
쪽의 김정일이 마음의 빗장을 풀기를 희망하고, 이 땅에 무슨 게이트니
하는 소리가 안 나왔으면 좋겠다. 지방선거가 잡음 없이 잘 치러지기를
희망하고, 많은 이의 지지를 받은 대통령이 선출되면 좋겠다. 전쟁의
해를 선포한 미국도 어서 마무리했으면 좋겠고, 지구촌이 희망을 걸 수
있는 그런 곳으로 거듭 나기를 진심으로 소망한다.

　이 크고 작은 바람 모두 하느님의 이름으로 기원 드리오니 받으소서,
높은 데 호산나! 내려주소서, 하느님 은총 가득! 부디 악인은 물러가고
선인들이 득세하여 악을 평정하소서. 오, 하느님, 나의 하느님, 제 비록
제대 앞에 자주 서지 못할지라도 그대를 지향하는 마음만큼은 언제나
경건하게 가지려 하오니 이 마음 받으소서. 새해 첫 날 다미아노 이정
호가 기도드립니다.

● 2010년을 보내고 2011년을 맞으며

흩어진 밀알처럼
밀어들이 묻힌 밀밭 위에도 하얀 눈
피맺힌 절규와 눈물어린 슬픔들이

낙엽과 더불어 바람에 쏠리던 광장 위에도 하얀 눈

백지로 펼쳐진 이 거대한 망각 위에서

사람들은 새하얀 마음으로 다시 걸음마를 시작한다.

자욱 내며 소리 내며 열고 가는 길

나도 이렇게 다시 출발한다.

—정한모의 '설원에서'

지난 한 해는 내게 중학교 동문회장, 『그때 그 교실로 향하며』출판기념회, 수필 등단, 3년간의 길천 생활 마감, 연구원장 취임과 옥동 이전이라는 큰 일이 있었다. 귀한 만남을 비롯하여 두 차례의 주례 등 마음 속에만 담아놓고 싶은 일도 있고 자잘한 것은 수없이 많다.

천안함 폭파, 연평도 폭격, 김정은 등장, 불통의 정치, 남아공 월드컵 16강, 17세 이하 여자축구월드컵 우승, 김연아, 6·2 지방선거의 한나라당 패배, 진보 교육감 등장, 스마트폰 열풍, 수출 최고 세계 7위, G20 정상회의, 토종벌 전멸, 배추 값 파동, 옹기엑스포, KTX 개통, 우측보행 등 많은 일들이 지나갔다.

나라밖에서도 칠레 대지진, 아이슬란드 화산재, 파키스탄 대홍수 등 잇달아 재앙이 일어나고 브라질은 룰라 대통령의 훌륭한 리더십에 이어 진보세력이 재집권했다. 지금은 4대강을 비롯하여 무상급식 논란, 구제역으로 인한 국가재난 선포 등 세상이 시끄럽다. 사라져간 인물도 많다. 주변에선 황일수 국장, 제환도 교장, 임형규 교장이 이승을 떠났다. 황장엽, 리영희, 법정스님, 백남봉, 배삼룡, 트위스트김, 연이은 자살 최진영, 박용하, 최윤희…….

내일은 또 속을지라도 꿈을 안고 새해를 출발시킨다. 나를 비롯하여 가족들과 주변 사람들이 다들 건강했으면 좋겠고, 나 자신이 올해처럼 행복했으면 좋겠다. 좀 덜 심각하고, 덜 고민하고, 덜 열 받았으면 좋겠다. 그리고 좀 더 어른스럽고, 더 부지런하고, 더 너그럽고, 더 글을 잘 쓰고, 골프도 좀 칠 줄 알면 좋겠다.

과학관과 연구원이 잘 돌아갔으면 좋겠고, 교육감님 일도 잘 풀렸으면 좋겠다. 정치 좀 잘했으면 좋겠고, 어려운 사람들에게 희망이 되는 정책 구현 좀 했으면 좋겠다. 내일이면 다시 희망을 품은 해가 뜰 것이다. 그리고 큰 며느리도 보고, 예윤이 동생 출생도 보며 나는 행복할 것이다.

● 새해엔 이렇게 살게 해 주소서

약속을 조심스럽게 하게 하소서.
그 자리에서 결정하기보다 잠시 미루게 하시고
순간의 감정에 흔들리지 않게 하소서.
누구 앞에서나 똑같이 겸손하게 하시고
어디서나 머리를 낮춤으로써 내 얼굴이 드러나지 않게 하소서.
남에게 상처를 주지 않게 하시고
내가 상처 입었을 때는 빨리 치유해 주소서.
용기를 주소서.
부끄러움과 부족함을 드러내는 용기를 주시고
용서와 화해를 미루지 않는 용기를 주소서.
누구의 말이나 귀 기울일 줄 알고
지켜야 할 비밀은 끝까지 지키게 하소서.

—'좋은 글' 중에서

● 민귀군경民貴君輕

'민귀군경'은 맹자의 '진심' 편에 '백성이 존귀하고 사직은 그 다음이며 임금은 가볍다'고 한 데서 유래한 성어다. 맹자는 '춘추좌전', '상서'에서도 '백성 보기를 다친 사람 보듯 하라', '백성을 갓난아이 돌보듯 하라'며 민본을 강조했던 사상가이다. 이승환(고려대 교수)은 "관권이 인권 위에, 부자가 빈자 위에 군림하고, 힘센 자가 힘없는 자를 핍박하는 사태가 심화되고 있다."며 "새해에는 나라의 근본인 국민을 존중하는 정치가 이뤄지기를 바란다."고 말했다.

그렇다. 나라는 모름지기 국민이 존중받고 편안해야만 제대로 된 정치를 한다고 할 수 있다. MB정부는 기회가 주어질 때 단박에 선진국에 진입하겠다는 '일기가성一氣呵成'을 사자성어로 정했다는데 여기서도 지금 정부의 마인드는 드러난다. 천하의 좋은 정치도, 천하의 지식이나 귀한 보배도 어려운 사람을 위하지 않으면 그 무슨 소용 있으랴. 성장과 분배라는 양대 축이 어느 한쪽으로 치우치지 말고 균형을 이루어야 한다.

그러면 나는 어찌 살 것인가. 작은 사람이 안 되는 일, 대범하고 대승적으로 생각하는 일이 가장 중요할 듯하다. 성질 안 내고 참는 일, 친절하게 대하는 일, 자애롭게 대하는 일, 현명해야 할 일, 균형 감각이 있어야 할 일, 잊지 말아야 할 일은 남에게 상처주지 않는 일과 나를 낮추고 겸손해야 할 일이다. 운동 꾸준히 하고, 술 적게 마시고, 담배는 안 피울 일이며, 식구들, 집안일들 다 무탈하게 잘 진행되기를 바랄 뿐이다. 사람다움을 다시 생각하며 늘 그렇게 살아갈 것이다. (2011. 신묘 원단)

● 삶/ 이동진

우리는
이렇게 기쁘게 살아야 한다.
눈빛 마주치면 푸른 별빛이 되고,
손을 맞잡으면 따뜻한 손난로가 되고,
두 팔 힘주어 껴안으면 뜨겁게 감동하는

우리는
서로에게 기쁨이 되어 살아야 한다.
얼마나 길게 살 것이라고
잠시나마 눈 흘기며 살 수 있나
얼마나 함께 있을 것이라고
아픈 것을 건드리며 살거나

우리는
이렇게 기쁘게 살아야 한다.
나 때문에 당신이
당신 때문에 내가
사랑을 회복하여
그렇게 기쁘게 살아야 한다.

새해를 여는 시로 이동진 시인의 '삶'을 선選합니다.
오늘 시무식에서 새로 전입한 직원 소개와 각종 상장 전달도 하고,
공무원 윤리강령과 공무원의 신조를 다시 확인하였습니다. '1,10,100

운동(1% 예산절감, 10% 업무효율화, 100% 목표달성) 다짐도 했습니다.

교육감님이 강조하신 '매사진선每事盡善'도 소개했습니다. '매사진선'의 출전은 논어의 팔일八佾편에 나오며, 모든 일에 최선을 다하라는 뜻인 바, 모든 일에 베풀기를 다하라고도 해석합니다.

돌아가면서 신년 인사도 나누었습니다. (2012. 임진년 시무식)

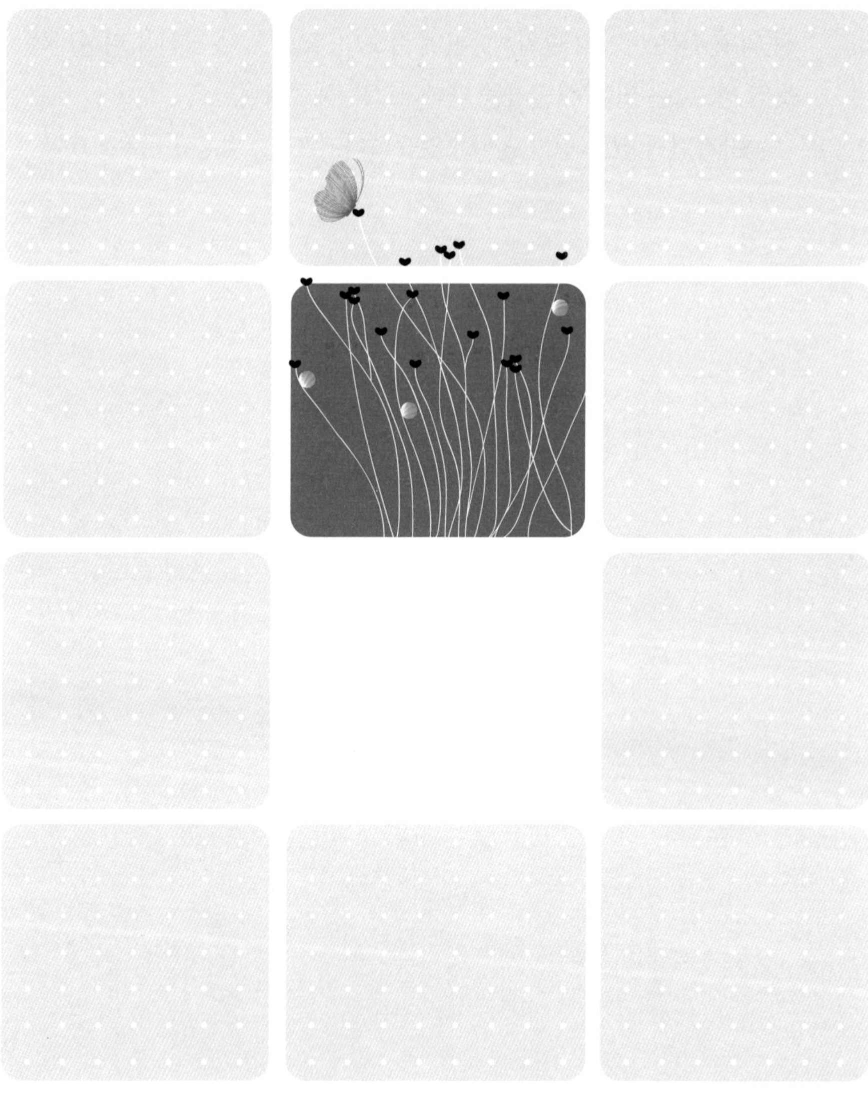

마음 또한 거기 머무르다

저 푸른 소나무 천년을 살 듯

우리는 과거 속의 사람을 더러 그리워할 때가 있습니다. 옷은 새 옷이 좋고 사람은 묵은 사람이 좋기 때문입니다. 어릴 적의 학창시절을 공유하고 있는 동기생들도 참 그리운 사람들이지요. 시골 출신들의 경우 그들은 고향 사람들인지라 쉽사리 과거로 돌아갈 수가 있지요. 일찍이 고향을 떠나 생활전선에서 적응해야 했던 친구들, 배움의 길이 좀 더 길었던 친구들, 결혼 이후 고향길이 쉽지 않았던 친구들, 학교를 더 못 다녀서 상처가 되었던 친구들⋯⋯.

이런 묵은 사람들을 만나는 일은 참 즐겁습니다. 더구나 총동문회 개최행사를 각 동기회에서 돌아가며 맡게 되는지라 한 사람의 동기생이라도 더 참여시키려고 애를 쓰기도 합니다.

이에 저는 초등학교(1964년 2월 농소초등학교 36회 졸업)는 1998년부터 10년간, 중학교(1967년 2월 농소중학교 제13회 졸업)는 1997년부터 6년간 동기회 총무를 맡아 수십 차례의 소식지를 띄웠습니다. 인사말, 경조사 알림, 모임 근황, 재정상황 보고, 우스갯소리 등으로 구성되지요. 그 중

동기생들 간의 가교 역할을 했던 소식지의 대표적인 인사말만 간추려 여기에 실으면서 저 푸른 소나무 천년을 살듯 우리의 인연도 오래토록 이어가기를 희망합니다.

초등학교 36동기회 소식지

♠ 36 소식지 1.

우울한 경제사정에다 일기조차 고르지 못한 이 때 동기생 여러분은 다들 어떻게 지내시는지 궁금합니다. 혹시 유난히도 잦은 비가 기대하던 휴가마저 흐려놓지는 않았는지요. 까까머리, 단발머리를 한 채 모교의 교문을 나선 지가 어느 새 34년이나 지나버린 지금 어느 하늘, 어느 곳에선가 장년의 나이를 잊은 채 열심히 살아가리라 생각합니다.

친구여, 동기생들이여! 세상은 그리 만만치도 않겠지만 헤쳐 나갈 용기와 뚫고 나갈 의지만 있다면 한 번쯤 살아볼만 할 수도 있겠지요. 그리그리 열심히 살다가 가끔은 어린 시절이 그립고 고향 친구가 보고 싶은 것은 누구에게나 가슴 밑바닥으로부터 우러나오고 있으리라 생각합니다.

그러나 고향은 지금 너무도 변하였고 친구와 선후배를 만날 수 있는 기회보다 낯선 얼굴들이 우리들을 이방인처럼 느끼게 할 뿐입니다. 여기 친구도, 선후배도 함께 만날 수 있는 기회가 있답니다. 바로 총동창회 말입니다. 금년 여름에는 제35회 선배들이 주관하는 총동창회가 모교 교정에서 열린답니다. 내년에는 우리 36회가 주관하여 행사를 치르게 됩니다.

만나고 싶습니다. 보고 싶습니다. 함께 머리를 맞대고 의논하고 싶습니다. 해마다 광복 기념 축구대회가 열리던 8월 16일에 우리들이 뛰놀았던 교정에서 만나봅시다. 바쁜 생활을 잠시 접어두고 선배들이 하는 행사를 보고 우리도 준비하는 마음으로 두루두루 연락하여 이번 모임에 꼭 참석하여 봅시다.

이번 모임으로 동기회가 한 발짝 발전하는 좋은 기회가 되기를 간절히 바라면서 다시 한 번 참석을 부탁드립니다. (1998. 8. 5)

♠ 36 소식지 2.

어려웠던 1998년이 지나갔습니다. IMF 고통이 지난해로 끝났으면 좋겠습니다. 내리 퍼붓던 폭우나 지루했던 가을장마도 되풀이 되지 않았으면 좋겠습니다. 다가온 새해, 기묘년에는 동기생들의 댁내에 두루 건강하심을 기원합니다. 토끼의 양쪽 귀처럼 우리 친구들의 기氣가 살아서 껑충껑충 뛰어 다니는 새해가 되기를 기원합니다.

올 1999년은 우리 동기생들에게는 나름대로 의미 있는 해가 될 것으로 보입니다. 총동창회를 주관해야 하고, 동기회가 새로운 모습으로 다시 태어나야 하기 때문입니다. 그 첫걸음으로 이번 달에 열한 번째의 동기회를 갖습니다.

지난 해 여름에 결정한 대로 올 1월과 4월에 큰 행사를 준비하기 위한 동기회를 갖습니다. 한창 일할 나이에 어려운 고비를 맞아 곤란을 겪으시는 친구들도 없잖아 있으리라 생각됩니다. 어려울 때일수록 위축되지 않고 마음의 여유를 갖기 위한 자리가 여기에 있습니다.

어릴 적 친구들을 한 번 만나보시지 않으시렵니까? 등이라도 한 번 치고 싶지 않으십니까? 가까이 사는 동기생들이나 마음 맞는 친구끼리 연락을 취하셔서 꼭 참석하여 주시기를 부탁드립니다. (1999. 1. 3)

♠ 36 소식지 3.

뜨거운 햇볕이 내리쬐는 여름이 곧 시작되는 이 때 다들 직장에서, 일터에서 열심히 살아가고 있으리라 생각합니다. 지난 1월에 동기생들의 만남이 있은 후 4월에 모임을 갖는다고 하고서는 한 번도 소식을 띄우지 못해서 회장으로서 대단히 송구스럽게 생각합니다. 한편으로는 세월이 우리들의 삶을 어렵게 만들다 보니 잦은 모임이나 연락이 동기생 여러분들에게 부담이 되지나 않을까 하는 염려도 하고 있음을 솔직히 고백합니다.

하지만 이제는 더 이상 미룰 수도, 안 해서도 안 되는 시기에 와 있기에 아래와 같이 동기회를 갖고자 합니다. 이번 동기회는 어느 때 보다 나름대로 의미 있는 중요한 모임이 될 것으로 보입니다. 총동창회 주관을 성공리에 개최할 수 있느냐와 동기회가 새로운 모습으로 다시 태어날 수 있느냐 하는 관건이 달린 모임입니다. 좀은 바쁘시고 어렵더라도, 동기회에 적극 협조하는 친구들이나 총대 맨 사람들을 보아서라도 이번 12차 동기회에 꼭 참석해 주시기를 간곡히 당부 드립니다.

한창 일할 나이에 어려운 고비를 맞아 곤란을 겪으시는 친구들도 없잖아 있으리라 생각됩니다. 어려울 때일수록 위축되지 않고 마음의 여유를 갖고 가까이 사는 동기생들이나 마음 맞는 친구끼리 연락을 취하셔서 참석해 주신다면 정말 고맙겠습니다. (1999. 6. 15)

♠ 36 소식지 4.

따사로운 햇살에 영글어 가던 가을 곡식이며 열매들을 시샘하여 비바람을 몰고 온 태풍이 지나간 추석을 맘 편히 보내지 못하게 했지만 그래도 약속된 풍요의 가을을 막을 수는 없었던지 멀리 비켜 지나가고 지금은 초가을의 날씨가 더없이 좋기만 합니다.

고마웠습니다. 반가웠습니다. 즐거웠습니다. 마흔 다섯 명이나 얼굴을 보았습니다. 사정상 못 나와도 여덟 명이나 기금 조성을 도왔습니다. 세상이 더러워 곤란을 겪고 있는 친구들이 많음에도 기꺼이 참여해 주심에 진심으로 고마움을 표합니다.

멀리서, 가까이서 모여와 36년 만에 함께 밟은 모교의 교정은 우리들 유년 시절의 모습을 떠올릴 수 있었기에 반가움은 더욱 컸습니다. 전야제 하는 날 우리들은 어른이 아니었습니다. 선생님 앞의 아이들이었습니다. 반가움이 더하고 기쁨이 넘친 가슴 벅찬 저녁이었습니다. 어찌 그리 좋을까요? 한 번 더 그렇게 맛이 가고 싶습니다.

참 재미있었습니다. 함께 꾸민 무대에서 친구가 누르는 반주에 맞추어 부르는 교가는 가장 멋진 노래였습니다. 친구가 기른 암소 갈비탕은 꿀맛이었고 술맛도 달았습니다. 교문 앞에서나 자리 옮겨가며 나눈 선후배와 의 인사는 또 다른 기쁨이었습니다.

배운 친구, 못 배운 친구, 잘난 친구, 못난 친구, 친한 친구, 뭐 그런 친구가 구별되지 않았고 우리들은 남자도, 여자도 아닌 그냥 동기생이었습니다. 부모님께 물려 받은 몸뚱이 하나로만 세상사는 지혜를 익혀가며 친구들 앞에 나선 동기생들이 자랑스러웠고 특히, 어려운 시절에도 향학열이 높았던 몇몇 동기생들은 못 배운 한이 많은 우리 친구들에게 자랑이었습니다.

여러분의 도움으로 우리 동기회는 큰 행사를 무사히 잘 마쳤고 많은 동문 선후배들로부터 칭찬을 받았습니다. 행사를 치르고도 1,200만 원이라는 거금이 통장에 남아 있어 이 돈은 앞으로 우리들의 동기애를 쌓는 데 가교 역할을 할 것으로 생각합니다. 앞으로 어떻게 해야 더욱 가치 있고 알찬 동기 모임이 될지 많은 궁리를 하겠습니다.

끝으로 행사 준비나 진행과정에서 다소 미숙한 부분이 있음에도 협조와 우호적인 모습으로 동참해준 동기생 여러분에게 진심으로 고마움을 표합니다. 다시 만나는 날 까지 모두 하시는 일 잘 되시고 건강하시길 빕니다. (1999. 10. 3)

♠ 36 소식지 6.

진실한 사랑에 조건이 없듯이 우리들의 만남은 조건이 없습니다. 동기동창, 그것뿐입니다. 유년의 추억을 함께 되돌아볼 수 있다면 우린 모두 좋습니다. 삐거덕거리는 소리 들리던 목조교실 생각나고, 검정고무신 손에 쥐고 고무공 같이 차고, 고무줄 같이 뛰었다면…….

나무 그늘 아래서 땅따먹기하고, 개시고무 생각나고, 손바닥 매 맞은 일 생각난다면 우린 모두 친굽니다. 땟국 절은 모습이었지만 해맑고 겁 많았던 순진한 촌뜨기를 우린 지금 그리워하고 있습니다.

쌈 잘하고 힘 좋던 친구보다, 공부 잘하고 똑똑하던 친구보다, 얼굴 자주 맞대고, 조건 없이 낄낄대주고, '임마 임마 그라지 마라 임마, 듣는 임마 기분 나쁘다.' 그러면서 웃는 친구, 장난짓거리 웃어넘겨주는 친구가 우린 좋을 뿐입니다.

더욱 좋은 친구는 어릴 적 장난 끼 발동하여 웃고 웃기다가 소리 없이 사라지고 다시 또 나타나는 그런 친구입니다. 힘들고 외로운 세상살이에 우린 이런 친구가 있어서 위로받을 뿐입니다.

지난 모임 나와 주심에 감사드립니다. 믿고 따라 주심에 감사드립니다. 벚나무, 플라타너스나무가 아낌없이 주는 나무였던 것처럼 우린 그런 친구 사이이고 싶습니다. 유임된 회장단은 여러분들을 어떻게 하면 웃고 즐길 수 있을지를 늘 고민하겠습니다. (2000. 3. 13)

♠ 36 소식지 7.

아, 생각납니다. 작년의 8·15가. 광복의 그 날 감동이 아닙니다. 코카콜라에 맞선 우리 브랜드 콜라 선전도 아닙니다. 우리들만의 8·15였던 작년 이야깁니다. 잘 계셨는지요? 잘 계셔야지요. 우리들이 느낀 그날의 감동을 우리들의 한 해 후배인 37회가 그들의 축제와 함께 동문들을 초대한답니다. 그들의 노고를 격려하고 축하해 줍시다.

선후배 동문들을 만나서 등이라도 치고 지고 웃어 봅시다. 우리들이 뛰놀던 교정의 모습은 비록 옛 모습이 아닐지라도 옛사람이 모이면 그때의 모습이 살아날지니 결코 아픈 기억만이 아닐 것입니다.

나의 얼뜨기 모습과 친구들의 촌뜨기 모습이 번갈아 교차하며 서로의 모습이 모두 나의 것인 것을 너도, 나도 모두 추억의 언저리에 함께 서있는 것을 우리는 알 것입니다. 서로서로 허물 덮고 함께 한우리 속의 구성원인 것을 우리는 느낄 것입니다.

친구여! 진정 우리가 친구인 것을 확인해 봅시다. 바쁜 일 제쳐두고 2000년 8월 15일 10시에 모교의 교정에서 만납시다. (2000. 8. 5)

♠ 36 소식지 8.

텔레비전에서 50여년 만에 이산가족들의 감동적인 만남이 이루어지던 날, 우리는 37회 후배들이 마련한 동창회에서 30여 명의 친구들이 만났습니다. 자리를 가득 매운 동기생들이 참 반가웠습니다. 무심코 지나치던 선배님도, 후배님도 교정에서 만나니 더욱 반갑더군요.

참으로 오랜만에 교정에 들어선 친구들은 감회가 새로웠을 것입니다. 우리들이 사용했던 교실도, 화장실도 완전히 변했고요. 동편의 상수리나무도 사라지고, 그 옆의 무덤도 사라져버렸지요. 화단의 소나무는 어디로 갔을까요? 습자 시간에 애용했던 향나무도 그립더군요. 다만 남아있는 것은 아련히 맴도는 우리들의 유년시절 모습이 아니었나 싶더군요.

녹지원으로 자리를 옮겨 가진 동기회에서는 보다 건설적인 형태의 동기회 개최 건의가 있었습니다. 산에서 만나자는 것이었습니다. 그런 데 산에서 만나자는 그 결의를 일부 동기생들의 의견에 따라 전체 합의 없이 무산시킴을 매우 송구스럽게 생각하며 널리 양해를 구하고자 합니다.

이윤자 동기생의 자녀 혼사일이 10월 15일(일) 11시에 부산 신평 에 덴예식장에서 열려서 일주일 간격으로 만난다는 것이 어려울 것 같아서입니다. 많은 동기생들이 모일 것을 예상하면 그리 서운하시지는 않으리라 생각합니다. 지난 봄 김영재 동기생 자녀 혼사일에 있었던 것처럼 동기회 못지않은 좋은 자리가 될 것으로 믿으니 많이들 오셔서 축하해 주시기를 부탁드립니다. (2000. 10. 2)

♠ 36 소식지 9.

누군가가 한 번쯤 불러주기를 기다리는 동기들의 모임이 지난 7월 첫날에 있었습니다. 동기생의 아들 결혼식 덕분이었습니다. 많이들 와서 축하도 해주고 우리들끼리 반가운 만남을 가졌지요. 그 더운 날에 서른 명이 넘게 모였어요. 거참 언제 또 누구 잔칫날이 없나요? 안 보이던 동기생들도 하나둘씩 모이니 더욱 반갑고녀.

올해도 어김없이 모교 운동장에서 우리들의 두 해 후배들이 초대하는 동창회가 열린답니다. 또 한 모여 봅시다. 우리들의 동기애를 다시 한 번 느껴봅시다. 선배님들과 후배들 속의 우리는 우리들만의 자그마한 정들을 엮어 갑시다. 이렇게 모이지 않으면 언제 또 우리가 만나지 겠소.

사는 게 다 그런 거지만 세상은 참 불공평하다는 걸 인정해야 하는 일들이 우리 주변에서 일어나도 동기회에서의 자신의 몫은 절대로 불공평하지 않소. 모두 똑 같은 지분의 몫을 가지고 있소. 웅크림도, 우쭐함도 통하지 않는 오르지 동기생이라는 그것 말고는 아무 것도 없답니다.

해마다 물난리를 겪는 중부지방에 비해 우리들이 많이 사는 남부지방은 올해도 무사함에 감사드리며 여러분을 고향으로 초대합니다. (2001. 8. 7)

♠ 36 소식지 10.

그대는 중년의 사랑을 아시나요.

그대는 중년의 사랑을 꿈꾸어 보셨나요.

사는 동안 허허로운 삶이 마음을 지치게 할 때

사람들은 사랑을 꿈꾸는가 봅니다.

그 사랑은 아름다울 것 같아,

그 사랑은 행복할 것 같아,

그 사랑은 특별할 같아 그런 사랑을 해보고 싶어 합니다.

젊은이보다 더 열정적인,

젊은이보다 더 애틋한,

젊은이보다 더 진실한 그런 사랑을 꿈꾸는가 봅니다.

하지만 중년의 사랑은 봄날의 햇살처럼 살며시 다가와서는

가을날 쓸쓸한 바람처럼 가버리는 게 혹시 중년의 사랑이 아닐까요.

그리고 겨울날의 매서운 바람 앞에서 혼자 울어야 하지 않을까요.

그 사랑 뒤엔 가슴엔 그리움만 남으니까요.

가슴엔 슬픔만 남으니까요.

가슴엔 고통만 남으니까요.

그래도 사람들은 아픈 추억 가슴에 흔적 남기지 않을

향기 나는 바람으로만 존재하는 그런 사랑을 꿈꾸고 있습니다.

영원히 변하지 않을 흑백사진의 필름처럼,

아련한 추억이 담긴 사진이기를 바라며,

찰칵 소리를 내는 카메라에 그 사랑이 담기기를 바라고 있습니다.

그 사랑은 눈물 되어 흐른다는 것을 그대는 아시는지요.

하지만 우리는 사람들의 가슴속에 묻어둔

사랑의 말들이 굳이 표현되지 않아도 서로를 느낍니다.

● 자, 이제 떠납시다. 이제 옛 친구와 하루를 즐깁시다. 놀자 하는 친구가 있을 때 노는 겁니다. 사람 사는 세상은 언제나 문제가 따르고, 언제나 힘든 부분이 있게 마련입니다. 만사를 제쳐두고 떠납시다. (2002. 3. 19)

♠ 36 소식지 11.

좋은 인연으로 만나 괜찮은 사람으로 남고 싶다.

좋은 인연으로 만나

아름다운 이야기들로 즐겁고, 행복한 추억 속에

우리가 함께 했던 모든 것들이 우리 서로에게 특별한 것이 되고

우리가 연관된 모든 일들이

문득 우리 기억 안에 남아 있다면 좋겠다.

옛 이야기로 잊혀 진다면 그것은 가슴 아픈 일이며

행복하고 아름다운 기억으로 남아

우리 가슴 안에 기쁨과 즐거운 추억으로

한 조각 더 담을 수 있다면 삶이 더욱 빛을 발하여 가리라.

가슴속 깊이 간직하며 아름답게 가꾸어 가는

삶도 사랑도 가꿀 줄 아는 괜찮은 사람으로 남고 싶다.

● 위의 글이 우리 동기생 모두의 마음이었으면 좋겠습니다. 한마음 되어 어울리다보니 만남의 반가움 뒤에 가려진 것이 있습디다. 우리 모두는 동기라는 공통분모 이외에 서로 지닌 색깔이 다르다는 사실을 잊고 어울리는 사이에 약간의 틈도 생기더라는 것입니다. 첫 만남의 신비로움이 시들할수록 우린 더욱 진한 우정이 쌓여가고 있다는 걸 믿고 싶답디다. 그렇게 믿고 이제 괜찮은 사람으로 남도록 회장단부터 노력하겠습니다. 괜찮은 사람, 그대는 내 친구입니다.

　－ 봄비처럼 참 편안한 느낌의 동문들이여!

　멀리 있어도 당신은 너무도 가까이 있습니다.

　－ 가슴에 품고 다니는 꽃씨 하나

　그 꽃씨는 친구의 얼굴이며 스승의 모습입니다.

　－ 내 영혼의 보석 같은 친구여, 오늘 그때가 너무도 그립습니다. (2002. 9. 26)

♠ 36 소식지 12.

만 리 길나서는 날 처자를 내맡기며

맘 놓고 갈 만한 사람 그 사람을 그대는 가졌는가.

언 세상 다 나를 버려 마음이 외로울 때에도

저 맘이야 하고 믿어지는 그 사람을 그대는 가졌는가.

탔던 배 꺼지는 시간 구명대 서로 사양하며

너만은 제발 살아다오 할 그 사람을 그대는 가졌는가.

불의의 사형장에서 다 죽어도

너희 세상 빛을 위해 저만은 살려 두거라 일러줄 그 사람을 그대는 가졌는가.

잊지 못할 이 세상을 놓고 떠나려 할 때

저 하나 있으니 하며 빙긋이 웃고 눈을 감을 그 사람을 그대는 가졌는가.

온 세상의 찬성보다도 가만히 머리 흔들 그 한

얼굴 생각에 알뜰한 유혹을 물리치게 되는 그 사람을 그대는 가졌는가.

● 고 함석헌 옹의 글 '그 사람을 그대는 가졌는가?'입니다. 평범한 얼굴을 지니고, 필부필부匹夫匹婦로 살아가는 우리들이 그런 사람을 가지기가 어찌 쉽겠습니까? 하지만 지향하는 마음만큼은 이리 살아야지 않겠소. 낯선 사람도 만나 사귀는데 때 묻은 우리들이 만나면 더욱 편하지 않겠소. 나오십시오. 지난번 허정필 동기생의 자녀 결혼식을 시작으로 안쌍화, 이영순, 이남필, 최태은 동기생 순으로 자녀 결혼식이 이어지고 있습니다. 오셔서 축하도 해드리고, 친구도 만나고, 하루를 웃고 즐길 수 있는 날이 될 것입니다. (2002. 10. 25)

♠ 36 소식지 13.

나이든 여자가 아름다울 때

나이 든 여자를 아름답게 보이게 하는 것은 '마음 다스리기'다. 자신의 마음을 평온하게 만들어야 표정 역시 그윽하고 부드럽게 만들어져 가까이 다가가고 싶어진다. 오십이 된 영화배우 '제클린 비셋'은 한 인터뷰에서 "젊은 시절에는 그저 용모로 평가되지만 나이든 여자는 폭넓은 경험, 이해심, 포용력, 인내심 등 스스로를 어떻게 길들이고 주위에 어떤 영향을 미치느냐에 따라 아름다운 여자, 혹은 심술궂은 여자로 평가되죠.”라고 했다.

젊음을 잃는 게 아니라 많은 체험을 차곡차곡 쌓아 가는 것이고, 날마다 새로운 도전을 하기 때문에 나이 드는 재미도 쏠쏠하다. 어릴 때 좋아하던 떡볶이도 계속 먹지만 청국장의 깊은 맛도 이해하게 되었고, 젊을 땐 느끼하게 들리던 나훈아의 노래도 절절히 들린다. 청바지도 가끔 입을 수 있고, 모피 코트를 입어도 어울릴 나이라는 게 행복하다. 여전히 노래방에선 트로트 가요를 부르고, 식욕이나 호기심은 줄지 않았지만, 웃는 시간은 젊을 때보다 훨씬 많다. 아마도 수많은 삶의 얼굴 가운데 밝고 유쾌한 면만 가려서 볼 줄 아는 지혜를 때문일 것이다.

그건 교과서나 학원에서 배우는 게 아니라 연륜, 그야말로 밥그릇 수의 힘에서 나온다. 거울에 비친 자신만 바라보는 것이 아니라, 남에게로 시선을 돌려 자신의 따스한 손을 내밀어줄 수 있을 때 ‘잘 늙어 간다.’는 평가를 받을 수 있지 않을까.

그래야 얼굴의 주름도 고단한 삶의 증명서가 아니라, 오랜 세월 공들여 만든 고아한 작품처럼 보이리라. 물론 그게 말처럼 쉽진 않지만 말입니다.

● 옮긴 글입니다. 여자 동기생 거의 대부분이 이런 모습으로 살아가고 있다고 우리 남자 동기생들은 믿습니다. 나이는 얼굴이나 피부만 변화시키는 게 아닙니다. 냄새도 변화시킵니다. 나이가 들수록 곳곳에 불순물이 끼어 악취를 내는 사람이 있는가 하면, 오래된 술처럼 더 맑고 그윽한 향기를 내는 사람이 있습니다. 나이 드는 기술은 자기의 냄새를 만들어 가는 기술이며, 사람에 대한 진실한 사랑이 그 기술의 핵심이지요. 이런 지혜로운 그대들을 만나면 그렇게 늘 편안하답니다. 파이팅 하십시오. (2002. 11. 19)

♠ 36 소식지 14.

정월 초하루에 마음먹은 것이 다 실천되지는 않아도
연말까지 안 잊어먹고 살았으면 좋겠네요.
맨 날 건강하지는 않아도
그냥 개길 정도로만 조금 아팠으면 좋겠네요.
안 보이는 구석까지 하얀 털이 자꾸 늘어나도
서글프다는 생각이 안 들었으면 좋겠네요.
주변에서 누가 깐죽거려도 맞대응하기보다는
슬그머니 자리 피하고서는 후일에 내가 그때 참 잘 참았지 하며
비실비실 웃어봤으면 좋겠네요.
서방님이 좀은 추접을 떨어도
영감 냄새 싫다 소리 안하고 살았으면 좋겠네요.
마누라가 한잔 마시고 망가져도 저 넘의 여편네가 어쩌구 하기보다
하는 꼴이 우습다며 빙긋이 웃을 수 있었으면 좋겠네요.
아 새끼들 맘에 안 들지만
어느 날 괜찮은 자기 짝 구해 와서 결혼 시켜 달라 조르는 것보고
그래도 저것들이 있어서 사는 귀천이 있다고 생각되었으면 좋겠
네요.
늙으신 우리 부모님 오래 사는 것
남들에게 자랑할 정도가 되면 얼마나 좋을까요, 좋을까요.
(추기)
새 대통령이 다 잘하지는 못해도
조선일보가 트집 잡는 것보다는 잘했으면 좋겠네요. (2003. 1. 6)

♠ **36 소식지 15.**

동기생 여러분, 아니 친구 여러분! 유난히도 잦던 봄비와 지리한 장마로 인해 많이 지쳤지요? 어떤 친구가 말했어요. 심심한데 껀 수 없느냐고 말입니다. 그리고 놀자 하는 친구 있을 때 놀자고 말입니다. 우리 놉시다. 맨날 살아봐야 거기서 거기지 별 게 없습디다. 그래도 친구 만나면 헛소리도 하고 싶고 장난도 치고 싶고 말이지요. 야한 소리 좀 하고 낄낄거리고 싶고 그렇더라고요.

지난 5월 달에 64연합동기회 체육대회는 우리끼리 노는 거 하고 또 달리 괜찮다고 하데요. 정말 놀랍고 고맙더라고요. 옆에 있는 참석 현황 한번 살펴보소. 다들 이리 협조하는 것은 그만큼 친구를 위하고 재미를 느낀다는 거 아니겠소. 아따 라 부산 주례 아지매 잘 놀대요. 그 아지매 덕에 처음 참석한 농소를 확실히 기억할거요. 아무튼 멍석 깔아놓을 때 지랄해야지, 다른데서는 하고 싶어도 못한다고요. 내년에는 더 확실히 뭔가 보여주시지요.

자 인제 17일 날 이야기 좀 합시다. 총동창회 가면 간만에 선배, 후배 만나는 재미도 괜찮더라고요. 고향사람이 역시 반갑더라고요. 만 원짜리 한 장에 그런 기쁨 어찌 사겠소. 그것도 떼장이 많아야 힘이 써진다고요. 몇 명만 오도카니 앉아있으면 남 보기도 그렇고 우리 기분도 좀 그렇더라고요. 학교에서 대강 놀다가 해거름에 마동 갑시다. 우리 직전 회장 안재호 친구 집이 헐린답니다. 농공단지 오토밸리 조성으로 그렇답니다. 조상대대로 살던 곳을 잃게 된 친구 위로 좀 합시다. 보상이야 많이 받았겠지만 아마도 많이 서운할 게요.

이 친구뿐만 아니라 거기 출신 동기생들 다 그럴걸요. 그래서 우리 친구 집에서 친구가 준비한 음식에다 친구가 깔아주는 멍석에서 신나게 한번 놉시다. 아마 안 오면 후회할 끼요. 자 그럼 그날 보자고요.

(2003. 8. 1)

♠ 36 소식지 16.

크게 성공하진 못해도, 사방 곳곳에 이름 날리지 못해도
그냥 살다가 가는 것조차 얼마나 아름다운가.
세상에 이름 모를 갖가지 풀꽃들이 그냥 그렇게 피었다가 지듯
우린 그저 함께 살아가는 것만으로도 얼마나 뜻있는 일인가.
조금씩 웃고 또는 슬퍼하고, 절망하는 만큼 꿈도 꾸고
그렇게 그냥 사는 것이 얼마나 사랑스러운가.

● '함께 살아가는 것', 김영천 님의 글입니다. 두어 달 전 우리는 모교 운동장에서 만났지요. 그 새 올해의 여름은 접혀지고 귀뚜라미 소리 귓전에 맴돌더니 어느 새 들녘은 익어가고 산야는 붉게 타니 우리들의 마음도 곱게 물들어갔으면 합니다. 깊어가는 이 가을이 이제 두어 마장 남은 우리들의 인생 길목과 많이도 비슷하다는 생각을 해봅니다.

결실과 허전함, 이 두 얼굴의 가을이 바로 우리들의 모습이 아닐까요. 곰곰이 생각해보면 이런저런 생각들로 힘들 때도 많지만 종종 함께 하는 친구들이 있어서 많은 위안을 얻곤 합니다. 여기 같이 동봉하는 청첩장은 안재호 친구의 딸이 시월의 마지막 날에 시집가면서 친구가 어른 됨을 알리는 내용입니다. 겨우 한번 밖에 하지 않았는지 딱 하나 고명딸의 결혼식입니다. 친구 여러분 부디 오셔서 함께 축하합시다. 그리고 함께 살아가는 재미도 느껴봅시다. (2004. 10. 15)

♠ 36 소식지 17.

세상이 아무리 힘 든다 해도 나는 괜찮습니다.

내 마음 안에는 소중한 꿈이 있고

주어진 환경에서 최선을 다하는 모습이 있으니 나는 괜찮습니다.

아무리 큰 파도가 밀려와도 나는 괜찮습니다.

내 마음에 작은 촛불 하나 밝혀두면

어떤 불안도 어둠과 함께 사라지기에 나는 괜찮습니다.

아무리 큰 파도가 밀려와도 나는 괜찮습니다.

든든한 믿음의 밧줄을 걸었고

사랑의 닻을 깊이 내렸으니 나는 괜찮습니다.

아무리 이 세상에는 의지할 곳이 없다 해도 나는 괜찮습니다.

내가 의지하는 것은 잠시 지나가는 것들이 아니라

영원히 함께 하는 것들이기에 나는 괜찮습니다.

아무리 많은 사람들이 떠나간다 해도 나는 괜찮습니다.

변함없이 그들을 사랑하면서 이대로 기다리면

언젠가는 그들이 돌아오리라는 것을 믿기에 나는 괜찮습니다.

아무리 많은 사람들이 나를 의심하고 미워해도 나는 괜찮습니다.

신뢰와 사랑의 힘은 크고 완전하며

언젠가는 이것이 의심과 미움을 이기리라 믿기에 나는 괜찮습니다.

아무리 갈 길이 멀고 험하다 해도 나는 괜찮습니다.

멀고 험한 길 달려가는 동안에도 기쁨이 있고

열심히 인내로 걸어가면

언젠가는 밝고 좋은 길 만날 것을 알기에 나는 괜찮습니다.

아무리 세상에 후회할 일이 많다고 해도 나는 괜찮습니다.

실패와 낙심으로 지나간 날들이지만 언젠가는 그 날들을

아름답게 생각할 때가 오리라고 믿고 있으니 나는 괜찮습니다.

● 옮긴 글입니다. (2005. 9. 21)

중학교 13동기회 소식지

♠ 13 소식지 1.

동기생 여러분께 드립니다. 올해 봄 우리는 자갈길 걸으며 드나들었던 모교의 문을 떠난 지 어언 30년이 지났습니다. 강산이 세 번이나 바뀐 세월이었지요.

그렇습니다. 우리들이 학교에 다니던 그 시절, 그 모습은 이제 희미한 모습으로 눈앞에 그려질 뿐 까마득한 옛날이 되고 말았습니다. 동대산 기슭에 옹기종기 촌락을 이루고 살던, 보릿고개를 힘들어하던 60년대에 우리는 사춘기가 뭔지도 모르며 청소년기를 함께 보낸 시골 중학교의 남녀공학 친구들이었습니다.

학교에 다니던 그 시절에 마음을 튼 친구도, 말 한마디 건네지 않던 친구였어도 보고 싶고 그리운 마음이 드는 것은 왜일까요? 아마도 세상살이에 떼밀려 뒤돌아볼 겨를도 없이 살다보니 어느 새 나이 50, 쉰에 가까웠고, 살아온 날들보다 살아갈 날이 훨씬 적게 남았음을 이제서야 와락 느껴옴이 아닐 런지요. 고향을 찾았어도 예전의 모습은 흔적 없고, 길거리에서 만나던 친숙한 고향 사람들의 모습도 좀처럼 눈에 띄지 않고 우리들이 오히려 이방인처럼 느껴질 뿐입니다.

친구들이여, 동기생들이여! 가끔 떠올려보던 친구들의 모습을 보고 싶지 않으십니까? 파안대소하며 등이라도 치고 싶지 않으십니까? 아직도 우리네 삶은 늘 바쁘고, 쫓기고, 힘들기도 하겠지만 이제는 짬을 내어 친구도 만나봅시다. 옛날 얘기하며 낄낄대어 봅시다.

1994년 10월에 동기회가 결성된 후 1기 회장단의 지극정성으로 지금까지 6차 동기회를 가진 바 있는데, 지난 3월 22일에는 서울, 부산, 마산, 포항에 사는 친구까지 서른 두 명이 모여 반갑고 흥겨운 시간을 가졌습니다. 다음 동기회는 가을(11월 1일 또는 8일)에 가질 예정입니다. 동봉하는 주소록은 가까이 두고 가끔씩 이용하면 좋을 듯합니다.

늘 건강하고 열심히 살다가 가을에 연락이 가면 꼭 함께 자리를 가졌으면 합니다. 우리 2기 회장단도 친구들의 만남을 돕는 가교 역할에 충실하겠습니다. 동기생 여러분들도 함께 하는 모둠이 되도록 많은 협조를 당부 드립니다.

좋은 일, 궂은 일 함께하는 그런 친구, 그런 동기생이 되기를 간절히 소망하며 여러분의 하시는 일마다 행운이 깃들기를 기원합니다. (1997. 4. 18)

♠ 13 소식지 2.

유난히도 잦던 비가 가을에도 내려 우리들의 마음을 아프게 합니다. 쓰러진 벼가 농사짓는 분들만이 아니라 온 국민들을 애태우는군요. 더욱이 우리들은 한창 일할 나이에 어려운 고비를 맞아 직장이나 집안에 곤란이나 겪으시지는 않았는지요. 그러나 밝은 태양은 다시 떠오를 것이라는 희망을 잃지 않으시기 바랍니다. 어려울 때일수록 위축되지 않고 마음의 여유를 갖도록 하기 위한 자리가 여기에 있습니다.

어릴 적 친구들을 한 번 만나보시지 않으시렵니까? 등이라도 한번 치고 싶지 않으십니까? 만리성 바라보며 굽이치는 동천을 좌(左)로 하고 줄기찬 태백산맥의 동대산 기슭에서 또 암소 한 마리 잡아놓고 여러분을 기다리겠습니다. 가까이 사는 동기생들이나 마음 맞는 친구끼리 연락을 취하셔서 꼭 참석하여 주시기를 부탁드립니다. (1998. 10. 26)

♠ 13 소식지 3.

가을 들녘 사이로 소슬바람이 지나갑니다. 곡식이며 열매들이 좋아들 합니다. 농부들의 바쁜 손길을 기다리며 여물어 갑니다. 억새 꽃잎이 흩날리고 나뭇잎이 아쉬운 춤을 춥니다. 이 가을에 여러분들의 가슴에도 거두어야 할 열매가 알차게 영글어 가기를 기원합니다.

다들 잘 계셨겠지요. 좀은 나아지고 있는 세상이니 참으로 다행스러운 일이지요. 그래도 우리들의 삶에서 여유를 찾기란 그다지 쉽지 않을 거라는 생각이 드는 것은 비단 혼자만의 생각이 아닐 것 같습니다. 그런데도 변해버린 고향 땅이 아쉽고 흩어져버린 고향 사람들이 그리움으로 밀려와 소년기로 돌아가고픈 마음 또한 우리 모두의 것이고 싶습니다.

친구 여러분, 동기생 여러분! 이제 우리는 우리들의 열한 번째 만남을 준비하고자 합니다. 좀은 바쁘고 짬 내기가 어려울지도 모르겠습니다. 아니, 어쩌면 그립고 보고파도 내 삶이 힘들어 일부러 피하고픈 생각이 있을지도 모르겠습니다. 또, 삶이 그렇거니와 이제사 만나서 무엇하리 하는 생각을 할 수도 있을 것입니다.

하지만 우린 그러다 시간은 자꾸 흘러 마침내 늙고 병들지도 모릅니다. 어느 날 갑자기 친구가 모진 운에 다달아도 우린 그 친구에게 꽃 한 송이도 놓아주지 못한다면 어찌 우리가 서로 알던 친구 사이라 하리오. 먼저 간 몇몇 친구들에게 우리는 참으로 미안해해야 합니다. 우리들의 무심함에, 우리들의 모임이 늦게 시작되었음에 그렇게 보낼 수밖에 없었으니까요.

우린 다시 그렇게 해서는 안 됩니다. 좋은 일, 궂은 일 함께 나누어야 합니다. 만나고 싶습니다. 함께 웃고 싶습니다. 꼭 참석하셔서 동기애를 함께 나누고 싶습니다. (1999. 10. 10)

♠ 13 소식지 4.

새 천년 새해 인사를 드리며 동기회 참여를 호소합니다. 여느 해와는 다른 새 천년의 새해 아침에 이 소식지가 날아가 동기생 여러분의 가정에 행운이 함께 하기를 기원합니다. 새해에는 가정에 두루 좋은 일 많이 생기시고 웃을 일이 많았으면 더욱 좋겠습니다.

친구 여러분, 동기생 여러분! 이제 우리는 우리들이 준비해야 할 4월의 총동창회 개최를 석 달을 조금 더 남기고 있습니다. 이런 이유로 지난 10월에 개최한 11차 동기회를 행사 준비계획 완료일로 정하고, 백방으로 회장단이 노력했지만 아주 저조한 참석으로 실망이 매우 컸습니다. 좀은 바쁘고 짬 내기가 어려울지도 모르겠습니다마는 관심의 문제고, 일의 우선순위를 어디에 두느냐에 따라 상황은 달라질 수도 있을 거라는 생각입니다.

지난 번 인사말처럼, 어쩌면 그립고 보고파도 내 삶이 힘들어 일부러 피하고픈 생각이 있을지도 모르겠습니다. 또, 삶이 그렇거니와 이제사 만나서 무엇 하리 하는 생각을 할 수도 있을 것입니다. 하지만 우린 그러다 시간은 자꾸 흘러 마침내 늙고 병들지도 모릅니다. 어느 날 갑자기 친구가 모진 운에 다달아도 우린 그 친구에게 꽃 한 송이도 놓아주지 못한다면 어찌 우리가 서로 알던 친구 사이라 하리오.

인연을 새로 만들어 사귀기도 하는 마당에, 너무도 변해버린 고향 땅에서 고향 사람조차 만나기 어려운 마당에 청소년기를 같이 보낸 고향 친구들을 만나는 것도 의미가 있지 않을까요. 좋은 일, 궂은 일 함께 나누어야 합니다. 만나고 싶습니다. 함께 웃고 싶습니다. 그러기에 11차 동기회에서 오른쪽 내용과 같이 결정되었으니 따라 주시고 앞장서는 회장단에게 힘이 되어주시기를 간곡히 부탁드리면서 새해 인사에 갈음합니다. (2000년 새해 벽두에)

♠ 13 소식지 5.

야이, 시벌눔들아! 누가 동기생을 이렇게 부를 수 있는가? 욕은 욕이로되 결코 우리 사이에는 이것이 욕으로 들려서는 안 되는 것이 동기생이기에 이렇게 불러 봅니다. 다들 생업으로 돌아가 열심히 삶을 꾸려가고 있는 친구 여러분들에게 진심으로 진한 동기애를 느끼며 이번 총동창회 협조해 주신데 대해 깊은 감사의 인사를 드립니다.

친구 여러분, 동기생 여러분!

정말 고마웠습니다. 특히, 서울을 비롯한 타지에서 개인적 사정을 무릅쓰고 기꺼이 참여해 주신 동기생 여러분들께 더욱 감사드립니다. 그렇게도 걱정해 왔던 졸업 33주년을 겸한 이번 행사를 여러분들의 도움으로 무사히 마무리하고 남은 것은 이제 동기생끼리의 결속을 더하는 일만 남았습니다. 연락이 가능한 60여명의 동기생 중 37명이 참여하여 참으로 오랜만에 1박2일의 동기생 잔치를 열었고, 아울러 우리들이 개최한 총동창회도 성황리에 끝났습니다.

졸업 후 처음으로 초대한 은사님들께도 약소하지만 나름대로 선물을 준비하여 모시니 그렇게 반가웠습니다. 주최 기수로서 체면도 섰고, 동문 선후배님들을 나름대로 접대하여 아름다운 전통을 이었다고 생각합니다. 향후 동기회 운영도 명실상부한 동기회가 될 것입니다. 우리는 충분히 할 수 있으며, 그럴만한 근거도 충분합니다. 동기생들 간의 우애도 다지고 경조사에도 서로 힘이 되어주어야 합니다. 어떤 동기생이든 궂은 일, 좋은 일에는 동기회가 함께 할 것입니다.

혹 여건상 기금 문제가 해결되지 않은 동기생들께서는 지나친 부담을 갖지 마시고 여유가 되는대로 해결하시기 바랍니다. 다음 동기회는 10월 말이나 11월 초에 열릴 것이니 그 때 또 반가운 만남을 약속드리며 인사에 갈음합니다. (2000. 5. 23)

♠ 13 소식지 6.

친구 여러분, 동기생 여러분! 이제 우리들이 준비해야 할 총동창회 개최 날짜가 확정되었습니다. 더 이상 물러날 수도, 미룰 수도 없는 상황입니다. 예년에는 2월말에 총동창회 이사회를 개최하고 거기서 날짜가 확정(4월3주 일요일)되고 따라서 개최를 위한 본격적인 준비에 들어가게 되었는데 금년의 경우 동창회 쪽에서 너무 늦게(3/30 이사회를 개최하고 날짜 확정) 열려서 날짜가 촉박하게 돌아가게 되었습니다.

12차 동기회를 행사일 확정 이후 개최하려고 본부에 몇 차례나 연락을 취했음에도 이런 상황이 되었음을 이해해 주시기 바랍니다. 바쁘면 바쁜대로 추진되어야 하는 만큼 개인적 사정을 배려하지 못하고 일방적 통보와 참여를 강요하는 것 같아 송구스럽습니다. 하지만 우린 해내야 하고 이 행사를 성공적으로 개최하고 이후 우리들의 동기회가 확실하게 다져지는 기회가 되어야 합니다. 바쁘시더라도 아래 사항을 보시고 행사 전 마지막으로 열리는 동기회에 꼭 참석하여 주시기 바랍니다.

♠ 13 소식지 7.

(제15차 동기회를 겸한 총동창회 참석 안내)

해가 바뀌고 일 년이 지나서야 만 1년 만에 소식을 띄우게 됨을 진심으로 송구스럽게 생각하며 인사드립니다. 지난해 4월 29일에 있었던 14차 동기회를 겸한 총동창회 참석 이후 동기생 사이에 우○선 동기생 조문 외에는 경조사도 없었고, 조용하게 지나간 나날이었습니다. 지난 가을쯤에 동기회를 개최해야 마땅하나 회장단의 성의 부족으로 차일 피일 미루다보니 이렇게 총동창회 참석을 알리는 소식지를 띄우게 되 었습니다. 아무튼 대단히 미안합니다.

그러나 이번 총동창회를 겸한 동기회에는 모두들 얼굴을 같이 볼 수 있었으면 좋겠습니다. 두 해 후배들이 개최하는 동창회에 참석하여 후 배들을 격려하고, 모처럼 선후배도 만나고, 은사님도 뵈었으면 좋겠군 요. 동창회 참석 후 자리를 옮겨 동기회를 가질 예정이며 좋은 분위기 가 되도록 노력하겠으니 부디 많은 참석을 바랍니다.

그동안 미루어왔던 동기회 임원도 개선하고 동기회 활성화 방안도 모색해야 할 것 같습니다. 2000년의 총동창회 개최 이후 동기회 운영 에 필요한 기금도 충분히 조성되어 있으나 문제는 사람이 모이는 것입 니다. 두루 연락하시어 많이 참석하여 주시기를 다시 한 번 간곡히 부 탁드립니다. (2002. 3. 19)

봄비처럼 편안한 느낌의 동문들이여!

누구나 학교를 다닙니다. 적게는 초등학교에서 많게 대학교까지 학교를 다닙니다. 한국인의 공동체는 어떤 목적을 가지고 형성되는 모임 말고도 자연스럽게 만들어지는 것이 종친회나 화수회, 동문회나 동기회, 향우회 등 세 가지로 분류할 수 있습니다. 고향인 울산에서 살고 있는 필자도 역시 종친회나 화수회에 참여합니다. 아울러 동문회나 동기회에도 나갑니다.

여기에 싣는 글은 동기회에서 동기생들의 가교역할을 하면서 써왔던 많은 글들입니다. 초등학교 수학여행기, 총동문회를 개최하는 주관 기수로서의 환영사, 지역연합동기회, 교육대학동기회 이야기 등이 그것입니다. 아울러 재임하던 학교 동문회의 학교장 환영사, 중학교총동문회장으로서의 대회사도 함께 싣습니다. 무엇을 얼마나 잘했다기보다 세상을 살아가는 한 사람의 단면이 읽혀질 수 있다면 그것으로 만족할 일이라 생각합니다.

🖤 36년 만에 쓰는 수학여행기

그러니까 지금부터 꼭 36년 전 가을에 우리들은 부산으로 가는 새벽 기차를 타고 1박2일 간의 수학여행 길에 올랐다. 콩닥거리는 가슴을 안고 한 시간을 조금 더 달려서 동래역에 여행지의 첫발을 디뎠다. 원예고등학교를 견학하고 난 후 전차를 타고 시내로 들어갔는데 순서는 잘 기억나지 않는다.

하지만 이틀 동안 국제신문사, KBS 방송국, 도자기공장, 럭키 공장 등을 둘렀던 것으로 기억된다. 신문사에서는 조판에 쓰이는 활자나 작은 쇳덩이를 슬쩍 하기도 하고, 럭키 공장에서는 치약이나 칫솔이 대량으로 생산되는 모습이 아주 신기롭게 보이기도 했다.

숙소는 영도 어느 바닷가에 위치한 2층짜리 여관(부영여관?)이었다. 저녁 식사 후 선생님을 따라 영도다리에 올라 부산의 야경을 둘러본 것도 기억에 새롭고, 방에서는 잠도 안자고 먼저 잠든 친구에게 성냥불로 불침 놓던 일도 재밌었다. 아침에 일어나 바닷가로 나갔다가 그적대기로 덮여있던 주검을 본 기억나는 걸 보면 그런 것들이 퍽 인상적이었나 보다.

위의 수학여행 기념사진은 나의 초등학교 시절의 모습이 담긴 유일한 것인데 부산 용두산공원에 올라 이순신장군 동상 앞에서 찍은 것이다. 아마도 지금은 없어진 나폴리 사진관의 잘 웃으시던 아저씨가 찍었을 것이다. 담임인 조윤제 선생님과 류인덕 선생님, 박용학 교장선생님, 김재하 교무선생님 등 네 분의 인솔 선생님과 68명의 아이들의 모습이 담겨져 있다.

우리 36회 졸업생이 95명인데 27명은 이 사진에서 찾아볼 수 없다. 수학여행을 가지 않은 것이다. 아니, 돈이 없어서 못 간 것이다. 200여

원의 경비가 필요했던 것으로 생각되는데 요즘 돈으로 환산하면 4만 원정도 될 것이다. 아마 간 사람도 부모님을 조르고 졸라 겨우 따라간 사람이 꽤나 있을 것이다.

수학여행도 그렇지만 중학교 진학은 남자의 경우 20명 이상이 진학을 못 했고, 여자는 겨우 5~6명만 진학했을 뿐이다. 지금처럼 형편이 좋았더라면 좀 더 많은 인물이 동기들 중에 나왔지 않을까 생각한다. 하지만 졸업 후 36년 만에 처음이자 마지막으로 준비하는 총동창회에는 학교에서 배우고 못 배우고의 차이보다는 그 동안 사회생활에서 배우고 익힌 생활의 지혜나 개인적 사정의 차이로 인해 함께 참여하지 못한 친구들이 더러 있어서 아쉽기만 하다.

대회기 소개

1958. 4월초에 입학하여 1964. 2. 7에 95명(남54, 여41명)이 졸업하여 서울지역 7명, 부산지역 13명 등 75명이 동기회에 연락이 되고 있으며 이번 행사에는 60여 명이 물심양면으로 협조하였고 평소 동기생 간의 끈끈한 정을 나누고 있습니다.

*동창회보(1999. 8. 15)에 실린 글입니다.

존경하는 선배님, 그리고 사랑하는 후배 여러분!

오늘 저희 36회가 주최하는 제17차 총동창회에 공사 간 바쁘실 텐데도 불구하고 이렇게 많이 참석해 주신 것을 동기생을 대표하여 진심으로 환영합니다. 특히 세상살이가 힘들고 어려울 때 고향의 옛 시절을 그리워하며 다시 힘을 얻곤 하는 경향 각지의 동문님들을 뵈니 더욱 반가운 마음입니다. 아무쪼록 이제 이런 자리가 아니면 고향 사람 만나기조차도 어려운 낯설어버린 고향땅과 모교에서 즐거운 하루가 되었으면 좋겠습니다.

한편으로 참으로 미안하고 송구스러운 일은 모교가 개교된 지 서른여섯 번째로 입학하여 교문을 나선 지 서른 여섯째만인 올해에서야 저희들 6학년 때의 은사님이신 류인덕 선생님과 조윤제 선생님을 모시게 된 것입니다. 보다 정중하고 깍듯하게 모시지 못하는 제자들을 널리 용서해 주십시오. 그리고 오늘 하루만큼은 모든 시름 다 잊으시고 젊음을 다 바치신 이 교정에서 저희 동문님들이랑 함께 어울려 주신다면 고맙겠습니다.

저희 동기생들은 비극의 6.25를 전후로 태어났습니다. 그래서인지 유난히 다른 기수의 동기생들보다 적은 95명입니다. 2학년 때는 사라호 태풍을 만났고, 3학년 때는 4.19를 만났으며, 4학년 때는 5.16을 맞았습니다. 역사의 변화를 체험하며 온통 '재건' 소리를 귀에 못이 박히도록 들으면서 나무도 심고, 토끼도 기르면서, 학교를 다녔습니다. 그 어렵던 시절에 어린 저희들을 이끌어 주시던 선생님, 진심으로 고맙습니다.

보리 이삭줍기와 퇴비 모으기, 아카시아 씨앗 모으기, 파리잡기와 쥐꼬리 모으기, 솔방울 줍기와 난롯불 피우기 등으로 교실 안 공부보다 더 많은 시간을 보냈습니다. 하얀 가루를 입가에 묻혀가며 먹던 전지분유며, 구수하게 풍겨오던 강냉이죽도 그 시절엔 귀한 먹거리였지요. 5일마다 돌아오던 호계장날 우리들의 군침을 흘리게 했던 노릇한 풀빵이며, 양손에 잡고 고무공 차던 흔들잽이 고무신도 이제는 돌아오지 않을 추억의 언덕 너머에서 가끔 우리를 미소 짓게 하고 있습니다.

저희 36회 동기생들은 오늘 이 자리를 위해 나름대로 힘을 모았습니다. 서울에서, 부산에서, 각 지역으로 흩어졌던 친구들이 애를 썼지만 좀은 부족하고 불편하실 지도 모르겠습니다. 널리 이해해 주십시오. 몇 해 차이로 함께 학교를 다녔던 선후배님을 그 시절엔 모두 알고 지냈지만 세월의 강을 여러 번 건너다보니 혹 낯설기도 하군요. 하지만 오늘 이 자리는 다시 옛날로 돌아와 등도 치고 악수도 나누면서 즐거운 하루를 보내시기 바랍니다.

오늘 이 자리를 계기로 저희 동기생들은 더욱 단합하여 농소인이 된 것을 자랑으로 여기며 열심히 살아가겠습니다. 다시 일 년 후에 만날 때까지 늘 건강하시고 하시는 일마다 좋은 소식으로 뵙기를 기약하며 이만 환영사에 갈음합니다. 감사합니다.

*1999. 8. 15. '99. 총동창회 대회기 제36회 동기회장(대작)

존경하는 선배님, 그리고 사랑하는 후배 여러분!

오늘 저희 13회가 주최하는 총동창회에 공사 간 바쁘심에도 불구하고 이렇게 많이 참석해 주셔서 정말 고맙게 생각하며 진심으로 여러분을 환영합니다. 특히, 경향 각지에 흩어져 살고 있는 선후배 동문들을 뵈오니 더욱 반갑고 참 오랜만에 모교의 품에 안긴 기분입니다. 이제 이런 자리가 아니면 고향 사람 만나기조차도 어려운 낯설어버린 고향인지라 오늘 이 자리는 매우 의미가 깊으며 동기생을 대표하여 환영사를 하게 된 제 자신도 개인적으로 무척 영광스럽게 생각합니다.

돌아보면 우리들이 자라던 그 시절의 우리 고향은 전형적인 농촌이었습니다. 그러나 이제는 동대산 기슭에 옹기종기 촌락을 이루고 살던 정겨운 풍경들이 상전벽해가 되었고, 만리성을 뒤로하고 굽이쳐 흐르던 동천강도 우리들이 멱 감던 그 모습이 아닙니다. 33년의 세월은 이렇게 흐르고 흘러 우리들의 고향 농소는 천지가 개벽되었습니다.

모교도 참 많이 변한 모습이군요. 단층으로 들어선 교사를 중심으로 자갈이 그리도 많던 운동장에서 조흥경 교장선생님의 훈화를 듣노라면 쑥색 하복이 다 젖기도 했습니다. 운동을 하다가 목이 마르면 두레박으로 우물물을 퍼 올려 벌컥벌컥 마시던 우리들의 교정이었습니다. 숙직실 옆의 작은 도서실에서 힘들여 빌려다가 호롱불 아래서 밤새워 읽던 학원 잡지며 얄개전이나, 쌍무지개 뜨는 언덕 같은 책들은 지금도 가슴 콩닥거리는 여운으로 남아있습니다.

초등학교처럼 가을이면 운동회가 열렸고, 3학년 때 중앙선 기차를 타고 떠났던 서울행 수학여행도 아련한 추억이 되어 가끔 우리를 미소 짓게 하고 있습니다. 저희 동기생들은 비극의 6. 25를 전후로 태어났고

부모님들이 보릿고개를 넘기느라 힘들어하던 그 시절에 까까머리, 단발머리 모습의 시골 중학교 남녀공학 소년, 소녀들이었습니다. 이성이 뭔지 알듯 말듯하던 나이가 어느 새 쉰을 넘겼으니 이를 두고 어찌 세상 변한 탓만 하겠습니까?

저희들을 이끌어 주시던 선생님, 진심으로 고맙습니다. 선생님께 미안하고 송구스러운 점은 교문을 나선 지 서른세 해째 만에서야 저희들의 은사님이셨던 임상규 선생님, 홍현표 선생님, 엄덕량 선생님을 모시게 된 것입니다. 보다 정중하고 깍듯하게 모시지 못하는 제자들을 널리 용서해 주십시오. 그리고 오늘 하루만큼은 모든 시름 다 잊으시고 젊음을 다 바치신 이 교정에서 저희 동문들이랑 함께 어울려 주시면 고맙겠습니다.

저희 13회 동기생들은 오늘 이 자리를 위해 나름대로 힘을 모았습니다. 서울에서, 부산에서, 각 지역으로 흩어졌던 친구들이 애를 썼지만 좀은 부족하고 불편하실지 모르겠습니다. 널리 이해해 주십시오. 몇 해 차이로 함께 학교를 다녔거나 낯익던 선후배 동문님들을 그 시절엔 모두 알고 지냈지만 세월의 강을 여러 번 건너다보니 혹 낯설기도 하군요. 하지만 오늘은 다시 옛날로 돌아가 등도 치고 악수도 나누면서 즐거운 하루를 가지십시오.

그리고 오늘 이 자리를 계기로 저희 동기생들은 더욱 단합하여 농소인이 된 것을 자랑으로 여기며 열심히 살아갈 것입니다. 끝으로 동문들의 결속과 모교의 발전을 위해 힘쓰시는 동창회장님을 비롯한 임원진 여러분과 모교의 선생님들께 깊이 감사드립니다.

다시 일 년 후에 만날 때까지 늘 건강하시고 하시는 일마다 좋은 소식으로 뵙기를 기약하며 이만 환영사에 갈음합니다. 감사합니다.

*2000. 4. 30 새 천년 첫 대회기 제13회 동기회장(대작)

64 연합동기회

　어제는 출신 학교를 달리한 50대 중반의 남녀 600여 명이 한 자리에 모여 온종일 즐거운 하루를 보냈다. 큼직한 동천체육관에서 공식 의전 행사를 마치고 모두가 참여하는 운동경기나 갖가지 공연도 보면서 출신 학교끼리, 또는 이웃학교 간 서로 어울리며 친목을 다졌다. 서로 친구의 친구이고, 중학교나 고등학교의 동기 동창의 연고를 가졌으니 다들 인사를 나누면 그리 반갑다. 친인척을 따지면 또 남이 없을 만큼 거지반 다 뭐가 걸려도 걸리기도 한다.

　즉, 1964년 2월에 초등학교를 졸업한 16개교 연합 동기회를 가진 것이다. 울산에는 60년대에 초등학교를 졸업한 사람들끼리 대체로 과거 울산읍 지역 출신학교를 중심으로 몇 개 학교가 모여 기수별로 이런 모임을 통해서 친목활동을 하고 있다. 아마도 한적한 농어촌이었던 울산이 지금의 거대한 공업도시로 발전하면서 도시의 실향민이라는 생각과 과거로의 회귀를 마음에 담은 사람들끼리 어울리고자 하는 것이 원래의 목적이었을 것이다. 도시의 거대화와 함께 유입 인구의 증가로 울산 출신들은 구성 비율이 낮아지면서 소수로 전락하니 도시화 이전의 울산이 그리운 것이다. 물론 유년의 추억도 그립기도 하고…….

　그 중 '64 연합회'가 대표적인 단체로 성장한 것은 회원 중 일부가 울산 발전의 주도 세력이 되고자 노력한 결과이다. 즉 선출직 의원이나 고위 공무원을 배출하게된 것이다. 현 울산시장이 바로 중심인물이고, 중구의회 부의장, 남구의회 의원이 있으며, 중구출신 국회의원의 부인도 있다. 전 교육감 부인도 회원이다. 어제도 그 분들이 소개될 때 모두들 크게 환호했다. 한해 후배격인 시의회 의장이나 중구청장도 축하와 격려차 다녀갔다. 보통의 회원들은 이 사람들을 무척이나 자랑스러워

한다. 대리 만족이라는 느낌도 상당히 포함되는 의미다. 아무래도 중심 인물들이 있으니 결집력이 더 생기는 것 같다.

회원들은 고향에 살면서도 이방인으로 사는 것 같은 일상생활을 잊었고, 오랜만에 고향을 찾은 회원들은 고향 친구에 대한 갈증을 한껏 풀었지 않나 싶다. 홍·청·백 세 팀으로 나눈 우리들은 게임을 통해 웃고 또 웃었다. 그럴듯한 복장으로 통일성을 기한 학교가 많았고, 저마다 가져온 먹거리를 서로 나누어 먹는 모습이 보기에 참 좋았다. 초로에 접어들고 있는 우리들은 마치 학창 시절처럼 장난을 치며, 개구쟁이 짓을 하며, 또는 재롱을 떨며 즐거운 하루를 보낸 것이다. 공식 행사를 마치고는 학교별로 동기회를 가졌을 것이다. 아마 다들 태화강 연가를 엮어갔으리.

나의 소속인 농소 36회도 많은 동기생들이 입은 단체 티셔츠를 비롯하여 음식 준비, 찬조가 이어졌고 부산이나 마산에서도 친구들이 모였다. 말뚝 총무인 나는 초등학교 동기생에게 가장 많은 애정을 느끼고 있다. 특히 배움의 한을 지닌 다수의 동기생들에게 나는 기꺼운 마음으로 그들이 반기며 읽는 소식지도 띄울 것이며, 늘 그들과 어깨동무할 것이다. (2004. 5. 17)

 ## 교대 졸업 30주년 행사 참가기

*2003. 12. 13(토)~12. 14(일)

아, 어느 새 강산이 세 번이나 바뀌도록 나는 선생님이라는 이름표를 달고 홀로 세월을 살다가 100여명이나 되는 동기생들을 만났습니다. 같은 시기에 한꺼번에 부화된 새끼 연어가 모천으로 돌아오듯 약속된 그 시간, 그 장소에 그렇게 돌아오니 그리도 반가운 것은 비단 나만의 심사가 아니리라 생각합니다.

솔직히 교수님이나 아는 선후배들도 만나 좀은 반가웠지만 나의 관심은 우리 동기생들이었습니다. 친소의 차이는 다소 있으나 거의 모두 알고 지내던 남자 동기생들이야 당연히 반가웠습니다. 나는 여자 동기생들이 앉아있는 테이블로 다가가서 이름표를 내밀고는 '울산 사는 이 아무개'라고 너스레를 떨면서 돌아다녔습니다. 사실이지 학교 다닐 때야 말 한 마디 붙인 여학생이 얼마나 있었을라고요. 그래도 동기회 '다음 카페' 바람에 남녀를 불문하고 친한 듯이 맞아주어서 기분이 그런대로 괜찮았습니다.

참 오랜 세월 나는 동기애를 모르고 홀로서기를 하느라 바쁘면서도 외롭게 살아왔습니다. 초년 교사 시절에는 혹독한 자기부정으로 교대 시절을 돌아보기 싫었고, 중년 무렵에는 한 때 울산지역 동기생들이랑 어울리기도 했지만 그것도 그리 쉽지가 않았습니다. 나이가 들수록 어울리기도 하고 서로 등 기대며 의지하고 싶었지만 재울동문회에서 조차도 나는 동기생 없는 혼자일 때가 많았습니다.

마산과 창원에서 동쪽으로 돌아앉은 울산에 사는 나는 원래부터가 그곳과는 교대와의 인연 이외에는 전혀 무연고인 사람이다 보니 드나들 일도 거의 없는 편이었지요. 아니 어쩌면 돌아보고 싶지 않았는지도 모릅니다. 가포만의 바닷가 자취방도, 월영동 시장통의 2층짜리 왜식 목조 건물 하숙집도 한 번씩 생각났지만 그냥 외면했습니다. 그곳이 원래 내가 있을 자리가 아니라는 생각으로 늘 자신에게 불만이었습니다. 거기다가 갖은 아픔들로 점철된 학창시절이었기에 그러합니다.

그러나 세월은 나의 생각을 바꾸어 놓았습니다. 내 삶의 원천이 그로 인해 이어져 왔다는 분명한 현실인식을 하게 되었지요. 한때 깊게 패였던 생채기는 흐른 세월만큼 엷어져 지금은 오히려 나를 성장시킨 밑거름으로 받아들이고 있습니다. 나의 마산생활 2년은 어떤 형태이든 그것은 분명 남의 것이 아닌 나의 것이었기에 한 때 나를 학대했던 모습조차 감싸 안으며 한 땀씩 그리움으로 승화시키고자 합니다.

내가 교대에 들어간 것은 아마 곡예에 가깝다 할 것입니다. 울산에서 다닌 농고를 반 년 만에 때려치우고, 이듬해에 들어간 상고 역시 많이 허우적거리며 다녔습니다. 그래도 성적은 그런대로 괜찮아서 상고생의 최고 목표인 은행시험은 통과될 수도 있었으련만 운명은 얄궂게 나의 편이 아니었습니다.

행여 쳐놓은 예비고사를 바탕으로 대학의 '대'자 꿈도 꾼 적 없는, 수학이나 과학 한 시간 없는 고3 교육과정을 거친 내가 가장 적절하다고 판단한 '국립농협초급대학' 입시 준비에 매달리기를 한 달 남짓, 불행히도 그 대학이 후기이니 마산교대 1회 졸업생인 동네 형 두 사람의 영향으로 원서를 내게 되었습니다. 친구가 우편으로 부친 예비고사 합격증이 증발되어 합격증 대신 합격 확인증을 첨부하여 접수시켰지만 예상한 미달이 아닌지라 나는 안 치고 안 떨어지는 전략으로 응시를 포기하기로 마음먹고 예비소집에도 가지 않았습니다.

물론 집에서는 시험 치러 간 줄 알고 있었지만 나는 부산 종숙모님 댁에서 머물며 시간을 깔아뭉개고 있었습니다. 그러나 의지가 약한 탓인지, 종숙모님의 설득이 집요했던지 나는 새벽 5시에 조방 앞 시외버스 터미널에서 마산행 버스를 탔습니다. 교대와 나는 그렇게 인연이 맺어졌고, 그 바람에 밥을 먹고 살았습니다. 거참 인생이란 '길고 짧은 것은 대봐야 안다'더니 그 덕분에 아직도 출근 할 곳이 있으니 이 어찌 오묘한 운명이 아니더이까?

10명이나 되는 울산 동기생들이랑 같이 가려고 당일까지도 나름대로 애써봤지만 부산과 인연을 맺고 있는 여자 두 명 외에는 남진석 씨와 달랑 둘이서 이번 행사에 참여했습니다. 차 안에서 두 사람은 이런저런 이야기를 많이 나누었습니다. 어떻게 교직생활을 마무리하느냐에 대해서도 말입니다.

좀은 지루하다 싶은 공식 동문회에서 이미 여러 잔의 소주를 마신 탓에 알딸딸한 기분으로 후렴 잔치가 펼쳐질 마금산 온천행 승합차를 탔습니다. 동승한 여자동기들이 어찌 그리 정겹던지, 나는 계속해서 키들거리며 헛소리를 해대기도 했습니다. 그 시간 이후 나는 입에 침도 안 바르고 여자 동기들에게 아부성 발언을 남발했습니다. 아니 내 마음이 나를 그렇게 시켰고, 말이 아부성이지 결코 빈말은 아니었습니다.

노래방에서 나는 얼마나 많은 시간을 보냈는지 전혀 모릅니다. 아마 대여섯 시간은 보낸 것 같았고, 그 시간 동안의 어울림 마당은 아마 좀처럼 재현하기 어려운 한바탕의 소용돌이였지 싶습니다. 참 즐거웠고 신이 났습니다. 권하거나 들이마신 술이 얼마이며, 흘린 땀이 얼마이며, 화장실을 들락거린 것이 몇 회나 되는지 나는 모릅니다. 아마도 근래에는 그런 기회가 없었지 싶습니다. '만나는 사람마다 등이라도 치고 지고' 라더니 그날은 다들 그렇게 정겹고, 반갑고, 고마웠습니다. 어울림은 친하고 안 친하고의 차이가 없었고, 알고 모르고의 차이도 없었습니다. 나는 '동기생의 일체감이란 게 이런 거로구나!' 하고 생각했습니다.

눈을 부치는 둥 마는 둥 하룻밤을 보낸 다음날의 아침 모습을 나는 더욱 기이하게 여겼습니다. 외지에서 날아온 동기생들 일부와 회장단 일부가 남았겠거니 생각한 나는 40여명이나 아침을 함께 먹고 있음이 정말이지 고마웠습니다. 부부 동기생이 운영하는 그림 같은 '달달박박'으로 자리를 옮겨 정담을 나눈 시간들에서는 하나 둘씩 흩어지기보다 오히려 멈칫거리며 작별을 아쉬워하는 모습들이 지금도 눈에 선합니다. 또 운치 있는 곳으로 한번 자리를 옮겨 맛깔스런 점심을 대접하면서 마무리 자리를 마련해준 집행부와 마창 지역 동기생들이 그렇게 고마웠습니다.

차를 몰아줄 여자 동기생을 확보한 나는 한잔 걸친 낮술이 그렇게 맛나기는 또 처음이었습니다. 그렇게 나의 행사 참가 일정은 마무리되었습니다. 혹여 나의 언행으로 언짢았던 친구가 있었다면 모든 것은 반가움의 표시였을 뿐 아무 것도 계산된 것이 없었음이니 널리 이해를 구합니다. 동기생 여러분! 우리 혹여 모임에서 만나더라도 마치 10년 만에 만나는 양 더욱 반가운 인사를 나누면서 어울렸으면 합니다. 감사합니다.

* 며칠 전 음악과 그림을 깔아 좀은 재롱(?)을 떨면서 올린 글을 첨부합니다.

나 여러분을 그렇게 사랑합니다.
그냥 보고만 있어도 자꾸 우습기만 하고,
마구 말붙이고 싶고 장난치고 싶을 만큼 사람 앞에서 웃는 것은
그만큼 행복하다는 말입니다.

20주년 때 잠깐 얼굴만 보고 헤어진 후
그리 보고 싶을 만큼은 아니었는데
10년 세월 더 흐른 후 만난 여러분이 나는 그렇게 좋았습니다.
아마도 온라인상에서 많은 동창들을 만나고 있었기에
그 친근함이 자못 깊은 탓이 아닌가 합니다.

나의 20대 방황기는
내 인생에서 지워버리고 싶을 만큼 악몽이었다고 생각했었지만
아 그게 나의 밥줄을 이어주었고,
내 인생을 엮어가는 든든한 동아줄인 것을 뒤늦게 알았습니다.
하여,
나는 자신의 마음을 속이지 않으려 애썼고,
젊은 날 움츠렸던 어깨를 다시는 그러지 말자 다짐하곤 했지요.
마산교대 폐교된다고 했을 때
'거참 잘된 일이다. 나 같은 불행한 선생이 다시는 없어야지'
이렇게 생각했단 말입니다.
지독한 자기 부정이었지요.
그런데 지금은 그게 절대 아니란 말입니다.
나는 내가 운이 좋고 내 삶의 길이 좋다 이 말입니다.
아울러 여러분이 좋고,
여러분이 자랑스럽고, 여러분이 사랑스럽다 이 말입니다.

야, 정말 좋았습니다.
내가 똘아인지,
우리 여자 동기들이 너무 이쁜 탓인지,

우리 남자 동기들이 너무 멋쟁인지
지는 와 그런지 모르겠습니다.
내가 개판을 안치니 개판치는 넘도 엄꼬,
못생긴 여자는 하나도 엄꼬 다 이쁘기만 하데요.
다들 50이 넘은 나이에 아직도 그렇게 말입니다.
지가 잘 안 망가지는데 그날은 제 탓이 아닙니다.
이쁜 여자 동기생 여러분 탓입니다.

그래도 좀은 미안합니다.
아직도 소녀 적 모습이 있는가 하면,
돈 붙은 여자는 여유롭게 푸짐해서 좋더이다.
학교 댕길 때는 못생긴 여자들도 있던데
다들 세월 잘 살아서인지 다들 너무 이뻐요.
이건 관상만이 아닌 심상에 비중을 더 둔 평가이니
오해하지 마시기 바랍니다.
다음 10년 뒤에 만나면
우리 할망구 내던지고 같이 살자고나 안 할지
지도 걱정이 많습니다.
지발 그런 짓은 안 해얄 텐데…….
그러니 처녀 출신 여자동기 여러분들은
이점 각별히 유념하시기 바랍니다.
참고로 지는 총각 출신입니다.

마산 창원에서 한참이나 돌아앉은 울산에서
나는 여러분을 그리며

온라인상에서 자주 얼굴 디밀겠습니다.

여러분을 보고 싶은 만큼만.

회장님과 모두모두 진심으로 감사합니다.

나 당신들을 그렇게 사랑합니다.

(2003. 12. 15, 월)

*두 편 모두 교육대학 동기회 카페에 올린 글입니다.

먼저 이렇게 화사한 봄날에 본교 총동창회가 열리게 됨을 축하드립니다. 아울러 모교를 찾아주신 동문 여러분을 진심으로 환영합니다. 동문 여러분들이 모교를 찾아 유년회상을 하시는 것처럼 저 또한 이 자리는 무척이나 감개무량합니다. 저는 1974년 봄에 본교에 첫 발령을 받아 2년 연속 6학년 담임을 맡은 바 있습니다. 오늘 행사를 주관하는 46회 졸업생들이 제게는 첫 제자입니다.

33년 세월이 지나 지난 해 9월에 저는 본교의 33대 교장이 되었습니다. 교정의 나무는 더욱 무성한데 아이들은 너무도 많이 줄어들어 겨우 학교의 명맥만 유지하고 있습니다. 어쩌면 그나마 다행인지 모릅니다. 인구의 도시 집중으로 시골에는 노인 분들만 고향을 지키고 있으니 학교인들 어찌 옛날과 같겠습니까? 향후의 전망도 그리 밝지는 않습니다. 그러나 한 가지 희망은 농공단지가 다 들어차면 유입인구가 발생할 가능성은 있습니다.

지금 저는 어떻게 하면 보다 좋은 교육환경, 좋은 시설을 갖추느냐, 어떻게 하면 보다 알찬 내용의 교육과정을 운영하느냐, 그래서 어떻게 하면 본교의 학생 수를 일정 수준으로 유지하느냐 하는 문제를 두고 깊이 고심하고 있습니다. 지난 9월 이후 이미 지역과 함께하는 사업인 평생교육 추진학교로 지정되어 탁구교실, 요가교실, 도자기교실 등이 활발하게 진행되고 있으며, 2층의 이빨 빠진 교실과 교직원 화장실도 약 1억8천만 원의 예산을 들여 금년 상반기 중에 착공할 예정입니다. 여름방학 중에 과학실 현대화 사업도 3천만 원을 들여 추진할 예정입니다.

아이들의 교육도 영어, 한자, 컴퓨터, 줄넘기 등 4개 영역에서 인증제를 운영하여 어느 학교 못지않게 알차게 채워나갈 것입니다. 지난 가을에는 강남교육청 주최 논술 공모에서 대상과 금상을 받았는가 하면, 멀리뛰기와 달리기에서 개교 이래 처음으로 소년체전에 출전하게 되었습니다. 김○규, 정○석 이 두 아이는 여러분의 자랑스러운 후배일뿐더러 아버지가 바로 길천 동문입니다. 여러분 모두가 후원자가 되어 주시면 고맙겠습니다.

이제 남은 것은 '어떻게 하면 더 많은 아이들을 우리 학교에 다니게 하느냐' 하는 것입니다. 방법이 전혀 없는 것은 아닙니다. 첫째로는 유입인구를 늘리는 것이고, 둘째는 언양 지역 아이들을 우리 학교로 유치하는 것입니다. 지금까지 본교 동창회는 학교 숲 가꾸기, 도서 기증, 운동회와 졸업생 후원 등 지속적으로 모교와 후배들에 대한 관심과 지원을 해주셨고, 그 덕분으로 아이들은 더욱 활기차고 올해 벚꽃은 유난히 활짝 피었습니다. 진심으로 감사드립니다.

아름다운 사람은 남다른 향기가 납니다. 아름다운 학교는 학교의 모습만을 말하는 것이 아니라 진실로 아름다운 사람을 길러내야 합니다. 그렇게 교육 내용을 채워 나가겠습니다. 여러 교직원들과 함께 여러분의 모교를, 여러분의 후배들을 더 많이 아끼고 사랑하는 것을 진정 제가 행복해지는 길이라고 생각하겠습니다. 모교는 언제나 동문 여러분을 향해 마음을 열고 있습니다. 여러분 모두 '높은 뫼 정기 받아 세계로 미래로' 나아가 성공적 삶을 이어가시기 바랍니다. 감사합니다.

길천초등학교장 (2008. 4. 13)

🖤 동문회장 수락 인사

우리는 고향이 같으면서

같은 학교를 졸업한 인연을 지닌 동문들입니다.

같은 시선으로 동대산을 올려다보았고,

동천강의 흐름을 공유했습니다.

그러나 지역변천으로 우리들은 어쩌면 고향에 살고 있어도,

혹은 고향으로 돌아와도 이방인 같은 기분은 피할 수 없습니다.

농사짓기에 참 좋은 땅 농소는 이제

상전벽해가 되어 이렇게 변하고 말았습니다.

그러나 오늘 이 자리에서 이렇듯 수많은 선후배님들을 뵈니

아직도 여전히 여기는 우리들의 고향이요,

우리들의 모교라는 생각이 확실하게 듭니다.

모교를 졸업한 지 43년 만에 저는

지금까지 훌륭한 선배님들이 수행해 오신

동문회장 역할을 이어받기 위해서 이 자리에 섰습니다.

개인적으로 무한한 영광이긴 하나

제가 제 자신을 잘 아는 만큼 극구 사양하고 싶었지만

동기생들의 성화를 뿌리치지 못하고 동문회장을 맡기로 했습니다.

결코 중단할 수 없는 모교 동창회 역사에

미력하나마 하나의 디딤돌이 되겠습니다.

더 많은 동문들이 참여하는 동문회가 되도록 열심히 하겠습니다.

많이 도와주시고 가르쳐 주십시오.

동창회는 언제나 동문 여러분을 향해 마음을 열고 있습니다.

진실로 아름다운 관계를 맺어가는 동문회가 되도록 다함께 참여합시다.

감사합니다.

농소중학교총동문회 차기 회장 (2010. 4. 11)

존경하고 자랑스러운 동문 여러분!

오늘 우리는 모교 정○○ 교장선생님을 비롯한 여러 귀빈님들의 축하 속에 총동문회 만남의 시간을 함께 하고 있습니다. 우리 모교 농소중학교는 교정 동편에 송덕비로 남아있는 '이'자 '석'자 '병'자, 이석병 선생을 비롯한 지역 선각자분들의 노력으로 1953년에 농소초등학교 더부살이로 개교되었습니다. 그리고 1955년에 52명의 첫 졸업생을 배출한 이래 지금까지 1만4천여 졸업생을 배출시키고 올해는 60회 입학식을 가진 바 있습니다.

우리 모교는 이렇듯 유구한 역사를 거치면서 전국 각지와 세계 곳곳을 누비는 인재를 배출시키면서 건재하고 있습니다. 그러나 우리 고향 농소지역이 도시화되면서 너무도 변해버린 지형과 산천의 모습으로 인해 우리들은 도심 속의 실향민이 되고 말았습니다. 그래서 우리들이

마련한 오늘의 이 자리는 더욱 의미가 있는 것입니다. 서로 어깨를 빌려주고 격려하면서 개발과 보존이 조화를 이루는 축복받은 농소를 만들어가야 합니다.

이 자리에 함께 하고 있는 여러분 모두는 서로 모를 것 같아도 한 등만 넘으면 모두 가까운 고향 사람들입니다. 이웃나라 일본의 안타까운 소식과 팍팍한 세상살이 이야기가 우리들을 우울하게도 합니다. 하지만 오늘은 그 동안 바삐 사느라 접어두고 살았던 추억보따리 풀면서 동기생, 선후배들과 한 잔 술 나누면서 즐거운 시간 가지시기 바랍니다.

그동안 모교와 동문회 발전에 헌신 봉사하신 선배님, 각 기수별 회장님과 여러 이사님, 축구 기수회나 동문 카페활동, 눈꽃산행 등 열성적으로 참여해주신 여러 동문님 정말 감사합니다. 아울러 동문회 사무국의 류○열 국장님과 ○순희 총무부장님을 비롯한 여러 임원들께도 이 자리를 빌려서 고마움을 표합니다.

그리고 지난 해 풍성한 한마당 동문잔치를 열어주신 23회 허○영 회장님과 여러 동기분들, 또 오늘의 이 잔치마당을 준비해주신 24회 정○락 회장님을 비롯한 여러 동문들에게 진심으로 감사드립니다. 동문 여러분들의 건투와 소원 성취를 기원합니다. 감사합니다.

농소중학교총동문회 회장 (2011. 4. 10)

애별리고 愛別離苦

 그대여 잘 가오

그대의 죽음을 접한 우리 친구들은 차마 귀를 막고 싶군요.
들어도 믿고 싶지가 않군요.
그런데 이건 분명 일어난 사실이 틀림없군요.
그럼에도 불구하고
이런 되먹지도 않은 글로 그대를 보내다니 참으로 미안하기 그지없
구려.
미안하오, 참으로 미안하오.
이게, 이런 모양새가, 이런 세상의 박절함이
그대를 저 세상으로 가게 했는지도 모를 일이군요.

호사다마라던가요.
1999년의 동기회에서 그렇게 반갑게 만나

그대의 자랑스러운 모습을 보여주더니
오늘은 이 무슨 해괴한 소식의 주인공이 그대란 말이오.
36년 만에 들어선 모교의 교정에서
그대는 누구보다 우리들의 만남을 기뻐했고,
우리들은 누구보다 그대를 반듯한 친구로 보았소.
우린 그대를 보면서
우리들의 교장선생님이시던 그대의 아버지를 떠올렸고,
그대가 그린 파스텔 그림과
어릴 적 장난 끼 머금은 얼굴을 떠올렸소.
아, 우리는 비록 떨어져 살아도
언제까지나 늘 만날 수 있는 그런 친구로 여겼소.

그런데 이 무슨 비보란 말이오.
너무도 기가 막히고 애달프기 그지없구려.
그대의 영정 앞에 한없는 눈물로 그대와 하직하고 싶지만
그것도 그리 쉬운 일이 아니군요.
이렇게 그대를 보내는 친구를 용서하오.
그대가 두고 떠난 이 세상은
많은 세월 흘러도 그대를 그리워하겠지만
그대의 영혼은 부디
구천을 떠돌지 말고 천상에서 영원히 쉴 곳에 찾아가오.

그대는
이승에서의 50년 세월동안 참 바삐 살았소.
이제 편안히 쉬시구려.

그러나 그대는
지상의 식구들이며 지인들에게
맑은 영혼만이 나누어 줄 수 있는 보살핌을 우리에게 주시구려.
그대 황천 가는 길에
나는 보이지 않는 그대에게 손 내밀어 한잔 술 권하노니
그대 박장완 군은 흠향 하옵소서.

아, 그래도 오늘은 참 슬프기만 하구려. (2000. 12. 28)

 ## 친구여 잘 가시게

4월은 가고 5월이 왔습니다.
누가 4월이 잔인하다고 했던가요?
서울 나들이에다 흑산도, 홍도를 돌아오니
기다리는 것은 아버지의 병환이 깊다는 것,
영원한 이별을 통보받음에
깊은 슬픔이 와락 밀려들었습니다.

5월의 시작은 또 왜 이리 먹구름인지요.
시골 우리 동네 유일한 내 친구,
초등학교 3년간만 학창시절을 공유했던 그가 갔습니다.
사랑하는 가족들 남겨두고 먼저 이 세상을 떠났습니다.
사는 것처럼 한번 못살아보고 그는 갔습니다.
20대에 이미 양친을 잃었고,

다섯 동생 보살피며,
세 아이들 거두며,
몸뚱이 하나로 세상 잘 버티어온 그가 갔습니다.
앞뒷집 살면서 유일하게 친구라 부르던 그가 갔습니다.

그는 그렇게 부지런하고 착한 사람이었습니다.
해마다 찾아오는 계절병에다가
건축일 하던 그의 일감이 떨어지고,
개인용달도 그렇고…….
세상살이 무게가 그렇게 무거웠나 봅니다.
그는 우울증을 끝내 극복하지 못했습니다.
찢어진 가난을 이겨낸 그에게 나는 늘 박수를 보냈고,
길 하나 사이에 두고 앞뒷집에 살던 그는
우리 아버지께 마치 자식처럼 그렇게 잘 대해주었습니다.
떨어져 사는 아들을 대신하여 손발이 되어주었고,
별난 음식이 생기면 늘 챙겨주던 그런 친구였습니다.
그러던 그가
우리 아버지의 예고된 장례식도 안 보고 서둘러 떠났습니다.
나는 참 많은 눈물 흘리며 그를 애도했습니다.

그가 밉기도 했습니다.
그렇게 연약한 아내를 남겨두고,
유치원 교사인 맏딸과
아직도 공부중인 그가 자랑하던 이란성 쌍둥이 남매 두고
홀로 떠나다니 말입니다.

그의 동생들이 원망스럽기도 했습니다.
다섯이나 되는 동생들이
형 하나 지켜주지 못했다고 말입니다.
그러나 어이 그들의 탓이며 죽은 자를 원망하리요.
갖은 고난 이기고 55년을 잘도 버티더니
아마 그의 힘이 부대꼈나 봅니다.

시골집 가면 심심찮게 찾았던 그는 이제 없습니다.
단지 마음 속 깊은 곳에 남아 내 마음을 울립니다.
이제 영영 돌아오지 못할 길로 떠난 친구를 그립니다.
먼 후일 천상에서 그를 만나면
그가 지키지 못한 약속 하나를 나는 요구할 것입니다.
내 퇴직하면 두 사람 날마다 낚시 가자고,
솜씨 좋은 그는 낚고 나는 회쳐 먹고,
소주 한잔 '캬~악' 하자던 그 약속 말입니다.
아, 그는 갔습니다.
내 유일한 동네 친구 박해수, 그가 갔습니다.
그의 양심과, 그의 성실함과,
그의 안분지족하던 삶의 형태를 나는 오래토록 기억할 것이며
그를 나의 친구 1호로 등록해놓을 것입니다.

힘이 거기까지밖에 미치지 못한 그대를
나는 그저 안타까운 마음으로 바라볼 수밖에 없음에
슬프고 또 슬프다, 친구여!
그대가 해결했어야 할 많은 일들은

이제 산 자의 몫으로 남겨두고 그대는 떠났다.
고단한 삶을 놓아버린 그대 이제 쉬어라.
그리고 조용히 지상을 내려다보며
그대의 가족들에게 보이지 않는 힘을 주라.

아, 그래도 나는 슬플지니
그대는 내 눈물을 겸허히 접수하라. (2004. 5. 31.)

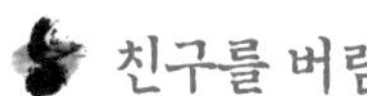 친구를 버림

나는 친구를 버렸습니다.
아니, 버리겠습니다.
그 동안 참 고마웠습니다.
내 힘들고 외로울 때 그대는 언제나 나의 편이 되어 주었습니다.
애꿎은 자기만 탓하며 태워 없애버려도
그대는 아무 원망도 하지 않았습니다.
그저 담담하게 나를 지켜볼 뿐이었지요.
그리 친하지 않는 사람과도 그대로 인해
나는 겸연쩍은 장면을 피할 수 있어 좋았습니다.
어찌 적당히 때울 수 없는 시간일 때
나는 그대와 함께 하는 시간이 참 좋았습니다.
내 상념의 세계가 방황의 늪을 더듬거리며 지날 때
그대는 내게 얼마나 많은 힘을 주었던가요.
얼마나 많은 용기를 불어넣었던가요.

얽히고설킨 인생살이에서 내 허우적거릴 때

그대는 내게 얼마나 버팀목이 되었던가요.

그러나 나는 이제 그대를 버리려 합니다.

아니 버리지 않으면 안 됩니다.

나를 배반의 장미라고 불러도 좋습니다.

나를 배신자로 점찍어도 좋습니다.

30년도 더 넘는 세월 동안 나는 그대를 잠시 잊은 적은 있지만

언제나 함께 한 그대였습니다.

하지만 이제는 그대를 버려야 합니다.

아니, 그대 곁을 떠나가야 합니다.

나 역시 얼마나 마음이 쓰린지는 그대도 알 것입니다.

어찌 그토록 오랜 시간을 함께 한 그대를 버리는 것이

맘 편할 수 있으리오.

정말 나는 서운합니다.

왜 그대가 나를 이렇게 힘들게 하는지

까마득한 세월의 강을 넘어서고 나서야 깨달은

나의 어리석음을 탓해야 함에도 나는 그대가 서운합니다.

아니, 야속합니다.

왜 그대는 내게 약을 주기만 하는 줄 알았는데

내가 느끼지도 못하도록,

내가 그대를 차마 버리지도 못하도록,

그렇게 내게 달라붙어 진드기처럼 나를 감고 돈단 말입니까?

그래도 나는 그대를 버리렵니다.

안 떨어지려 해도 나는 기어코 버리렵니다.

다시는 그대를 모른 척 할 겁니다.

그 동안 내게는 참 고마웠지만
그대는 내 집사람에게는 미움덩어리였습니다.
밉상덩어리였지요.
젊은 한 때는 그래도 그리 싫다고 하지도 않았고
오히려 가까이 하도록 슬그머니 불을 붙여주기도 하더니
어느 날인가부터 그대를 그리 미워하더이다.

왜냐구?
그대는 말없이 흰 연기로 사라지는 것 같았지만
그대가 지독한 냄새를 풍기고,
나뿐만 아니라 주변 사람들에게
진한 독성을 한 꺼풀씩 입히고 있다는 사실을 그녀가 안 모양이야.
나는 이미 그 사실을 알고 있었지만
차마 그대를 버릴 수가 없었어.
난 그 동안 참 많이도 그녀에게 갖은 잔소리를 들어야만 했어.
그대뿐만 아니라 자칫 나마저도 싫어하는 것 같더라구.
자, 이제 나는 그대랑 영원한 이별식을 가지려고 해.
다시는 그대랑 만나지 말자.
정말 다시는…….
어제, 오늘 나는 떠나보내는 것이 무척이나 서운하지만
이제 내가 살아야겠네.
나는 적어도 20년은 더 살아야 해.
아니 그보다 좀 적어도 돼.
적어도 나의 아버지를 비롯한 많은 어른들이 마지막으로 가실 때
하직 인사하며 곱게 보내드려야 해.

또 아들들에게 좋은 일이 있을 땐

내가 바위처럼 자리를 지키고 앉아 있어야 해.

내 아들들이 좋은 일 있을 때

소리 없는 박수를 쳐주는 아버지가 필요하거든.

잘 가라, 그대여.

다시는 그대와 조우하고 싶지 않다.

내 삶이 설혹 으깨지고 뭉개져도 다시는 그대를 찾지 않으리. (2002.
6. 20)

 아, 그가 갔습니다

그가 갔습니다.

한국 정치사의 풍운아, 그가 갔습니다.

이 생명의 계절 5월에

그는 부엉이 바위에서 몸을 던졌습니다.

도무지 그의 괴로움은 어디에서 비롯되었을까요?

누가 그를 이렇듯 벼랑으로 내몰았을까요?

나는 정말 그가 대통령 역할을 잘해주기를 늘 기원했습니다.

그러나 그게 참 어려운 모양이었습니다.

아니 잘하고 못하는 건 따로 하고

그렇게 조롱당하고

말꼬리마다 딴지나 걸고

그래서 막말이나 하는 가벼움의 극치로

보통사람들이 인식하게 한 소위 보수 언론들의 장난에
그는 나가떨어졌습니다.

아예 반대당에서는 대통령으로 인정하지 않으려 했습니다.
취임 초기부터 탄핵 이야기가 나오더니
마침내 자기 당에 도움이 된다면 돕고 싶다는
정치적 발언 한마디를 빌미로 탄핵소추안을 제출했습니다.

개구리라 비아냥대며 놀리는 집단들이
그가 어떤 잘한 일을 하든 인정할 턱이 있겠습니까?
나는 소극적 노빠였습니다.
활동은 하지 않았지만 늘 그의 편이었습니다.
그를 찍었고,
봉하 마을을 갔다 왔고,
노사모 회원으로 가입했습니다.
그를 비난하는 사람들을 보면 기분이 나빴습니다.

그의 모든 것을 지지해서가 아니라
왜 그 보다 못하는 대통령도 많은데 그만 유독 욕하느냐는 겁니다.
최병렬의 뻔뻔스러운 단식투쟁과
참으로 웃기는 대통령 탄핵을 하던 패거리들이 정말 싫었습니다.

그의 당당함과 굽히지 않는 소신이 좋았습니다.
그런 소신이 권위주의를 배격했고,
실질적 민주주의를 확장했고,

원칙을 바로 세우려 했고,

경제정의를 세우려 했습니다.

기득권 세력은 그의 개혁 의지를 비아냥거렸습니다.

그러나 그에게는 조중동이 너무 벅찬 상대였습니다.

노사모가 있으나 그를 지키기에는 역부족이었습니다.

꾸미지 않고 둘러대지 않고

있는 그대로를 이야기하는 그가 나는 좋았습니다.

그만큼 인간적인 대통령,

그만큼 정직한 대통령을 우리는 볼 수 있을까요.

박연차…….

정태수를 연상케 하는 그의 돈이 결국

노무현 대통령을 뺏어갔습니다.

아니 살아있는 정권의 죽은 정권에 대한

모멸에 찬 보복감이 진짜 원인입니다.

정치적 타살행위였습니다.

유독 강자에게는 약하고 약자에게는 강한

검찰의 거만한 힘에 그는 무너졌습니다.

그는 전두환이나 노태우처럼 양심이 두껍지 못했습니다.

살아있는 권력의 죽은 권력에 대한 망신주기가

이런 비극을 낳았습니다.

검찰의 끊임없는 괴롭힘에 그는 힘들어했습니다.

자존감에 상처를 입은 그는 몹시도 견디기 힘들어 했습니다.

한국의 정치 풍토에서 그의 소신과 양심과 정의감은

누구도 흉내 내기 어려운 귀한 가치였지만
세상은 그를 야멸차게 몰아붙였습니다.

대통령마저 자살하는 시대를 우리는 살아야 합니다.
그의 명복을 빕니다.
그의 말처럼 삶과 죽음이 하나일지도 모릅니다.
그는 한국 정치사의 풍운아답게 마지막 모습도 그렇게 갔습니다.

안타까운 마음 그지없습니다.
이 땅의 얼마나 많은 낯 두꺼운 사람들이
잘난 채 살아가는데
그는 박연차가 뿌린 돈의 마수를 계산하지 못한 어리석음을
아마도 수없이 되뇌었을 것입니다.
그러나 이미 물이 엎질러진 후였습니다.

그를 사랑합니다.
보고 싶을 겁니다.
많이 그리울 겁니다.
그렇게 당당하고 자신 있고
솔직하던 그를 흠모합니다.
진심으로 애도를 표합니다.
그가 부르던 단심가를 스스로 어긴 죄책감도 이제 잊어버리시고
서방정토 극락 세상에 가시어 편히 쉬십시오.

아 오늘은 참 안타까운 날입니다.

말할 수 없이 슬픈 날입니다.
그가 추구하던 가치는 영원히 살아있으며
그는 역사가 평가할 것입니다.
아, 노무현,
그는 정말 이 시대의 풍운아였습니다. (2009. 5. 23)

제4장

길에서 배우다

계유년의 첫날을 열었던 설악산 기행

1993. 1. 1~1. 3(2박3일)

1993년의 동트는 시간은 시골 친구 모임인 일삼회 회원들과 함께 설악산을 향하면서 시작되었다. 이른 새벽에 일어나 신문배달을 마치고, 아이들을 깨워 서둘러 여행길에 올랐다. 상기된 친구들의 모습이 반가웠고, 동승한 낯선 얼굴들도 친근감이 갔다. 친구가 모는 삼성고속관광버스는 7시에 울산에 출발하여 고향 농소를 지나고 경주, 포항을 거쳐 흥해에서 첫 휴식을 취했다. 두 아들을 그곳에서 하차시켜 동생네 집에 보내고 버스는 계속 북쪽으로 달렸다.

차안에서의 노래자랑은 관심이 별로 없고, 자꾸만 동쪽 차창 밖의 모습에 정신이 팔렸다. 깎아지른 절벽이나 기암괴석과 해안선의 드나듦에 따라 제각기 다른 모습을 한 여러 가지가 신비롭기 그지없었다. 겨울 바다도 오늘이 새해를 여는 첫날이라는 걸 아는지 유난히 암전하기만 하다. 옹기종기 모여 마을을 이룬 정겨운 모습들, 이를테면 오징어를 말리거나 그물을 늘어놓은 바닷가 외딴 오막살이 집, 바다 위에 둥실 떠 있는 고깃배와 갈매기 떼, 바위 틈 사이로 끈질긴 생명력을 의지하고 버티어 선 소나무들, 밟아 보고픈 모래사장, 조약돌…….

　울진을 지날 때쯤에는 바닷가에 둘러쳐진 소나무 병풍이며, 먼 골짜기에서부터 시작되었음직한 개울이나 내[川]가 자주 눈에 띄었다. 군데군데 나타나는 S코스의 해안가 도로를 달리는 버스는 늘어선 나무들을 뒤로하고 북으로 내달았다. 오후 2시쯤 해서 잿빛 도시 삼척의 한 허름한 기사 식당에서 허기진 배를 채웠다. 거기다 소주 한 잔 걸치니 뜨내기손님 대접일망정 푸짐한 기분이었다. 한 시간 가량을 다시 달려 강릉 오죽헌에 닿았다. 말하자면 첫 관광지인 셈이다.

　율곡 선생이 태어난 곳이며 신사임당의 친정이기도 한 곳이다. 이곳은 두 분 모자가 비록 쉰을 전후로 세상을 떠났지만 그들이 남긴 족적으로 인해 결코 죽은 모습이 아닌 살아있는 스승의 모습으로 우리 앞에 나타났다. '부질없는 걱정으로 마음을 채우지 말라.'는 경구警句가 먼저 눈에 들어왔다. 그래 오늘이 계유년의 초하루가 아니던가! 줄곧 올라오면서 새해의 첫날임을 의식했었지만 오죽헌의 곳곳에 씌어 있는 인생 교훈을 새겨 보면서 정말 금년에는 가족 모두가 건강하고 세상살이를 슬기롭게 헤쳐 나가야겠다는 다짐을 해 보았다. 유물관에 들러 빼어난 시서화의 유작들을 살펴보면서 그 솜씨에 놀라움을 금치 못했다.

　친구들이 쌍쌍이 사진기 앞에 포즈를 취할 때, 우리 부부는 발길 뜸한 민속자료관으로 향했다. 선사시대 모습이나 유물을 한 눈에 볼 수 있었고, 강릉을 중심으로 한 강원도 일대의 민속사를 일목요연하게 전시해 놓아 지역 교육에 크게 공헌할 수 있겠다는 생각이 들었다. 조상들이 살다 간 흔적에서 그 슬기로움에 놀랐고, 어린 시절에 접했던 옛것으로부터 향수에 젖어들기에 충분하였다. 시간에 쫓기어 밀랍 형태로 재현한 옛날의 장터 풍경을 대충 눈에 담고 차에 오르니 일행 중 꼴찌라, 이런저런 놀림을 당하고는 경포대로 옮겨갔다.

유난히 포근한 날씨로 인해 경포대 호수에 얼음 구멍 사이로 낚시 재미를 보는 강태공은 못 보았지만, 경포대 해수욕장에 펼쳐지고 있는 해변축제를 걸친 목도리 휘날리며 둘러보았다. 어느 새 해는 서산마루에 걸리고 땅거미가 내려앉을 무렵 주문진 '38선 기념비'에 잠시 머물러 그 의미와 함께 우리들의 모습을 사진 속에 담았다. 속초에서 외설악으로 향하여 C지구 원흥장에 도착하니, 날은 어둡고 길을 빙판이라 걸음걸이가 매우 조심스러웠다.

여장을 풀고 수복식당에서 더운 국물만 찾아 저녁을 먹었다. 우린 이곳에서 4끼를 먹었고 한 끼의 김밥을 제공받았지만 날림공사처럼 전혀 정성 없는 대접을 받았다. 숙소에서는 전혀 실속 없는 헛소리를 술기운을 빌어 해대다가 무더기 잠을 잤다.

이튿날 새벽 6시 반에 기상하여 눈 비비며 세수를 하고 대충 아침밥을 먹었다. 버스를 타고 매표소에 닿으니 온통 눈밭에 사람 천지였다. 우리 부부는 일행의 선두에 서서 사각거리는 눈을 밟으며 비선대로 향했다. 한 시간 반을 걸으니 바위 비선대가 나타났다. 그 신비로움에 취해 한참을 보고 있으니 일행들이 도착하여 다시 금강굴로 향하는데 험난함 그 자체였다. 밀고 당기며 기어올라 중간 휴식처에 닿으니 바람이 그렇게 찰 수가 없다. 철 구조물과 로프가 아니면 이곳을 오른다는 것은 도저히 불가능할 것으로 보인다.

최 여사의 뒷걸음질 하산이나 정자 아지매 안씨의 윗도리 걸친 모습도 우습고, 100Kg 거구인 친구 인수와 그의 아내의 모습도 볼만 하였다. 거의 수직에 가까운 바위 암벽을 계단과 철 손잡이에 의지하여 겨우 금강굴에 도착하였다. 바위틈 사이로 떨어지는 낙숫물에 목을 축이고 우리나라에서 가장 높은 바위굴(7m가량)안에 정좌한 부처님 모습을 휑하니 둘러보고는 하산을 서둘렀다.

10시 전후에 다시 비선대로 내려와 어묵 국물과 김밥으로 빈 배를 채웠다. 일행의 일부와 울산바위 쪽으로 둘러보기로 약속하고 길을 재촉하니 11시쯤 해서 신흥사 앞에 닿을 수 있었다. 비선대 쪽보다 훨씬 많은 사람들이 붐볐고, 그 인파와 함께 산길을 오르기 시작하였다. 친구가 입에 물려주는 엿가락을 녹이며 걷는 눈 덮인 산길은 걷고 또 걸어도 상큼할 뿐 지겨움을 몰랐다. 바위 위에나 나무 위에 지붕처럼 쌓인 백설들은 사진 속에서나 보았던 모습들이 아니던가!

그래 실컷 눈을 눈 속에 담아보자고 다짐하며 오르기를 한참 하니 흔들바위에 이르렀다. 대개의 사람들이 이곳에서 돌아가듯 몇 쌍의 친구들마저 놓친 우리 부부는 울산바위를 향해 다시 출발하였다. 길은 점차 두꺼운 빙판으로 변해가고, 먼 눈길 속의 모습들은 눈 쌓인 응달에 나란히 서있는 비탈진 나무숲과 바위들만 보일 뿐이었다. 오르내리는 등산객들은 대개 단체로 온 젊은이들이 대부분이어서 좀은 외롭다 싶은 생각이 들어갈 때 울산바위 입구에 다다랐다.

험난하기는 여기서부터인지 아이젠을 신지 않은 사람은 올려 보내지 않기에 생전 처음으로 신발에 그것을 붙들어 매고는 철 구조물을 잡았다. 500m 남짓한 정상까지의 늘어선 줄이 좀처럼 줄어들지 않았다. 올려다보니 좁은 철 난간 사이로 수많은 사람이 오르내리니 체증이 될 수밖에 없다는 생각이 들었다. 울산바위 자체가 거대한 산을 이루고 있는 이곳은 13년 전 1980년 11월에 처음 대할 때나 지금이나 정말 대단한 장관이다.

혼잡한 틈바구니를 비집고 정상에 이르니 휘몰아치는 칼바람이 먼저 나를 반겼다. 저마다 위용 있는 모습으로 늘어서 있는 봉우리가 한눈에 들어오고, 능선을 이루는 나무 대열이 겹겹이 펼쳐지는가 하면,

굽어보이는 산하 사이로 진부령 고갯길, 콘도 건물, 포말로 부서지는 바닷가가 눈에 보인다. 멀리 북녘으로 금강산이 바라보이고……. 우리 아이들이 함께 왔으면 얼마나 기뻐들 했을까! '야호' 소리를 바람에 실어 보내며 한참을 망연히 서 있었다. 이리 힘들게 올라와 언제 다시 이곳에 올지 모른다고 생각에 용기를 내어 어떤 아가씨에게 기념사진을 부탁하니 쾌히 응해 주었다. 주소를 적어 주고 물으니 일행 없이 혼자 온 서울사람이란다. 모습만큼이나 속마음도 곱겠다는 생각을 하면서 하산 대열에 끼어들었다.

한참을 내려오다 1,500원 짜리 사발면을 한 그릇씩 비우고, 터벅걸음으로 30분을 더 내려와 신흥사 경내를 둘러보았다. 일행과 약속한 3시 30분이 가까워진 터라 대기 장소에 갔다.

하나둘씩 일행들이 눈에 띄더니 권금성행 케이블카가 출발할 4시경에는 모두 제 나름대로 설악의 모습을 만끽한 채로 다들 모여들었다. 공중에 매달려 오른 지 6분 만에 권금성에 닿았고, 다시 정상에 오르려니 길바닥이 꽁꽁 얼어붙어있었다.

산장에 들러 아이젠을 장착하는 동안 털보 유창서 선생과 인사를 나누고 『산장에 남긴 사연들』이라는 책을 산 후 산이 좋아 산에 오르다가 산으로 산화해 버린 외사촌동생 서진조의 조난을 물으니 기억하고 있었다.

'1979년 여름 토왕성 폭포에서 단독 등반을 시도하다가 주검으로 발견된 아우야! 영혼세계에 산이 있다면 못다 한 산사람의 꿈을 그곳에서라도 이루렴. 너는 이곳 설악에 묻혔으니 보이지 않은 네 손 잡으며 오랜만의 만남을 청하오니 웃으며 날 반겨 주려무나.'

일행 중 민주 양과 손잡고 밧줄에 의지하며 빙판 언덕길을 오르려니 울산바위의 칼바람보다 더 모진 바람이 나를 맞았다. 만류하는 사람들이 많아 포기할 뻔했던 바위산의 정상에 올라 다시 한 번 있는 힘을 다해 고함을 질러 보았다. 하산 길은 바람으로 인해 하마터면 실족할지도 모른다는 위기감을 느끼며 겨우 내려와 케이블카에 몸을 담았다. 질척이는 눈밭 길을 걸어 정류장에 닿으니 늘어선 대기 행렬이 수백 미터였다. 아내와 나는 난감하던 차에 마침 서울 승용차에 양해를 구하여 동승을 했다. 지친 발걸음으로 어둑어둑한 낯선 길을 50여 분이나 걸어 내려와야 하는 수고로움을 면하고 숙소에 닿을 수 있었다.

'술[酒]시가 되니 갈증이 더해가고, 목을 축이니 기분은 천지가 내 것이로되, 무슨 말을 아끼며 무엇을 절제하랴! 에라 부어라 친구야, 마셔라 이 사람아! 힘든 세상 사느라 못다 나눈 우정에 우리 흠뻑 취해 보자. 오가느니 욕설이요, 표정마다 게걸스럽구나. 자식 낳고 살 부비고 함께 산 아낙들도 모두 우리 친구가 아니더냐. 이렇게 낄낄거림이 언제 또 있었더냐. 실수도, 용서도, 자제함도 모두 친구이라는 말 한 마디면 다 되느니 어디 한 번 놀아보자!'

3시간 남짓 눈을 붙이고 일어나 세수하고 밥 먹으니 8시가 되었고, 바람 빠진 타이어를 보충하여 사흘째 여정을 시작하였다.

낙산사, 의상대, 홍연암 등을 둘러보며 조정현 선사의 '의상대 해돋이' 시조비 내용을 한참이나 읊조리면서 새해에는 좀 더 열심히 살아야겠다는 다짐을 했다.

'천지개벽이야, 눈이 번쩍 뜨인다. 불덩이가 솟는구나, 가슴이 용솟음친다. 여보게, 저것 좀 보아 후끈하지 않는가!'

오색 약수터를 지나고 외딴집을 거쳐 굽이굽이 산길을 달리니 차 행렬이 더디 움직였다. 쌓인 눈이 빙판이 되어 소형차들은 체인을 감고 큰 차도 서행을 계속하니 마침내 눈앞에 펼쳐진 눈꽃들의 잔치 풍경이

들어왔다. 대자연의 경탄스러움은 한계령휴게소에 이르렀을 때 절정을 이루었다.

형형색색의 가을 풍경을 이곳에서 두어 번 보았지만 이렇듯 온통 눈 덮인 하얀 산세를 살펴볼 수 있음은 또 하나의 기쁨이 아니던가! 한계령은 말 그대로 바람이 쉬어 넘는 곳인지 엄청나게 추워서 잠시 머물렀다가 왔던 길을 돌아 '38선 휴게소'에서 잠시 휴식을 취했다.

일행 모두는 삼척에서의 늦은 점심까지 막바지의 놀음에 대비라도 하듯 조용히 모자라는 잠을 청했다. 15시쯤 해서 요기를 한 일행은 서서히 돌아가기 시작했다. 간 커지는 약이 꿀꿀 잘들 넘어갔다. 쉼 없는 풍악 속에 차의 흔들거림과 사람의 비틀거림이 조화를 이루면서 3일간의 일정을 마무리하듯 일행들은 거의 모두 동참하였다. 종착지 울산에 가까워 올수록 흥분된 마음은 가라앉아 갔다. 강구에서 들이부은 소주가 마침내 나의 중심을 빼앗았고, 나는 깊은 잠에 빠졌다.

잠결에도 눈에 선한 눈 덮인 설악산 기행은 쌓여가는 우정과 살아갈수록 절실하게 느껴지는 아내와의 사랑을 깊게 한 참 좋은 기회였다. 이번 여행을 마지막으로 기사로서 고별관광이 된 친구 래완이에게, 함께 참여한 모든 친구들에게 고마움을 전한다. 사흘간의 여행길이 무사했음에 대해 자애로운 하느님께, 세상 모든 이에게 감사드린다.

울릉도鬱陵島를 찾아서

2003. 3. 29(토)~3. 30(일)

이른 아침 여행길에 나선 우리 일행 열여섯은 버스로 포항으로 이동하여 죽도항에서 '선플라워호'를 타고 울릉도로 향했다. 천여 명이 탈 수 있는 거대한 여객선이 4시간 만에 달릴 수 있는 217km 거리의 뱃길도 멀미에 약한 사람들은 힘들어하고 있었다. 옛사람들의 울릉도행은 위험과 고통 그 자체였을 것이라는 생각이 머릿속을 스쳤다.

울릉도! 이름만 들어도 무언가 애틋한 그리움이 파도처럼 와락 밀려들듯 한 외로운 울릉도는 오늘도 장엄하게 쪽빛 동해바다 위로 솟아올라 있었다.

그러니까 꼭 30년 전 발령 대기자 신분의 교대 동기생들이 이곳을 찾을 때 친구 J군이 미리 집에까지 찾아와 동행을 권했지만 여기에 올 형편이 못 되었던 나는 이제야 고향 친구들 내외랑 찾게 된 것이다.

배 안에서 울릉도에 관한 기본 자료를 살펴본 내용은 대강 이렇다. 해저 2천여 m 깊이에서 화산이 분출되어 형성된 우리나라에서 일곱 번째로 큰 섬으로서 동서로 10km, 남북으로 9.5km, 섬 둘레가 56.5km

이다. 농경지는 18%, 주거지 기타는 6%이며 나머지 76%는 산이다. 행정구역은 경북 울릉군으로 1읍(울릉읍) 2면(서면, 북면)에 25개리, 55개 마을로 구성되어 있다. 한때 3만 명쯤이던 인구는 급격히 줄어들어 지금은 1만 명도 채 못 되지만 5개 초등학교에 38개 교회가 있단다.

향나무 서식지 등 8곳이 천연기념물로 지정되어 있으며, 오징어와 호박엿 외 향나무제품, 돌김, 약초(천궁), 산나물(더덕, 명이나물, 삼나물, 부지깽이나물, 전호, 미역취)이 많이 난다. 이곳은 도둑과 거지, 뱀이 없고 바람과 향나무, 미인, 물, 돌이 많아 '3무5다'의 섬이란다.

지금은 섬을 거의 일주하는 도로가 나 있고, 쾌속선이 바다를 가르고 있지만 백 년 전만 해도 버려진 섬이었다. 한때 우산국于山國으로 하나의 나라였던 울릉도는 공식적으로는 무인도의 신세를 근 5백년 가까이나 벗어나지 못했다. 조선 태종 때(1417년)부터 공도空島정책을 폈던 것이다. 얼마 살지 않았던 섬사람들을 여진족이 내려와 쑥대밭을 만들었고, 그 후 왜구가 노략질을 일삼자 하는 수 없이 조정에서 소개령을 내렸던 것이다. 사람이 살지 않으면 이민족의 침략도 없을 테니 무인도로 만들자는 것이었다.

긴 역사를 거치면서 울릉도를 노리던 일본은 임란 이후 조선의 통치력이 약화되자 울릉도를 거점으로 하는 조업권을 행사하기 시작했다. 마침내 1692년에 독도에서 일본인과 조선인이 만나게 되면서 영유권 분쟁이 일어났고, 다행히 안용복이 기지를 발휘하여 조선 영토임을 일본국에 확인받을 수 있었다. 비록 공도정책을 펴고 있는 조선 정부였지만 타국 사람들의 울릉도 접근은 허용하지 않았던 것이다. 그래도 실제로는 일본인들이 울릉도와 독도를 각각 죽도와 송도로 표현하면서 어업전진기지로 이용했다고 전해진다. 그러던 울릉도가 1883년에 첫 개척민 16호 54명이 입주하면서 다시 새로운 역사가 시작되었다.

점심때쯤 우리 일행은 저동항에 도착하여 인근에 여장을 풀었다. 점심을 먹고 자투리 시간을 이용하여 항구 주변을 둘러보니 좌판에 어물들이 일부 있었는데 종류도, 양도 빈약했다. 오징어는 제철이 아니라 전혀 볼 수 없었고, 다리 짧은 한치만 조금 있었다. 동쪽으로 난 해안 길을 걸으면서 섬의 모습을 실제로 살펴보았다. 그날따라 바다는 아주 조용했고, 온통 바위산인 섬 전체를 봄기운이 감싸고 있었다.

우리는 유람선을 타고 뱃머리를 서쪽으로 틀었다. 떼거리를 이룬 갈매기들도 유람객과 동행하는데 익숙한 듯 서로 앞서거니 뒤서거니 따라나섰다. 사람 손에 쥐어져 있거나 던진 새우깡을 낚아채는 솜씨가 아주 날렵했다. 울릉도는 생각보다 훨씬 크게 관찰되었다.

섬 둘레는 바위 병풍과 키 낮은 향나무들이 기묘한 바위들 틈새에 비집고 앉아 있었고, 비탈 밭에는 공들여 가꾼 채소들이 자라고 있었다. 언덕 위에는 작고 예쁜 집들이 옹기종기 또는 외따로 자리 잡고 앉아 길로 연결되어 있었다.

배가 서쪽 끝단을 돌아 북면으로 접어드니 해안선은 더욱 그 자태가 아름다웠다. 코끼리 바위를 비롯하여 애국가가 나올 때 배경화면이 되고 있는 장면이 실제로 눈앞에 펼쳐졌다.

바다 새의 쉼터인 바위는 온통 배설물로 채색되어 있었다. 북쪽 한 곳에서는 어업전진기지로, 또는 여객선이 접안하기 위한 항만시설이 건설 중이었다. 배는 다시 동쪽 끝단을 돌아 죽도를 비롯하여 몇 개의 섬들을 바라보며 저동항으로 돌아왔다.

해는 지고 날은 어두워지니 낯선 곳에서의 하룻밤은 우리들에게 매우 소중한 시간처럼 느껴졌다. 회 한 점에 소주 한 잔을 시작으로 50대들의 추억 만들기는 점점 깊어갔다. 아침 기상 시간이 다른 것도 개인 차이겠지.

겨우 눈뜬 아침은 드센 바람소리를 듣는 일부터 시작되었다. 이러다가 오늘 오후에 배가 못 뜨는 건 아닐까 하는 생각부터 들었다. 울릉도 관광은 4월부터 10월까지가 대체로 가능한 편이나 날씨에 따라 예정된 일정보다 며칠 늘어나는 게 예사라는 말을 익히 들어온 터이기 때문이다. (다행히 오후의 바다는 잠자듯 조용했다.)

섬 전체가 요철凹凸이 심한 하나의 바윗덩어리에 가깝기 때문에 육로관광은 시작부터 순탄하지 않았다. 개인택시 모두가 지프 형 자동차인데 남쪽에 위치한 울릉읍에서 북면으로 가로지르는 시멘트 포장길로 달리는 디젤엔진을 단 테라칸도 꾸역꾸역 기어 넘는 것 같았다. 해안도로를 제외하고는 거의 대부분 굽어가거나 돌아가며 오르내리는 길이었다. 편도 이용만 가능한 작은 터널의 양쪽 입구에는 교차 통행을 위해 교행 표시등이 이 섬의 유일한 신호등이란다.

이 섬도 이농현상으로 인해 거둘 사람들이 없어 방치되고 있는 농작물들이 부지기수라는 안내를 들으면서 자연의 모습들이며 비탈 밭마다 자라나고 있는 부지깽이나물과 취나물, 납작하게 엎드린 집들을 바라보았다. 전날의 해상관광에서 바라보았던 신비로운 형상마다 전설을 담고 있다는 기사의 말을 들으며 우리 일행은 예정된 산행을 위해 나리분지로 향했다. 삼국시대부터 사람들이 살았던 흔적인 적석총이 있다는 것도 가는 길에서 눈으로 확인할 수 있었다.

굽이굽이 돌아올라 나리분지를 내려다보았다. 섬 유일의 60여만 평이나 되는 대평원이었다. 산 정상 쪽으로 연결된 군용 케이블카가 공군시설이라는 게 이채롭다. 일행을 실어다준 자동차는 돌아가고 곧바로 시작된 산행의 초입부터 심상치가 않았다. 바로 눈 때문이었다. 정상 부근의 잔설殘雪에 대비하여 아이젠을 준비하라는 예고를 받았지만 3월말까지 이렇게 무릎까지 푹푹 빠질 정도의 눈이 있을 줄이야!

어제 같은 배를 탔던 그 많은 관광객들은 다 어딜 갔는지 보이지 않고 우리 일행들만의 눈길 산행이 시작되었다. 과연 이대로 산행이 가능할지에 대한 확신이 없는 상태에서 그만두자는 주장은 소수 의견이 되었고, 강행군이 시작되었다. 적어도 7~8km는 더 걸어야만 갈 수 있는 성인봉을 허술한 차림의 이 일행들이 안내자 없이 간다는 것은 애초부터 무리였다. 보행에 가장 큰 애로는 발이 눈에 깊이 빠진다는 점과 신발에 눈이 들어가서 질퍽거린다는 점이었다.

온통 신비로운 눈 세상을 바라보며 두어 시간을 꾸역꾸역 걸었다. 마침내 정상으로 향하는 길을 전혀 알 수 없는 상황을 맞고 말았다. 하는 수 없이 돌아설 수밖에 없었다. 돌아 나오면서 길옆에 있는 옛사람들의 삶의 흔적을 살펴보았다. 복원되어 있는 투막집이 바로 그것이다. 폭설과 모진 비바람을 이기기 위해 뼈대와 벽을 통나무 째로 얽었고, 처마에서 땅까지 억센 풀로 만든 '우데기' 라 불리는 것을 둘러쳐서 만든 집이다. 짐승 우리 같기도 한 그곳에 들어가 부엌과 헛간, 방들을 살펴보면서 여기서 살다간 개척민들의 삶을 떠올렸다.

버려졌던 땅 울릉도는 1882년에 개척령이 내려지면서 이듬해에 쉰넷의 개척민이 정착하게 된다. 그 이전에도 몰래 숨어든 주민들이 얼마간 있었다고는 하지만 이들이 근 4백 년 만에 울릉도의 공식적인 첫 주민이 된 것이다. 개척민들 대부분이 정감록을 믿던 사람들로 난세를 피해 태백산과 소백산에서 살다가 다시 이곳으로 찾아든 것이었다.

이들에게 버려진 땅 울릉도는 새 희망의 땅이었다. 산에서 살다 졸지에 섬사람이 된 이들은 그래도 정감록을 믿고 해안가를 피해 산속으로 들어가 화전을 일구고 이 같은 투막집을 지어 고단한 개척민의 생활을 시작한 것이다.

그러나 땅의 평균 기울기가 25도나 되는 데다 온통 바위섬이어서 변

변한 밭뙈기를 마련하지 못하여 추위와 굶주림에 시달려야 했다. 그때 이들의 목숨을 부지시켜 준 것이 '명이나물'이었다. 개척민들은 먹을 것이 귀하여 눈 속에서 제일 먼저 싹을 틔우는 이 산나물을 뜯어다 긴 겨울의 끝자락을 넘겼다. 사람의 명을 이어준 나물이라 하여 '명이나물'이라고 했던 것이다. 실제로는 산에서 나는 마늘 종류 같았다. 거의 하산했을 무렵 아내는 눈 속에서 고개를 내민 이 나물을 제법 뜯어다가 배낭에 넣었는데 집에 돌아와 장아찌 형태로 조리해 먹었다.

전해지는 이야기는 또 있다. 개척민의 목숨을 구해준 고마운 새, '깍새'가 바로 그 주인공이다. '슴새'라고도 하는 이 새가 지금은 귀하지만 그때는 갈매기처럼 수도 없이 많았단다. 맛도 제법 괜찮은 중형의 조류였다. 산속에 둥지를 틀었던 이 새는 안개가 끼면 집을 찾지 못하다가 투막집의 불빛을 보고 수도 없이 날아들었다.

사람들은 집집마다 몽둥이로 이 새를 잡아먹으면서 겨울을 났다고 한다. 명이나물과 깍새, 이 두 가지로 채소와 고기의 영양 균형을 이루며 개척민들은 살아남았던 것이다.

우리 일행 모두는 돌아갈 차를 기다리며 주막에 앉아 온통 물에 불어 고생한 발을 말리면서 술잔을 기울였다. 감자 부침개와 더덕 부침개, 명이 나물을 안주로 막걸리를 알딸딸하게 마셨다.

이름 하여 '부랄전甎에 씨껍데기 술'이라, 말이 제법 되는 것 같았다. '울릉도가 존만 한 줄 알았더니 존나 크네.'라는, 울릉도를 찾은 어느 젊은이의 표현도 그렇다.

다시 숙소로 돌아온 일행은 때늦은 점심을 먹었다. 출항을 기다리면서 다들 약간의 선물을 사기도 했다. 나도 더덕과 호박엿을 조금 샀다. 우리를 실은 배는 저동항을 빠져나와 망망대해를 달리다가 포항에 이르렀다. 성인봉에도 못 오르고, 독도를 밟아보기는커녕 뒤 꼭지도 못

보고 이틀 만에 후다닥 돌아왔지만 여러 가지를 추억할 수 있는 여행길이었다.

정情과 한恨이 많은 섬, 그리고 때 묻지 않은 섬, 모든 것이 없어서 오히려 넉넉한 섬, 오월이면 온 섬이 오징어로 넘쳐나는 섬, 강냉이와 호박 수확 철이면 온통 이것들로 넘쳐나는 섬, 쌀 한 톨 나지 않는 섬, 지하수가 풍부하고 물맛이 좋은 섬, 이 때문에 여인들은 화장을 하지 않는 섬, 해풍에 춤추는 오징어 덕장에도 파리 떼가 없는 섬, 그런 섬을 나는 다녀온 것이었다.

홍도 탐방기

2004. 4. 16(금)~4. 18(일)

4월 16일(금) 늦은 저녁인 11시 무렵 홍도를 향해 출발했다. 지난해에 울릉도를 다녀온 중학교 동창 부부 21명이 일행이었다. 일지감치 소주 몇 잔을 들이켜고 잠을 청했지만 숙면을 취할 수가 없었는데 웅성거리는 분위기에 눈을 뜨니 목포 유달산 앞이었다. 나는 꼭두새벽의 이 기이한 등산을 포기한 채 몸을 꼬부려 잠을 잤다. 일행들이 산에서 내려오자 차는 식당으로 갔다. 예향藝鄕 목포는 생각보다 컸다. 차창 밖으로 유달산, 영산호, 대불공단, 남도 음식문화원, 농업박물관 등이 간판을 달고 있었다.

17일(토)의 아침 식사는 '김창영휴게소 2호점'에서 했다. 주인이 이 지역의 대단한 인사인지, 아니면 음식이 유명한지 유명 인사들의 방문록이 즐비하게 걸려 있었다. 지역 기관장이나 의원들은 물론 국회의원을 비롯한 전국 단위의 인사들도 많았다. 가장 크게 눈에 들어온 글귀는 정무비서관이었던 김본철 씨의 것이었다. 맞는 말 같았다. 우리나라에는 정치인만 많지, 정치가는 거의 없는 것이 아닌가 생각한다. '정치인은 다음 선거를 생각하고, 정치가는 다음 세대를 생각한다.'

연안부두로 나갔다. 신안군의 무수한 섬을 그물처럼 연결하는 부두이다. 아마도 해상교통이 가장 발달한 곳 중의 하나가 이곳 목포항이 아닌가 싶었다. 두 시간 남짓의 시간이 소요되는 흑산도로 향했다. 배멀미를 전혀 대비하지 않은 우리 내외는 참 운이 좋았다. 바다가 너무 조용했기 때문이다. 돌아올 때도 마찬가지로 너무나 조용했다. 흑산도까지의 뱃길은 온통 수많은 섬들이 비켜서고 있었다. 특히 비금도와 도초도 사이는 대교가 놓여 있었는데 이곳을 지날 때 천년의 아침이 열리는 곳이라는 안내자의 말에 신비로운 맛이 한결 더했다.

흑산도! 이미자의 노래와 멸치잡이 정도로 인식되던 이 섬은 인근의 크고 작은 섬들을 거느린 면 단위의 큰 섬이었다. 특히 절해고도의 절경인 홍도를 거느리며 중간 기착지 역할을 하고 있었다. 섬을 일주할 수는 없었지만 순환버스를 타고 섬을 둘러보았다. 가장 크게 기억되는 것은 '흑산도 아가씨'라는 노래와 손암 정약전 선생, 면암 최익현 선생이었다. 구비 구비 돌고 돌아 오른 언덕바지의 '흑산도 아가씨' 노래비에서 흘러나오던 가락이 그렇게 구성지게 들렸다. 깎아지른 절벽을 가로지르며 조심스럽게 달리던 일주도로도 머잖아 완성되리.

부두 근처에 관광객을 대상으로 하는 해산물들 중 가장 주목받는 것은 홍어와 전복이었다. 또한 관광객의 거의 대부분이 60대의 초로들이며, 여자들이 아주 많다는 것도 진풍경이라고나 할까. 점심을 먹고도 홍도로의 뱃길 시간이 너무 길어 우리 일행은 한참이나 빈둥댈 수밖에 없었다. 홍합을 사서 삶아먹기도 하고 늘어선 상가를 구경하기도 했다. 지겨운 나머지 나는 혼자 돌아다니다가 작은 전시관을 찾아들었다. 참 반가운 공간이었다. 거지반 200여 년 전 사람인 손암巽菴 정약전丁若銓 선생 공간이었다. 자산어보茲山魚譜를 모형으로 재현해놓았다고나 할까.

자산어보는 1814년에 저술한 우리나라 최초의 어보인데, 근해에 회유하는 어류의 분포·습성·형태 등을 기록한 책이다. 손암 선생이 신유박해 때 흑산도에 귀양 가서 저술한 것이다. 책이름을 '자산어보'라고 한 것에 대하여 저자는 서문에서, '자茲'는 '흑'이라는 뜻도 있는데, '흑산'이라는 이름은 음침하고 공포심이 일어 집으로 보내는 편지에 '자산'이라 일컬었기 때문에 '자산'이라는 말을 제명에 사용했다고 설명하고 있다. 총 3권1책으로 구성된 자산어보는 1권에서 석수어·치어·노어 등 20항목, 2권에서 무인류 19항목, 개류 12항목, 3권에서 잡류로 해충·해금·해수·해초 등 4항목으로 분류, 총 55항목을 취급하였다.

면암 최익현에 대해서도 상당한 공간을 할애하고 있었다. 조선 말기의 문신인 면암은 포천에서 태어나 1855년 문과에 급제하여 장령이라는 벼슬에 올랐으며, 흥선대원군의 정책을 비판하여 여러 차례 귀양살이를 하였고, 그 뒤 단발령에 반대하여 다시 옥살이를 하였다.

1898년 경기도 관찰사 등의 벼슬이 내려졌으나 거절하고 후진 교육에 힘썼다고 한다.

면암의 친필 '기봉강산홍무일월基封江山洪武日月' 여덟 자는 선생이 유배생활을 했던 천촌리에 있는 '손바닥바위'에 새겨져 있다. 유허비는 선생의 고매한 인품과 비분강개한 의협심을 기리어 1924년에 그의 문하생들이 뜻을 모아 세웠다고 전한다. 을사조약이 맺어지자 이듬해에 전라도에서 의병을 일으켜 일본군과 맞서 싸우다가 체포되어 대마도로 끌려갔다. 선생은 일본이 주는 음식은 먹을 수 없다 하여 단식하다가 세상을 떠난 일화의 주인공이다. 아무튼 손암과 면암, 두 분은 나라의 벌을 받아 이곳에 유배되었지만 후세에 이 섬사람들에게 불멸의 인

물이 되었다.

얻은 것이 있으면 잃은 것도 있다고나 할까. 그 사이 친구들은 홍어회와 막걸리 잔치가 끝내버린 것이었다. 흑산도의 명물인 이 홍어는 전국 각지로 배송되고 있단다. 흑산도는 홍어와 더불어 전복이 많이 나는데, 전복이 아주 싸다싶어 좀 샀더니 돌아올 때까지 그걸 챙기느라 애를 좀 먹었다.

홍도로의 뱃길에서는 잔잔한 봄 바다를 바라보며 해풍을 만끽할 수 있었다. 거의 롤링과 피칭을 못 느끼며 순풍에 돛을 단 듯 배가 바다를 가르며 두어 시간 달리니 홍도가 아름다운 자태를 드러내기 시작했다. 아름다운 이 섬에서 하루를 묵는다고 생각하니 그렇게 기분이 좋았다.

일행은 홍도 2구 숙소에 짐을 풀고 가까운 등대 길 쪽으로 나들이를 했다. 섬 둘레를 따라난 길에는 안타깝게도 곳곳에 나뭇가지들이 부러지거나 이파리가 마른 채로 생채기를 드러내고 있었다. 아마도 지난해 태풍 매미 때문이 아닌가 싶었다. 그러나 바닷가에는 바위들이 절경을 이루고, 가파른 언덕바지 길섶에는 한창 봄이 펼쳐지고 있었다. 작은 이랑을 이룬 밭에는 유채꽃이 만발하였고, 간간이 무꽃도 보였다.

저녁 식사를 마치고 아내와 둘이서 이미 땅거미가 내린 마을 산책을 나섰다. 가파른 동네 골목길을 지나 학교로 향했다. 섬도 농촌과 마찬가지로 빈집들이 눈에 띌 정도로 많았다. 학교는 동네 맨 꼭대기에 자리 잡고 있었다. 좁다란 학교부지에 몇 개의 건물동이 보이고 제법 오래됐음직한 나무 한 그루가 학교의 역사를 말해주고 있었다.

'흑산초등학교 신흥분교장', 겨우 다섯 명의 아이들이 다니는 분교란다. 그것도 양친 슬하의 아이는 없고 다섯 아이 모두 이런저런 사연으로 귀도歸島한 아이들이란다. 주말이라 선생님은 고향 가고, 기능직 한 분과 몇 마디 나누고 숙소로 돌아내려왔다.

소주가 들어가지 않으면 안 놀아지는 이유는 뭘까? 회 한 점에 소주 몇 잔을 마시니 기분이 여느 때보다 짜릿하였다. 밤이 깊어갈수록 분위기는 무르익어 우리 일행도 다른 사람들처럼 노래를 부르며 여흥의 시간을 즐겼다. 그러다 한 번씩은 바닷가로 나와 아들들이랑 몇 사람에게 홍도의 밤을 즐기는 나를 은근히 자랑했다. 참 신기한 것은 그 멀리까지 기지국이 있어서 휴대폰 통화가 가능하다는 것이었다. 늦은 밤 뱃머리로 돌아온 어선의 어획량을 보고는 적이 실망스러웠다.

아무튼 약속된 아침이 찾아오고, 일행은 설친 잠을 깨고는 유람선을 타고 홍도 일주 여행길에 올랐다. 목포에서 쾌속선으로 2시간 이상 걸리는 거리의 홍도는 전체가 국립공원이면서 천연기념물로 지정되어 있다. 울릉도가 백도라면, 이 섬은 바위며 흙이 붉은 색을 띤다고 해서 홍도란다. 해안선이 거의 절벽이라서 섬을 걸어서 관광할 수 있는 곳은 동쪽의 몽돌해수욕장뿐이란다.

따라서 유람선을 타고 섬을 구경할 수밖에 없는데 참으로 장관이었다. 일행은 이 기묘하고도 아름다운 섬에 두어 시간 동안 흠뻑 취했다. 깎아지른 절벽에 크고 작은 동굴 형태를 이루는가 하면, 갖은 형상을 한 바위들이 신기로웠다. 안내자의 방송은 코믹터치를 써가며 바위 형상에 그럴듯한 설명을 덧붙였다. 바위 사이로 묘하게 버티어선 나무들의 생태에 대해서도 궁금증이 풀렸다. 멀리 바라보이는 이 머나먼 섬에도 생태를 다소 달리할 뿐 거의 육지의 식물 분포에 가까웠다.

암만 봐도 참 잘 생긴 섬이었다. 장엄한 바위를 딛고 선 상록수들이 납작이 엎드린 채 울울창창 떼 지어 섰고, 원추리 꽃들이 군락을 이루며 고운 자태를 자랑하고 있었다. 섬 전체 길이는 약 10km인데 가운데가 잘록하여 300m 정도로 좁은 곳에 사람들이 모여 마을을 이루며 살고 있었다. 절해고도 홍도는 아마 우리나라에서 가장 아름다운 섬이라고 해도 좋을 것이다.

그렇게 즐거운 관광을 마치고 돌아오는 길은 기분이 좀 별로였다. 모처럼의 봄비까지는 좋았는데 밀리는 교통 체증과 술이 좀 과한 한 사람 탓이었다. 기분이 그리 맑지는 못했지만 아름답고 낯선 곳으로의 여행을 새로운 경험으로 받아들이며 뒤늦은 기행문을 마무리한다.

동남아시아 여행기

1일차 : 07:00 울산 출발→ 11:00 김해공항 발(베트남항공)→ 14:00
(현지) 호치민공항 착, 16:30 출발→ 17:30 시엠립공항 착→
압살라 민속쇼 관람→ 숙박(앙코르파라다이스)

6주간의 교장 연수가 끝나고 곧 이어 오랫동안 친구들과 같이 도모해왔던 여행길을 나섰다. 고등학교 동기생 여덟 쌍과 같은 또래의 한 다리 건넨 친구 네 쌍 등 모두 스물네 명이 일행이었다.

이른 아침 울산을 나서서 11시에 김해를 출발, 세 시간 만에 경유지 호치민공항에 닿았다.

두 시간을 좀 넘게 기다리다가 캄보디아항공 소속의 소형 비행기를 탄 지 한 시간만인 17시 반에 시엠립공항에 도착했다. 날씨는 더운 가운데 어둑해지고 좀은 초라해 보이는 공항을 빠져나와 숙소로 이동했다. 고만고만한 분위기의 길거리 좌우로 관광객을 수용하기 위한 작은

호텔들이 줄을 잇고 있었는데 아직도 모자라는지 더 많은 호텔이 들어
서고 있었다. 여장을 풀지 않은 채로 식당에 들러 익숙하지 않는 메뉴
의 저녁 식사를 하면서 압살라 민속춤을 구경하고는 저마다 숙소로 들
어가 여행 첫날밤을 보냈다.

아침을 맞은 이튿날 길거리 풍경은 대개 지붕 없는 허름한 자동차를
타고 어디론가 일터로 가고 있는 캄보디아인들로 가득했다. 한두 명이
면 족할 것을 여러 명이 호텔 앞마당을 빗자루 질 하는 모습도 재미나
다. 사람은 넘쳐나고 일자리는 부족하다 보니 그렇단다.

아침을 먹고 바이욘사원, 따프롬사원, 코끼리테라스 등이 있는 앙코
르톰에 갔다. 캄보디아 역사상 가장 번성한 시대로 9~15세기에 존재
했던 앙코르 왕국의 유적들이다. 자야바르만 2세를 시작으로 짓기 시
작한 건축은 수리야바르만 2세에 꽃을 피우고 자야바르만 7세를 기점
으로 기울기 시작한다. 그러다 중국과 해상교역을 위해 수도를 프놈펜
으로 옮기면서 성은 밀림 속으로 서서히 묻히게 된다. 나무와 엉키면서
훼손되고 있던 1860년 프랑스인 앙리무오에 의해 앙코르유적의 신비
는 서서히 벗겨지게 되었단다.

불가사의한 이 유적 군을 조성한 후예들은 한 눈에 보아도 남루하기
그지없지만 조상들이 남긴 유적들은 보는 이들을 압도했다. 나무들도
강렬한 태양에 도전하듯 우람하기 그지없다. 더구나 발견 당시 무성한

밀림에 덮여 있어 신비감이 더했다. 어마어마한 크기의 석조 유물들은 사람들의 눈길에서 멀어지면서 허물어지기 시작했다. 유적 중 일부는 나무뿌리가 지상에서 뻗어 나와 석조건축을 덮어나가고 있었다. 특히 열대 우림지역의 나무들이 뿌리번식을 하면서 곳곳에 허물어진 것을 상당 부분을 복원해놓았다. 일행들은 발걸음을 옮길 때마다 달리 나타나는 웅장한 유물들을 배경으로 사진을 많이도 찍어댔다.

점심을 먹고 앙코르 유적을 대표하는 '앙코르와트'로 갔다. 앙코르와트는 마치 신의 작품 같다. 현재 시엠립에는 반경 30여 km 내에 수십 개의 사원과 왕궁 등 고대 건축물이 흩어져 있다. 세계를 깜짝 놀라게 했던 이 웅장한 유적지에서 단연 돋보이는 것은 '앙코르와트'이다. '앙코르Angkor'는 성벽으로 둘러싸인 도시이고, '와트Wat'는 '절' 또는 '사원'이란 뜻이다. 진입하는 입구부터가 입을 다물지 못할 만큼 대단하였다. 이 유적은 성을 둘러싸고 있는 해자의 길이가 5.4km, 너비가 200m라니 규모를 짐작 할 것이다. 이 거대한 돌들을 40km 떨어진 곳에서 배나 코끼리를 이용해 옮겼다고 하나 불가사의한 일이다.

앙코르와트는 어느 한 곳도 조각하지 않은 돌덩이가 없을 정도로 힌두교의 내용이 조각되어 있지만 나중에 불교가 유입되면서 힌두교와 불교의 요소가 복합적으로 나타난다. 처음에는 힌두교 비슈누 신에게 헌정된 것이지만 지금은 불교 사원으로 쓰이고 있다. 12세기에 수리야바르만 2세가 만든 이 건물은 왕의 생전에는 사원의 역할을 하다가 사후에는 무덤으로 사용되었을 것으로 본다. 사원은 거대한 규모와 완벽한 구조뿐 아니라 곳곳에 새겨진 부조와 조각의 아름다움으로 찬탄을 금치 못한다. 특히 1층 회랑은 길이가 760m로 세계에서 가장 길며, 부조 내용은 역사의 기록이지만 풍부한 상상력과 뛰어난 예술성을 보여주면서 그 시대의 영광을 고스란히 품은 채 곰삭고 있었다.

총 3층인 이 거대 사원의 구조와 설계는 당시 사람들의 우주관을 표현한 것이며, 탑은 동서남북과 중앙에 위치해 있다. 3층에 65m 높이로 우뚝 솟아 있는 중앙 탑은 메루산인데 결국 수미산을 말하므로 불국토를 그리고 있다. 멀리서 보면 연꽃봉오리 형상이며, 건물 모서리마다 코브라가 조각되어 있는데 이는 부처가 수행할 때 항상 비를 맞지 않게 씌워준 역할을 했단다. 그런데 이게 중국을 거쳐 우리나라에 도착했을 때는 용으로 변해버린 것이다.

외벽은 세상을 둘러싼 산맥을, 사원을 감싸고 있는 해자는 우주의 바다를 상징한다. 내부는 위층으로 올라갈수록 좁아지지만 기본적으로 십자형에 회랑이 있는 동일한 구조가 반복된다. 마지막 3층의 중앙 사당으로 이어지는 계단은 무척 좁고 가파른데, 신에게 가는 여정의 험난함을 상징한다. 과거에는 승려와 왕만이 오를 수 있었다는 이 계단을 반쯤 엎드리다시피 올라갔다. 멀리 아래로 내려다보이는 전경은 아득하고 어느 덧 뉘엿뉘엿 해가 지고 있었다. 사실 이곳에서 장엄한 일몰을 보기 위해 세계 각처 사람이 모여든다. 그런데 같은 방향으로 바라보는 수많은 사람들의 모습이 색다른 풍경을 자아내고 있었다.

해가 지고 초승달이 석문 사이로 나타나더니 이내 별들도 하나둘씩 나타나기 시작했다. 장지뱀 같은 놈이 보호색을 띠며 수직 벽을 타고 있는 모습이 참 신기했다. 우리도 남들처럼 태양이 밀림을 붉게 물들이다 사라질 때까지 서쪽을 응시하다가 내려왔다.

앙코르와트 이외에도 오전에 보았던 곳과 같이 볼거리들이 많단다. 현재도 복원이 계속되고 있는 이 유적지는 캄보디아 현대사의 비극의 현장이기도 하다. 1970년대 악명 높았던 크메르루지 게릴라들의 마지막 도피처가 바로 이곳이었기 때문이다. 밤낮으로 계속되었던 총격전으로 유물의 70%가 손상되었으며, 눈여겨 살펴보면 곳곳의 벽면에 총

탄의 흔적이 역력하다. 캄보디아는 현재 프랑스와 일본의 지원을 받아 유적지 복원을 계속하고 있으며, 국기와 화폐에 앙코르와트를 새길 만큼 소중히 여기고 있다.

저녁 식사는 북한 식당에서 공연을 봐가며 냉면을 먹었다. 춤추고 노래하는 저들이 분명 우리들과 같은 성을 쓰고 피가 흐르거늘 동질감을 느끼면서도 또 다른 이질감도 동시에 느낄 수밖에 없음이 못내 안타깝다. 우리는 발 마사지로 피로를 풀고 다시 한 잔을 하다가 이틀째 밤을 뉘였다.

3일차 : 호텔식→ 톤레샵 호수―수상관광(호수, 가옥 관람)→ 보석(사파이어, 루비, 다이아몬드)가게 관람→ 현지식→ 서바라이 호수→ 미니 킬링필드→ 세계 최대 인공호수→ 상황버섯 판매장→ 석식(삼겹살)→ 18:00 시엠립 공항 출발→ 19:30 하노이공항 착→ (3시간 버스로 이동) 22:30 하롱베이 오우락 리조트 착(숙박)

사흘째를 맞으면서 톤래샵 호수를 찾았다. 호수라고 말하기에는 너무나도 맑고 넓어서 끝이 없었다. 육지였던 부분이 호수로 잠기면 물고기들의 식량이 풍부해져서 톤레샵 호수는 예부터 물 반, 고기 반일 정도로 어획량이 풍부하단다. 마치 돌고 도는 물레방아처럼 우리가 내뱉는 이물질을 다시 분해하여 먹이로 다시 탈바꿈이 된다고 하니 따지고 보면 모든 것이 대체 음식으로 가능하다는 말이다. 이렇듯 우주의 모든 만물은 비록 무생물일지라도 뭔가를 위해 생산적 효소로 전환된다는 사실들이 신기하다.

자연의 현상으로 인해 이 호수의 크기가 줄거나 늘어나는데 이 호수를 삶의 터전으로 삼고 있는 사람들은 만여 명이나 되는데, 캄보디아 사람들도 있지만 베트남전쟁 때 전쟁을 피해 이곳까지 피난 온 사람들이 같이 섞여서 산다고 한다.

소형 선박을 타고 사방을 두리번거렸지만 세계 5대 호수 중의 하나인 톤래샵의 수평선은 까마득히 멀어보였다. 정말 신기한 것은 수상가옥에 사는 아이들이 넓적한 다라이를 타고 음료수를 몇 개씩 담고는 이동하며 장사를 하는 모습이었다. 그들은 마치 나무 위를 오르내리는 다람쥐처럼 물위를 미끄러지듯 재빠르게 움직였다.

보석 가게에 들러 구경을 하다가 점심을 먹고 서버라이 호수로 갔다. 이곳은 세계 최대의 인공 호수란다. 가는 길에서 캄보디아의 농촌을 볼 수 있었다. 잘 지어진 집 주변은 망고 과수원이 있고, 수량이 많은 수로가 나타나고 언덕을 오르자 넓은 호수가 나타난다. 넓다는 것 말고는 경치는 고만고만하였다. 아이들이 모여들며 팔찌나 목걸이를 파는데 한창 공부해야 할 나이에 돈벌이에 나서야 하는 모습이 가엽기 그지없다. 대개의 아이들은 생김생김이 똘똘하게 생겼다.

우리는 다시 미니 킬링필드로 갔다. 과거의 아픈 상흔을 전시함으로서 다시는 이런 아픔을 되풀이하지 말자는 뜻을 담았을 것이다. 여기는 어디로 가도 아이들은 관광객들에게 손일 내민다. 이 아이들에게도 약육강식이 존재하는지 가이드는 작고 약한 아이에게 줘봤자 힘센 아이들에게 빼앗기니 주는 것도 요령이 필요하단다. 킬링필드의 역사는 이렇게 시작되었다.

1975년 4월 미군이 베트남에서 철수함에 따라 친미 론놀 정권을 몰아낸 크메르루지의 지도자 폴포트가 1979년 1월 베트남군이 프놈펜을 함락할 때까지 4년간 자국민을 대상으로 대량학살을 자행하면서 최빈국으로 전락시키고 장님의 나라로 몰고 갔다. 론놀 정권에 협력했다는 이유로 지식인, 정치인, 군인 등 전 인구의 4분의 1에 해당하는 200여만 명을 살해하였다. 뿐만 아니라 폴포트는 새로운 '농민천국'을 구현한다며 도시인들을 농촌으로 강제이주 시키고, 화폐와 사유재산, 종교를 폐지했다. 그러나 이 정권도 1979년 베트남의 지원을 받은 캄보디아 공산동맹군에 의해 전복되고 말았다.

일행은 상황버섯 농장을 거쳐 삼겹살로 이른 저녁을 먹고 시엠립 공항을 출발하여 하노이를 향해 날아갔다. 번성하던 왕국 캄보디아의 순수하고 착한 국민들은 이제 다시 여명을 준비하고 있을 것이다. 거대하고 신비한 앙코르 유적과 동양 최대의 톤래샵 호수를 관광자원으로 활용하면서 그들만의 정체성을 찾아 갈 것이다.

출발한 지 한 시간 반 만에 하노이에 도착해서 현지 가이드를 만나 버스로 3시간 동안 남쪽으로, 남쪽으로 이동하였다. 깜깜한 밤에 낯선 이국땅을 주마간산 격으로 살피다가 10시 반 무렵에야 하롱베이의 오우락 리조트에 도착하여 여장을 풀었다. 아직도 우리들의 머릿속에는 베트남전쟁이 고스란히 남아있는데 이곳에 와서 잔다는 것은 감히 상상도 못할 격세지감이 아닐 수 없다.

> **4일차 : 호텔식→ 하롱베이 관광**(수상관광 5시간, 유네스코지정 관광지, 3000개의 섬)**→ 선식**(다금바리 회) **→ 리조트, 수영**(바다, 풀장)**→ 한식당**(하롱베이 시내)**→ 하롱베이 오우락 리조트 착**(숙박)

아침을 맞은 하롱베이의 모습은 기화요초가 피어나고 쾌적하기 그지없는 관광지로서의 면모를 갖추고 있었다. 아침 식사를 하고 뱃놀이에 나섰다. 셀 수도 없는 석회암 바위섬은 호수 같은 바다와 어울리며 신선의 세계를 연출하고 있었다. 가히 절경이 아니고 무엇이랴! 우리는 유람선을 타고 다니면서 이 기막힌 풍광 앞에 입을 다물지 못했다. 1927년 프랑스 관광청은 인도차이나에 관한 보고서를 통해 '하롱베이에 펼쳐진 자연의 경이는 세계 최고의 비경'이라며 극찬하였고, 1950년 프랑스의 아세트사가 발간한 잡지 '세계의 불가사의'는 '하롱베이야말로 불가사의 중 불가사의'라고 보도하였으니 유네스코가 하롱베이를 세계 문화유산으로 지정할 만하다.

우리는 몇 군데 섬에 내려 동굴 구경도 하고 열대 과일을 맛보기도 했다. 어느 섬에는 올라가 섬에서 섬으로 점점이 이어진 이 기이한 풍경들에게 넋을 빼앗기곤 했다. 하롱베이는 정말 베트남의 관광자원만이 아니라 세계인 모두가 아끼고 보존해야 할 소중한 지구의 보고라고 할 만 하다. 선상 유람의 정점은 다금바리라는 귀한 회에다 술잔을 들이키는 것이었다. 여자 분들은 심심파적으로 진주목걸이에 관심을 두는 동안 남자들은 술잔을 주거니 받거니 하면서 여행의 즐거움을 만끽했다.

오후에는 시장에 들러 이곳 풍물도 구경하고, 다시 숙소로 돌아와 풀장에서 오랜만에 수영도 하고 바다에 나가 물놀이도 했다. 저녁에는 다시 교포가 운영하는 식당에서 만찬을 즐기다가 나흘째 일정을 마감했다.

5일차 : 호텔식→ 하노이로 출발(3:30소요, 베트남 농촌, 역사, 문화 청취)→ **시크로 탑승**(인력 자전거로 시가지 관람)→ **현지식→ 호치민생활관, 한기둥사원 관람→ 라텍스 상품홍보관→ 현지식→ 마사지→ 하노이공항**(00:45 서울로 출발)

버스를 타고 하노이로 향했다. 그저께 밤에 내려오던 길을 이제는 낮

시간에 올라가는 것이다. 사람 사는 곳이라는 것이 어디든 다 그렇듯이 멀리 산이 보이고, 길 따라 가면 강물이 흐르고, 다리가 나 있고, 마을이 형성되어 있고, 집이 있고, 논밭이 있고…….

베트남도 역시 마찬가지 모습이다. 지형이 동지나해를 끼고 길게 남북으로 뻗어 있는 모습이라 위도 차이가 무척 커서 기온도 차이가 크고 농사법도 차이가 많이 난단다.

그러나 공통적으로 석회질 땅이어서 벽돌로 집짓기에 좋고 도자기 만들기에 좋단다. 어디에든 농토가 비옥하여 특별히 시비를 하지 않아도 농사가 잘 되어서 먹고사는 데는 별로 문제가 없다니 안남인들은 축복받은 땅에 살고 있는 셈이다. 더운 지방 사람들의 공통점이 게으르다는 점인데 특히 남자들이 더욱 그렇고 정력이 약해서 여자들에게 큰소리를 못 친단다.

베트남의 역사는 우리처럼 매우 유구할 뿐더러 매우 강하다. 몽고족의 침입을 세 차례나 막아낸 강국이었고, 1789년에 하노이까지 진격해온 청나라 군대를 섬멸한 것은 베트남 역사상 가장 유명한 조국 수호의 일화이다. 그러나 산업혁명으로 힘을 축적한 서양의 통상 요구를 가장한 식민 정책에는 무릎을 꿇게 된다.

베트남이 프랑스의 통상 교섭 요구를 거절하자 그들은 이를 구실로 전쟁을 일으켜 1862년 베트남의 항복을 받아냈다. 남부 베트남 3개주를 할양받은 데 이어 타이와 미얀마를 제외한 인도차이나 반도(베트남, 캄보디아, 라오스)를 식민지화하여 프랑스령 인도차이나(1885년)를 세웠다. 프랑스는 베트남 사회에 정치적, 문화적 변화를 꾀했다. 프랑스식 문자를 베트남어에 접목함으로써 한자문화는 종적을 감추게 되고 베트남 사회에 천주교가 전파되었다.

이에 대해 프랑스로부터 독립하려는 베트남인의 독립투쟁은 끊이질 않았다. 1919년 제1차 세계대전이 끝난 후 미국 대통령 윌슨의 민족자결주의에 기대를 한 베트남 청년 호찌민은 종전회담이 열리던 베르사유 조약에 베트남 대표로 참석하려 했으나 참석을 거절당했다. 그는 식민지를 고수하는 자본주의 열강보다는 제국주의를 반대하며 새롭게 탄생한 소련과 코민테른에 기대를 걸고 공산주의자가 되면서 프랑스 식민정부의 감시와 탄압의 대상이었다.

프랑스는 제2차 세계대전 때까지 베트남에 대한 식민 통치를 지속하였다. 그러나 2차 대전 후 프랑스의 식민정책은 프랑스령 인도차이나 해체로 끝맺었다. 다만 제네바 협정에 따라 베트남은 1954년에 프랑스 군이 철수하기까지 10년간 17도선 이북은 호찌민의 북베트남이, 이남은 바오다이를 앞세우고 남베트남을 통치하면서 대치했다.

다시 10년 만에 일어난 베트남 전쟁은 1964년 통킹만 사건을 구실로 미국이 북베트남에 폭격하면서 시작된 전쟁으로 제2차 인도차이나 전쟁이라고도 한다. 1975년까지 계속된 이 전쟁은 민족적 공산주의자들인 북베트남과 남베트남 민족해방전선(베트콩)이 남베트남과 싸운 내전의 성격이지만 미국과 동맹국들이 남베트남을 지원하면서 개입하고, 이에 맞서 소련과 중국도 비공식적으로 북베트남을 지원함으로써 국제전 양상을 띠게 된다.

이 전쟁으로 인해 민간인을 포함한 베트남인 150만 명이 사망했고, 미군은 사망자 6만여 명, 대한민국에서 참전한 군인도 5천여 명이 사망한 것으로 알려져 있다. 전쟁 이후에도 미군이 사용한 무기와 화학약품으로 인해 피해자 본인과 그 자녀들이 고엽제 환자가 되어 장애를 갖게 되는 사례가 드러나고 있다.

그 후 베트남은 캄보디아를 침공하여 그들의 괴뢰정권을 수립하였고, 1979년에는 중국과의 전쟁도 벌였으며, 다시 전쟁이 종식된 지 10

여 년 만인 1986년에 도이모이(쇄신) 정책을 개시하였다. 이어서 1995년에는 30년 통상금지를 해제하고 외교를 정상화하여 같은 해 동남아시아국가연합(ASEAN)에 가입했다.

한국전쟁 후 베이비붐처럼 베트남도 전쟁 후 급격히 인구가 늘어나서 지금은 약 9천만 명인데 전체 인구의 70% 이상이 30대 이하라니 매우 젊은 나라다. 한 마디로 베트남은 소비시장이 크고 발전 가능성이 매우 높은 나라인 것이다.

많이 아쉬운 점은 김우중 회장이 무너지지 않았더라면 베트남을 시장으로 하여 대우가 크게 도약할 수도 있었다는 점이다.

하노이에 도착하여 인력 자전거(시크로)로 시가지 구경을 했다. 남쪽의 호찌민시보다는 적지만 하노이는 큰 도시였다. 빌딩이 숲을 이루고 상가가 크게 형성되어 있으며 자동차와 자전거, 오토바이가 넘쳐나고 있었다. 한국산 자동차도 더러 눈에 띄었다. 베트남 사회주의 공화국의 수도로 정치, 문화의 중심지이며 베트남전 당시 폭격으로 완전히 파괴되었으나, 현재는 전화의 흔적을 찾아 볼 수 없을 정도로 완전 복구되어 깨끗하고 아름다운 도시였다. 11세기에 세워진 이래 천년의 역사를 가진 오랜 도시답게 주변에는 사찰이 많지만 프랑스 식민지시대의 교회 건축물이 조화를 이루는 도시였다.

자전거와 오토바이가 거리를 활기차게 오가고 있었다. 아오자이를 입은 여성들이 더러 보이기도 하지만 대개의 여성들은 흰 블라우스에 검은색 계통의 바지를 입은 모습이다. 체격은 작으나 몸매가 잘 빠지고 호리한 데다 청순한 느낌이 들었다. 교통질서가 없는 듯하지만 자동차는 20Km로 속도 제한하고 있어서 사고율이 그리 높지는 않단다.

호치민 광장으로 갔다. 그의 묘는 어느 곳에서나 눈에 띄는 위치에 있고, 밤에도 가로등과 조명으로 인해 잘 보인단다. 1969년 9월에 사망한 베트남 민족의 영웅인 호찌민의 묘가 1975년에 완공되었는데 광장 가운데 우뚝한 모습이었다. 대리석으로 만들어져 언뜻 보기에는 그리스의 신전을 연상케 하였다. 내부는 연꽃을 상징하는 유리 상자 속에 유체가 안치되었는데 완전 영구 보존시키기 위해서 결함을 러시아로 이송시킨 상태란다.

묘의 좌측에 있는, 그가 거주하던 목조건물에는 그가 사용하던 집기가 보존되어 있는데 그의 평소 소박한 생활의 면모를 살펴볼 수 있었다. 가히 그는 국부 대접을 받고 있었으며, 그가 생전에 생활했던 흔적들은 위대한 문화유산으로 대접받고 있었다.

사원 구경을 거쳐 라텍스 상품 홍보관으로 갔다. 생고무로 만든 복원성이 높은 매트리스와 베게가 좋아보여서 샀다. 나중에 사용해보니 매트리스보다는 베게가 그렇게 좋을 수가 없었다. 저녁 무렵 마지막 현지식을 했다. 한국 사람은 역시 김치와 고추장, 된장국처럼 얼큰한 맛에다가 입안이 얼얼하고 콧등에 땀도 좀 나는 그런 음식에 길들여져서 그립기만 하다.

시간이 어중간하게 남아서 여유롭게 단체로 전신 마사지를 했다. 우리 일행 스물넷은 여행 엿새째를 맞은 꼭두새벽에 하노이공항에서 인천 신공항으로 향했다. 기내 시간은 잠을 자는 둥 마는 둥 하다가 새벽 일곱 시가 조금 못 되어 인천에 도착했고, 다시 김포공항으로 이동하여 11시 무렵에야 울산에 닿았다. 이번 여행은 친구들과의 어울림 여행이었고, 문화여행이었으며, 참 기분 좋게 진행된 즐거운 여행이었다.

호주-뉴질랜드 여행 일정기

- 기간 : 2008.01.06 - 01.15(9박 10일)
- 비용 : 1인당 약 330만원
- 안내 : 교문여행사 이○선 과장
- 일행 : 이정호 내외(결혼 31주년 기념여행)
  박○순(장○연) 모녀, 대구 박○호(이○자),
  정○열(김○주), 순천 서○석(김○숙), 서울
  김○기(최○영), 일산 박○미(고○정),
  강릉 양○근(전○순) 계16명

1일차 : 1/06(일) 울산→ 김포공항→ 인천국제공항→ 시드니

15:15 울산 발 대한항공 김포로 출발, 가방은 시드니로

20:40 인천 출발(01:25가량 출발 지연, 비행기 엔진소리로 잠 못 이룬 고문)

♡ 겨울에 남반구의 여름을 즐기기 위해 출발하다. 자연과 문명의 환상적 조화를 이루는 호주와 물과 공기와 자연을 수출하는 뉴질랜드를 여행하다.

♡ 호주 개요 : 한반도의 25배 크기, 인구 1,830만 명(영국계 80%), 6개 주와 2개 자치령, 360만의 시드니와 310만 명의 멜버른, 평균 기온(최저 12도에서 최고 22도)의 변화는 한반도보다 훨씬 불명확하다.

07:30 시드니공항 도착(한국시간 05:30, 9시간가량 소요), 까다로운 통과

08:30 현지 가이드 미팅(김○길)

♥ 호주 3일은 대개 흐렸음, 한국인이 모는 관광버스(Dream Tour, 운전석 우측, 대개 왕이 있는 나라는 운전석이 우측임.)

09:30 관광 시작, 시드니 서쪽 약 100km 거리, 국립공원 블루마운틴으로 출발, 가는 길 내내 주택이 이어져 있음. 호주 나무의 60% 가량이 유카리투스 나무

♥ 영국식 발음(투다이 캡틴, Today Captain, Good day!)

♥ 주택 보급률 53%, 시드니만 주택 가격↑, 주급제 일반화(집세도 주별 지급)

♥ 값이 싼 것은 1차 산업물인 쌀, 고기, 석탄 등이며 인구 부족으로 인건비가 매우 비쌈, 32평 정도는 월 170만 원 내외이며, 주택 보유에 연연하지 않음.

♥ 공교육 학제 : 만5세(1학년, 프리스쿨), 6세-11세(초1~초6, 초3, 5학년 때 전국 시험), 12세~15세(고1까지 의무교육), 고2때부터 정규교육 세분화(2800여 개)

♥ 호주 유학의 장점 : 학비 조달이 용이, 가격도 싸다.(연 2천만 원 정도)

♥ 호주 교육의 장점은 교과서가 없으며, 타인 배려와 방학 때마다 물건 팔기, 독거무의탁 노인 살피기 등 봉사와 자립심 키우기, 학교 시설은 낡았으며 급식은 하지 않고 컴퓨터 보급률도 낮다.

♥ 사립학교는 30% 정도이며 각 주별로 교육법이 다름, 정장을 하며

대개 멀리 다닌다. 일주일 동안 부모와 함께 한 일, 있었던 일 발표(뉴스데이)

♡ 방은 말 그대로 잠자는 곳, 각자 공부방 보유

♡ 고교 시절부터 독립생활을 대개 하며 대학 가면 완전 분리(학자금도 융자, 자기책임 하에 이루어짐.), 관광이나 자연환경도 좋지만 배려하는 마음을 배워야

♡ Life style : 나이에 맞는 즐거움 만끽, 맞벌이는 78% 가량

♡ 골프는 아무나 칠 수 있으며 인구 500만의 시드니 내에 10군데 있음.

♡ 주중에는 가족단위의 개인생활을 중시하며 주말에만 술집 오픈

♡ 1인당 GNP : 4만3천불, 세금은 35% 내외(상위 소득자는 70% 가량)

12:00 페어몬트 리조트에서 중식

♡ 푸른 바다와 녹색 나무, 주황색 건물이 공원 내에 있었고, 파리 떼가 매우 많고 매미 소리도 매우 우렁차다.

14:00 실버타운 지나서 시닉월드(SCENIC) 도착하여 열대우림지역 관광, 다양한 기후(건조기후에서 준고산 기후까지)와 지형이 공존

♡ 1879년부터 탄광 채굴, 1958년 스카이웨이 건설, 희귀 동식물 존재

♡ Blue Mountain : 유칼립투스 나무에서 증발되는 유액이 햇빛에 어우러져 빚어내는 푸른 안개(이곳에 늘 나타나는 푸른색 아지랑이, 작은 기름방울) 도착

♡ 경사 52도의 궤도열차 및 케이블카 탑승

16:30 시드니 수족관(5천여 종의 바다생물 관광, 바다 밑 설계), 시드니 해상관광(선셋크루즈), 세계 3대 미항인 시드니 항을 둘러보며 코스 선상식, 훼더데일 야생동물원(대유류 동물) 둘러보고 호텔로 이동

20:00 Novotel 투숙, 피곤하여 바닷가에도 나가지 못하고 취침

3일차 : 1/08㈜ 시드니→ 돌핀크루즈→ 포스트스테판→ 시드니

08:00 관광길 나섬 : 바위는 주로 사암이어서 다루기 쉬움, 끝없
는 길, 목장(아열대성 잔디, 목초지), 텃밭 없는 농촌 주택, 태양
고도 매우 높음, 와이너리 방문, 포도주 시음, 야외 바베큐
로 중식(교포 식당)

♡ 쿡 선장이 1782년 호주대륙 발견 이후 시드니 첫 이민은 경범죄
자 650명을 각종 씨앗, 동물과 함께 태워 오면서 시작되었는데,
희망 이민에 의해 형성된 멜버른과는 비교되며 수도는 그 중간인
캔버라임.

♡ 호주는 220년 역사가 이룬 낙원이며 요트의 나라, 이민자의 나라
이다. 백호주의에서 벗어나 다인종사회로 전환됨.

♡ 화력발전이 98%, 영화산업 발달, 엄청난 세금, 노후 보장

♡ 사회문제 : 청소년 범죄, 마약, 절반의 이혼(양육권은 어머니), 실업
수당 지급

13:00 돌핀크루즈 탑승, 남태평양 야생 돌고래 관람

15:00 국립공원 포스트스테판(바다와 사막 공존) 스탁턴비치로 이
동, 사막투어, 모래썰매 타기, 바닷가 거닐기

18:00 시드니로 돌아와 저녁 식사(초가 숯불고기), 시드니 타워 올라
가 야경보기

♡ 야경을 위한 빌딩 전기료 지원, 가로등 조도 낮춤, 돌출 간판, 네
온사인 없음.

♡아이맥스영화 감상, 바닷가 야경과 맥주 한 잔(오페라하우스 근처, 엄청난 인파에 놀라다)

4일차 : 1/09(수) 오페라 하우스→ TEX FREE 가게→ 시드니 동부지역 관광(갭팍, 본다이비치)→ 뉴질랜드 남섬 클라이스트처치

09:00 시드니 시내 관광(초대총독 관저 앞, 세계적 건축물 오페라 하우스)

♡오페라 하우스(잘라진 오렌지 조각에서 유래, 설계기간 포함 35년 장기간에 걸쳐 1973년에 완성, 사방이 관람석이다, 콘크리트 구조물로 구성, 조수미, 송대관 등 다녀감, 6개 공연장, 서커스도, 학교 학예회가 이곳에서 열기도)

♡하버브리지 : 싱글 아치형 중 세계에서 두 번째(길이 1,149m, 해면에서 59m)

♡Tex Free 가게(혈관 치료제, 양태반 에센스, 프로폴리스 치약 등 가이드의 부추김과 상술에 의해 과다한 쇼핑을 하다.)

12:00 OKS 레스토랑(떡깔나무 식당)에서 스테이크 중식

14:00 시드니 동부지역 관광, 남태평양의 절경이 내려다보이는 갭팍(Gap park)

♡절벽 틈새로 보이는 절경(빠삐욘 마지막 장면 촬영지), 드넓은 잔디가 한없이 펼쳐진 더들리페이지는 한 개인 소유였는데 시에 기증을 했단다.

16:00 본다이비치 구경 : 라니뇨 현상으로 그리 덥지 않아 여행하기에 좋음.

♡가장 비싼 공원묘지, 잔디볼링 구경, 바다가 바라보이는 언덕의 집값이 가장 비싸다. 태풍이 없단다. 비치파라솔이나 호텔, 가게

도 거의 없다.

♡ 백인들의 일광욕은 가히 광적인데 그것은 그들에게 유색인종이 갖고 있는 멜라닌 색소를 갖지 못하여 피부암(사망률 1위)에 걸릴 가능성이 높아서임.

♡ 육식과 브로콜리는 찰떡궁합이다.

18:20 시드니에서 뉴질랜드 남섬 크라이스트처치로 이동

♡ 5시간 시차(실제 3시간 소요, 1시간 시차, 1시간 서머타임)

♡ 구름 위로 날아서 동쪽으로 이동해 감. 일몰 시간의 끝없는 낙조 현상 장관, 길고 긴 선을 그리며 붉게 타는 노을 구경

23:25 크라이스트처치공항 도착, 가이드 미팅(이○준), 그랜드찬 셀러호텔 투숙

♡ 키위의 뜻 세 가지 : 과일, 날지 못하는 새, 남자

5일차 : 1/09(목) 클라이스트처치→ 캔터베리대평원→ 퀸스타운

06:00 모닝콜, 07시 식사, 08시 관광 시작

09:00 트램 전차타고 도시 구경, 옥스퍼드 대 출신이 이 도시 건설(인구 40만 명)

♡ 영국이 최후로 발견한 신대륙인 이곳에 이상 국가 건설을 위한 노력

♡ 화산섬 뉴질랜드는 동으로는 남태평양, 서로는 타스만 해, 호주와는 쿡 해협을 사이(2250km)에 두고 있는 섬나라이며, 평균 기온이 월별로 클라이스트처치 기준 최저 5도에서 17도로 호주보다는 낮다.

♡ 한반도의 1.2배, 남한의 3배 크기 나라, 위도 34도에서 47도에 걸쳐 위치, 길이 1600km, 16개 자치구, 다른 선진국과 마찬가지로 사회복지제도 발달, 사회주의적 성격이 강한 경제 구조를 가짐.

♡ 1898년에 이미 노인연금법 제정, 1840년 여성 참정권 부여

♡ 남반구는 뭐든 시계 반대방향으로 돈다.

♡ 정원의 도시, 타운 하우스 뷰티 콘테스트(집 단장 대회), 동네 이장이 큰 역할

♡ 신고정신, 준법정신 투철, 법 적용 엄격(환경법, 장애자 보호법, 아동법)

♡ 만5세가 되면 자유 입학, 입학 시기가 제각각이다. 학교 부적응아는 통신교육을 통해 보완, 초기 2년은 주니어반이며 7세가 되면 정규 학년 시작

♡ 식습관 : 캔 음료는 어릴 적부터 빨대를 이용, 중금속 유의

♡ 전국에 7개 국립대, 25개 전문대, 4개 교육대가 있으나 일류대가 없음.

♡ 대학마다 특징 있는 학교경영, 와이카토대학은 마루카 연구와 한의학, 오타고대는 의대, 치의대, 강한 햇살로 인한 자외선 차단 연구

♡ 자연 숲을 없애고 농경지, 목초지 조성, 산소 밀도 풍부

♡ 총인구 350만 명 중 남섬(캔터배리) 90만, 북섬(마오리, 온천) 260만 거주

♡ 뉴질랜드에 없는 것(4무) : 뱀, 논, 거짓, 섬 사이 관세

♡ 개가 대접 받는 나라, 우선순위 : ①장애인 ②아이 ③여자 ④개 ⑤남자

♡ 청렴도 세계 1위이며 교육, 의료, 문화, 예술 수준 높고 범죄율이

매우 낮음.

♡난방은 벽난로, 소수문화, 소수 민족 보호 정책

♡하루에 3가지를 다 보면 행운이다(기차, 순찰차, 무지개).

♡최고의 힘 있는 부서 : 농수산부(MAF)

♡한국 이민사는 14년(3만 명), 중국 이민사는 80년(20만 명, 금 채취 노동자)

♡돈방석에 앉으려면 럭비선수가 되거나 애를 많이 낳아야
10:00 캔터배리 대평원(농목축의 메카)

♡6만㎢의 땅에 양(4500만 마리, 한때 7천만 마리), 소(900만 마리), 사슴, 말

♡땅에는 양떼, 하늘에도 구름 양떼(와 저기 양 봐라, 어 저기 또 양이네)

♡경계목 방풍림(눈, 바람이 많음)

♡EU로 인해 양이 떠나버린 목장도 허다, 눈 오는 시기 대비하여 건초 만들기

♡컴퓨터 시스템으로 움직이는 자동 스프링클러, 완벽한 방목 시스템

♡끝없는 민둥산과 갈색 언덕, 먼 산의 만년설

♡추운 남쪽나라로 이동, 좀처럼 드물게 계속된 맑은 날씨

♡원래가 이곳은 태풍이 없고, 장마와 산불도 없으며 우기는 여름이 아닌 겨울.

♡강수량 : 연중 6000mm, 내륙에는 500mm 미만

♡서던 알프스는 백두대간처럼 서쪽 700km를 지지하면서 고도 3000m 이상만도 24개나 되고, 고도 2000m 높이는 200개가 넘는 산에 대형 스키장이 40여개

♡Mount Cook 서서히 모습을 드러냄, 연중 20여일만 관찰 가능,

마오리족에게는 구름 띠 아오랑이가 주술처, 트래킹 코스 발달

♡ 데카포 호수, 푸카키 호수(최고의 호수), 멀리 보이는 Mount Cook, 험준하면서도 아름다운 산의 만년설, 빙하 호수, 에메랄드, 비치 색(milky blue)

♡ 선한 양치기교회 : 초기 개척자들을 기념하기 위해 1935년 건립

♡ 요즘 사람은 죽어서 사진을 남긴다며 열심히들 사진을 찍는다?

13:00 연어 회에 육개장(클라이스트처치에서 276km, 푸카키 호수 근처 한인식당)

♡ 남섬의 수력발전을 위한 수로 발달

♡ 서던 알프스 따라 약 4시간 이동(포도 농장, 과일 가게)

♡ 남섬 최장(425km)인 와이타키강, 협곡에서 젯보트 타기(1인당 5 만원)

♡ 40km의 캔터배리 지역을 7시간 달린 후에야 크롬웰지역(과일 자 연착색을 위한 붉은 천, 사과, 배, 복숭아, 자두, 채리 등)을 거쳐 오타고 지 역에 닿음.

♡ 협곡 골드러시(사금 채취장), 최초의 번지점프대(1880년, 카와라우강, 43m 높이, 기사 존웨인 씨가 여기서 조교경력)

18:00 크롬웰 경유, 퀸스타운(여왕을 모실만한 아름다운 동네 도착, 한인 식당인 킴스 레스토랑에서 한국식 불고기로 석식)

♡ 최고의 휴양 도시, 낚시도 자격증, 반지의 제왕 촬영지 리마커블 스 산

♡ 와카티프 호수 – 남섬 제2호수, 모든 기운이 집중, 둘레 200km, 깊이 최고 수심이 399m, 랜털 하우스 발달, 이영애 화장품 광고 촬영지

♡ 김종필의 건축의 3대 요소 질의에 정주영은 세멘, 공그리, 미장이

라고 대답

♡ 도서관과 화장실의 공통점 : 학문을 펼친다, 힘쓴다, 닦는다

♡ 치매의 단계 : ①볼일 보고 안 잠그기 ②안 넣기 ③열지도 않고 낸 줄 알고 안에서 싸기 ④아기 오줌 뉘면서 쉬하고는 자기가 싼다.

♡ 40여 분 달려 원시림 도로 끝나고 해발 800m 위치에 2개의 호수 나타남.

♡ 세계 최고의 휴양도시 퀸스타운 호숫가에서 남자 일행 멸치 안주로 소주 한잔

♡ 거리에는 일산 차가 대부분, 중고차 구입 풍토, 한국 신차 점유율 상승 중

♡ 비싼 인건비로 주유도 모두 셀프

19:00 밀레니엄 호텔 투숙(2박)

♡ 대낮처럼 환한데도 어느 새 9시니 시간 감각이 많이 더디다.

♡ 퀸스타운Queen's town이라는 지명은 '여왕의 도시'라는 뜻인데, 빅토리아 여왕과 그 모습이 어울린다고 하여 지음, 와카티푸 호숫가에 위치한 퀸스타운은 서던 알프스의 아름다움을 잘 가지고 있으며, 이곳에서는 세계에서 최초로 상업적인 번지점프가 시작된 곳이고 4계절 동안 스키를 즐길 수 있음.

6일차 : 1/10(금) 퀸스타운→ 밀포드 사운드→ 퀸스타운

05:00 모닝콜, 익숙하지 않는 호텔 조식은 그냥 때우는 식사인 셈

06:30 약 만 2천 년 전에 형성된 밀포드 사운드로 출발

♡ 이제 관광은 해변의 시대(스나미)는 가고 호수 시대가 시작되었다?

♡이동하면서 잔설의 산꼭대기, 태양, 산그늘을 보면서 산타마리아 같은 경음악은 한결 분위기를 장엄함 속으로 몰입시킴. 남섬의 남쪽은 마치 쇳덩이 같은 리마커블 산과 끝없는 호수가 오밀조밀한 우리나라와는 너무도 대조적임.

♡오른쪽 산에는 말, 소, 양이 오른쪽으로는 호수가, 멀리로는 산들이 이어진다.

♡국가의 상징인 고사리가 엄청 관찰되며 야생 허브가 80여 종이라고 함.

♡인류가 가장 나중에 등장한 최후의 파라다이스 뉴질랜드는 자연의 보석상자.

♡한국 연예인들이 많이 다녀감(실미도팀, 전원주, 채시라, 이덕화 등) 08:20 설산이 나타나기 시작, 사방이 남 알프스이다.

♡모스본 지역의 붉은 사슴(뿔이 하루 3~4센티 자람) 원래는 시베리아산이며, 우두머리는 50마리를 거느림.

♡거울 호수, 호머 터널, 신비로운 경치를 자랑하는 피오르드 국립공원 들어섬.

♡20분쯤 후 남섬 최대의 호수 '티아나우' 도착, 다른 곳과 달리 숲이 아주 울창

♡거의 먼지가 없어서 세차장 하면 굶어 죽는다? 09:30 원시림으로 접어듦, 고사리나무, 마루카나무 많음.

♡마루카나무(꿀, 프로폴리스-천연항생제, 구강치료제, 지천에 널림) 10:00 잔디 평원(전원주의 나 잡아봐라) 나타남.

♡Mirror lake(바닥에 낀 투명한 이끼가 반사되어 물빛이 더욱 맑음)

♡이끼가 덕지덕지 낀 비치나무 군락지, 계곡 사이의 실 폭포 관찰됨.

10:45 협곡 시작, 연간 250일 비가 온단다.

♡ 일명 원숭이계곡(몽키스크린)의 육각수(빙하 생수)를 맛보며 잠깐 휴
식 취함.

♡ 드디어 밀포드로 가는 관문인 후마터널(해발 940m) 앞 도착, 일방
통행

♡ 후마터널 : 서든 알프스 유일 터널로 1935년 착공하여 14년 만에
완성

12:10 밀포드 피오르드 관광지 도착

♡ 선상 관광 하면서 식사, 한국의 국력 실감(한국어 안내 방송, 한글 팸
플릿)

♡ 다음 달부터는 중국 관광객이 몰려온단다.

♡ 날씨가 맑아 관람이 가능했으며 천하의 비경을 볼 수 있었음.

♡ 협만(피오르드)는 강이 아닌 육지 가운데로 깊숙이 들어와 있는
바다

♡ 남태평양이 아닌 '타스만해'가 육지 깊숙이 들어온 '밀포드'

♡ 라이언 마운틴, 마이터 피크 등 피오르드 절경 감상

♡ 호수로 착각, 검푸른 물결, 물개, 만년설, 바위산

♡ 최고의 볼거리 밀포드(만 2천 년 전 빙하에 의해, 주위 산들이
1000m 이상 거의 수직으로 깎여서 바다로 밀려들었다는 장대한
전망, 해면에서 올려다보는 단애斷崖가 사람을 압도하다.

♡ 수직 벽 같은 산, 산의 기가 너무도 세어 보임, 스털링폭포(선장 이
름 159m), 고센여사 폭포(160m), 장엄한 폭포음, 거대 바위, 음석,
맑은 날씨 신선한 바람

13:30 밀포드에서 퀸스타운으로 출발

14:00 더캐즘(The Chesm, 뚫어진 바위)

♡한 시간쯤 태고의 원시림을 빠져나와 잔디평원에 도착, 하늘도 비치색을 띠고 있었고, 바다 같은 '티아나우' 호수를 오른쪽으로 끼고 한참 달리니 인가 나타남.

♡가이드의 헛소리(내시의 법적 지위 향상을 위한 데모에 임금의 불가 사유 : 너희가 정관이 있으며, 발기대회가 가능하며, 정사와 사정이 가능하냐?)

16:45 사슴마을 모스본 도착, 메디컬센터의 녹혈

♡포플러, 버드나무, 수양버들, 수많은 허브, 노란 꽃 '커파이'는 이 나라 국화

19:00 퀸스타운으로 귀환, 리마크블스 산

♡주말이라 몰려든 휴가족들이 매우 많음, 동네 한 바퀴 돌아봄, 우람한 나무들

♡저녁식사는 바다가재(크래피시)

♡야외스포츠 발달(요트, 수상스키, 스키, 골프, 행글라이더, 트레킹, 사이클)

♡뉴질랜드인 : 파티문화, 낙천적, 있는대로 수용, 야외스포츠, 정상퇴근, 가정적

7일차 : 1/11(토) 퀸스타운→ 클라이스트처치→ (비행기) 오클랜드

05:00 모닝콜, 여행을 위한 대단한 일정, 남섬 여행은 마라톤이다.

06:30 퀸스타운에서 크라이스트처치로 이동

♡협곡 지역, 크롬웰지역, 과수 재배단지 지나옴.

♡희고 긴 구름White long cloud의 나라, 바람과 구름이 아름다운 나라

♡Red wine과 White wine의 차이는 껍질의 포함 여부에 따라 달

라진다.

♡ 산, 강, 나무, 들풀(터석), 언덕, 길, 집(독립가옥, 통신교육 발달), 마을
07:30 오타고 지역 벗어나 호수 같은 와이타키강(다리 없는 강, 고사목)

♡ 강을 비켜서자 넓은 목초지 등장(높낮이, 줄기, 등성이, 작은 강줄기 모
두 빛의 방향에 따라 입체감이 다름), 사막 같은 대지, 양떼들이 떠남, 민
둥산 위의 잔설, 버드나무 행렬, 퀸스타운으로 갈 때와는 또 다른
모습의 풍경 연출
08:50 모텔지역(오마루) 통과

♡ 얼룩소목장, 수백m의 스프링클러, 멀리 보이는 마운트쿡의 아오
랑이 구름 띠

♡ 힐러리 경 별세 소식을 현지 신문이 전한다.

♡ 뉴질랜드의 영웅(87세, 1953년 에베레스트 최초 등정, 5달러 화폐에도
등장)

♡ 허영호 대장도 남극 정복 시 남섬을 거쳐 감.

♡ 영국인 가훈 중 KISS(Keep Simple Stupid, 간단하게 생각해라, 이 바
보야!)

♡ 푸카키, 데카포 호수 지나옴, 황량한 광야 시작

♡ 바람이 많은 지역은 나무가 건강하며 식물이 건강하니 동물이 건
강하고, 또한 사람도 건강하다. 생활이 건강하고 주사제는 거의
쓰지 않는다.

♡ 직업도 귀천이 없다. 직업은 사는 방식일 뿐, 사장이 청소부와 골
프를 치고 판검사와도 러브 샷을 하는 나라

♡ 엄격한 법 적용, 고발정신, 상상할 수 없는 벌금(건널목 우선멈춤)

♡ 평범한 계곡, 높낮이 다른 언덕, 시냇물, 마을 풍경, 곡창지대, 언
덕길

♡휘어 돌아가는 길 돌고 돌아 11시 넘어서야 직선도로로 접어듦, 남북 고속도로란다. 거의 추월이 없는 도로, 2박3일간 1800여 km를 달렸으니 차는 원 없이 탄 셈이다. 울산에서 서울을 두 번이나 왕복한 셈이다.

12:30 연어의 고장, 길고 긴 리스톤 다리를 지나옴. 캔터베리는 남섬의 2/3이고 남한의 2/3이다.

13:00 클라이스트처치 도착, 한인 식당(레스토랑 비원)에서 제육볶음 식사

14:00 공원 산책(보타닉 가든, 가장 특이하고 아름다운 식물)

♡열대성 나무 꽃 고교생 럭비나 클리켓 하는 사람들, 정원의 도시, 도심 사이로 에이븐 강이 맑게 흐르고 언덕배기에는 부촌 형성(캐시미어 타운)

♡마음의 여유를 가진 자가 마음의 부자다. 보은한의원 간판이 눈에 들어옴.

♡캔터베리 대평원을 배경으로 곡물·양모·농기구 거래 활발, 고무·식품 등의 공업도 발달, 1850년 영국 이주자들이 외항 리틀턴에 거주 시작 후 점차 도시화

♡장대한 교회와 캔터베리대학교, 박물관 등이 중후한 영국적인 분위기, 시가지 중심부에 있는 해글리 공원은 뉴질랜드에서 가장 아름다운 공원

14:10 면세점(보톡스, 프로폴리스, 마루카 꿀)

15:20 공항(남극으로 가는 관문), 비행기 사정 우려로 한 시간 반도 더 기다렸음.

17:00 오클랜드로 출발, 하늘에서 본 모습(남북 섬 사이, 바위산, 강, 평원, 숲, 구름, 하늘, 섬, 해안선)

18:30 북섬 오클랜드 도착, 한식 뷔페로 석식(홍합 맛), 인구 130만
의 뉴질랜드 최대 상업도시, 하루해를 가장 먼저 맞는 뉴질
랜드(날짜변경선)

♡가이드 박○진(머리 묶은 덩치 큰 사나이)왈, 여행의 즐거움을 만끽하
시라.

20:00 호텔 랑데부 투숙, APEC 정상회담 시 김대중 대통령이 투
숙한 호텔, 국내에서도 이런 호텔에서 잘 생각은 꿈도 꾸지
않는데…….

8일차 : 1/13(일) 오클랜드→ 와이카토지역→ (버스) 로토루아

09:00 요트의 도시 오클랜드에서 와이카토지역 관광

♡유황온천 도시 로토루아로 출발, 3시간가량 걸림.

♡뉴질랜드를 대표하는 관광지, 로토루아 부근은 아직도 화산활동
이 활발하여 골짜기마다 지열지대가 형성되어 김이 무럭무럭 솟
아오르며(대표적인 곳, 포후투), 머드팩의 원료로 사용되는 진흙 풀
mud pool 온천과 간헐천이 많음.

♡화산활동으로 조성된 많은 화산호와 한가로운 목장풍경 등 풍부
한 자연경관이 펼쳐짐, 마오리족 문화가 잘 보존되어 많은 관광
객들의 발길을 끌고 있음.

♡특히 테푸이아(와까레와레아)는 유명한 지열지대이자 마오리 문화
공간임.

♡남섬이 황색이라면 북섬은 연초록색 들판이 많음. 남섬에 비해
오밀조밀(언덕 또 언덕, 구릉지대 계속, 낙농국가, 유제품 발달)

♡ 와이카토강(425km, 타우포 호수 둘레 42km로 마라톤 코스, 자연의 보고, 장어가 엄청 많으나 비늘 없는 생선이라고 안 먹는다(성서에 나옴).

♡ 밤이나 도토리도 안 먹음, 나라 새(키위)

♡ 마블링은 사료 먹는 소에게만 있다. 1ha에 2.5마리로 가축 수 제한, 방목

♡ 골프의 대중화(전부 잔디이니 홀 파고, 라인만 그으면 골프장이 된다.)

♡ 교민 이야기 : 불문 2가지(이민 왜 왔나? 한국서 뭐했나?), 연간 4만 5천 명 이민을 받으나 영어가 우선 조건, 삶의 질과 행복지수가 높다. 모든 걸 다 버리고 들어왔다. 스트레스 안 받고 잠 많이 자고(9시 취침, 6시 기상) 노동력의 가치가 존중받는 나라, 장수국가, 주급 생활화, 할부 인생

♡ 뉴질랜드 사람들은 여가 선용을 잘한다. 어느 한쪽은 마니아다.

♡ 침구류 선진국, 1,2차 대전 때 양모를 팔아서 GNP 1위 국가가 되었으나 지금은 양모는 사양 산업, 1992년 오일쇼크와 EU 출범으로 국가 부도 위기 맞았으나 영국 의존도를 벗어나 시장 개척에 성공함.

♡ 모직은 한국의 제일모직이 세계 1위다. 농민도 정부 지원 없이 독립체산제다.

♡ 장애자 천국(연간 7천만 원 지원), 자연 치료 권장, 항생 주사제 no.

♡ 조림지가 28%로 속성수를 키워 목재로 사용(메타스퀘어), 연구소 발달(임업연구소, 낙농연구소, 임보메이연구소(사슴), 호트연구소(키위))

♡ 호반의 도시, 관광 도시, 휴양도시, 유황온천의 도시, 연가의 본고장인 로토루아는 농목축과 임업 발달, 뉴질랜드 8대 도시(68,000명 거주)

12:00 '아오랑이 픽'에서 사슴 고기로 중식

♡마오리족 집단 거주, 큰 체격이 대접 받는 종족(전사), 독자성 강하고 운동 기능 좋음(럭비선수, 골프, 마크헌터-K1 선수), 문자가 없어서 나라를 못 세웠다?

13:00 아그로돔 농장 견학과 팜 투어

♡양털 깎기, 양몰이 쇼, 파라다이스 밸리(천국의 계곡, 자연산 송어, 장어, 숲속 구경, 청둥오리, 작은 동물원)

♡농장체험 : 트랙터로 순환, 양, 소, 말, 오리, 한국인 관광객 최다, 소똥 천지, 중국 관광객은 비교적 젊음, 메리노, 알파카(최고 양털)

♡농산물이 세관 통과가 어려운 까닭 : 1)농업 국가, 2)어떤 바이러스도 no, 3)기술 이전 no, 4)환경 보전

16:50 Park Haritage 호텔 도착, 폴리네시안 유황온천 스파에서 노천욕 즐김.

♡호텔 온천 원수 취수장은 엄청 뜨거움, 목욕 나온 동네 아이들과 껌 나누기

18:00 마오리 원주민 전통 공연 및 항이식 디너

♡마오리족 민속 공연 : 거의 전체가 혼혈인, 혀 내밀기, 문신, 사진 촬영, 사슴 항이 고기, 고추장이 엄청 반가움.

9일차 : 1/14(월) 로토루아→ 민속촌→ 삼림욕→ 오클랜드

07:00 로토루아(호수 13개), 아침 운동, 마을 산책, 참전 희생 용사를 크게 기림.

09:00 테푸이아 마오리, 종족 이름은 배를 타고 온 카누의 이름에서 유래, 민속촌 방문, 유황온천 구경(뿜어내는 온천수, 총독 관

저 정원 산책)

♡문신, 목공예 발달, 지금도 화산이 진행되는 곳, 온 땅이 부글부글 끓고 있다.

♡와까레와레와 마을, 일찍이 로토루아 호반에서 제일 큰 마오리 마을이 있었던 곳, 온천을 이용하여 요리와 세탁, 난방을 하고 있음.

♡1768년 전후 쿡 선장이 뉴질랜드 발견, 1840년 원주민과 사실상 식민조약 체결(와이탕기 조약, 168년 전)

♡마오리족 영혼의 음악 : 연가

♡마오리족 : 땅위의 사람이라는 뜻, 폴리네시안 중 거석문화의 발상지 이스트제도, 하와이와 더불어 태평양 군도들의 폴리네시안 종족 중 가장 강력한 종족(태평양의 바이킹), 원래 20~50만으로 추정, 유럽인과의 접촉 이후 19세기 말에는 약 4만으로 격감, 현재는 20만, 뉴질랜드의 총인구의 약 7.5%를 차지

♡마오리족은 아마도 쿡제도를 경유하여 몇 차례에 걸쳐 건너왔으며, 그 중 가장 큰 규모의 이주는 14세기에 있었던 것으로 추정, 열대 폴리네시아의 고향에서 타로감자, 얌 감자, 고구마, 조롱박 등 4가지의 작물과 개를 가지고 들어옴.

♡마오리족 문화는 1769년 영국의 J.쿡 선장이 이 섬에 도착할 때까지 대가족 단위 혈연 친족집단을 이루어 뚜렷한 신분적 계층 구별과 사회적 분업을 형성, 특히 목조를 비롯한 공예 발달, 아마를 짜서 옷감으로 사용하고, 남자는 얼굴에 정교한 문신, 다신교이며 현재는 근대문화에 적응하는 생활을 하고 있다.

10:00 양모 이불공장(한국인 공장장), 가죽 양탄자(동물보호단체가 보면?)

12:00 로토루아 중국식당에서 중식, 의외로 중국인들이 조용하다?

13:00 래드 우드 산림욕장 산책, 임업연구소 홍성욱 박사가 소장

♡ 뉴질랜드 수출 1위 품목(미송, 메타스퀘어) 1901년 최초 식재, 자폐 환자 치료에 도움, 길가의 노란 민들에도 정겹다. 노인을 위한 잔디 볼링

♡ '천연자연의 나라'라고 불리는 뉴질랜드는 넓게 펼쳐진 목초지와 원시적인 수풀, 화산지대, 계곡과 협만이 아름답고 신비로운 자연 환경을 모두 갖추고 있다.

14:00 농수산부 운영 녹용 연구소 방문(녹용 상식 알게 됨.)

15:00 정부공원 (총독 관저, 현재는 갤러리로 이용) 방문

15:20 오클랜드로 출발, 끝없는 대지에 철조망으로 경계를 이룬다.

♡ 교포 운영 휴게소, 새우깡, 정화조, 옥수수 밭, 굽이굽이 돌고 돌아오다.

♡ Ockland : 땅을 밟고 바다를 바라보고 사는 사람들, 선호도 세계 5위(취히리, 빈, 벤쿠버, 토론토 다음), 유람선의 마지막 정박지, 남쪽 물류 창고, 수백 개의 컨테이너박스, 주택 보급률 80%)

♡ 북쪽 150여개 섬은 해양스포츠 발달, 점점이 흩어진 섬, 파도타기, 바다생활

♡ 오클랜드 하버브리지 : 1959년에 건설된 길이 1,020m의 철교로, 오클랜드의 상징이라고 할 수 있으며, 밀물 때 다리의 높이는 43.3m나 되며, 8차선 다리 위에서 내려다보는 와이터마타 항구와 다운타운의 경치가 환상적임.

♡ 상업도시, 항구도시로 4명 중 한명 꼴로 요트 보유, 전통과 현대 문명의 조화, 69개의 분화구, 높은 빌딩, 캠브리지 말, 와이카토 강 유역(증기선), 수상스키, 댐, 동굴, 비옥한 목장, 소 낙농발달, 고

사리나무, 럭비 열기

♡공장지대 : 1840년 와이터마타 해안의 백인 천막취락이 기원, 인
  도 총독 오클랜드에 의하여 도시의 바탕이 이루어짐, 개척 초기
  에는 북섬이 그 중심이 되어 있었으므로 교통의 요지를 이루는 이
  곳도 급속한 발전을 보였음.

♡국토 전체로서는 북쪽에 치우쳐 있음에도 불구하고 1865년까지
  뉴질랜드의 수도였다. 와이터마타항은 천연의 양항으로서 내외
  항로의 중심이며, 조선소·해군기지가 있다. 기후가 온난하여 태
  평양에서의 해상·항공 교통의 요충지이며, 그 때문에 웰링턴으로
  수도가 옮겨진 뒤에도 뉴질랜드의 현관으로서 번영함.

♡교민 만 2천 명, 지방 시의원 3명, 한인회 결성 17년, 직장보다는
  소형 비즈니스 종사, 소상인 장려(대형 마트 울고 나가는 곳), 소의 생
  피, 우족 판매 금지

♡잔디 규제, 나무도 3m 이상은 허가받아야 자를 수 있음, 금요일
  외 저녁 9시 이후 떠들면 신고 들어감, 수만 평의 감자밭
  18:00 분화구 공원 에덴동산(196m, 사내가 가장 잘 보이는 전망대) 산
      책, 소 두 마리가 공무원이다?, 소똥, 잔디 관리인이다?
  19:00 한인 식당에서 장어요리 식사
  20:00 Sky city 호텔 투숙, 시내 구경, 여행 마지막 밤

♡저녁 7시 이후 돌아다니면 간 큰 남자다?

10일차 : 1/15(화) 오클랜드→ 서울→ 울산

08:00 호텔 조식, High class 급 서양 노인들

09:00 공항 창고에서 마지막 쇼핑

12:15 서울로 출발

20:10 서울 도착, 실제로는 11시간이나 걸림.

♡ 강남고속터미널로 이동, 다음날 새벽에 울산 도착

큐슈 여행기

- 2008. 8. 8(금) – 8. 11(월)
- 주공회 일곱 가족 14명, 동행자 10명(경주 사람 8, 울산 모녀 2)
- 1인당 70만원(모임에서 가구당 50만원 지원)
- 하나투어, 가이드 김○희(한스 투어)

1일차 : 8/8(금) 울산→ 부산→ 후쿠오카(하카타)→ 사가현→ 나가사키(히라도)

그러니까 이번 여행을 같이 한 우리 일행은 1985년에 야음동 주공2단지 공무원 아파트 209동 3~4호 라인 열 집이 함께 입주하면서 모임이 태동되었다. 참 편안한 사람들의 모임이라는 생각은 시간을 함께 할 때마다 느낀 바 있지만 23년 세월 지나 첫 해외 여행길에 오른 것이다.

다들 중국을 원했지만 올림픽 특수로 인하여 방향을 바꾸었다. 예민한 독도 문제가 불거지면서 나서기가 꺼림칙했지만 내친걸음이라 베이징 올림픽이 개막되던 날 초고속정 배를 타고 부산을 출발하여 3시간만인 오후 한 시에 큐슈 하카다 항에 도착하였다. 수면을 미끄러지듯 200여 km를 달린 배는 날씨가 좋은 탓도 있지만 배 멀미는 거의 느끼지 못했다.

일본 열도는 4개 주요 섬으로 이루어져 있으며, 행정 구역 분류로는 10개의 지방, 47개 도도부현都道府縣으로 크게 나뉘어져 있다. 우리 일행이 택한 여행지는 큐슈 지역 7개 현 중 남부지역인 미야자키, 가고시마를 제외하고 후쿠오카[福岡], 나가사키[長岐], 사가[佐賀], 구마모토[熊本], 오이타[大分] 등 중북부 지역 중 대표적인 곳만을 대상으로 약속되어 있었다.

후쿠오카는 날씨가 좀 흐려서인지 항구도시가 대부분 그러하듯 좀은 칙칙한 듯하였다. 위도 상으로 제주도와 비슷하여 우리의 여름 같이 후텁지근하였고, 시차도 없다니 이국이라는 느낌이 덜하였다. 처음 맞은 식탁은 철저한 절약형 개인용 도시락이었는데 우리 풍토와 너무도 달랐다. 아주 적은 양의 밑반찬은 매우 짜지만 소금보다는 간장을 쓰기 때문에 건강에는 괜찮단다. 이 시간 이후로도 우리가 큐슈지방에 머무는 동안 열 끼의 식사 중 뷔페식당과 비빔밥을 제외하고는 거의 같은 메뉴로 식사를 했다.

첫 여행지로 가는 도중 거리의 사람은 거의 볼 수 없었다. 동네마다 석물로 조성된 집단 묘지석을 곳곳에서 만났으니 죽은 사람부터 먼저 만난 셈이다. 천황 외에는 모두 화장을 하는 나라이니 무덤은 당연히 없다. 이 역시 전국의 양지바른 곳을 차지하고 있는 우리네 장묘와는 다르다. 여행 기간 내내 집단 묘지석을 만났으니 문득문득 우리보다는 훨씬 합리적이라는 생각이 들었다.

전국에 8천여 개나 되는 신사 중 대표적 신사인 '태재부 천만궁'에 닿았다. 학문의 신을 모시는 최상급 신사라는데 입구의 양쪽에 늘어선 상가부터가 한국의 명소 분위기와 비슷하였다. 고목이나 연못을 비롯한 경관이 아주 빼어났다. 오가는 내국 관광객들의 생김새가 아무래도 우리 보다는 좀 못하다는 생각이 들었다.

갑자기 천둥 번개를 동반한 소나기로 여러 가지 유적들을 둘러볼 겨를도 없이 서둘러 내려와 버스를 타고 숙박지 히라도로 향했다. 비오는 거리는 사람이라고는 찾아보기 어려웠다.

도중에 농촌지역과 해안을 되풀이하여 지나면서 일행은 사가현으로 이동하였다. 도중에 해안을 따라 길게 조성된 소나무 숲(미쯔노마쯔바라)을 만났다. 일본의 숲이 거의 삼나무 조림지인 점을 감안하면 아주 귀한 송림인 셈이다. 오가면서 안내자는 이런저런 말을 전한다. 70%가 무종교이며 조상과 신, 부처를 거의 동격으로 여기고 있어서 개인의 집에서도 불당과 조상신을 모신단다. 절[寺]이 장례를 대행하고 묘지관리를 맡고 있어서 스님들의 경제력이 상당하며 신사神社는 신앙으로서의 성소가 아니라 생활관습으로 존재한단다.

웬만한 땅은 거의 농사를 짓고 있는데 주식인 쌀의 자급률이 우리보다는 높으나 사료까지 합하면 좀 떨어진단다. 둘러본 여기저기는 거의 도시화된 지역에도 모두 쌀농사를 짓고 있었으며, 희망이 멈춘 느낌을 갖고 있는 우리 농촌보다는 그들의 농촌은 아직도 건재하고 있다는 생각이 들었다. 의료 선진국답게 장수국가이지만 어울림 문화가 없는 일본은 돈은 많으나 외로운 노인이 많단다. 공장의 해외 이전과 국가 경제의 어려움으로 일자리가 부족하고, 나홀로족들의 묻지 마 범죄로 어려움을 겪고 있단다.

과일값이 비싸고 곳곳이 유료도로이며, 최근에는 유가조차 급등하여 대부분 한 시간 이상의 통근거리를 가진 직장인들에게 어려움이 따르고, 어민들의 출어도 어렵단다. 주택 값이 비싸서 도시민 상당수가 월세 부담이 크다는 사실 등으로 미루어 일본인의 행복지수가 우리보다 높지는 않는 듯하다. 거리의 자동차도 절반 이상이 경차이고 심지어 짐차조차도 거의 소형차인데, 이는 식사 습관이나 물 절약과 더불어 절

약정신의 생활화가 아닌가 한다. 그래도 일본은 석유 비축량이 99일분
이라는데 우리는 고작 한 달 분이란다.

모롱이 돌고 돌아 우리 일행은 큐슈 서북 끝 쪽의 나가사키 현 히라
도에 도착했다. 조용한 해변 휴양지의 오래된 호텔에서 하루를 묵었다.
많이 낡은 시설이었지만 처음 지을 때는 상당 수준의 호텔인 것 같았고
종업원들은 친절했다. 저녁 식사를 할 때 보니 가족단위의 많은 내국인
관광객들이 앉아 있었다. 저녁 식사 후 호텔 측은 그들의 전통 예술 몇
가지를 보여주었다. 온천욕을 마친 일행들은 지쳤는지 조용했고, 올림
픽 개막행사는 전파가 신통찮아 제대로 보지 못했다.

2일차 : 8/9(토) 히라도→ 나가사키시→ 운선 국립공원→ (배로 이동) 구마모토

세 시간 가량 걸리는 나가사키시를 오전 11시 가까워서 도착했다.
오는 도중에 어제와 마찬가지로 산골과 해안이 번갈아가며 나타났으
며, 직선도로는 거의 볼 수 없고 도로도 우리보다는 많이 좁았다. 길가
에는 적은 규모의 중고차 매매상을 자주 볼 수 있었고, 오가는 차는 먼
지 묻고 찌그러진 모습을 거의 볼 수 없었다. 농경지는 대개 협소했고
조금 넓다 싶은 곳에는 어김없이 취락집단을 볼 수 있었는데 한 결 같
이 단정한 모습이었다. 목재로는 효용도가 높은 삼나무 조림지를 가장
많이 볼 수 있지만 대나무 숲도 자주 눈에 띄었다. 주택 구조도 한결같
이 2층 목조 건물이었고, 마을마다 묘지석을 군집시켜놓았다.

안내자는 이런저런 정보를 또 전한다. 1549년에 이미 가톨릭이 전래
되었고, 1853년에 3개 항구를 서양 사람들에게 개항했단다. 에도시대

260년 동안 네덜란드에만 개국하였으나 막부에 반란을 일으키다가 종교 탄압의 빌미를 제공하였다. 에도시대 말이 나왔으니 잠시 그들의 역사를 살펴보자.

도쿠가와 이에야스[德川家康]가 임진왜란 이후 천하통일을 이루고 에도(현 도쿄)에 부케정권[武家政權](1603~1867)을 수립했다. 도쿠가와의 성을 따라 도쿠가와 막부라고도 한다. 그 지배체제는 전국의 통치권을 장악, 각처에 할거하는 다이묘[大名]들의 집권적 지배체제를 확립하였다. 전국 수확고의 약 1/4에 해당하는 직할 영토를 보유하고, 화폐발행과 주요도시를 직할하여 확고한 경제기반 위에 6만에 이르는 막강한 군사력을 지녔다.

정권의 본거지가 에도였고, 주인공인 도쿠가와의 성을 따서 '도쿠가와 시대'라고도 한다. 이 시대는 무사계급의 최고지위에 있는 쇼군이 막강한 권력을 장악하고 전국을 지배하는 집권정치 체제가 확립된 시기이다. 병농兵農 분리가 완성되고 다이묘를 비롯한 무사계급의 봉토封土와 관록제, 농민으로부터 연공年貢을 징수하는 사회적 원리 등이 확립되었다.

상인과 상업에 대한 통제는 대외적으로 유례없는 쇄국정책으로 나타나 200년간이나 계속되었다. 이 시대는 엄격한 신분사회였으며, 사농공상 중 5~6%의 무사계급이 80% 이상의 농민과 5~6%의 공상工商을 지배하였다. 무사계급도 쇼군을 최고 주권자로 하여 여러 계층으로 구별되고, 동시에 철저한 주종관계가 성립되었다. 260~270가家에 이르는 다이묘는 영토가 주어지는 동시에 엄격한 통제 하에 들어갔다.

지배계급이라 해도 하급무사는 정해진 녹봉을 받는 도시의 소비자에 불과하였다. 18세기 에도시대 중기에는 경작면적도 증가하고 농업기술도 발전하였으나 화폐경제가 침투한 결과 농민의 토지 저당과 부채가 늘어 농촌은 동요하기 시작하였다. 8대 쇼군 요시무네[吉宗]는 막부의 수입과 정치의 재건을 꾀하였으나 상인 세력을 누르려던 계획은 성공하지 못했다. 더구나 계속된 기근으로 농민봉기와 폭동이 속출하였다. 보통 막부의 장군은 400만 석, 천황은 10만 석, 영주는 만 석 정도의 소득규모가 있었다.

한편 막부는 1853년 미국과 러시아의 내항 이후, 강경한 압력에 못 이겨 마침내 200년간의 쇄국을 깨고 개국하여 무역을 시작하였는데 국내는 더욱 혼미해졌다. 백성의 봉기와 폭동이 계속되고, 하급무사를 중심으로 정권을 천황에게 돌리라는 손노조이[尊王攘夷]와 도막倒幕운동이 격화되어 막부가 무너졌다. 마침내 천황이 정치표면에 등장하는 메이지[明治]정부가 성립되었다.

에도시대의 사회윤리는 유교의 가족 도덕인 효孝와 무사의 주종관계를 강조한 충忠의 두 가지로 표현된다. 한편 임진왜란 뒤 10년 만인 1607년에 에도 막부의 요청으로 조선과 일본의 국교가 회복되어 대마도주에 대한 하사미下賜米와 대마도주의 세견선歲遣船이 왕래하게 되었다. 조선에서도 막부의 쇼군이 바뀔 때마다 통신사를 보내는 등 1764년까지 왕래가 계속되었다. 그 뒤 일본은 흉년이 계속되어 연해제읍沿海諸邑이 피폐하여 사신 영접이 어렵다는 이유로 두 번이나 사신을 보내왔다. 그리하여 조선은 통신사를 대마도까지만 보내고 일본은 대마도에서 통신사를 영접하였는데 메이지유신 때까지 12차례 있었으나 일본 국내가 소란해지자 그것도 중지되었다.

일행이 도착한 나가사키의 평화공원에서는 원폭 피해 63주년 행사가 조용하고도 엄숙하게 진행되고 있었다. 처음으로 대하는 이런 낯선 모습의 현장은 나로 하여금 많은 상념들을 오가게 했다. 이곳은 바로 63년 전의 오늘, 저 유명한 원폭 투하로 인해 도시 전체가 멸절해버린 도시였다. 이 때문에 어쩌면 저들의 심중에는 피해의식만이 자리 잡고 있어서 결연한 마음으로 복수심을 키우고 있는지도 모른다.

　일행은 조용히 행사장을 빠져나와 도심을 가로질러 다음 목적지로 향했다. 일본 소도시에는 전차가 여전히 대중교통 수단으로 활용되고 있었다. 길거리에는 차도, 사람도 많았는데 승용차 뒤쪽에 더러더러 낙엽 모양의 스티커가 부착되어 있었다. 이는 65세 이상의 노인이 운전자라는 뜻이란다. 가는 길에서 경지정리가 잘 된 너른 들판을 만났고, 사람 사는 농촌 구경도 많이 했다.

　우리 같으면 마을마다 공동공간이 있고, 정자(모정茅亭)가 있어 더러 노인들이 쉬고 있는 모습을 볼 수 있으련만 이네들은 어울림 없이 홀로 외롭게 산단다. 심지어는 신혼부부조차도 침대를 따로 쓴다니 이들의 개인주의적 생활양식은 오랜 전통으로 굳어진 모양이다. 호텔의 침대도 당연히 싱글이다. 술집도 홀로 가고, 홀로 마시며, 주장이나 주체성도 거의 표출을 하지 않는다. 그러나 이들이 일본인으로 뭉치면 맹목적 복종심이 발휘되어 엄청난 힘을 발휘한다니 대대로 소수의 무사들에 의해 휘둘린 결과가 아닐까 싶다.

　바다가 내려다보이는 휴게소 식당에서 점심을 먹었다. 역시 이들의 음식은 양이 적으면서 가짓수는 많으며 달고, 짜고, 고춧가루나 마늘을 쓰지 않으니 좀 닝닝하다고 해야 할까, 뭐 그런 맛이다. 그래도 주로 간장으로 간을 맞추어서 몸에 그리 해롭지는 않는 모양이다. 이 지방에서 유명하다는 카스테라 맛도 조금 보았다.

　다시 한 시간 반을 달려 국립공원 운센[雲仙]에 닿았다. 유황온천 지대인데 산의 군데군데에 더운 김이 쑥쑥 올라오고 진흙이 부글부글 끓고 있었다. 일명 '지옥의 계곡'이라는데 에도시대에 반기를 든다는 이유로 천주교인들을 사냥하여 여기에다 고통을 당하며 죽어가게 했다니 그 잔인성에 놀라울 뿐이다. 이곳은 지난 겨울 뉴질랜드 로토루아에서 보았던 온천지대보다는 분출 규모가 훨씬 약하다 싶고, 날씨가 덥기도 하여 대강 보고 내려왔는데 일행을 잠시 놓치기도 했다.

15시 무렵 우리는 운센을 떠나 삼나무 조림지를 거쳐 막부에 반란을 일으켰던 시마바라를 통과하여 구마모토로 가는 배에 올랐다. 한 시간 가까이 배를 타고 호수 같은 바다를 가로질러 인구 60만의 구마모토[熊本]에 닿았다. 물이 풍부하여 물의 도시로 불리고, 아소산이 있어서 불의 도시로 불리는 이곳은 말고기로도 유명하단다. 가등청정이 3대에 끝나고, 호소가와 가문이 200년간 지배한 곳으로 1877년 마지막 사무라이가 구마모토성에서 정부군과 일전을 벌렸다. 그러나 막부 정권은 종식되고 명치유신 시대가 시작되었던 것이다.

16시 반 무렵 도착한 구마모토는 불의 날 행사가 진행되고 있었다. 한 시간 가량을 길거리 구경(시모도오리)에 나섰는데 다른 도시처럼 전차가 운행된다든지, 상가의 오밀조밀함이라든지, 사람들이 많이 오가는 모습은 다른 지방도시나 대동소이한 것 같았다. 거대한 게임장(Super sea story)은 낮 시간임에도 대단한 성황을 이루고 있었다. 남녀노소가 따로 없고, 자욱한 담배연기는 한국이랑 비슷했다. 한국과 다른 점이 있다면 도박성이 훨씬 덜하다는 점이다. 살그머니 들여다본 수입상품 중에는 고추장과 이태리타월이 진열되어 있었다.

저녁 식사는 역시 도시락 형태였다. 스모 선수 출신이 운영하는 매우 규모가 큰 식당이었다. 일행은 시내의 최신식 소규모 호텔에서 매미소리 들어가며 잠을 청했다. 일본식 잠옷 '유카타'는 조금씩 모양이 달랐다. 이 옷은 다도문화가 소박하면서도 멋스럽게 발달한 일본의 풍토와도 깊은 관계를 지닌다고 한다.

8시 무렵 구마모토 성 구경에 나섰다. 일본은 성城의 나라라고 할 만큼 수많은 성이 있었으나 48개의 성만 남기고 에도시대에 모두 허물게 했다. 이 구마모토성은 오사카[大阪]성과 나고야[名古屋]성과 더불어 일본 3대 성의 하나로 1607년 가토 기요마사[加藤淸正]가 쌓은 성이다. 울산의 서생포왜성을 쌓은 경험을 토대로 다양한 기술이 동원되었다는데 과연 대단한 성의 모습을 하고 있었고 아직도 성의 복원사업은 진행형이었다.

어마어마한 바위들을 필요에 따라 가공하여 특수공법을 이용하여 쌓은 모습들이 굉장하였다. 성의 역사가 곧 전쟁의 역사이고 사무라이의 역사이니 대륙을 넘나본 그들의 야욕이 그냥 나온 게 아니라는 걸 증명하고 있는 셈이다. 성 전체의 모습은 최근 대대적 복원을 통하여 일본인들의 전통문화를 이어가려는 노력들일 것이다.

한 시간 남짓의 성 구경을 마치고 아소산으로 향했다. 전형적 농촌지역을 지나면서 땅이 참 넓고 비옥하다는 생각이 들었다. 수많은 구릉지대를 지나면서 언덕마다 목초지와 농지가 발달해 있었다.

맑고 깨끗한 하늘도 여유롭게 움직이는 소떼들과 양봉에는 잘 어울리는 풍경이었다.

언덕길을 한참을 오르고 올라 11시 무렵에 국립공원 아소산에 닿았다. 케이블카를 타고 올라가 본 그곳은 아직도 화산활동에 진행 중인 세계 최대의 칼데라 복식화산인 아소산은 장관이었다. 고지대라 기상이변이 심하고 유황가스가 분출하는 정도에 따라 수시로 출입을 통제하기 때문에 3대가 덕을 쌓아야 볼 수 있다는 그 모습을 볼 수 있음은 우리 일행의 행운이었다. 밀키블루milky blue 색깔을 내고 있는 용출수가 진한 유황 냄새를 풍기며 부글부글 끓고 있었다.

아소산 정상이 바라보이는 가까운 곳에 내려와 간만에 뷔페로 점심 식사를 하는데, 우리들이 조금 전에 구경했던 그곳에 구름이 갑자기 몰아치고 있었다. 13시에 하산을 시작한 우리는 삼나무 숲을 좌우로 밀쳐내며 30여 분을 버스로 내려와 소도시인 아소시를 지났다.

허수아비가 곡식을 지키고 선 모습은 우리와 다를 바 없고, 한 뙈기 땅도 살뜰히 가꾸려는 노력 또한 마찬가지다. 그러나 이농현상은 더디 진행되는 것 같았다. 길을 지나오면서 농촌 모습이 매우 단정하고 정갈하다는 느낌이 들었다.

15시가 가까워서 우리는 꼬부랑길을 돌고 또 돌아 구마모토에서 90km 떨어진 미야자키 현의 찬연기념물인 '다카치오협곡[高千穗峽]' 구경을 했다. 아소산의 용암 침식으로 만들어진 이곳은 정말 장관인지라 내국인 관광객도 꾀 많았다. 자연의 위대함이란 이렇듯 아름다운 비경을 빚어내는가 보다. 마침 비를 만나 버스를 기다리는 동안 아이스크림을 하나씩 입에 물고 협곡에서의 낯선 풍경을 즐겼다.

16시가 좀 못된 시간에 두어 시간 동안 우리는 왔던 길 되돌아 '대분휴게소'에서 잠시 쉬었다. 오가는 길에서 만난 밭작물들이며 아주 작은 농기구라도 기계화된 모습들이 인상적이었다. 목적지 벳부[別府]에 도착한 것은 저녁 7시가 조금 못되어서였다.

12만 인구가 사는 온천의 도시 벳부는 온 도시가 온천수로 인하여 김이 무럭무럭 나는 게 눈에 보였다. 연중 관광객이 천만 명이 넘는다는 벳부는 쉼 없이 끓고 있었다. 같은 형식으로 되풀이되는 저녁 식사를 마치고 우리는 박태환의 금메달 소식과 축구가 예선을 탈락했다는 북경올림픽 소식을 접했다. 숙소 딸린 대중탕은 정말 코딱지만 했다. 실제로 큰 대중탕은 따로 있다는 사실을 그때는 몰랐다.

　여행 마지막 날이다. 여유롭게 출발하여 쇼핑부터 했다. 이것저것 둘러보았지만 우리 제품도 이제는 일본 것에 못지않게 품질이 좋기 때문에 별로 사고 싶지 않았다. 그래도 세라믹 칼이 아주 좋다는 말을 듣고 세 자루를 샀다. 다시 관광길은 지옥온천 순례 중의 하나인 가마도 지옥으로 갔다. 방금이라도 솟아오를 것만 같은 부글거리는 땅의 모습들이 신기했다. 대강의 구경을 마친 일행은 온천의 꽃이라 불리는 유황 재배하는 곳을 거쳐 하카다 항으로 향했다. 두 시간 가량을 달린 도로는 농촌과 산골짜기, 해안이 번갈아가며 나타났고, 우리네 풍경과 그리 다를 바 없다는 생각이 들었다.

　그 후 일정은 15시 반에 출발한 배가 세 시간 만에 부산에 닿은 것으로 나흘간의 일정을 모두 끝냈지만 일본 서남부지방을 둘러보며 많은 것을 보고 느끼게 한 여행길이었다. 곳곳의 그 많은 취락구조들이 한결 같이 낮은 2층 규모의 목조 건물이었고, 농경지마다 벼들이 자라고 있었으며, 언덕에는 목초지가 잘 가꾸어져 목축업이 발달하고 있었다. 근교농업의 발달은 물론 삼림지대나 과수나무지대도 그렇고, 국토 이용률이 매우 높다는 것을 눈으로 확인하면서 절약정신과 더불어 일본의 힘이 이런 데서 나오는구나 싶었다.

　큐슈에는 우리가 보지 못한 공업지대도 당연히 존재할 것이다. 일본 4대 공업지대의 하나인 기타큐슈의 주요공업은 기타큐슈시의 철강, 화학, 유리, 시멘트, 금속, 식품, 기계, 고무, 화학·비철금속, 식품·인쇄출판 등이 유명하단다. 가깝고도 먼 나라, 일본 남부지방을 돌아보면서 사람의 삶은 어디서나 비슷하련만 '국가'라는 이름으로 상대를 바라보면 그들의 나라는 정말 미운 나라라는 생각을 지울 수 없다.

누란지위에 처했던 이루 말할 수 없는 고통의 임진왜란을 비롯한 수많은 침략의 역사가 그러하고, 그들이 우리를 송두리째 삼켜버렸던 식민시대가 그러하다. 다시는 뼈아픈 역사를 되풀이하지 말아야 할 책무가 우리에게 있다. 개인의 삶이 존중되면서 나라의 힘을 길러야 하는 것은 비단 위정자에게만 있는 것이 아니라 우리 모두에게 있다.

세상에는 감사할 일이 참 많다. 고난의 세월을 잘 버텨내고 오늘 우리의 삶이 있게 해주신 선인들이 고맙다. 앞장서 나라를 위해준 많은 이들이 고맙고, 이런 여행을 가능케 한 많은 사람들이 고맙다. 함께한 일행들 역시 고맙고, 고른 일기 속에 잘 다녀오게 한 하늘이 고맙고 감사하다.

북경-장가계를 가다

- 기간 : 2009. 06. 26.~06. 30(4박5일)
- 비용 : 1인당 약 82만 원(일삼회비 지원 별도)
- 안내 : 정주영여행사 김○경 실장
- 일행 : 일삼회원 7명 부부, 기타 3명 등 총17명

1일차 : 6/26(금) 울산→ 김해공항→ 북경(이화원, 서커스)

　부인의 건강문제로 네 가족이나 함께 하지 못하는 아쉬움을 지닌 채 북경과 장가계 여행길에 올랐다. 김해에서 13시에 차이나항공으로 출발하여 두 시간 조금 더 지난 후에 북경에 도착했다. 지난해 올림픽 때문에 서둘러 준공한 북경공항 규모는 중국의 발전상을 대변하는 듯 거대했다. 그러나 텁텁한 기온에 희뿌연 시야는 예상대로 유쾌한 상황이 아니었다. 신종 인플루엔자 때문에 입국 수속시간이 많이 더디었다.

　한 시간 반이나 걸려 공항을 빠져나와 재중교포 3세대 현지가이드 천○자 씨를 만나 미니버스로 이화원으로 향했다. 연변 출신인 그녀는 한국이 잘 살아야 자기네도 먹고 살 수 있다는 인사를 했다. 거리도 제법 멀 뿐더러 체증현상이 심했다. 베이징은 중국의 수도이자 급속도로 빠르게 발전하는 부자 도시답게 건물은 고층화되고 외제 승용차가 넘쳤다.

세계 육지의 1/15의 면적을 차지하고 있는 방대한 중국은 무려 12개 국과 맞닿아 있다. 또한 장구한 역사와 거대한 인구를 가진 나라로서 양자강과 황하를 기준으로 화중, 화난, 화베이로 나누어진다. 오랫동안 사회주의 체제를 고수하다가 탈냉전과 시장경제 도입으로 세계 경제 시장에 미치는 영향이 매우 큰 나라이다.

2백만 명이 넘는 우리 교포가 살고 있으며, 한국과는 1992년 한중수교 이래 경제적으로나 관광산업 측면에서 비중이 매우 큰 나라이다. 그러니 처음으로 찾은 중국을 어찌 전체의 모습이라 할 수 있을까마는 장님 코끼리 다리 만지듯 그저 보고, 듣고, 생각할 뿐이다. 북경은 지난해 올림픽을 계기로 놀라운 변신을 시도했다. 공항뿐만 아니라 거리도, 건물도 모두 현대화되었고, 사람의 모습도 서울 거리와 별반 차이가 없어 보였다. 다른 게 있다면 아직도 거리가 좀 지저분하고 남자들이 티셔츠만 입은 채 뱃가죽을 드러내거나 아예 벗고 다니는 모습이다.

허베이성 중앙부에 위치한 천칠백만 명이 사는 북경도 아파트 값이 대단하단다. 토지는 국유지이고 나머지는 모두 사유재산임에도 아파트가 투자개념이 있는 모양이다. 북경은 긴 성벽에 둘러싸인 고궁을 중심으로 남쪽 문에서 북쪽 종루까지 남북으로 관통하는 중축선이 있고, 천안문을 경계로 동서로 이어진 장안거리가 있으며, 이들 축을 중심으로 동서남북으로 나뉜다.

첫 여행지 이화원을 찾았다. 날씨가 뿌옇고 후텁지근하여 그리 아름답게 느껴지지 않았다. 잡상인들의 모습은 우리네 모습과 거의 같았다. 서태후(1835~1908)의 여름별장이라는데 거의 대부분이 인공호수(곤양호)이고, 언덕(만수산)도 호수를 파면서 나온 흙을 쌓으면서 생긴 것이라니 당시는 대역사이었으리라. 특기할만한 것은 호수 둘레를 태후가 햇볕을 쪼이거나 비를 맞지 않고 산책할 수 있도록 통로를 만들어놓았는데 길고 긴 이 산책로의 그림이 제각기 다르단다.

후궁으로 궁에 들어와 48년 동안 권력을 잡은 서태후는 영욕의 세월을 살다간 풍운의 여인이었다. 함풍 황제가 38세에 죽자 27세에 과부가 되었고, 그녀의 아들 동치 황제가 6세에 황제에 오르면서 수렴청정이 시작되었다. 다시 아들이 19세에 죽자 세 살짜리인 그녀의 여동생 아들 '푸이'를 황제(광서제)로 앉히면서 그녀가 죽을 때까지 권력의 중심이었다. 중국 내부의 문제야 철권통치로 잠재울 수 있었지만 서구 열강과 일본의 침략 앞에서는 속수무책으로 당해야 하는 운명을 피할 수 없었다. 그녀가 살았던 100년 전의 풍전등화 같던 중국은 이제 다시 세계 최강대국을 향한 표호를 시작했다.

전통서커스를 보기 위해 극장으로 이동하는 동안 차량 체증 때문에 예정보다 늦게 입장했다. 개발한 도구를 이용하여 인간의 신체를 피나는 연습을 통해 보여줄 수 있는 데까지 보여주는 서커스는 중국 경극과 더불어 공연예술의 진수라고 일컫는다. 관람을 마치고 늦은 저녁식사를 했다. 북경의 대표주인 이과도주를 오리 훈제고기를 안주로 삼아 한 잔 하고는 춘휘원 호텔에서 하루를 묵었다.

2일차 : 6/27(토) 북경(만리장성, 천안문, 자금성)→ 장가계

만리장성은 북경 중심지에서 70km가량 떨어진 곳에 있었지만 주말이라 관광객이 몰려들어 두어 시간이나 걸려서 팔달령에 도착했다. 다시 케이블카를 타고 오른 후에 걸어서 만리장성에 올랐다. 중국인은 물론 세계의 사람들이 몰려들어 발 디딜 틈이 없을 정도였다. 웅대하기 그지없는 이곳은 2,200여 년 전에 시작되어 역사의 고비 때마다 다시

축조되곤 했다. 무려 5천여km에 이르는 역사의 현장이다. 이 성을 이루고 있는 바위나 벽돌의 개수만큼 헤아릴 수 없는 많은 사람들이 죽어나갔다고 한다. 이 엄청난 난공사에 동원되었을 그때 사람들의 영혼은 어디로 갔을지 아무도 모를 것이다.

만리장성은 중국 최초의 통일국가인 진나라의 강력한 제국 체제가 낳은 상징적 산물이다. BC 221년 진의 시황제가 천하를 통일하자 북변에 구축했던 성을 꾸준히 증개축하여 흉노에 대한 방어선을 만들었다. 장성이 현재의 규모를 갖춘 것은 명대에 들어와서인데, 주된 능선에만 성을 쌓은 것이 아니라 주변 능선에도 성을 쌓아 이중삼중의 방어선을 만들었다. 주원장이 세운 명나라는 만리장성을 이렇게 구축하고도 결국 여진의 공격을 받아 멸망하였다. 청대 이후에는 군사적 의의를 상실하였고, 단지 중국 본토와 동북(만주), 몽골 지역을 나누는 행정적 경계선에 불과하였다.

동북공정의 중심에 이 만리장성이 있다. 고구려와 발해가 번성하던 시기의 중국 왕조(한, 수, 당)들의 수도는 북경에서 수천, 수백km 떨어진 장안과 낙양이었다. 진나라 때부터 명나라 때까지 수천 년 간 '이 선 밖은 우리 땅이 아니다'며 줄을 긋고는 북쪽 오랑캐라고 비하하던 그들이 지금에 와서는 고구려와 발해가 자기네 역사라고 주장하면서 역사를 굴절시키고 있다.

시내로 돌아오는 길에 식사를 하고 동양의학의 전당인 동인당을 거쳐 천안문 광장으로 갔다. 천안문은 원래는 명, 청조의 왕궁 정문으로서 황제가 조서를 내리던 곳이었다. 1949년 10월 1일 모택동은 천안문 성루에서 새 중국의 창건을 선포하였다. 천안문 광장은 중국 현대사에 있어 굵직굵직한 역사적인 사건들이 일어난 현장이다. 1966년 문화혁명 당시 백만이 넘는 홍위병이 운집한 곳도, 1989년 6월 천안문 사태가 일어난 곳도 바로 이곳이다.

천안문광장은 총면적이 44만㎡로서 백만 명을 수용할 수 있는 세계에서 가장 큰 광장이다. 광장 중심에는 인민영웅기념비가 우뚝 서 있고, 남쪽에는 모택동 기념당이, 광장 북쪽은 천안문 성루가, 서쪽은 인민대회당이, 동쪽은 중국 역사박물관과 혁명박물관이 배치되어 있다. 이런 웅장한 건물들은 광장과 잘 어울리면서 가히 중원의 패자다운 모습을 보여주고 있다.

광장 북쪽의 자금성으로 들어갔다. 예전에는 궁궐이었으나 지금은 고궁박물관으로 활용되고 있는 곳이다. 소품들은 장개석이 대만으로 모두 옮겨갔고, 거대한 건물만이 남아 있는데 아직도 그 위용이 대단하였다. 중국은 물론 세계 최대의 목조궁전으로 명·청 시대에 황제가 살았던 황궁으로 모두 9,999칸의 방이 있단다. 그 큰 규모에 압도당하면서도 더운 날씨 때문에 대강 보아 넘겼지만 지붕의 무게와 세월의 무게를 이기고 서 있었다. 기둥이 진흙으로 감싸여 있다거나 어마어마한 양의 대리석의 운반과정에 대해서는 귀에 재빨리 들어왔다.

중국대륙 전역과 세계 각국에서 평일과 주말을 가리지 않고 몰려오는 방문객들의 발길이 끊이지 않는 문화유산이었다. 마지막 황제 푸이(1906~1967)는 이곳에서 3년간 재위하다가 신해혁명(1911)으로 황위를 내주었다. 어제 본 많은 잡상인들에 이어 여러 유형의 걸인들을 보면서 공산당도 이들의 삶을 개선시킬 도리가 없는가 싶었다.

중국 고대사의 역사박물관과 근대 이후 공산당 역할 중심의 혁명박물관, 중국의 소수민족을 한눈에 볼 수 있는 민족 화궁, 인민대회당은 보지 못하고 장가계로 향했다.

중국인들이 선호하는 황색과 붉은색 간판이 즐비하고 글씨는 한자로되 획수를 최대한 줄인 간체자가 대중화되어 있다. 그들의 영웅인 모택동은 장가계가 속한 호남성 출신인데 한자 획수 줄여 쓰기는 오래 전부터 시도되었으나 모주석의 지시로 간체자가 정리되었다고 한다. 수천 년 동안 써내려오던 문자도 공산화되면서 혁명의 과정을 거쳐 오늘에 이르고 있다.

비행기는 예정시간을 두어 시간 넘기고서야 출발했다. 나중에 안 일이지만 국내선 비행기는 이런 일이 다반사인 모양인데 양해나 해명 같은 건 아예 바라지 않는 게 좋단다.

어두운 밤하늘을 남쪽으로 날아가는 동안 황하를 지나고 양자강을 건너와서 저녁 10시가 넘은 늦은 시간에 27살의 현지가이드 유○산의 안내를 받아 통달호텔에 여장을 풀었다.

3일차 : 6/28(일) 장가계(보봉호, 십리화랑, 천자산, 하룡공원, 원가계)

한반도의 44배가 되고 남한의 99배나 되는 중국은 34개성에 56개 민족이 살고 있는데 13억 인구의 92%가 한족으로 중국의 중심이다. 우리가 찾는 장가계는 호남성의 한 부분으로 산악지대가 97%인데 157만 명의 거주민 중 20여 소수민족이 살고 있으며 그 중 토가족이 가장 많다. 한 고조 유비를 도와 천하를 통일한 장량이 몸을 숨긴 이래 장씨 성을 가진 사람들이 많이 산다고 하여 장가계라고 한다. 원래는 '대용시'였으나 1994년부터 '장가계시'로 고쳐 부른단다.

우리가 통칭 '장가계'라고 하는 이곳은 장가계시의 국가 삼림공원을 일컫는 말이다. 산, 계곡, 바위, 구름, 나무들이 원시에 가까운 보존 상태를 자랑하면서 구름 속에 우뚝 솟은 기봉들이 도처에 아름다운 경관을 만들어내고 있다. 아열대성 기후이면서도 겨울이면 눈이 많이 와서 은빛 세상이 되는 신비의 지역이다. 수억 년 전 망망한 바다였다가 지각운동으로 융기된 후 다시 침수와 자연붕괴가 이루어낸 협곡과 기이한 봉우리를 장가계라고 보면 될 것 같다. "사람이 태어나서 장가계에 가보지 않았다면, 100세가 되어도 어찌 늙었다고 할 수가 있겠는가?"라는 말로 미루어 장가계가 얼마나 아름다운 곳인지를 짐작할 수 있다.

아침 8시에 출발하여 한 시간 가량 걸려 '보봉호'로 갔다. 산정 호수인 이곳은 입구부터가 장관이었다. 인공 폭포이기는 하나 낙차가 매우 크고 보기에도 아름다웠다. 30여 분을 돌아 오르니 호수가 나타났다. 유람선을 타고 한 바퀴 돌면서 주변 경관을 구경했다. 원주민들이 고유 복장을 하고서 노래를 하는가 하면 기념사진을 같이 찍고는 팁을 달라는 것쯤은 애교로 봐줄만 했다.

라텍스 판매장에서 베개 몇 개를 구입하고 이른 점심을 먹고는 본격적인 장가계 관광에 나섰다. 삼림공원, 삭계곡, 천자산 등 세 개의 풍경구를 일컫는 장가계는 신비함과 아름다움으로 인하여 '무릉원'이라고도 불리어진다.

표를 끊고 셔틀버스를 이용하여 계곡을 들어서니 눈앞에 펼쳐진 풍경은 기이한 봉우리들이 우리를 반겼다. 다시 모노레일을 타고 '세자매봉'이 가장 잘 보이는 십리화랑을 주마간산 격으로 훑어보았다.

다시 케이블카로 '천자산'을 오르며 아래로 굽어보니 굽이굽이 산이요, 천하가 모두 절경이로다. 다행히 날씨는 맑아 멀리까지 시야가 트였고, 기세가 웅장하였다. 해발 1250m의 주봉에 오르니 전체 산봉우리와 계곡이 한눈에 들어왔다. 갖가지 기봉奇峰들이 하늘을 받들고 있고, 그 사이로 깊은 계곡들이 뻗어 있었다. 쉼터에서 잠시 쉬노라니 장사꾼이 와글거리고 한국 유행가를 익힌 원주민의 노랫소리가 발길을 멈추게 한다. 서양인이나 일본인은 전혀 보이지 않고 내국인 다음으로 한국인이 가장 많았다. 지금의 장가계는 한국의 경기 침체로 타격을 많이 받고 있다고 했다.

다시 버스로 이동하여 원가계로 접어드니 바다에서 융기되었던 땅들이 다시 침식하면서 생긴 수백m 높이의 바위기둥들이 도시의 빌딩 숲처럼 나타났다. 사람의 발자국을 허용하지 않는 태고의 지형과 원시림이 끝없이 펼쳐지는 이곳에서 삼장법사는 손오공과 저팔계를 거느리고 하늘을 나르면서 경전을 구하기 위한 연습을 이런 곳에서 했지 않을까 싶었다.

발자국 뗄 때마다 귀부신공鬼斧神工이 만들어낸 경치를 보고 돌아나오니 '천하제일교'라 이름 지은 다리를 만났다. 자연적으로 형성된 수백m 높이의 돌다리였다. 그 아래는 끝을 알 수 없는 벼랑이었고, 난간에는 많은 자물쇠들이 가득 채워져 있다.

연인들이 사랑과 장수를 염원하며 '천하제일교'를 함께 건너서 이곳 난간에 자물쇠를 잠그고 열쇠를 다리 저 아래로 던져 버리면 헤어지지 않고 영원히 묶인다는 전설 때문이란다.

땅위를 걸으면서도 마치 하늘을 나르는듯한 이곳을 한 바퀴 돌아 다시 셔틀버스로 이동하면서 고산족들의 취락구조나 밭작물, 과수원 등을 살필 수 있었다. 그 다음에는 지세가 험한 곳에 관광객을 하강시키는 엘리베이터를 이용하였다. 63빌딩 두 배 높이의 세계 최고 높이란다. 아마도 500여m로 추정된다. 절반가량의 윗부분은 바위에 지지시켰고 아랫부분은 수직 바위굴을 파고 다시 수평 굴을 뚫어서 설치한 특이한 공법이었다.

잠시 버스로 이동하여 금편계곡에서 발을 식혔다. 아득한 계곡 어디에선가 시작되어 흘러내리는 개울이니 얼마나 청정하랴! 갑자기 어두워지면서 빗방울이 후두둑 떨어지는지라 버스에 올랐다. 하루에도 시시때때로 변화하는 구름의 형성과 이동을 직접 체험한 기회가 되었다. 한 시간 가까이 걸려서 호텔로 돌아오는 동안 비는 그치고 차창 밖에는 그곳 사람들의 사는 모습들이 관찰되었다. 길거리는 빠르게 도시화되고 있었고, 아파트도 곳곳에 들어서고 있었다.

저녁 식사를 하고, 발 마사지도 받고, 우리 동포가 운영하는 술집에 가서 청도 맥주도 한 잔 하는 동안 여행 사흘째의 밤은 그렇게 지나가고 있었다. 어디서나 자유롭게 담배를 피우는 중국인들의 습관을 고치는 데는 문명화되는 속도보다는 더딜 것이리라.

4일차 : 6/29(월) 장가계(황룡동굴, 천문산) → 북경

마지막 일정의 첫코스로 황룡동굴을 찾았다. 시내에서 30여 분을 달리면서 낯선 풍경을 눈에 담았다. 동굴 앞 주차장에 닿았을 때는 굵은 줄기의 소나기가 내려서 일회용 비닐 비옷을 사서 입었다. 좌우로 늘어선 상가를 지나 동굴 쪽으로 이동하다 보니 특이한 모습의 건축물이 나타났다. 아마도 전시장 같기도 한 공공건물인데 건물 지붕의 경사도를 크게 하여 흙을 얹고 그 위에 여러 가지 식물을 심어놓은 것이었다. 장대비를 맞으며 동굴 쪽으로 걸어가니 수많은 물레방아가 무리를 이루며 빙글빙글 돌아가고 있었다. 톱니바퀴가 서로 맞물리며 돌아가는 모습이 참 신기하였다.

동굴 입구는 멋들어진 한자 비석이 군집을 이루며 자연이 빚어낸 신비로움을 칭송하고 있었다. 이 동굴은 지각운동으로 이루어진 석회질 용암동굴로서 상하 4층으로 되어 있고, 아래 2층에는 4개의 시내가 흘러내리는 동굴이었다. 수직고도는 160m, 동굴 길이는 15km인데 개발되어 있는 면적이 20ha인데 전체 동굴의 20%만 개발된 상태란다.

들어가 본 동굴은 과연 대단한 규모였다. 중국은 동굴마저도 우리 것처럼 아기자기하지 않고 거대하였다. 걷기도 하고, 보트를 타고 이동하기도 했는데 기이한 종유석과 석순들이 천태만상을 보여주는가 하면 거대한 광장이 나타나다가 폭포가 쏟아지기도 하였다. 우리나라 관광객이 많이 찾아서 호텔 시설처럼 한국어로 안내되어 있기도 하다.

여전히 돌고 있는 물레방아를 뒤로 하고 진주판매장과 식당을 거쳐 천문산 케이블카 매표소로 갔다. 여기서는 '삭도索道(ropeway)'라고 부른다. 중국여행에서 케이블카는 기본이고 모노레일, 엘리베이터, 리프트까지 전기로 이용하는 수송도구는 다 이용하고 있었다. 특이한 것은 시내 중심지에서 출발하는 것이었다. 세계 최장의 프랑스제인 이 케이블카는 1차선 순환 식으로 7,455m 길이에 상승 높이 1,279m이다. 거의 수평에 가까운 상태로 시내를 벗어나고 농경지를 지나니 희뿌연 안개 속으로 천문산이 나타나는가 싶더니 이내 사방은 온통 안개 속에 싸여 거의 시계 제로 상태가 되어버렸다.

이걸 두고 '운무표묘雲霧飄渺의 장관'이라고 하는가. 끝없이 넓거나 멀어서 있는지 없는지 알 수 없을 만큼 어렴풋이 구름과 안개속의 천문산이여, 그림인 듯 신선인 듯 그대는 안개 회오리 속으로 종적을 감추고 공중에 매달려 올라가는 내 모습은 또 무엇이란 말이냐! 우리네 삶도 저 안개구름처럼 어디에선가 출발했지만 어느 날 홀연히 사라지는 인생이 아니더냐.

천문산의 옛 이름은 '호량산'이었으나 263년 대지진으로 암벽 동굴이 갑자기 남북으로 뚫려 '천문동개'가 열리니 길상의 징조라 여겨서 '천문산'이라 고쳐 불렀다고 한다. 해발 200m 지점에서부터 1,300m까지 '천문동개'로 이어지는 11km의 '천문대도'가 용이 승천하듯 아흔아홉 구비를 돌아 아흔아홉 계단으로 연결되어 있는 모습만 어렴풋이 바라보았다. 자연미도 그렇지만 거기에다 사람을 접근시키려는 인간들의 노력도 참 어지간하다 싶었다.

웬 이런 재수가 다 있다더냐. 안개가 회오리치며 갑자기 사라지더니 그 천문대도가 공중에 매달려 올라가고 있는 케이블카 아래로 까마득히 내려다보이지 않는가!

그러고는 사방으로 비경祕境이라고 해야 하나, 선경仙境이라고 해야 하나, 하여튼 운무가 산허리를 감싸는가 하면 능선을 타고 넘다가 이내 깎아지른 바위 절벽에 가까스로 몸을 의지한 분재 같은 나무들이 나타났다. 그것은 차라리 그림이었다. 아니 환상이었다.

그러나 그것도 잠시, 다시 안개 외에는 아무 것도 보이지 않았고 중간역을 지나고 30여 분이 더 지나서 종착역에 닿았을 때는 굵은 빗방울이 내리고 있었다. 잠시 걸으니 정상이었고, 천문산사로 가는 이동수단은 리프트였다. 아까와는 달리 비옷을 입은 채 부부끼리 타고는 천천히 공중을 떠가는 이 기이한 경험을 다시 할 수 있을까 싶었다.

천문산 정상에 있는 안개 뒤덮인 비속의 '천문산사'는 정말 웅장했다. 석조 난간에는 중국인들이 좋아하는 붉은색과 누런색의 천이 비에 젖은 채 부처님을 보호하는 듯 묶어놓았다. 절을 둘러보는 동안 몸은 거의 비에 젖었는데 아내는 아예 신발을 벗어들었다. 다시 리프트가 출발하는 자리로 돌아오고 케이블카 종착역으로 돌아왔다.

문제는 중간역에서 내려 아흔아홉 구비의 천문대도를 셔틀버스로 이동하여 천문동개로 이동해야 하는데 위험성 문제가 제기되었다. 결론은 부결이고 우리는 케이블카로 바로 하강해야 했다. 아쉽지만 불가피한 상황이었다.

하강하는 동안은 올라올 때와 거의 같은 모습이었다. 케이블카 저 아래로 천문대도가 보이고 천문동개가 어렴풋이 보였다. '천문동개'는 높이 131.5m, 너비 57m, 깊이 60m의 하늘로 향해 열린 거대한 문이었다. 1999년 세계 에어쇼에서 러시아 공군 비행기가 이 동굴을 관통하는 곡예비행에 성공하면서 더욱 유명해졌단다. 무릉원의 혼이 넘나드는 천문선산天門仙山의 하늘 굴 구경은 놓쳤지만 구름 속을 거니는 듯, 그림 속을 들어가는 듯, 도원경을 헤매는 듯 비를 맞으며 구경한 대가인지 우리 부부는 귀국 후에 심한 감기를 앓았다.

장가계 식당에서 이른 저녁을 먹고, 장가계 공항에서 지겨우리만치 긴 기다림 끝에 북경 행 비행기를 겨우 탔다. 북경에서의 마지막 밤을 쫓기듯 눈만 붙이고, 오고가는 많은 시간들을 죽이며 돌아온 우리 땅에는 많이도 비가 내렸다고 했다. 이백은 일찍이 '촉도난蜀道難' 중에서 이렇게 읊었다.

'연봉의 높이는 하늘과 한 자 사이요, 마른 소나무는 쓰러져 절벽에 걸쳐 있다. 날아서 떨어지는 폭포는 요란스럽게 돌에 걸친 골짜기에 굴러 우레와 같구나. 아, 이런 험난한 산길을 사람은 왜 오고 가는가!'

상해–계림 여행기

- 2011. 1. 20~1. 24(4박5일)
- 울산→ 김해→ 상해→ 계림→ 상해→ 김해→ 울산
- 주공회 다섯 가족 9명
- 가나여행사 편○화, 현지 가이드(박○철, 안○철)
- 1인당 110만원

첫째 날(1. 20, 목)

천신만고 끝에 아홉 명만 참여하는 계림(구이린)여행을 출발했다. 두 시 반 무렵 일행은 울산을 떠나 김해공항에 도착하여 비행기를 기다리는 동안 면세점에 들러 아내는 몇 가지 쇼핑을 했다. 상해에 폭설이 와서 비행기가 한 시간 지연 출발이란다. 출발한 지 두 시간이 채 못 되는 9시 무렵에 상해 푸동공항에 도착했다. 공항 규모가 먼저 여행객을 압도했다. 현지 가이드 박○철 군을 만나 자기부상열차로 시내로 나갔다. 저녁 식사는 기내식을 대강 했기 때문에 생략하고, 바로 황포강 유람에 나섰다. 좀 춥기도 하고 아직도 곳곳에는 눈이 남아 있었지만 지금 한반도에 몰려와있는 한파만큼은 아니었다.

소위 외탄(와이탄)이라고 하는 지역의 야경은 일대 장관이었다. 건물 양식이 각기 다르게 지어졌을 뿐더러 조명으로 치장을 했으니 도시 미

관을 의도적으로 디자인한 결과 이렇게 아름다운 모습으로 나타난 것
이다. 동방명주 건물을 필두로 미래에셋 사옥까지 세계건축물 전시장
이 되고 있었다. 세계 최대의 국제도시이지만 90년대 이후 변화가 빠
르게 진행되어 오다가 지난해 세계EXPO 개최를 계기로 대대적 정비
가 진행되어 거대한 상업도시이자 중국 경제의 중심지로 부상하고 있
는 곳이다. 놀라움을 금치 못하며 한 시간 남짓의 유람을 마치고 숙소
로 이동했다. 서울 면적의 열배나 되고 2천만 명에 육박하는 상해는 과
연 거대도시였다.

둘째 날(1. 21, 금)

잠만 자고 새벽같이 일어나 계림으로 이동했다. 11시 무렵 계림공항
에 도착하여 현지 가이드 안○철 군을 만나 한식당에 갔다. 계림은 광
서성의 한 도시로서 중국 전체로 보면 남부 내륙지방에 해당하며 아열
대기후라는데 역시 북반구 이상기온으로 인해 좀 추웠다. 연중
1,200mm의 비가 오고 습도가 높으며, 280일가량 비가 온단다. 도시
이름답게 가로수부터 온통 계수나무였고 최근 인구가 많이 늘어나 100
여만 명이 살고 있으며, 연간 1,200여만 명의 관광객이 다녀간단다.

세 끼 만에 밥 같은 밥을 먹고 본격적인 계림 관광에 나섰다. 남쪽으
로 두 시간 가까이 양삭(양수어)으로 이동하면서 농촌지역의 모습을 관
찰할 수 있었다. 무엇보다 셀 수 없이 많은 산봉우리들이 우리를 반겨
주었다. 정확하게는 모르나 대략 3만 개는 훨씬 넘는단다. 이게 베트남
하롱베이와 여기 양삭지역에만 있는데 3억 년 전에는 바다였던 이 지
역에 화산이 폭발하여 석회암 산들이 형성되었다고 한다. 우리나라 산

들이 주로 산맥의 한 부분인데 여기는 각기 다른 독립된 봉우리다. 그래도 산이 있으면 강이 있는 법, 계림의 주된 강은 이강이었다.

거의 비슷한 풍경을 두 시간 가량 차창으로 밀어내면서 은자암에 닿았다. 여기 들른 사람은 돈 걱정을 안 한다는 속설이 있는 이 동굴은 가히 신이 빚어낸 매우 아름다운 동굴이었다. 기막히게 잘 생긴 모습들이었다. 장가계에 있는 황룡동굴보다 규모는 작지만 생김생김은 더 이상 아름다울 수가 없다는 생각이 들 정도였다. 은자암 경관은 웅장하면서 기이하고, 우아하면서 아름다워서 중국의 동굴과 지질 전문가들에게 '세계 카르스트 예술의 보고'라 불리고 있다.

다시 거슬러 올라오다가 대용수 관광지역으로 갔다. 멀리 월량산이 기이한 모습을 보이며 지나갔다. 이곳은 나무 한 그루가 중심이고, 그 옆의 구멍 뚫린 바위산과 유유히 흐르는 강이 멋진 풍경을 연출하고 있었다. 그런데 이 나무는 정말이지 대단하였다. 1,400년을 살고 있는 이 보리수나무는 뻗어나간 줄기만큼 뿌리를 뻗어 나무 전체를 지탱시켜 주기 때문에 앞으로도 대재앙이 없는 한 무제한으로 살 수 있다. 이 거대한 유기체야말로 엄청난 에너지를 지니고 있을 것이다.

북경이 걷는 관광이고 서안이 듣는 관광이라면 계림은 보는 관광이라더니 눈여겨볼만 한 경치가 참 많다. 산봉우리, 배어난 강과 호수, 기이한 동굴……. 짓고 있는 집은 많이 어설퍼보였다. 대개 철근을 넣지 않고 벽돌만 쌓아올리는 데다 기와가 마치 손바닥만 하니 그리 보이는 것이다. 거기다가 난방을 안 하니 바닥공사는 얼마나 쉽겠는가.

다시 이동하여 호텔에 여장을 풀고 구경삼아 서가시장으로 갔다. 도둑이 많다고 하도 강조하는 바람에 카메라조차도 안 들고 갔는데 후회했다. 소위 짝퉁시장이라는데 액세서리라도 하나 살까 싶었는데 아내는 싫단다. 대신 무소뿔로 만든 주걱 몇 개와 지압용품 등 몇 가지 소품을 샀다. 중국과 서양이 만난 이국적 풍경의 거리로 음식점, 인터넷카페, 바 등 모든 간판이 중국어와 영어가 병기되어 있었다. 상점의 종업원에서부터 노점상 아주머니들도 간단한 영어를 말할 수 있단다.

양삭은 밤이 되어야 그 다채로운 재미를 만끽할 수 있고, 골목마다 자국인은 물론 외국인들로 북적거린다는데 우리 일행들은 저녁을 먹고 모두 모여 술 한 잔 나누며 우여곡절을 겪은 이번 여행을 잘 왔다는 쪽으로 평가했다.

이틀째 밤을 지내고 맞은 아침은 대강 적응되는 듯 되는대로 배를 채우고 구경에 나섰다. 산수 천하제일의 계림, 그 중에서도 아름답기 그지없다는 '세외도원世外桃源'엘 갔다. 날씨가 흐리고 쌀쌀맞았다. 도연명(376~427)의 '도화원기'가 전해 내려오면서 사람들은 책속에 묘사한 전경을 이상세계로 여기며 '세외도원'으로 불렀다고 한다. 유구한 역사를 간직한 민요, 용맹한 외족 전사들, 자수를 놓거나 천을 짜는 모습 등 다양한 볼거리를 제공하고 있었다.

배를 타고 한 바퀴 쭉 돌아보니 곳곳에 디스플레이를 하고 있었다. 전사들의 벗은 모습들이 무척 추워보였다. 복숭아꽃은 필 계절이 아니라 조화로 장식해 놓았는데 따뜻한 계절에 왔더라면 좋았을 걸 하는 아쉬움이 들었다. 이 지역 사람들의 생활풍습과 아름다운 수공예를 볼 수 있는 상가를 빠져나와 이국의 아름다운 풍경을 카메라에 담았다.

이곳은 일찍이 2천여 년 전 한나라 이래로 오래된 역로가 있었던 지역인데 일대의 10여 리 주변에 주민들이 심어 놓은 복숭아나무가 고르게 서 있단다. 매년 3월이면 이름 그대로 도화가 만발하여 꽃구름을 만드는 동시에 옆에서는 황금색의 유차화와 눈처럼 흰 여채화가 피어나고, 자홍색의 홍화초가 그 주변을 장식하여 마치 오채색이 섞인 비단에 새겨 넣은 자수를 보는 듯하단다.

오귀하(거북이강)의 양안과 연자호(제비호수) 주변에 십만 그루에 달하는 각양각색의 복숭아꽃이 푸른 산 밑 촌락과 길을 장식하고, 길을 따라 지어진 전원풍의 전통 가옥과 실개천의 오래된 다리, 깊게 난 동굴, 밭에서 일하는 촌민의 모습은 한 폭의 이상향을 담은 듯하다 하여 ‘세외도원’이라는 이름이 붙여졌다는데 어찌 도연명의 귀거래사를 떠올리지 않으리.

돌아가자 전원이 황폐하니 어찌 돌아가지 않으리. 지금까지 정신은 육체를 따랐지만 그렇다고 어찌 실의에 차 혼자 괴로워만 할 것인가. 이전에 일을 후회해도 늦었음을 알기에 미래는 다시 그러하지 않음을 알 수 있다네. 잘못된 길을 그리 멀리 가지 않았고 어제는 틀렸으되 오늘은 틀리지 않았음을 깨우친다네.

작은 배는 흔들리며 경쾌하게 나아가고 바람은 흩날리어 옷깃으로 불어오네. 길가는 행인에게 앞길을 물으니 안타깝게도 새벽이 방금 와 어둡기만 하다네. 막 눈에 띈 내 집에 반가움으로 뛰어가네. 일하는 아이 나를 반기고 아이들은 문가에 기대어 나를 반기네. 화원의 작은 길들 돌보지 않아 어지러우나 소나무와 국화는 모든 것이 그대로네. 아이를 데리고 들어가니 술병에는 술이 가득하네. 병을 들어 혼자 마시며 정원의 나무를 보니 마음이 즐겁다네.

남쪽 창가에 기대어 스스로에 만족하니 작은 내 집에서도 마음이 평안하네. 집안의 화원을 산보하며 즐거움을 느끼니 문은 있으나 열 필요가 없다네. 항상 닫혀 있다네. 지팡이를 의지해 산책하다 쉴 때는 때때로 고개를 들어 먼 하늘을 본다네. 구름은 무심히 산봉우리를 휘돌고 날개 짓에 지친 새는 돌아올 줄 안다네. 해는 점점 더 어두워지나 나는 외로운 소나무를 만지며 돌아갈 줄 모르네.

돌아가자, 세상과의 인연을 끊어 버리자. 세상과 나는 서로를 등지니 어찌 다시 가마에 오르겠는가. 친지와 만남을 즐거워하고 음악과 독서로 근심을 없앰을 즐거워하는구나. 농부가 내게 봄이 다가오니 서쪽 밭에서 땅을 갈 것이라 하네. 혹은 햇빛 가리개를 한 달구지를 타고, 혹은 작은 배를 저어서 깊은 계곡을 지나기도 하고 구비 구비 구릉도 지난다네. 나무는 무럭무럭 자라나고 냇물은 졸졸 흘러가네. 만물이 소생함을 부러워하나 나는 삶의 끝으로 가야 함을 한탄 한다네.

더 말해 무엇 하리오. 살아갈 날이 또 얼마나 되리오. 어찌 죽음 앞에 초연하지 못하는가. 어찌 황망한 마음을 감추질 못하는가. 부귀영화는 본시 내가 원한 것이 아니며, 신선으로 득도함 역시 내가 기대한 것이 아니지 않던가. 아름다운 날에는 홀로 밖으로 나가 지팡이 옆에 두고 잡초 뽑고 밭을 매자. 맑은 시냇가에서 시를 짓는다. 맑고 맑은 유수를 보며 시를 읊는다. 잠시 조화의 수레를 탔다가 이 생명 다하는 대로 돌아가니 잠시 대자연의 변화를 따라 생명의 끝으로 가리니. 주어진 천명을 즐길 뿐 무엇을 의심하고 망설이랴. 천명에 따라 분수에 맞게 살면 의심할 것 무엇 있으리.

다시 계림 시내로 돌아와 광서사범대학에 갔다. 명나라를 세운 주원장의 장조카에게 식읍으로 이 광서성을 주었는데 이곳을 왕성으로 하여 명나라가 망할 때까지 지배한 흔적이 남아 있었다. 삼민주의를 제창한 손문 선생을 기리는 '중산불사中山不死 기념비가 눈에 들어왔다.

산수도시 계림에서 가장 빼어난 봉우리인 독수봉에 올랐다. 전체가 바위덩어리임에도 희한하게 사람이 오르내리도록 통로를 만들고 안전장치를 해놓았다.

예부터 사람들이 새겨놓은 글씨가 도처에 보였다. 100m도 채 안 되는 작은 바위봉우리에 오르니 계림 시내가 한 눈에 들어왔다.

점심 식사를 했다. 이곳은 쇠고기보다 돼지고기가 맛있다더니 삼겹살을 김치나 상치에 싸서 먹으니 꿀맛이었다. 거기다가 대통 술 한 잔씩 걸치니 기분은 나를 것 같은데 얼굴의 홍조는 어쩔 수 없었다. 상가에 들러 차 시음을 했다. 중국 제품은 믿을 수 없다는 통념을 깬다는 것이 참 어려울 것이라는 생각이 들었다. 중국에도 근사한 물건들이 아주 많은데 '이게 진짜일까' 하는 물음과 '값이 정당할까' 하는 물음을 지울 수 없는 것이 지금 중국 제품의 한계다.

용승온천으로 출발했다. 시내에서 북쪽으로 136km 떨어져 있다는데 걸린 시간은 꽤나 길었다. 낯선 풍경에 눈을 떼지 않고 계속 가노라니 곳곳마다 사람 사는 모습들이고, 중간 중간에는 도심 형태의 모습이 눈에 띄었다.

두어 시간을 달리자 협곡지대와 함께 다랭이논이 눈에 들어왔다.

한 시간 남짓 요족들의 씨족 마을에 머물렀다. 마을 초입에는 남자들이 꽹과리 비슷한 악기를 두드리고 호적을 불어대며 우리를 환대했다. 기와로 덮은 목조건물의 주택구조 관찰이며, 그들의 실생활을 생생히 체험할 수 있는 마을이었다. 장발 모습, 전통차인 유차 시음, 전통 민속춤을 선보였다. 이들 요족들은 계단식 논을 경작하는 것으로 유명하고, 실제로 첩첩산중에 위치해 있었지만 용승온천 개발로 그나마 도로가 뚫려 있어 교통과 전기, 통신 등이 최근에 많이 좋아졌단다.

자신의 마을을 찾는 외국 관광객들을 위해 환영의 의미로 요족 여인과 전통 혼례의식을 경험시켜주었다. 나의 짝은 예쁘고 자그마한 처녀였는데 기분이 좋아서 가지고 있던 손수건을 기념으로 주었다. 대개 중국 남방계의 소수민족들은 체격이 작고 깡마르다. 오전에 보았던 와족과 마찬가지로 요족들도 그러했다. 중국에는 56개 소수민족이 있으며, 이들은 약 1억 3000만 명으로 중국 인구의 10%가 좀 못 된다. 티베트나 위구르, 몽고족 등 좀 힘 있는 소수민족들은 자치구를 인정해주었음에도 독립을 갈구하지만 대개 유혈사태로 그친다.

용승온천을 찾아가는 부슬비 내리는 여행길은 왠지 외롭고 쓸쓸한 기분이었다. 비가 잦은 지역이니 온종일 희뿌연 안개와 비오는 시골 풍경을 거쳐 해질녘에 온천지역에 닿았다. 저녁을 챙겨먹고 온천욕을 했다. 비는 슬슬 내리고 희미한 전등불은 안개랑 어울리며 조는 듯 비치는데 이방인인 우리들은 탕 속에서 피로를 풀면서 무언가 익숙하지 못한 몸짓을 해대며 키들거렸다. 온천 주변의 산에서 흘러내리는 '신수神水'와 지하 1,200m에서 솟아오르는 평균 수온 60℃의 천연 온천수를 노천온천탕 안에서 즐기는 일은 이색적 경험이었다.

넷째 날(1. 23, 일)

협곡에 자리 잡은 대규모 호텔에서의 하룻밤은 그렇게 흘러가고 아침을 맞은 우리는 다시 계림으로 이동했다. 계곡을 빠져나오면서 요족 마을과 다랭이논으로 자꾸만 눈길이 갔다. 해발 1,000m가 넘는 곳에 굽이굽이 휘어지고 끊어질 듯 이어지면서 수천 개의 층계를 이룬 용의 등줄기 같은 계단식 논이다. 겨울비 내리는 이곳은 그냥 생명력 없는 빈 땅이지만 아마도 가을에 이 장면을 보면 참으로 장관일 듯싶었다.

300년의 역사를 가진 이곳을 '용척제전'이라고 불린다.

용승온천으로 인해 오가는 길의 주변은 빠른 속도로 개발되고 발전하는 듯 했지만 무언가 허술하다는 느낌은 지울 수 없었다. 곳곳에 공사 현장이 눈에 띄었다. 특히 집짓는 장면은 우리처럼 난방이나 태풍, 복사열을 거의 고려하지 않고 짓는 게 아닌가 싶었다. 있으라고 이슬빈지, 가라고 가랑빈지 굵지도 않은 빗줄기는 여전하고 쌀쌀맞은 날씨여서인지 차창 밖은 쓸쓸해보였다.

계림 시내를 거쳐 선상 유람 길에 나섰다. '계림산수갑천하'라는 말에 어울리게 강은 푸른 비단을 두른 듯하고 산은 벽옥으로 만든 비녀처럼 기암괴석과 산수절경이 조화를 이루면서 아름다운 자태를 하고 있는 계림은 세계적인 관광도시이다. 버스로 30여 분을 달려 선착장에 도착하니 날씨가 흐려 을씨년스럽기는 하나 맑은 강물과 바위산이 비경을 자아내고 있었다. 수많은 산봉우리를 휘감으며 흐르는 물길 따라 펼쳐지는 풍경은 설명이 필요 없는 그야말로 천하절경이었다.

이강은 광서성 북부 묘이산에서 발원하여 오주시에 이르러 광동성 섬강으로 흘러들어간다. 총 길이가 425km이다. 계림관광의 절정은 선상유람인데 그 중에서도 우리가 즐기는 계림-흥성 간의 37km가 백미 중의 백미란다. 일행은 각자 아래층 선실에 앉기도 하고 갑판 위에 올라가 앉기도 하며, 이강을 따라 내려가며 펼쳐지는 파노라마에 나도 자연 속의 하나가 된 느낌이었다. 바라보는 각도에 따라 달리 펼쳐지는 선경을 사진기에 많이도 담았다. 시성은 두보이고 시선은 이태백이라는데 또 다른 천재시인이 있었다. 일찍이 우암 송시열이 이강의 풍경을 보고 이렇게 적었을까.

'청산은 절로절로 녹수도 절로절로 산 절로 수 절로 산수 간에 나도 절로 그 중에 절로 자란 몸 늙기도 절로하리라.'

그런데 실제로 중국의 명산은 따로 있단다. 설악이나 금강과 닮은 안휘성의 황산, 깊고 장중한 무이구곡을 끼고 있는 복건성의 무이산, 1,545m 밖에 안 되면서도 유명하기만 한 산동성의 태산, 운해와 폭포의 명승지로 알려진 강서성의 노산, 불교와 도교의 성지인 사천성의 아미산이 그런 산들이다.

두어 시간 이강 유람을 마치고 관암동굴로 갔다. 이 동굴은 길이 12Km이며, 이미 이강에 근접한 3km만 개발되어 공개되고 있다.

오랜 기간 폐쇄되어 있어서 보호가 잘 되어 있는데 동굴 안에는 종유석, 석주, 석순 등 모두 빼어난 경관을 자랑하고 있었다. 동굴의 입구가 높으며, 이강과 맞대고 있다. 관암은 총 4부분으로 나뉘고, 서로가 연결되어 있다.

관암은 개발 초기부터 관광을 위해 계획적으로 설계되어서 자동 조명, 사운드 조절 시스템이 갖춰져 있다. 또한 관광객들의 편의와 즐거움을 극대화시키기 위한 모노레일, 유람선, 엘리베이터 등이 설비되어 있어 동굴 구경의 재미를 더하고 있었다. 구경을 마치고 마지막으로 나오면서 탄 모노레일 위의 미니카는 모처럼 탈것에 대한 재미를 느끼기에 충분했다.

저녁을 먹고 계림공항으로 가니 비행기는 세월없이 출발을 지연시켰다. 흔히 중국여행의 특징이라고들 한다. '강은 푸른 비단 띠 같고 산은 푸른 옥 같다.'는 계림에 좀이라도 더 머물다가라는 뜻인지 모르겠다. 지겨운 세 시간여를 보내고 다행스럽게도 늦은 밤에 비행기는 상해로 향했다. 서너 시 무렵 비행기에서 내려 숙소로 이동하여 두어 시간 눈을 붙인 나흘째 여행이었다.

자는 둥 마는 둥 밤이 지나가고 마지막 날을 맞았다. 버스로 이동하면서 눈에 들어오는 상해는 참으로 거대했다. 송나라 때 진을 설치하여 '상하이'라 부르기 시작하였는데 현재는 중국의 4대 직할시 가운데 하나로 중요한 공업기지이다. 양자강 하류의 충적평야에 항구와 무역, 과학기술과 정보, 금융의 중심지인 상해에는 지난해 세계엑스포에 한국 관광객이 200만 명 몰렸다고 한다. 또한 상해는 아름다운 도시로서 황포강의 기적이라 불린다. 동방명주 타워 등 현대도시 경관을 이루고, 특히 외탄지역에 유럽풍의 건물들이 즐비하다.

상해는 또한 쇼핑천국이며, 동서 문화교류로 이루어지는 곳이다. 음식 문화의 중심지이기도 하고, 무수한 유람객들이 관광을 오게끔 흡인하는 곳이다. 모든 것이 세계 최고의 공룡도시이고, 역동성이 넘치는 거대도시였다. 빌딩이며 아파트, 겹겹이 쌓아올린 고가도로, 그 위로 달리는 수많은 자동차, 바다처럼 넓은 강에 떠있는 거대한 선박들이 이를 증명한다. 푸동공항은 또 얼마나 거대하던가!

마지막 코스로 명문가의 정원인 예원을 찾았다. 여기는 강남지역의 대표적인 정원으로서 '반윤단'이라는 효자가 부모님을 기쁘게 해드리기 위해서 지은 가족정원이었는데 지금은 고전 원림으로서 전국의 중요한 문화보호재란다.

1559년에 처음 건조되었는데 특출한 곳은 정교한 설계, 섬세한 구도, 한적하고 수려함, 정교하고 아름다움이며, 작은 곳에서 큰 것이 보이는 특징이 있으므로 옛 사람들은 동남 제일 명원이라 불렀다.

음력설을 중국 사람들은 춘절이라고 하는데 새해를 맞으면서 사람들의 복을 축원하는 온갖 상징물들을 만들고 있었다. 안으로 들어서니 정자 누대가 엇갈려 있고, 산의 돌이 우뚝우뚝 높이 솟아 있는 등 아름답기 그지없다. 여기에는 또 옛날의 유명한 나무와 명·청대의 가구, 명인의 글씨와 그림, 점토 인형, 벽돌 조각품, 편액 대련 등 문물과 진품이 많이 보존되어 중국 전통 문화예술을 응집시켜놓은 듯 했다. 아직 쌀쌀맞은 날씨임에도 오래 묵은 분재 화분들이 매화 꽃봉오리를 하나씩 터뜨리면서 그들의 명절을 반기고 있었다.

이른 점심을 먹고 일찌감치 공항으로 갔다. 김해로 가는 비행기를 기다리면서 여행길이 무사히 마무리되고 있음에 감사드리는 마음이 일었다.

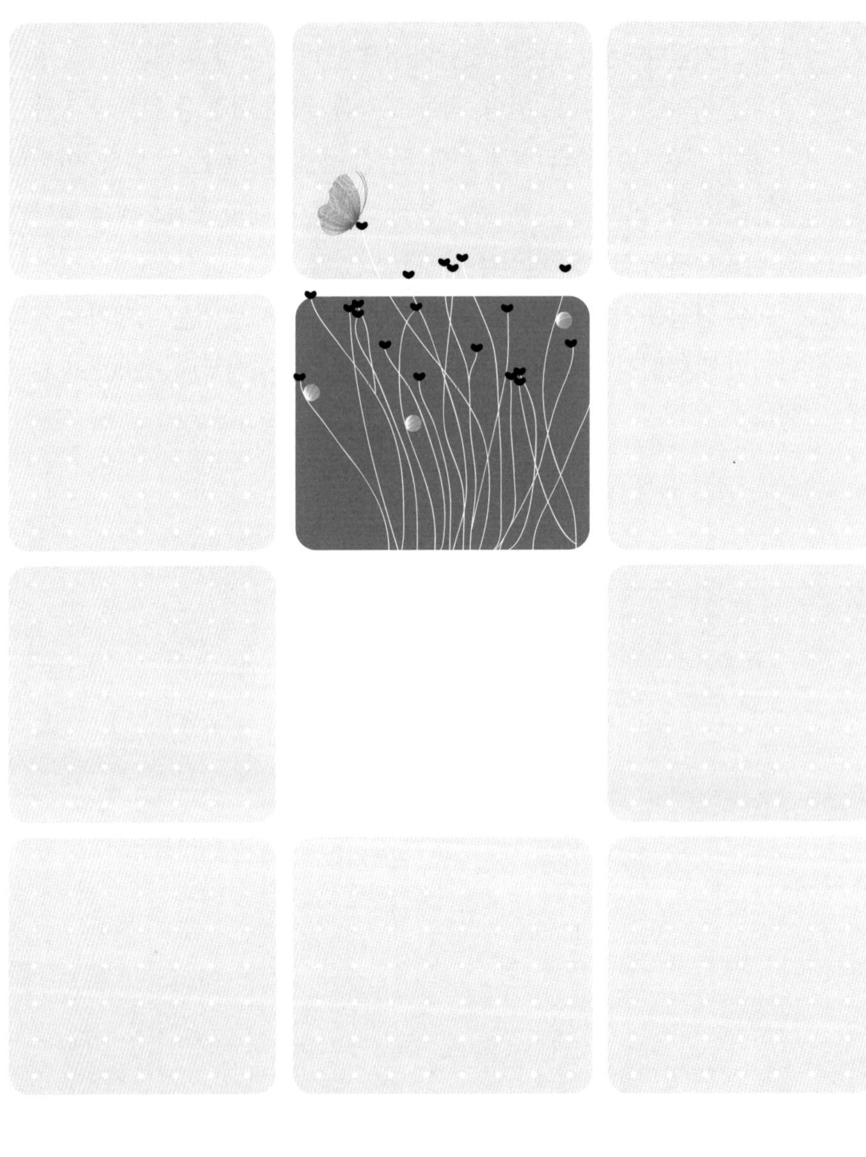

아, 우러를
선인
이시여

청년문사 송몽규
(1917~1945)

1. 여는 글

해마다 초봄이면 시인 윤동주의 추모제가 후쿠오카에서 열린다. 그가 후쿠오카 감옥에서 짧은 생애를 마감했기 때문인 듯하다. 그러나 시인과 생전에 늘 함께 하던 소울 메이트 송몽규는 기억되지 않는다. 시인의 생가를 찾아가 봐도 마찬가지다.

그러나 그는 윤동주 시인과 남다른 인연으로 태어난 시기나 세상을 떠난 시기가 거의 비슷할 뿐더러 숱한 교감을 나누었기에 지금은 영혼마저도 함께 할지 모른다. 다만 차이가 있다면 윤동주는 시 작업에 좀 더 열중했었고, 다행히 기록으로 남아 있어서 주옥같은 시들이 많이 전해지고 있으나, 송몽규는 윤동주보다 먼저 등단하였음에도 독립운동에 참여하다가 요시찰 인물로 분류되는가 하면 그가 쓴 글들도 거의 남아 있지 않다는 점이다.

시인 정지용(1902~?)의 말대로 윤동주(1917~1945)는 생시에는 거의 무

명 인사였지만 사후에는 대
단한 민족 시인이 되었다.
당연히 그의 시가 지닌 뛰
어난 작품성 때문이다. 이
렇듯 시인 윤동주는 사후에
워낙 높은 평가를 받는 바
람에 지금은 국민 시인이
되어 많은 이들의 사랑을
받고 있다. 그러나 송몽규
를 기억하는 사람은 아주
드물다. 시인 윤동주와 생

사고락을 함께했던 송몽규는 지금도 여전히 역사 속에 묻혀버린 무명
인사다. 송몽규는 물론이거니와 윤동주의 성장에 명동촌이라는 질 높
은 토양을 제공했던 시인의 외숙부인 김약연 선생의 탁월한 공적마저
도 윤동주에게 가려져 있다고 해도 과언이 아니다.

윤동주의 고모가 송몽규의 어머니이니 두 사람은 내외종간이다. 송
몽규의 어머니는 '윤동주평전'을 쓴 작가 송우혜에게 할머니뻘이고, 동
시에 송우혜는 송몽규의 조카뻘이 된다. 이 글은 송몽규의 이동 공간을
찾아 나서는 것을 목표로 한다.

물론 윤동주와 떨어질 수 없는 공간이다. 그들은 같은 해인 1917년
에 북간도 명동촌의 한집에서 태어났고, 1945년 후쿠오카의 형무소에
서 같은 시기에 죽었다. 참으로 기이한 운명이다.

이렇듯 생전의 두 사람은 바늘과 실처럼 떼려야 뗄 수 없는 사이였으
나 그들이 죽은 뒤에는 사람들이 너무 멀리 떼어놓았다. 그래서 긴 세
월이 지나면서 여전히 많은 사랑을 받고 있는 윤동주에 가려져 버린 송

몽규의 삶이 너무 안타까웠다. 더군다나 그의 삶을 집중적으로 조명한 자료는 거의 전무했다. 단지 단편적이고 부분적인 자료들이 존재할 뿐이었다. 그런 점이 이유가 되어 필자는 그의 이동 공간을, 그의 삶의 흔적을 따라나선 것이다. 참고한 자료는 '윤동주 평전'이 중심이나 '기린갑이와 고만녜의 꿈', '규암 김약연 평전', 규암의 증손자인 김재홍의 작성자료 등과 일부 인터넷 자료가 도움이 되었다.

2. 그의 출생과 집안 이야기

두 집안의 북간도 이주 주역인 윤재옥의 장남 하현(1875~1947)은 외아들 영석(1895~1962)과 딸 신영(1897~1966), 신진(후일 소암 김하규의 손자와 결혼) 둘을 두었다.

명동촌 친정집에 와 있던 큰딸 신영은 1917년 9월 28일 몽규를 낳았고, 외아들 영석의 아내 김용(김약연의 여동생)은 같은 해 12월 30일 동주를 낳았다. 몽규는 동주보다 석 달 앞서 외가에서 태어나면서 동주의 동갑내기 고종사촌 형이 된 것이다. 그들은 다섯 살이 될 때까지 북간도 명동 학교촌의 한집에서 자랐다.

몽규의 아버지는 명동중학 교사이던 창희(1891~1971)이다. 그는 함북 경흥군 웅기읍 웅상동에 근거를 둔 은진 송씨이다. 송창희는 서울에 유학하여 신교육을 받았고, 특히 주시경 선생의 한글 강습을 수료했다. 명동중학에서는 조선어와 양잠을 가르쳤다. 몽규의 조부 시억이 15세 때 충청도에서 연해주로 가다가 웅상에 주저앉아 크게 가세를 일으켜서 고향의 친인척들도 불러올린 것으로 보인다. 그는 일찍 기독교를 받아들였으며, 장대한 체격에 기질도 호방하고 술도 즐겼는데 슬하에 6

남 1녀를 두었다.

그의 집안사람들은 독립운동에 투신하거나 유학을 떠난 사람이 많았다. 장남 창항은 원규라는 아들을 남기고 일찍 죽었고, 둘째와 넷째는 연해주를 거쳐 러시아로 망명했다. 셋째와 다섯째인 송창희는 명동촌으로 갔고, 막내 여섯째아들만 고향에 남았다. 재종(6촌) 동생 창빈은 홍범도 부대 소속의 독립군으로 1920년에 전사했고, 창근은 일본과 미국에 유학하여 신학박사 학위를 받고 목사가 되었다가 6·25 때 행방불명이 되었다. 장손 원규는 일본 유학을 거쳐 회령에서 교편을 잡다가 고향으로 돌아가 사과 과수원과 양계를 했다. 그 외 몽규의 집안사람들은 매우 진취적인 기상을 지닌 가풍이어서 기독교를 믿고 근대식 교육을 받았으며, 일찍 서양 문물을 받아들여서 목사나 의사(몽규의 사촌 형 웅규, 8촌 동생 윤규), 교사 등이 되기도 하였다.

3. 소학교와 중학교 시절의 송한범

송몽규는 아버지의 직장 때문이기도 했지만 중학교에 진학하기까지 명동촌에서 성장하였다. 아홉 살 되던 해인 1925년에 송몽규는 윤동주, 문익환, 김정우 등과 함께 명동소학교에 함께 입학한다. 이 중 김정우는 윤동주의 외사촌으로 김약연의 동생 김유연의 아들인데 후일 그도 시인이 되었고, 숭실중고교 교사를 지냈다.

당시 명동의 모든 학교는 명동교회 재단의 사립학교였는데 영연방 캐나다 기독교 장로교 소속이었다. 이 무렵 송몽규의 아명이 '한범'이었고 윤동주의 아명은 '해환'이었다. 어렸을 때부터 남달리 총명하고 활동력이 강했던 송몽규는 공부를 잘하고 매사에 적극적이어서 친구들 중에서 언제나 으뜸이었다.

소학교 4학년 시절, 그는 어린이 잡지를 서울에서 주문해 와서 읽고 그것을 친구들에게 빌려주거나 돌려보기도 하였다. 여러 가지 기록을 보면 송몽규는 당시 윤동주나 문익환과 더불어 선두그룹을 형성하고 있었는데 송몽규가 우뚝하고 윤동주나 문익환 등이 뒤따른 것으로 보인다. 특히 몽규는 부끄럼 잘 타고 조용한 성격의 동주와는 무척 대조적이었다. 그는 소년 시절부터 활동적인 성격인 데다 리더십이 돋보였다. 크리스마스나 학기 말이 되면 선생님의 지도를 받아가면서 연극을 연출하는 등 적극적인 활동가의 재질을 보인 야무진 소년이었다.

두 사람의 적극적인 문예활동으로 그들의 학급은 문학소년 반으로 불리었다. 5학년 때 그의 주도로 교내문예지를 만들려는 과정에서 문예지 이름을 짓기가 신통치 않아 담임인 한준명 선생님을 찾아갔다. 아이들의 장한 모습에 감동된 선생님이 '새명동'이라 하면 어떠냐고 하자 그들은 이구동성으로 찬성하고 '새명동' 잡지를 몇 차례나 꾸려나갔다.

이들은 1931년 3월 25일 이 학교를 졸업하고 명동에서 십 리 떨어진 중국인 학교(화룡 현립 제1소학교)에 편입하여 1년간 다니다가 1932년 4월 봄에 용정의 기독교재단 학교인 은진중학에 함께 입학한다. 이때는 이미 명동중학은 문을 닫고 난 후였다.

윤동주의 집은 1931년 늦가을 용정으로 이사하였다. 이 무렵 명동촌은 사회주의 사조에 밀려 교회재단에서 학교를 운영할 수 없게 되었고, 치안도 매우 불안하여 명동의 명문가들은 거의 용정으로 이사하게 된다. 이듬해 봄에 송몽규는 중학교에 진학하면서 윤동주네 집으로 다시 오게 된 것이다. 이들은 3년간 같은 집에서 같은 학교에 다니면서 많은 것을 공유했을 것으로 짐작된다. 이렇듯 어릴 적부터 두 사람은 삶과 문학을 거의 같이했다.

소학교 시절부터 문학을 각별히 즐기던 몽규는 중학교에 가서도 더욱 문학 공부를 열심히 하면서 자신의 호를 '문해'라 지었다. 마침내 그는 송한범이라는 아명으로 동아일보 신춘문예에 응모하여 콩트 '술가락(숟가락)'이 당선(1935. 1. 1)되었다. 윤동주보다 빠른 문단 진입이었다. 약관에 못 미친 열여덟의 나이로 당당히 등단한 것은 그가 얼마나 문재가 뛰어났는지, 또 얼마나 노력했는지 미루어 짐작이 간다.

그들 둘의 평생에 걸친 인연으로 볼 때 이는 윤동주에게 큰 자극이 되었을 것으로 보인다.

4. 독립운동의 길로

송몽규는 1935년 봄에 은진중학 3학년을 수료하고 중국으로 건너갔다. 이와 달리 윤동주는 고향에서 공부를 계속했다. 당시 중학교는 거의 사립으로 수학 연한이 적게는 3년, 많게는 5년 등 다양한 형태로 운영되었다. 은진중학은 4년제 중학교로서 이 학교를 졸업하고는 대학 진학이 어렵게 되자 5년제 중학교로 편입하여야만 했다. 윤동주는 졸업 1년을 앞둔 1935년 봄에 3학년을 수료하고 그해 9월에 미션계의 5년제인 평양의 숭실중학 3학년생으로 편입해 들어갔다. 문익환은 이미 6개월 먼저 숭실중학 4학년에 편입하여 다니고 있었다. 윤동주와 문익환은 9년을 나란히 동급생으로 학교에 다니다가 숭실중학에서 선후배로 엇갈리게 되어 윤동주는 자존심이 많이 상했다고 한다. 이곳에서 문익환은 장준하를 만나게 된다.

당시 용정에서 평양으로 가는 길은 머나먼 길이었다. 용정에서 기차를 타고 두만강을 건너 회령, 청진, 원산을 거쳐 서울로 가야 했다. 그리고 다시 서울에서 경의선을 타고 평양으로 올라가야만 했던 것이다. 불행하게도 일제가 학교에 신사참배를 강요하자 재단과 학교가 이를 반대하여 폐교 위기에 몰리게 되었다. 이에 윤동주와 문익환은 하는 수 없이 숭실중학을 자퇴하고 1936년 4월 초에 다시 용정으로 돌아와 광명중학 4학년에 편입하였다. 몽규가 1936년 3월 중국 제남에서 체포되어 함북 웅기경찰서에 유치될 때였다.

광명중학은 5년제 친일계 학교였지만 사실 불가피한 선택이었다고 생각한다. 교문 양쪽 돌기둥에는 만주국 깃발과 일장기가 걸려 있었는데 이를 본 동주는 몽규를 떠올린 것이다. 송우혜는 여기서 말하는 형이 '송몽규'일 것이라고 조심스럽게 말하고 있다. 이후 광명중학은 1946년 용정중학으로 통폐합된다. 그래서 우리는 윤동주나 문익환, 송몽규(대성중학)의 모교를 용정중학이라고 하는데 사실은 그런 내력이 생략된 것이다. 여기서 윤동주가 당시(1936. 6. 10)에 쓴 시 한 편을 보자. '이런 날'이다.

"사이좋은 정문의 두 돌기둥 끝에서/ 오색기와 태양기가 춤을 추는 날/ 금을 그은 지역의 아이들이 즐거워하다./ …(중략) / 이런 날에는/ 잃어버린 완고하던 형을/ 부르고 싶다."

한편 문학적 염원을 드러냈던 송몽규는 당시 은진중학에서 동양사와 국사 그리고 한문을 가르치시던 민족주의자 명희조 선생의 영향 아래 결연히 직접 민족독립운동에 투신하는 길로 나아갔다. 송몽규는 4학년에 진급하지 않고 은진중학을 중퇴한 후 남경에 있는 중앙군관학교 낙양분교의 한인반에 입학하였다.

이 한인반은 중국국민당 정부 장개석의 지원으로 한국 임시정부의 요인으로 활약하던 김구 선생이 민족독립전쟁에 필요한 군사간부를 양성하기 위하여 운영하던 학교였다.

이렇듯 송몽규가 반일 독립운동의 길로 결연히 나선 데에는 아버지 창희의 영향이 있었기 때문이다. 성품이 엄하고 풍채가 늠름한 송창희 선생은 한때 대립자에서 촌장을 맡기도 했다. 당시 수업마저 일본어로 하는 시대 상황에서도 그는 일본어를 배우지 않았고, 그만은 늘 경찰서장과 사이가 나빴다. 그는 서장을 만나고 오는 날이면 홧김에 술을 마시면서 자식들에게 우리 송씨 집안에서는 단 한 사람이라도 총칼 차는 사람이 나오면 안 된다고 훈시하곤 했다. 이런 아버지의 슬하에서 자란 몽규가 은진학교에 가서 민족주의자 명희조 선생의 반일사상 영향을 받은 것은 어쩌면 아주 자연스러운 것이었다.

당시 학생들은 이광수의 소설『흙』의 주인공처럼 이상촌 건설에 나서는 풍조가 유행되다시피 하였다. 명희조 선생은 학생들에게 "국가가 성립되려면 '국토, 국민, 주권' 3가지가 모두 갖추어져야 한다. 그런데 지금 우리는 주권이 없는 노예상태이다, 주권이 없으면 아무것도 이룰 수 없다. 지금 너희가 하려고 하는 '이상촌운동' 역시 그렇다. 그러기에 참된 '이상촌운동'을 하기 위해서라도 그보다 먼저 우선되어야 할 것이 바로 '우리의 독립이다."라고 설교하였던 것이다.

이광수의 계몽문학이 제시하는 사이비 이상주의에 도취했던 젊은 제자들에게 역사를 올바른 시각과 대의를 서릿발같이 일깨워주는 그의 모습은 참으로 춘추필법의 엄정함과 위엄을 지니고 있어 송몽규와 같은 애국청년들을 독립운동의 길로 이끌기에 충분했다.

'낙양군관학교'에 간 송몽규는 군사기능을 열심히 연마하면서도 학생들을 조직하여 잡지를 제작하기도 하였다. 실로 '청년 문사'라는 그에 대한 별칭은 그 어디에서도 빛을 발하였다. 그는 자기보다 좀 늦게 입학한 은진중학 출신 '라사행'에게 원고를 써내라고 하고는 등사판을 사다가 등사로 인쇄하여 두툼한 책을 만들었다.

김구 선생은 이 책을 보고 몹시 칭찬하시면서 책 이름을 '신민新民'이라고 지어주기까지 하였다.

송몽규는 이 학교를 수료하고 민족 독립운동을 계속하기 위하여 1935년 11월에 남경을 떠나 산동성 제남에 있는 조선독립단체를 찾아갔다. 여기에서 잠시 머무르던 송몽규는 독립운동 단체의 분파주의에 실망하고 있던 중 1936년 4월 10일에 일본 경찰에게 체포되어 본적지인 웅기경찰서로 곧장 압송되었다. 그는 갖은 고문에 시달리다 겨우 석방되어 나오기는 하였으나, 그때부터 '요시찰인물'이란 딱지가 붙어 늘 일제당국의 감시망 속에서 살아야 했다.

송몽규는 이런 우여곡절을 겪은 후 다시 1937년 4월 대성중학에 편입하여 외가인 동주의 집에서 1년 동안 대성중학을 다니다가 졸업하였다. 그래도 그는 가슴에 품었던 문학에 대한 뜻을 버리지 않았다. 그는 졸업 '싸인'에다 영어로 '일체는 문학을 위하여'라는 글을 남겼다.

5. 연희전문학교 시절

1938년 초봄에 송몽규는 광명중학을 졸업한 윤동주와 같이 나란히 연희전문에 합격한다. 윤동주는 의사나 고등고시로 출세하라는 부모의 뜻을 거스르고 문과를 택했고 송몽규도 문과로 간다. 이 무렵의 송몽규는 중국 내륙에서 독립운동을 하고 돌아온 뒤인지라 같은 또래 사람들보다는 한층 더 성숙해 있었을 가능성이 높다. 두 사람의 입학 동기인 유영 교수(전 연세대, 영문학자)는 다음과 같이 회고하고 있다.

"혈연관계가 있기도 하겠지만, 얼굴도 비슷하고 키도 비슷해서 마치 쌍둥이 같았다. 동주는 얌전하고 말이 적은 데 반해 송몽규는 말이 많은 편인 데다 행동반경이 큰 사람이었다."

두 사람은 연전 '문우회'에 함께 가입하여 활동하였는데 송몽규가 당시 회장이었다. 연전은 1941년 6월부터 문과학생회 동인지 '문우'를 발간하였는데 남성적이면서도 적극적인 성격에다가 능변인 송몽규의 주도로 문학 활동을 열성적으로 하였다.

이때 윤동주는 '새로운 길' '우물 속의 자화상' 등을, 송몽규는 '꿈별'이란 필명으로 '하늘과 더불어'를 발표한다. '몽규夢奎'를 '꿈별'이라 풀어쓴 것이다. 그러나 '문우'도 당시 일어를 국어로 엄격히 상용하던 때였기에 창간호 때는 우리말이었으나 문우회의 해산과 함께 자취를 감추게 되었다.

그들이 재학 중이던 1938년부터 1941년 사이에는 사상문제를 이유로 연전의 사찰은 더욱 강화되고 있었다. 더구나 1941년 12월 8일에 태평양전쟁이 일어나 시국은 더욱 암담해지고 있었다. 그해 12월 27일 연전 졸업식이 치러지는데 두 사람도 이날 졸업생으로 참석한다. 그의 당숙인 송창근 목사도 몽규의 졸업을 축하하기 위하여 참석하였다.

문과 졸업생은 21명이었는데 몽규의 졸업 성적은 2등으로 우등상을 받았다. 우등상 상품을 펼쳐보니 '대동아공영권'이라는 일본 군국주의를 정당화하는 책이었다. 송몽규는 "에이, 차라리 주지나 말지! 상이라면서 이따위 것들을 준다."라며 성을 내고 집어던져 버렸다. '요시찰 인물' 딱지를 달고 있는 송몽규가 그 따위의 책을 반갑게 여길 리가 없는 것은 아마도 당연한 일이었을 터이다.

6. 일본 유학길의 송몽규와 윤동주

나란히 연전을 졸업한 두 사람은 창씨개명을 했다.

창씨개명은 1939년 12월 26일 시행된 '조선인의 씨명氏名에 관한 건'이란 법령이 공포되어 조선인의 성명을 일본식으로 바꾸라는 것이었다. 즉 우리의 고유한 단성을 복성으로 바꾸는 것이었다. '성을 갈 놈'이라는 욕은 이때부터 나온 것이다. 그들은 연전에 '창씨개명계'를 냈다. 1942년 초의 일이었다. 1940년 이후 일본으로 유학 가는 청년들은 이를 피할 수 없었기 때문이다. 송몽규는 '소무라 무게이[宋村夢奎]'로, 윤동주는 '히라누마 도쥬[平沼東柱]'가 된 것이다. 윤동주는 이때의 일을 두고 '내일이나 모레나 그 어느 즐거운 날에 나는 또 한 줄의 참회록을 써야 한다.'며 괴로워했다.

창씨개명에서 누구도 자유롭기가 어렵지만, 조지훈 선생 집안은 이를 거부한 것으로 유명하다. 그런데 한국 문학사에서 큰 획을 그었던 최남선과 이광수는 그들의 공 못지않게 과로 평가되는 삶도 살았다. 육당이 '3·1 독립선언문'을 썼다면 춘원은 '2·8 독립선언서'를 썼다. 특히 이광수는 소설, 사설, 시, 수필, 기행문 등 다양한 장르를 통해 평생 8만 매로 추정되는 방대한 원고를 쓴 대문호다.

그런 그가 1922년에 '민족개조론'을 주장하더니 마침내 당대 지식인 중 가장 이른 1938년에 일본식 이름을 썼다. '향산광랑香山光郎', 이광수의 또 다른 이름이었다. 그는 일제가 창씨개명을 강제로 시행하기 2년 전에 이름을 바꾸었다.

두 사람은 1942년 3월초 어느 날 부산에서 관부연락선을 탄다. 이 무렵 일제는 태평양전쟁을 벌이면서 대동아성大東亞省을 만들고 대동아공영권을 부르짖기 시작한다. 그들은 그런 상황 하의 일본 땅에 들어가게 된 것이다. 몽규는 교토제대 서양사학과(선과)에 입학하고, 윤동주는 릿교[立教]대학 문학부 영문과(선과)에 입학한다. 선과는 본과와 달리 전문학교를 졸업하고 편입해 들어 온 것을 말해 주는 것이었다. 대개 조선에서 공부한 학생들은 선과로 입학하게 되는데 이런 때 조선인 학생의 표시는 저절로 나는 것이었다.

조선인이 일본의 제국대학에 입학하는 것은 쉬운 일이 아니었지만 몽규는 교토제대[京都帝大]에 입학한 것이다. 둘은 이제 멀리 떨어지게 되었다. 일본과 조선 땅에 1941년 3월에 치안유지법이 개정되더니 같은 해 12월에는 언론, 출판, 집회, 결사 등의 임시 단속법이 공포되어 공포의 사회상을 만들어내고 있었다. 특고경찰의 조직을 강화하는 것이었다. 중국에서 독립운동을 한 바 있는 송몽규는 그 취체 대상 속에 이미 들어 있었다. 취체는 단속을 의미하는 말인데 송몽규는 언제든지 단속될 상황에 있었다.

두 사람의 일본 유학 시절 흔적은 별로 남겨진 것이 없다. 다만 윤동주의 시 '쉽게 씌어진 시'(1942. 6. 3)에서 그의 하숙 생활의 단면을 볼 수 있을 뿐이다. 또 하나 '사랑스런 추억'(1942. 5. 13)에서는 "봄은 다 가고 동경 교외 어느 조용한 하숙방에서, 옛 거리에 남은 나를 희망과 사랑처럼 그리워한다.…"

1942년 7월 여름방학을 맞은 도쿄의 윤동주와 교토의 송몽규는 함께 만나 용정으로 간다. 이것이 두 사람의 첫 귀향이었다. 윤동주는 용정에서 일본으로 돌아가면 학교를 바꾸기로 마음먹고 있었다. 아마 도쿄의 릿교대학이 만족스럽지 못했던 것 같다. 1942년 10월 1일 그는 도지샤대학으로 전학한다. 이 학교도 사립 미션계였다.

윤동주는 어렸을 때부터 송몽규에게 열등감이 많았다고 전해진다. 윤동주가 송몽규와 같은 제국대학에 다니고 싶어 했던 이유도 거기 있었던 것 같다.

그런 그가 송몽규가 살고 있던 교토로 오지 않고 그대로 릿교대학에 남았거나 다른 대학으로 갔더라면 죽음을 피할 수 있었을지 모른다.

7. 교토에 매몰된 그들의 시첩

두 사람은 같은 교토에 살게 되었다. 한집에서 지내지는 않았지만, 도보로 5분 거리를 두고 살았다. 교토제대와 금각사 사이쯤으로 보인다. 두 사람은 일본 유학 중 두 번째 여름방학이 되자 귀향을 앞두고 일본 경찰의 손아귀에 들어간다. 송몽규는 1943년 7월 10일, 윤동주는 7월 14일 각각 교토에서 형사에게 체포되어 교토 시모가모(하압) 경찰서 유치장에 감금된다. 그들과 잘 알고 지내던 교토 명문고교생 고희욱도 윤동주와 같은 날 아침에 체포되었다. 체포된 사람은 다른 사람 4인을 합하여 7인이었다. 하숙집 주인이 그들을 밀고한 것이다.

건명은 '재경도在京都 조선인학생민족주의그룹사건'이라는 것이었다. 그 그룹은 송몽규가 중심인물이며, 윤동주가 이에 동조했고, 고희욱이 관련된 3인의 모임이었다. 그러나 작은 일도 침소봉대되는 때라 특고형사들의 감시 하에 있던 송몽규가 그 사정권에 들었던 것이다. 송몽규는 우리 민족의 장래나 민족독립이니 하는 이야기를 나누었고, 일제의 조선 민족과 문화 말살정책을 비난하는 정도의 이야기를 했을 것이다. 이즈음 치안유지법 위반 조선인의 취조상황은 이외에도 여러 건이 있었지만, 대부분은 혐의만 가지고 체포하는 상황이었다.

이 사건의 피의 사항은 대강 이러하다.

'그들이 교토 시내 각처에서 모여 조선 민족의 장래, 독립운동이니 하는 이야기를 했다, 장소는 주로 가모가와[鴨川]와 교토역 동쪽을 거니는 것, 그 외에 지은사 앞 햐쿠만벤 거리, 팔뢰 유원지, 그리고 하숙집 정도였다.'

더구나 그들이 결사한 것도, 폭탄을 던진 것도, 데모한 것도 아니었다. 조선인 학생이라면 누구나 할 수 있는 원론적인 이야기를 한 것에 불과했다. 그들이 학업을 하는 외에 무슨 큰 독립운동을 했겠는가. 이게 조선 유학생을 죽음으로 몰고 간 이유였다니 기가 막힐 일이 아닌가. 아마 교토와 같은 전형적인 도시에서의 활동은 도쿄나 오사카보다 훨씬 불리했을 것이다. 재판 시에는 '치안유지법 위반 피고사건(조선독립운동)'으로 건명이 바뀌었다.

12월 6일에 3인은 교토 지방검사국으로 넘겨진다. 그들은 독방에 갇힌다. 송몽규와 윤동주는 2월 22일 기소되고 고희욱은 기소유예로 풀려난다. 1944년 1월 19일 첫 재판이 열렸다. 징역은 각각 2년이었다. 형은 같았으나 형 종료 시기는 윤동주는 1945년 11월 30일, 송몽규는 1946년 4월 12일이었다. 송몽규의 형이 더 무거웠다. 형이 확정된 그들은 후쿠오카 형무소로 이송되었다. 독립운동 관계자는 주로 조선 땅과 가까운 구마모토와 후쿠오카 형무소로 보내고 있을 때였다. 그들은 머리를 깎고 붉은색 죄수복을 입었다.

당시 송몽규에 대한 판결문 중 5항의 한 부분을 살펴보면 대강 이러하다.

'같은 해 6월 하순경 교토시 사쿄쿠 다케다 아파트에서 윤동주와 함께 체드라 보Chondro Boshu(인도 독립운동가)를 지도자로 하는 인도 독립운동의 태두에 대하여 논의한 뒤, 조선은 일본에 정복당하여 그리 오래되지 않았다. 또한 일본의 세력이 강대하기 때문에 현재 즉시로 체드라와 같은 위대한 독립운동 지도자를 얻으려고 해도 쉬이 얻어지지 않으나 민족의식은 오히려 왕성하므로 언젠가 일본의 전력이 피폐하여 호기가 도래하는 날에는 체드라와 같은 위대한 인물의 출현도 반드시 필요하다. 그러니 각자 좋은 때를 잡아서 독립 달성을 위해 결기하지 않으면 안 된다고 서로 격려하며 국체를 변혁하려는 목적으로 그 목적 수행을 위한 행위를 하였다. 증거를 조사하여 판시한 사실은 피고인이 이것을 인정하였다. 법률에 의거하여 피고인은 치안유지법 제5조에 해당하므로 소정의 형기 범위 내에서 피고인을 징역 2년에 처하기로 한다. 따라서 주문과 같이 판결함.'

그 무렵 일제는 패망으로 줄달음치고 있었다. 일본 본토에 미군의 폭격이 집중되자 일본 사람들이 만주로 피난하는 웃지 못할 형국이 벌어지기도 했다. 소련의 대일 참전이 결정(1945. 2월)되자 일본은 당황하기 시작했다. 조선인 사상범들은 일제에 큰 짐이 되고 있었다. 그들은 수감자들에게 이름 모를 주사를 놓기 시작했다. 윤동주는 1945년 2월 16일 오전 3시 36분에 외마디 소리를 지르면서 절명했다. 병명은 뇌일혈이라고 하나 구주제대 의학부의 생체실험용으로 이용된 것이 거의 확실하다. 윤동주의 부음을 접한 가족들이 형무소에 도착하여 먼저 송몽규를 면회했는데 그 몰골이 말이 아니었으며 윤동주의 시신이 전혀 부패되지 않았다는 것이 이를 증명한다.

송몽규도 20여 일 뒤인 3월 7일에 절명했다. 해방을 5~6개월 앞둔 때였다. 마루타가 되어 고통을 받다가 꿈에도 그리던 민족의 광복을 보지 못한 채 비명에 간 것이었다. 민족에 대한 충정과 민족문화에 대한 수호의지를 지니고 분전했던 청년 문사 송몽규는 29세의 젊은 나이에 안타깝게도 억울한 죽음을 맞고 말았다. 범죄의 조건에 전혀 맞지 않는 사람을 억지로 얽어맨 것이었다. 해방된 조국 대한민국에서도 동족끼리 갖은 고문을 가하여 용공으로 몰아 사람을 죽이던 때가 있었는데 하물며 이민족끼리야 오죽하랴. 아름다운 청년 윤동주를 비롯하여 수많은 엘리트 청년들이 그렇게 죽어갔던 것이다.

8. 닫는 글

일본 당국이 송몽규를 1943년 7월 10일 '재경도 조선인학생민족주의그룹사건'의 주모자로 단정하고 체포한 후 1944년 4월 13일 경도지방재판소에서 징역 2년을 선고했다. 그리고 1945년 3월 7일 그렇게 죽어갔다. 후쿠오카 화장장에서 재로 변한 송몽규의 시신은 아버지의 품에 안겨 윤동주와 마찬가지로 고향 명동으로 돌아왔다. 그가 태어나 15세까지 살았던 곳이었다. 그의 죽음이 부모에게는 청천벽력이었지만, 다행히도 집안에는 뒤늦게 태어난 남동생 우규(1931년생)가 열다섯 나이가 되어 있었다. 이때는 이미 일본의 괴뢰 만주국 땅이 되어 있었는데, 가족들은 그의 무덤에 '청년문사 송몽규지묘'라 새겼다. 이보다 먼저 윤동주는 1945년 3월 6일에 용정의 동산 중앙교회 묘지에 묻혔다. 가족들은 '시인 윤동주지묘'라 새겨 놓았다.

그리고 세월이 흘러 연변 사람들은 1985년 이후에야 송몽규의 묘소를 알게 되었다. 사람들의 손길이 닿지 못한 그의 무덤은 가토하지 않아 퍽 작아지고 잡초가 무성하였으며, 묘비는 넘어져 있더란다. 이런 무덤을 용정중학동창회 주최로 1990년 4월 5일 청명절에 용정의 동산 중앙교회묘지로 이장했는데 윤동주 시인 묘소와는 서쪽으로 불과 10여m 떨어진 곳이었다.

　한편 장재촌 동쪽 산등성이에 있던 송몽규의 원래 묘소 자리에 작은 비석 하나가 다시 세워졌다. 『윤동주 평전』의 작가 송우혜 님이 세웠단다. 비석 정면에는 '청년문사 송몽규 묘소 유지'가, 비석 좌우에는 '1993. 4. 5, 송우혜 립, 1990년 4월 5일 용정 동산 이장'이라고 새겨져 있다. 송몽규 묘소 이장 자체가 잘못되었다는 평가도 존재하는 모양이다.

　송몽규는 소년 시절부터 윤동주와는 대조적이었다. 문학 소년이면서도 활동적인 성격을 갖고 있어 동료 간에 리더십이 돋보였다. 지금 연변에서는 애국시인 윤동주 기념사업을 대대적으로 진행하고 있다. 일본에서도 한국에 대해 조금이라도 관심 있는 사람이면 윤동주의 이름은 알고 있단다. 일본 학자들은 그의 시에 대해, '국경과 민족을 초월하는 감동이 담겨 있다. 최근에는 일본 고등학교의 교과서에 윤동주의 시가 소개되고 있다.'고 말하고 있다. 그들은 윤동주가 두 나라 사람들 마음의 다리가 되어 새로운 한일 시대를 이루는 데 보탬이 되기를 기대한다고 한다.

　그러나 그들 역시 송몽규는 알지 못한다. 윤동주와 송몽규, 그들의 귀한 죽음이 우리는 과연 '시' 하나 때문이어야 하는가. 절대 그렇지 않다. 청년 문사 송몽규를 통해 우리는 그 시대를 다시 살펴볼 수 있어야 한다.

　백여 년 전 암울했던 세상을 극복하고 이상촌을 꿈꾸었던 명동촌은 지금 윤동주 시인의 생가로 부활하고 있다. 연변자치주에서 민족시인 윤동주를 기리고 한국 관광객을 맞이하기 위한 준비로 보아도 될 것이다. 참으로 다행이 아닐 수 없다.

　그러나 우리는 그곳에서 윤동주만 보고 와서는 안 된다. 윤동주를 성장시킨 토양인 100년 전의 명동촌을 보아야 한다. 명동촌을 건설했던 대표적인 인물 규암 김약연 선생을 만나야 한다. 동시에 윤동주에 가려진 그의 소울 메이트인 또 한 사람의 청년 문사 송몽규를 떠올릴 수 있어야 한다. 그가 이승을 떠난 뒤 50년이 지난 1995년에 대한민국 정부는 그의 고혼에게 '건국훈장 애족장'을 수여했다.

밤

–1938. 9. 20 / 조선일보 / 연희전문 1년 / 2012년 발굴

고요히 침전된 어둠
만지울 듯 무거웁고
밤은 바다보다 깊구나.
홀로 밤 헤아리는 이 맘은
험한 산길을 걷고
나의 꿈은 밤보다 깊어
호수군한 물소리를 뒤로
멀리 별을 쳐다보다 휘파람을 분다.

하늘과 더불어

−1941년 즈음/ 연희전문 문우회지에 '꿈별'이라는 이름으로 발표

하늘

엎히어 나와 함께 슬픈 조각하늘

그래도 네게서 온 하늘을

알 수 있어, 알 수 있어…

푸르름이 깃들고

태양이 지나고

구름이 흐르고

달이 엿보고

별이 미소하여

너하고만은 너하고만은

아득히 사라진 얘기를

되풀고 싶다.

오오 하늘아

모든 것이

흘러 흘러갔단다.

꿈보다도 허전히 흘러갔단다.

괴로운 사념들만 뿌려주고

미련도 없이 고요히 고요히

이 가슴엔 의욕의 잔재만
쓰디쓴 추억의 반추만 남아
그 언덕을 나는 되씹으며 운단다.
그러나 연인이 없어 고독스럽지 않아도
고향을 잃어 향수스럽지 않아도
인제는 오직
하늘 속에 내 마음을 잠그고 싶고
내 맘 속에 하늘을 간직하고 싶어.
미풍이 웃는 아침을 기원하련다.
그 아침에 너와 더불어 노래 부르기를
가만히 기원하련다.

술가락 (숟가락)

–1935 / 동아일보 신춘문예 콩트부문 당선작 / 은진중학 3년 송한범

우리 부부는 인제는 굶을 도리밖에 없었다. 잡힐 것은 다 잡혀먹고 더 잡힐 것조차 없었다.

"아, 여보! 어디 좀 나가 봐요!"

안해는 굶었건마는 그래도 여자 특유의 뽀루퉁한 소리로 고함을 지른다.

"………"

나는 다만 말없이 앉아 있었다. 안해는 말없이 앉아 눈만 껌벅이며 한숨만 쉬는 나를 이윽히 바라보더니 말할 나위도 없다는 듯이 얼골을 돌리고 또 눈물을 짜내기 시작한다. 나는 아닌 게 아니라 가슴이 아팠다. 그러나 별 수 없었다. 둘 사이에는 다시 침묵이 흘렀다.

"아 여보 조흔 수가 생겼소!"

얼마 동안 말없이 앉아 있다가 나는 문득 먼저 침묵을 터뜨렸다.

"뭐요, 조흔 수? 무슨 조흔 수란 말에 귀가 띠엿는지 나를 돌아보며 부드러운 목소리로 대답을 한다.

"아니 저 우리 결혼할 때… 그 은술가락 말이유."

"아니 여보 그래 그것마저 잡혀먹자는 말이요?"

내 말이 끝나기도 무섭게 안해는 다시 표독스운 소리로 말하며 또 다시 나를 흘겨본다. 사실 그 술가락을 잡히기도 어려웠다. 우리가 결혼

할 때 저 먼 외국 가 있는 내 안해의 아버지로부터 선물로 온 것이다. 그리고 그때 그 술가락과 함께 써 보냈던 글을 나는 생각해보았다.

"너희들의 결혼을 축하한다. 머리가 희도록 잘 지나기를 바란다. 그리고 나는 이 술가락을 선물로 보낸다. 이것을 보내는 뜻은 너희가 가정을 이룬 뒤에 이 술로 쌀죽이라도 떠먹으며 굶지 말라는 것이다. 만일 이 술에 쌀죽도 띠우지 안흐면 내가 이것을 보내는 뜻은 어글어 지고 만다.'

대개 이러한 뜻이었다. 그러나 지금 쌀죽도 먹지 못하고 이 술가락마저 잡혀야만할 나의 신세를 생각할 때 하염없는 눈물이 흐를 뿐이다마는 굶은 나는 그런 것을 생각할 여유 없이

"여보 어찌 하겠소, 할 수 없소."

나는 다시 무거운 입을 열고 힘없는 말로 안해를 다시 달래보았다. 안해의 뺨으로 눈물이 굴러 떨어지고 있다.

"굶으면 굶었지 그것은 못해요."

안해는 목 메인 소리로 말한다.

"아니 그래 어찌겠소. 곧 찾아내오면 그만이 아니오"

나는 다시 안해의 동정을 살피며 부드러운 목소리로 말없이 풀이 죽어 앉어잇 다. 이에 힘을 얻은 나는 다시

"여보 갖다 잡히기오 빨리 찾아내오면 되지 않겠소."

라고 말하였다.

"글세 맘대로 해요."

안해는 할 수 없다는 듯이 힘없이 말하나 뺨으로 눈물이 더욱더 흘러내려 오고 있다. 사실 우리는 우리의 전 재산인 술가락을 잡히기에는 뼈가 아팠다. 그것이 은수저라 해서보다도 우리의 결혼을 심축하면서 멀리 ××로 망명한 안해의 아버지가 남긴 오직 한 예물이었기 때

문이다.

"자 이건 자네 것, 이건 자네 안해 것 – 세상없어도 이것을 없애서 안되네.'

이러케 쓰엿던 그 편지의 말이 오히려 지금도 눈에 선하다. 그런 숟가락이건만 내 것만은 잡힌 지가 벌서 여러 달이다. 술치 뒤에는 축祝자를 좀 크게 쓰고 그 아래는 나와 안해의 이름과 결혼이라고 '해서楷書'로 똑똑히 쓰여 잇다. 나는 그것을 잡혀 쌀, 나무, 고기, 반찬거리를 사 들고 집에 돌아 왔다.

안해는 말없이 쌀을 받어 밥을 짓기 시작한다. 밥은 가마에서 소리를 내며 끓고 잇다. 구수한 밥 내음새가 코를 찌른다. 그럴 때마다 나는 위가 꿈틀거림을 느끼며 춤을 삼켯다. 밥은 다 되엇다. 김이 뭉게뭉게 떠오르는 밥을 가운데 노코 우리 두 부부는 맞우 앉엇다. 밥을 막 먹으려던 안해는 나를 똑바로 쏘아본다.

"자, 먹읍시다."

미안해서 이러케 권해도 안해는 못들은 체 하고는 나를 쏘아본다. 급기야 두 줄기 눈물이 천천이 안해의 볼을 흘러 나리엇다. 웨 저러고 잇을고? 생각하던 나는 "앗!"하고 외면하엿다. 밥 먹는데 무엇보다도 필요한 안해의 술가락이 없음을 그때서야 깨달ㄹ앗던 까닭이다.

선무원종3등공신 훈련원부정
난은 이한남 李翰南

1. 여는 글

울산을 비롯한 해안지방은 거의 대부분 왜구들로부터 피해를 당해 왔던 지역이다. 먼 옛날 신라시대부터 왜倭의 세력은 고구려의 도움을 받아 물리칠 정도로 강성했다. 이런 왜구가 고려 말에는 삼남지방을 휩쓸 정도로 창궐하였고, 이성계가 조선을 개국한 후에도 소란은 여전히 이어졌다. 이 무렵 울산에도 왜구들이 소란을 피우다가 군수를 납치하여 대마도로 끌고 갔다. 이때 고을의 향리로서 대마도까지 따라가서 군수를 보필한 공로를 인정받아 신분이 상승되고 관리로 등용된 분이 바로 충숙공 이예李藝인데 이한남 공의 비조가 된다.

왜군은 마침내 임진(1592)년 4월에 20만 대군으로 부산 앞바다에 침략의 닻을 내렸고 울산도 연이어 함락을 당하매, 선비들은 의연히 의병을 일으켜 왜적에 대항하였다. 사실은 이미 2년 여 전에 왜가 전쟁을 일으킬 것이라는 예견을 하고 대비에 들어갔는데 이한남 공도 그런 인물

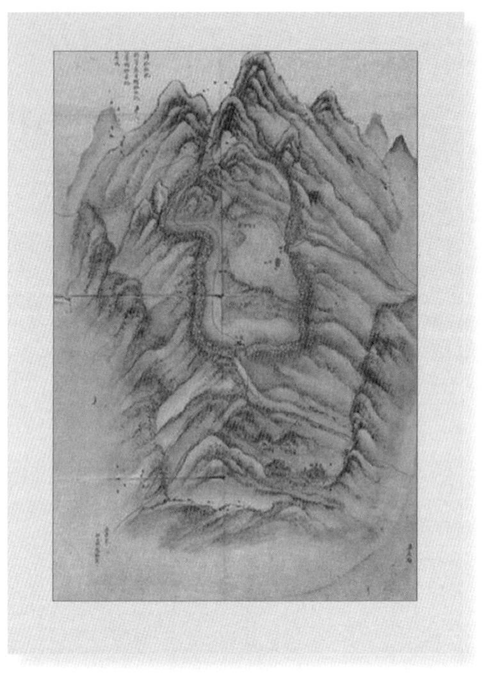

중의 한 사람이었다. 그러나 당시 왜란의 피해를 당하지 않는 곳이 없었겠지만 울산은 피해가 가장 극심하여 완전 초토화되었다. 살아남은 자보다 죽은 자가 훨씬 많았고, 거처할 수 있는 집보다 허물어져 버린 집이 부지기수였으며, 유풍은 사라지고 문적은 멸실되고 말았다.

오호라 슬프도다. 공公은 선봉에서 왜와 맹렬하게 싸워 나라와 백성을 구했음에도 세세한 활동상을 알 길이 없다. 진중에서 종사관을 맡아 격서 작성을 했으니 문장은 후세에 전할 만큼 능했을 것이나 후손들은 이를 보전하지 못했다. 뿐만 아니라 후손들은 공公의 전공에 대해 보고 들은 바를 기록으로 남기지도 못하였다. 임란 전쟁에 혁혁한 공을 세워 선무원종 3등공신에 올랐으나 실기實紀로 엮어내지 못하였음은 무척 안타까운 일이다.

공을 기릴 만한 흔적들은 보존하지 못했지만 다행히도 전해오는 임진 항쟁사 중에 공의 귀한 함자銜字를 찾을 수 있는 것은 그리 어렵지 않다. 당시 창의활동을 함께 했던 분들의 용사일록 곳곳에 이한남 공이 기록으로 남아 있는 까닭이다. 특히 같은 나이이면서도 조항祖行(4종)인 제월당 이경연 공의 실기에 수십 차례에 걸쳐 이한남 공을 언급한 부분이 있어서 미루어 짐작할 만한 사실들이 다수 존재하니 이 어찌 반갑고 고마운 일이 아니랴.

그 외에도 함께 활동했던 '의병장들의 여러 실기'와 '울산선무원종공신유사, 경주부의 임진항쟁사, 선무원종공신녹권(106쪽), 울산의 충의정신' 등에서 공公의 행적이 나타나 있다. 늦었지만 이제 이런 기록들을 바탕으로 이한남 공의 행장을 마름질하고자 한다. 공이 나고 자란 울산의 역사성을 개진하고, 그의 비조인 충숙공 학파 이예 선생 부자의 행적과 가계를 고찰하며, 임진왜란을 당할 당시 울산의 전황과 공의 활동 상황을 요약한 유사遺事를 정리하고자 한다.

2. 임진왜란 이전의 울산과 왜倭

삼국시대의 울산은 왜적의 침입이 잦아 왜적을 막기 위한 계변성, 관문성, 온산산성, 함월(기박)산성 등이 축조된 군사적 요충지였다. 통일신라 시대에는 '계지변'이라는 마을이 있었다.

이 지역은 신라시대 말기에 '계변성'으로 불렸는데 '신학성'으로 개칭하였다는 기록이 있다. 박윤웅의 '신학성'은 고려에 독자적으로 미리 투항하여 개국공신이 되었다. 왕건은 박윤웅의 도움을 받아 고려를 건국한 것을 치하하여 새로운 '흥려부興麗府'를 만들었으며, 별호로 '학성鶴城'을 부여받았던 것이다.

고려시대가 막을 내리고, 태조 이성계가 조선을 개국하였다. 조선은 태종 13년(1413)에 지방 행정구역을 정비하였는데 전국을 8도로 나누었다. 울산이 속한 경상도에는 '1목 3도호부 7군 17현'으로 구성되었는데 당시에는 울산이 군郡이었고 언양은 현縣으로 편제되었다. 그때 지명에 붙어 있던 많은 주州가 산山이나 천川으로 바뀌었는데 울산도 울주蔚州에서 울산蔚山으로 바뀌었다.

조선 개국 이후에도 왜가 여전히 소란을 피우곤 했는데 이 무렵에 조일 선린외교에 앞장섰던 분이 충숙공 이예이다. 그는 조정의 허락을 받아 무질서하게 입국하는 왜인들을 통제하기 위하여 1426년(세종 8년)에 삼포(부산포, 제포, 염포)를 개항하고 왜관을 설치했으며, 개항지에 거주하는 왜인의 수를 총 60호로 한정시켰다. 그러나 그 수가 점차 늘어나 1474년에는 400여 호가 넘게 되어 커다란 사회문제로 대두되었다.

중종 임금 즉위년(1506)에 정치개혁의 일환으로 왜인에 대하여 법규에 따라 엄한 통제를 가하자 그들의 불만이 고조되어 삼포왜란을 일으켰다. 1510년 4월 삼포의 왜인들은 대마도주와 연합하여 약탈과 학살 등의 만행을 저질렀다. 이에 조정이 이들을 징벌하자 삼포 거류의 왜인들은 대마도로 달아나고 난은 평정되었다. 이후에도 왜인의 침범이 잦아지자 조선은 일본과의 국교를 단절하여 약 30년 간 교역이 단절되었다. 그리고 다시 수십 년이 더 지나 임진왜란이 발발했다.

3. 이한남 공의 가계

난은 이한남 공의 비조는 '충숙공 이예'임을 언급한 바 있다. 그가 울산에서 태어나 조정에 출사하기까지의 과정을 나타내는 공적인 문건은 세종 3년(1421)에 받은 공패이다.

그는 왜의 소란이 심할 때는 정벌로 평정하였고, 평상시에는 상호 교역을 통하여 호혜적 관계를 유지하였다. 조선 조정은 대마도는 물론이고 유구국과 일본 본토까지 통신사를 파견하여 평화정착을 위해 노력하였다. 아마 조선 초기의 대일 외교정책이 꾸준히 지속되었더라면 미증유의 임진왜란은 일어나지 않았을지 모른다.

이에 조선 초기 조일 선린외교의 중심인물인 '충숙공 이예'라는 인물을 살펴볼 필요가 있어 그의 생애를 약술하고자 한다. 공公의 자는 중유仲游, 학파鶴坡는 아호이며 본관은 학성鶴城이다. 공의 세계는 문헌의 미비로 상고할 수 없으나 지금까지의 고증한 바에 의하면 선세는 본시 사족이었으나 여말선초의 왕조 교체기에 불사이군의 고절을 지킨 죄로 전락하여 울산의 향리가 되었던 것으로 추정한다.

울산의 옛 성은 석성인데 성 주위가 215보였고, 경상좌도 병영성은 북쪽에 있었는데 주위가 622보였다. 포구로서는 염포, 개운포, 서생포가 있었는데 이곳에는 모두 수군이 있고, 만호가 수위를 담당하였는데 왜구가 울산에 침범할 때에는 주로 이들 삼포를 통해 들어왔다. 여기서 특히 중요한 것은 염포인데, 세종 8년(1426)에 정식으로 이곳을 개항하여 왜관을 설치하고 무역을 허락해 주었다.

왜구 방지를 위한 이러한 노력에도 불구하고 조선에 항복한 왜구가 갑자기 반란을 일으켜 지울주사知蔚州事 이은李殷 등을 사로잡아 대마도로 숨은 일이 일어났다. 공은 군수와 함께 왜의 피로가 되어 한 달여간 대마도에 억류되었다가 공의 기지 있는 주선과 국가의 노력으로 결국 방환되었다. 조정에서 특히 공의 이역吏役을 면제하고 관직을 내렸다. 공은 다시 회례사 윤명을 따라 대마도, 일기도 및 일본 본토 등을 왕래하였는데 출사하기 전의 이러한 경험이 직업 외교관으로 조일 및 대마도와의 외교관계를 해결하는 데 크게 도움이 되었다.

한편 세종 원년(1419) 5월에 왜구들이 말을 듣지 않자 대마도 정벌(기해동정)을 단행하였는데 이때 공은 중군 병마부수가 되어 삼군 도체찰사 이종무를 도와 대마도 정벌에 나섰다. 공이 자주 대마도와 일본 등지에 출입한 관계로 해로에 익숙하고 또 대마도의 사정을 상세히 알고 있었기 때문이다. 공은 항시 선봉이 되어 전군을 향도하여 마침내 적을 격퇴시키고 귀환하였는데 조정 대신들은 '이예정비범인李藝正非凡人', 또는 '마도지공이예최다馬島之功李藝最多'라는 말로 공을 칭송하였다.

그 후 세종 10년(1428) 12월에 공은 일본 통신부사가 되어 징사 박서생 등과 함께 일본 신왕의 등극을 축하하기 위하여 국서와 예물을 가지고 파견되었다가 익년 12월에 귀국하였다. 이와 같이 공은 72세 되던 해까지 노쇠를 이끌고 거친 파도와 해적들의 위협과 싸우면서 현해탄을 넘나들었다. 공公은 평생을 두고 일본 등지에 외교사절로 파견된 회수가 40여 회나 되었고 피로인 쇄환수도 무려 667명이나 되었다. 공은 칠십 노구로 서거 전년까지도 대마도 체찰사에 자천 임명되어 활약하다가 세종 27년(1445) 2월 23일에 73세를 일기로 고장에서 영면하였다.

아버지에 이어 조선조 초기에 조선통신사로 활약한 이종실李宗實(?~1459)이 있다. 이종실은 지중추원사 세자좌빈객 충숙공 이예의 아들인데 이한남 공에게는 6대조가 된다. 그는 세종 때 아버지를 따라 대마도를 토벌하는 데 큰 공을 세웠으며, 부군의 대를 이어 통신사로서 충절에 힘썼다. 조선은 개국 이래로 사대와 교린을 국가시책으로 삼았으므로 대일 관계에서 부자가 공헌함은 실로 지대하였다고 후세 사가들은 평가한다.

세조 5년(1459)에 송처검을 정사로 삼고 이종실을 부사로 삼아 백여 명의 통신사 일행이 일본으로 출발하였다. 그러나 애석하게도 대마도에 닿기 전에 회오리바람을 만나 조난을 당하니 이듬해 봄에 조정에서는 예관을 보내어 제사지내고 혼백을 불러 장사를 지냈다. 불행히도 여러 번의 병화로 인해 문적이 없어져서 자호字號 및 배위配位, 생졸년까지 전하지 않는다. 다만 온양 고산리에 공의 관직인 수군절도사의 약칭인 수사등이 전해오던 바 그곳에서 지석誌石이 발견되어 단을 정하고 해마다 한식일에 제향을 올리고 있다.

충숙공 이예가 새롭게 성姓을 창성한 후 그의 두 아들 중 가업을 물려받은 이종실은 일곱 아들을 두었으나 세 아들은 무후이고 네 아들들이 대를 이었으니 3세에 이르러 가문이 형성된 셈이다. 이한남 공의 5대조는 이 중 한 분인 제릉참봉 직검直儉이며, 고조는 봉사 하손夏孫, 증조는 무과 참봉 임림霖, 조는 훈련원 주부 은번殷蕃, 고 휘 증 통정대부 호조참의 대배大培이다.

4. 울산지역의 임진왜란 개관

울산과 경주는 임진왜란의 시작이자 마지막이다. 1592년 4월 14일 왜군이 부산진성과 동래성을 무너뜨리고, 사흘만인 4월 17일에 울산을 함락시켰다. 경주는 울산과는 불과 80여 리 떨어진 곳이기 때문에 자연스럽게 두 고을의 의사들과 관군은 서로 협력하여 왜적을 물리쳤다. 정유재란 때에는 조명 연합군이 가토오의 왜군과 총력전을 펼치던 곳이 울산이다. 1597년 12월말의 1차 도산성 전투에 이어 1598년 9월에 2차 공격을 시도하며 양쪽이 모두 수만 명씩의 사상자를 내었던 처절한 현장이었던 것이다.

임란 한두 해 전의 남해안은 잦은 왜구 침탈로 민심이 흉흉하였다. 거기다가 도요토미는 두어 차례 대마도주를 통하여 교섭을 청하고 잘 안 되면 쳐들어가겠다며 조선을 위협하였다. 이에 조정은 선조 23년(1590) 5월에 통신사를 파견했다. 일본의 실정과 도요토미의 저의를 살피기 위해 황윤길을 통신사로, 김성일을 부사로, 허성을 서장관으로 임명하여 일본에 파견한 것이다. 황윤길 일행이 경주객관에 유숙하고 떠난 후부터 왜구가 침략할 것이라는 소문이 파다하게 퍼져나갔다.

이즈음 경상좌도 지역 선비들은 8월 1일에 불국사 범영루에서 시회를 가졌다. 이때 참석한 22인은 각 지역의 지도급 인사들로 각기 시詩로 나라를 걱정하는 뜻을 드러내고 음우지시陰雨之時를 염려하고 대비코자 하는 결의를 표명하였다. 이 시회에는 경주에서 11인이 참석하고, 영천 2, 안동, 흥해, 영해에서 각 1인씩, 울산에서는 6인이 참석했는데 윤홍명, 류정, 서인충, 장희춘, 이경연, 류백춘 등으로 모두 이한남 공과는 막역한 분들이었다.(경주부의 임란 항쟁사 p.80~p.84.)

이와 같은 선비들의 모임은 계속되었다. 선조 24년(1591) 3월 16일 대유학자인 장현광, 조호익 등과 당시 경원시하던 서얼들까지 포함된 선비 18인이 신령(영천)의 불골사에 모였다. 그들은 앞으로 닥쳐올 일에 대비하여 의리를 논한 다음 동고록을 작성하였다.

그리고 나서 이 맹약한 글을 금강문 대들보 위에 끼워 놓았다. 그 외에도 이미 세상은 왜침의 우려 때문에 인심은 극도로 흉흉하니 많은 선비들이 거병을 준비한 것으로 보인다.

1591년 3월, 도요토미의 답서에 명나라를 칠 테니까 길을 비켜달라는 '정명가도征明假道'의 문자가 있었다. 이는 침략 의도가 분명하였음에도 사신의 보고는 일치하지 않았다. 당시 서인을 대표하였던 정사 황윤길은 '반드시 병화兵禍가 있을 것'이라고 하고, 동인을 대표하였던 김성일은 이에 반대하여 '그러한 증상이 없는데, 황윤길이 장황하게 아뢰어 민심을 동요시킨다.'고 하였던 것이다. 이리하여 동인인 허성마저 황윤길의 입장을 옹호하였으나 당시 동인이 주도권을 잡고 있었던 조정은 김성일의 의견을 좇았으니 참으로 통탄스러운 일이었다.

한편 일본 사신의 왕래로 사태를 짐작하고 대책을 강구하는 사람들도 있었다. 류성룡은 전란을 대비하여 이순신과 원균을 천거하여 각각 전라도와 경상도에 배치하였다. 무기 정비와 성터를 수축하고, 변방의 준비 상태를 순시하여 요충지인 영남지방에 많은 힘을 기울였다. 그러나 조총이라는 신무기로 무장한 실전 경험이 많은 왜군에게는 중과부적이었다. 오로지 전라좌수사 이순신만은 제대로 된 전쟁준비를 하였기에 왜군의 보급로를 차단하여 그들의 예봉을 꺾었다.

이런 악조건에서도 분연히 일어난 선조들이 있었으니 그들은 선비들로 구성된 의사들이었고, 민초들로 구성된 의병들이었다. 전쟁 초기에는 조선의 거의 모든 지역에서 관군의 활약은 미미한 반면 의병들은 결사항전으로 왜군을 물리치려고 애를 썼다. 당시 나라별 인구는 명나라가 약 2억 1천만 명이었고, 왜는 2천 2백만 명, 조선은 900여만 명으로 추정된다.

5. 훈련원부정 이한남의 활약(1565. 2. 18~1629. 9. 28)

공의 자는 여일汝逸이요, 호는 난은難隱이며, 본관은 학성鶴城이다. 명종 20년(1565)에 호조참의 대배大培와 숙부인 심씨의 외아들로 울산에서 출생하였다. 세종 때 대일외교의 명신이었던 충숙공 이예가 공公에게는 7대조이며, 대를 이어 대일 조선통신사 역할을 수행하다가 수중고혼이 된 수사공 종실宗實은 공의 6대조이다. 5대조 이래 줄곧 혈혈단신이었으나 학업을 열심히 닦았고, 가세가 넉넉하였다.

공의 외가는 청송심씨 집안인데 외증조 정재 심광형이 한림원 학사였으나 임금에게 직언을 하다가 연산조(1498년)에 울산으로 귀양(무오사화) 와서 다시 돌아가지 않았다. 정재공의 아들 내금위 황은 공公의 외조이며, 참봉 원공은 공公의 외숙이니 임란 당시 동고동락한 천재泉齋 심환沈煥은 이한남 공의 외사촌이다. 천재공은 1545년생으로 공보다 스무 살이나 많은 외종형님이었다. 또한 천재공의 아버지 참봉공이 공의 조부인 훈련원 주부 은번 공의 사위이니 두 집안은 서로 딸을 맞바꾸었던 셈이다.

천재공은 독서 호학하여 7세 때 이미 사략을 익혔고, 사서삼경을 한 번 보면 다 외웠으며, 음양 술수의 글과 병서를 즐겨 읽어 심오한 경지에 이르렀다. 그러나 일신의 영달에는 뜻이 없어서 여천정사를 지어 후학을 강의하니 글 읽는 소리가 끊이지 않았다고 한다. 이런 점으로 보아 이한남 공은 외숙이나 외종형에게 학문을 닦았을 가능성이 높다. 그 덕분인지 공은 일찍이 학문을 닦아 경서에 달통하고 무술을 수련하여 문무가 겸전한 그 후덕함이 실로 비범하였다고 전한다.

천재 공은 기축년(1589) 2월에 이경연, 이한남과 더불어 산사를 회유할 때 기이한 일식이 일어남에 양 공이 이상하게 여겨 천재 공에게 물으니 머잖아 대란이 일어날 징조임을 예언하고 대비함을 권했다고 한다. 이후 임란이 일어나자 세 사람은 거의 동반하여 활동한 사실들이 기록으로 남아 있다. 난 평정 후에 심환 공은 창의 공신에 올랐으며, 조정에서 교수직을 내린 바 울산 유림의 영수로서 후학들에게 강론하였다. 울산향교나 구강서원에서 작성하는 선생안에 천재 심환을 항상 우두머리에 올리는 것도 이런 이유에서이다.(울산선무원종공신유사, p.371~p.377.)

앞에서 살펴본 바와 같이 이한남 공은 외척인 천재공 외에는 가까운 인척이 없다. 다만 공의 5대조, 6대조에서 갈라진 많은 종친 분들이 창의 활동을 했는데 특히 4종조인 이경연과 4종숙인 이겸수 두 분이 주로 활동을 함께 했다. 그러나 집안에서 전해 내려오는 공의 문적들은 거의 전무하다시피 하다. 다만 교지 몇 장이나 족보상의 기록, 묘비명 정도가 전부이다. 가세가 좋아 군량미를 비롯한 군수품 조달에 많이 기여를 했다거나, 공公의 인품에 반해 명나라 장수 마귀麻貴 제독이 사돈을 맺고 싶어 했다는 정도의 전해오는 이야기가 있을 뿐이다.

다행히도 같이 전란을 겪었던 울산과 경주 지역의 여러 선비들이 남긴 문적에서 이한남 공이 창의 활동에 참여한 기록들이 부분적으로 남아 있다. 당시에는 용사록 또는 용사일기 등으로 존재했지만 후손들의 노력으로 한 권의 실기實紀로 엮여졌는데 제월당실기(이경연), 화암실기(윤홍명), 회암실기(박진남), 성재실기(장희춘), 망조당실기(서인충), 학수당실기(박홍춘), 송호실기(유정) 등이 그것이다. 이 가운데 '제월당실기'에서 이한남 공의 기록이 가장 빈번하게 나타나고 있기 때문에 이를 중심으로 공의 행적을 정리하고자 한다.

가. 신묘년(1591) 3월 3일, 무리룡산 약회約會 역문

"신묘년 3월 3일은 천기가 맑고 밝아서 정말로 시인들이 회포를 펼절호의 시기이다. 원근의 친구들과 서로 함께 서로 모임을 약속하고 부담 없이 무룡산에 모인 분은 박봉수, 윤홍명, 이우춘, 이봉춘, 박문, 장희춘, 서인충, 심환, 이한남, 이겸수, 김응방, 박진남, 류백춘, 전응충, 이규한, 김흡과 나의 백형 경침을 모셨으니 모두 18인이었다. 때마침 밀양의 손기양과 양산의 이몽란, 청도의 이철, 박형이 바다 구경을 가

다가 고개를 올라 나를 찾아드니 모두가 사전에 기약이 있었던 듯하다. (중략) 혹시 근심을 없게 할 것 같으면 우리들이 힘을 합하고 마음을 같 이 해서 국사를 위해 죽으면 이것이 어찌 군자의 도리가 아니겠는가."(제월당선생증보실기의 용사일록에서, P.95~ P.96.)

그런데 제월당 공의 연보 중 중요 사적의 기록(앞의 책 P.34)을 보면 아 래와 같은데 이미 임란 1년여 전에 울산지역 의사들은 나라에 변고가 일어날 것을 예견하고 전쟁 준비에 들어간 것으로 추정된다. 아마도 경 인년(1590) 7월에 불국사 범영루에서 열렸던, 경주를 중심으로 하는 인 근 각 고을 대표 선비들의 시회에서 자극을 받은 것으로 보인다. 이날 의 약속된 모임에서 요사이 남방 소문이 좋지 않으니 만일 전쟁이 발발 하면 생명을 나라에 바치기로 맹세하였다. 이날의 기록은 화암실기, 회 암실기, 송호실기, 경주부의 임란항쟁사 등에서 기록되고 있으나 거의 대부분 위 제월당 공의 일록에서 인용하고 있다.

그 후에 이한남, 전개, 장희춘, 박봉수, 김응방과 함께 청송사에 모여 시국을 의논하고 전쟁의 위기가 임박하였으니 미리 예비책으로 군량 400여 석과 철 2천근, 화살 재료를 준비하고 산상에 돌을 모아 준비를 하였다는 기록도 있다.

나. 임진년(1592) 4월 13일부터 4월 20일까지의 일

"왜구 수천 척의 배가 부산항에 정박하고 다음날 동래와 기장이 함 락되었다. 15일에 계속해서 연포, 장포와 서생, 방어진 근처에 정박하 여 제멋대로 사방에 흩어져 괴수와 병졸이 마을에 들어와 노략질하며, 사람을 죽이고 해치며, 조총소리는 천지를 진동하고, 연기와 안개는 사 방을 덮어 지척을 분간하기 어려웠다. 하루, 이틀 만에 인가의 연기는 끊어지고 급박한 지경이라 장차 어떠한 수습책을 내야 할지. 정신을 가다듬어 가묘에 고하고 어머님께 절을 올리고……. (하략)”

“집의 노복 서너 명 불러서 서신을 이한남과 심환과 박응정과 고처겸에게 통보해서 의병대책을 협의했다. 4월 17일에 양산과 청도와 밀양의 세 고을이 함락되고 연달아 울산과 경주에 이르렀다. 18일에 병사 이각은 무기를 버리고 달아나 황방산에 숨었으니 남의 신하가 어찌 차마 여기에 이르리오. 또 들으니 군수 이언함이 왜적 수십 명을 보고 달아나 은을암에 숨어서 북쪽을 바라보고 통곡하니 알 수 없는 사이에 마음도 쓸쓸하고 몸도 떨리더라. 19일과 20일에 가족들을 피신시키거나 단속시켜 놓고 출전 준비를 했다.”(이상 앞의 책, p.96~p.100.)

어느 정도의 전쟁은 예견하고 준비를 하고는 있었다고는 하나 얼마나 당황하고 불안했을지는 제월당 공의 일록을 보면 짐작할 수 있고 다수의 의사들도 아마 거의 비슷한 과정을 거쳤으리라고 본다. 제월당 공은 15일에 신주 위패를 선영 분묘 아래 묻고 식솔들을 강동 달골로 피난케 하였다. 그리고는 이한남, 심환, 박응정, 고처겸에게 연락을 하여 의병을 창설할 계책을 모의하였다. 총소리는 끊임없이 계속되고 사람들은 선비들에게 살려달라고 애원하는 모습을 묘사하고 있다. 아마도 이한남 공公은 더 힘들었을지 모른다. 제월당 공은 형제들이나 가까운 친인척들이 많아서 서로 위로와 격려가 되었겠지만 공은 가솔들은 많으나 사고무친이었기 때문이다.

다. 임진년(1592) 4월 21일부터 4월 30일까지의 일

● 4월 21일, 함월(기박)산성으로 집결하다. “박응정, 고처겸, 박진남, 이한남, 심환, 김응방 등이 뜻을 같이하여 도래하니 각각 20여 명

씩 거느려서 합한 수가 300여 인이다. 서로 더불어 창의의 일을 헤아리고 생각하며 말하기를 이때 영문營門이 텅 비었고 군성 역시 그러하니 장차 어찌 해야 하나. 심환이 말하기를 먼저 군진을 설치하고 법을 시행하여 행오를 이루고 군령을 엄숙히 하면 사졸의 대오가 정돈되고 자주 훈령을 내려 거듭 신칙해서 상하의 분수와 도리를 정하고 곧 장단將壇을 이루어 군열을 정돈할 것을 맹서하였다."

- 4월 23일, "단에 올라 하늘에 올라 축고祝告함에 소도 잡고, 술도 마련하였다. 특히 홍기를 세워 사명司命을 청도기淸道旗로 하여 자주 훈령하고 거듭 경계하니 중앙에서 일제히 함성이 터지고 마주 호응하여 말하기를, 대장 박봉수가 단에 올라서 좌익장엔 박응정, 우익장엔 장희춘, 좌위장엔 고처겸, 우위장엔 이봉춘, 찬획엔 심환, 종사관에는 이한남, 군량 호군에는 이경연, 좌제군엔 박진남, 우제군엔 김응방으로 각각 성명을 기록하였다. 대장기를 세우고 주위에 모든 의사기의 신호를 세우고 또 오방기를 세워서 천지에 제사를 지내고 치우독(기명旗名)을 대장 단하에 세우고 하늘을 가리키며 맹서하여 말하기를 만약에 명령을 어긴 자는 군법을 시행하기로 하였다."

- 4월 24일, "모든 군열을 거느리고 함월산성에 진을 쳤다."

- 4월 25일, "여좌군閭左軍인 창의한 모든 의사들과 여우군부閭右軍府 병영에 소속된 모든 의사와 더불어 합진하여 좌장군에 박봉수, 우장군에 서몽호, 우익군에 전응충, 그 나머지 모든 장수들은 각각 지략에 따라 각대에 분산하여 양군이 합진하니 삽시간에 군사가 천여 명에 이르렀고, 장수의 명령도 엄숙하였다."

- 4월 26일에 이르러 30일에 출전하였다.(이상 앞의 책, p.100~p.102.)

왜적이 울산, 언양, 경주를 차례로 함락시키면서 그 지역에 일부 병력을 주둔시켜 놓고 파죽지세로 전 국토를 유린하고 있을 때 울산의 많은 의병들은 기박산성旗朴山城으로 집결하였다. 첫날인 4월 21일에 의사들이 각기 20여 명의 군졸을 데리고 300여 명이 모였는데 며칠 뒤에는 천여 명으로 늘어났다. 임란 전부터 뜻있는 선비들과 무룡산, 청송사 등지에서 만나 토론하고 대비하였기에 비교적 계획적인 거병이 가능했던 것이다. 『제월당실기』에는 열 분의 의사들만 거론되고 있지만 실제로는 50인 이상의 장수급 지도자들이 활동한 것으로 추정된다. 당시 이한남 공은 종사관從事官 보직을 받아 주장主將을 보좌하는 역할을 했다. 이에 따라 홍기紅旗를 세워 사명司命을 훈령하고, 모든 의사기義士旗의 신호를 세우고, 또 오방기五方旗를 세워서 천지에 제사를 지내고, 대장 단하에 치우독蚩尤纛을 세워 맹서했던, 수많은 깃발들이 의병들과 같이 오르내리며 펄럭이던 그때의 모습들이 후일 '기령旗領(기백이재)'라는 고개의 명칭이 되었고, 지금은 고개 정상 부근에 표석으로 남아 있다. 400년도 더 지난 2000년부터 해마다 4월이면 이곳에서 그때의 선조님들의 넋을 기리는 의병제를 올리고 있다.

라. 임진년 5월 한 달 동안의 일, 본격적 전투가 시작되다

● 5월 2일, "경주 의사 최진립의 소모문召募文이 도달하자 글을 지어 대소의 군졸과 백성들에게 돌리고 축문을 지어 함월산에 기도하였다."

● 5월 5일부터 열흘 동안의 일, "초5일에 견천지, 류정, 류백춘이 경주로부터 군중 500여 명을 거느리고 와서 본진에 격서를 전하니

종사관과 좌우 제군이 진문 밖에 나가 맞아들여서 훈도 별장 격인 전영방과 군의 신호를 통해서 다시 글자를 써서 성명을 통하고 다시 글자의 뜻으로써 밤중에 잠깐 군례로 대하였다. 군례로 대하니 병부兵符 합치하여 군호軍號를 함께 외치며 힘을 가다듬어 초7일을 택하여 출전할 것을 정하였다.”

“모든 의사들로 하여금 각각 그들의 장기를 시험하니 장희춘은 모래 50말을 들고, 견천지는 활쏘기를 몇 섬이나 하고, 박손은 용기와 힘이 뛰어나서 가히 백 길이나 뛰어오르고, 심환은 계책을 세우며 병사의 상을 관찰하여 승패와 10일 전 일을 알았고, 이한남은 격서의 초안을 잘 지었고, 서몽호는 활 3백석을 당겨도 적중치 아니함이 없었다.”

“박봉수는 지모와 도략이 가히 만인의 장수였다. 두 장수의 깃발을 남북에 세우고 이날 밤 곧바로 병마절도사의 영에 들어가서 4대로 나누어서 네 문에 잠복했다가 북을 울리며 전진하니 왜적의 괴수 수천 명이 놀라고 동요되어 행할 바를 알지 못하고 군기軍器와 총통을 버리고 도주하니 각 처의 복병 300여 인으로서 가진 돌과 탄자로 추격하여 수백 명을 죽이고 점거하여 각 창고의 군기와 창검과 남은 양식과 군수품을 챙겼으며, 날이 밝자 모든 나머지 물건들은 다 태워버리고 돌아와 산성을 지키니 군세가 다시 더욱 떨쳤더라.”

● 5월 15일, 신흥사의 중 지운智雲이 승병 백여 명을 인솔하여 군량을 메고 군례를 갖추어 만나기를 청하며, “군량을 운반한 모든 군사는 소승에게 평소에 심복하던 사람이며, 절에 있는 쌀이 300여 석에 이르니 군량에 보태 쓰시고, 그리고 승군으로 뒤를 따르겠습니다.”

● 5월 22일, 김성일의 초유문과 경주의사 진영의 격문 초고가 함께
  도착했다.

● 5월 27일 계연 전투, "군 600인을 출발시키고 우익장 전응충과 제
  장 8~9인을 보내서 군사가 서로 호응하고 경주진으로 나와 이한남
  은 함께 전지로 달려갔다. 최진립, 손엽, 권사악, 최계종, 이눌 등 제
  장들이 마침내 진을 합세하여 서방진지의 적을 크게 격파하니 그
  때 하늘에 큰비가 3일을 계속하여 그치지 아니함에 왜졸이 물이 닥
  쳐 죽은 자가 만여 인이라 아군의 공을 초유사 김성일에게 서면으
  로 보고하고 계속해서 각 진에 통보하였다."(이상 앞의 책, p.102~p.105.)
  경주 의사 최진립이 동산의사 이경연의 지원 요청 답변과 함께 견
  천지를 대장으로 하는 경주 의병장들이 군사 500여 명을 솔군하여
  기박산성에 합진하니 사기가 충천하고, 각 장수들의 장기를 시험
  하니 각기 출중한 기량을 가진 장수들이 많았다고 적고 있다. 이한
  남 공은 대장을 보좌하는 종사관으로서 격서의 초안을 잘 지었다
  는 기록이 있으니 기박산성 의병들의 핵심 장수였던 것이다. 5월
  7일 밤에 울산과 경주의 합진한 의병들이 좌병영 탈환 계획을 수
  행하여 적을 물리치고 병영성을 습격하는 데 큰 공을 세웠다. 김성
  일의 초유문과 경주 의사 진영의 격문 초고가 도착하여 소모문을
  지어 거듭 경내의 백성들을 설득시켰다고 하니 공이 주도적 역할
  을 한 것은 짐작하고도 남는 일이다.
  한편 제월당실기에서는 "5월 22일, 23일 양일에 김성일의 초유문
  과 최진립의 격문 초고가 함께 이르러 소모문을 지어 거듭 경내의
  백성들을 설득시키다."로 기록되어 있는데, 회암실기(p.60~p.61.)에
  서는 "김성일의 초유문을 보고 최진립이 격문을 써서 군사를 불러
  모으니 나이도 젊고 힘도 강한 수백 인이 모였고, 수일 후에 운문

산의 산신에게 제향을 올리며 기도하였다."라고 기록하고 있다. 울산, 언양, 청도, 경주 지역 의사들이 규합하여 '운문산 승전 기원 제'에 이한남 공도 참여하였는데, 이어지는 기록 내용은 다음과 같다.

"수일 후에 의장의 기를 높이 걸고는 운문산의 산신에게 제향을 올 리며 기도하였다. 청도와 언양의 각 원님들은 소를 잡아 제공하였 고, 스님 수십 명도 음식을 넉넉하게 준비해 주어서 사졸들에게 먹 였다. 의사인 김진, 이철, 이경연, 이한남, 최진립, 이의잠, 고처겸, 류백춘, 신전…… 등도 와서 칼을 잡고 단에 올라와서 사졸들을 격 려하고 해질녘에 각자의 진지로 돌아가서 적을 방어하기 위한 계 책을 세웠다."

또 다른 기록으로 동산의사 이경연이 운문산에 머물고 있는 박진 남에게 서신을 보내어 군사들을 함께 하여 적을 섬멸하자는 뜻을 전하자 굳세고 용감한 사졸들이 용기가 백배하여 일어나 일제히 소리 내어 환호하니 암곡이 놀라 진동하였다고 한다. 5월 27일에 는 울산 의병 600여 인을 거느리고 전응충을 비롯한 제장 8~9인 을 보내어 경주진과 호응하며, 이한남 공은 최진립을 비롯한 경 주의 제장들과 합세하여 경주 서천 계연에서 유격전으로 왜군을 격퇴하였다. 이 전투를 '계연전투'라고 하는데 마침 큰비가 내려 서 물에 빠져 죽은 왜적이 만여 인이었다니 하늘이 도운 전투였 던 것이다. 이날의 기록은 화암실기(p.36~p.37)에도 자세히 기록 하고 있다.

마. 문천회맹蚊川會盟에 참여하다

계연전투에서 대승을 거둔 울산과 경주의 의병들은 경주읍성을 탈환하기 위한 본격적인 준비에 들어갔다. 여러 의병장들의 기록에 의하면 5월 29일부터 7일에 걸쳐 남천변 문천에 집결하기 시작했다. 문천회맹은 임란 사상 초유의 대 회맹으로 경주부윤과 판관이 영남 여러 고을 의병장들에게 통문하여 선조 25년 6월 7일 의병과 관군 등 수천 명이 경주부 문천의 언덕에 모여 결사 항쟁할 것을 천신께 아뢰고 회맹록을 작성하였다. 경주가 43인, 울산이 24인, 영천이 14인, 그 외 12고을 50인 등 132인의 의사들과 4200여 명이 집결하여 사기를 높였다. 여기에 이한남 공도 참여하였다.(경주부의 임진항쟁사, p.94~p.100.)

의병장들은 경주읍성 탈환을 위한 여러 가지 대책을 논의하기도 하고, 세력을 과시하다가 6월 17일에 문천전투가 시작되었다. 그러나 끝내 읍성 공격을 뒤로 미루었다. 이즈음 이미 고니시[小西行長]가 이끈 왜군은 평양을 점령하고, 가토오[加藤淸正]는 함경도에서 두 왕자를 나포하니 군자의 대의를 밝힐 것을 다시 한 번 더 회맹을 하게 된다. 26인의 서명자 명단에 윤홍명, 전개, 장의춘, 김흡, 이응춘 등의 울산 의사들 성명이 있다.

이후 구강회맹, 팔공산회맹, 화왕산회맹, 당교회맹이 이어진다. 그러나 이한남 공의 성명은 회맹록에서 보이지 않는다. 그렇다고 전투에 참여하지 않았다고는 볼 수 없다. 계사년(1593) 2월 21일에 순찰사 한효순이 경상좌도 7군 의병을 모아 문경 당교에서 적과 분전할 때 울산의 의사 박진남, 류정, 심환, 서몽호, 이한남 등이 달려가 7일 동안 전투를 벌여 왜적을 크게 격파하고 돌아왔다고 적고 있기 때문이다.(제월당실기 p.108~p.109, 회암실기 p.62~p.63.)

한편 이경연 공이 주흘관에 올라 이한남 공에게 준 시詩도 『제월당 실기』에 실려 있다. 문경 당교전투에서 승리하고 주흘관에 올라 천하 요새 문경새재를 바라보건대 탄금대에서 배수진을 치며 왜적과 싸우다가 전사한 신립申砬장군을 그리며 함께 이곳을 지키면 좋았을 것이라는 회한을 담고 있는 듯하다. 후세 사가들은 신립 장군의 전략적 선택을 아쉬워한다. 수적 열세에 있는 쪽은 요새를 이용하면 능히 적을 물리칠 수 있는데 조선군이 기병이 중심이라는 이유로 충주 달래강에서 배수진을 쳤다가 전멸한 사실을 시에서 나타냈던 것이다.

"(계사이월여족손붕거한남등주흘관癸巳 二月 與 族孫 鵬擧 翰南 登 主屹 關……) 계사년 2월에 붕거한 족손 한남과 더불어 주흘관에 올라 두보의 시를 외우니 삼협의 누대는 일월도 잠기고, 오계五溪에서 옷을 입고 구름산과 함께 동록의 풍진은 지리支離할 때 서남의 천지 사이에 떠돌아 다니며 읊음을 마치고 여기에 따라 그 음자를 사용해서 시를 지었다. 천리에서 나누어진 주흘관에서 허리에 활을 메고 손에는 칼을 잡아 산 같은 기상일세. 신공申公과 만일에 병법을 합한다면 굳게 지켜 여기 방위 헛되지 아니하리."

바. 임진년(1592) 7월부터 12월까지의 일, 본진을 무리룡산으로 옮기다

제월당의 용사록에 이 시기의 약 6개월은 전투 기록이 한 건만 보인다. 그러나 동대산맥을 중심으로 항왜 전선을 형성하였기에 소소한 전투는 진행되었다. 귀순한 왜병 40여 명을 접수한 기록, 전 의사들이 산소 벌초 때문에 각자 집으로 돌아갔다가 20여 일 지나 다시 모이기로 한 약속도 있다. "8월 20일에 대장기를 무리룡산에 세우고 각처의 제 장들과 병졸들이 약속대로 모두 이곳에 이르고 새로 따른 자가 갑절이나 되었다.”고 적고 있는데 이는 함월산성이 본진이나 적의 기습을 피하기 위해 때로 군진을 옮겨가며 만일에 대비하였을 것이다.

9월 9일에 왜적인 수군과 육군이 함께 나와 백성들을 협박하고 탈취하는지라 모든 장수들이 병사를 거느리고 출전하니 왜적이 숨고 도망쳤다. 이날 경상좌병사 박진이 화포장 이장손이 개발한 비격진천뢰 덕분으로 경주읍성을 수복하였다. 이보다 앞서 경상좌도 의병대장으로 임명받은 권응수가 ‘창의정용군’을 조직하여 7월 27일 영천성을 회복한 바 있다. 임진년 6월 이후의 상황은 윤홍명의 ‘화암실기’에는 당시 같이 활동했던 여러 의사들의 용사일기 중 이때의 일들을 기록하고 있으며, 누락된 부분은 류정의 ‘송호실기’에서 차용하고 있다. 12월 초에 서몽호는 문수산으로 군진을 옮겨가고, 이경연은 군량을 청송사로 운반하였으며, 남북 각 진의 통보는 봉화로 하기로 했다. 12월 중순 이후는 대설로 휴전하였다. 아마 이한남 공도 이경연 공과 거의 같은 시간을 보냈을 것으로 추정된다.

사. 계사년(1593) 정월의 일, 한 차례의 기습과 전열 재정비

“15일에 눈바람은 매우 차가운데 장수와 병졸들은 모두 회고의 마음이 있었다. 심환과 이한남은 모든 군진을 산상에 모아 보병과 기병을 모두 점검한 뒤에 박봉수와 모든 의사들에게 전갈하고 맹서하여 말하기를 ‘우리들이 이러한 고생을 한 지 이미 1년이라 사생과 존망이 열 번 사는 것이 한 번에 달려 있다. 적의 기세가 점점 해이하니 각기 부대를 인솔해서 방어함이 어떠하오?’ 하니 모든 군진이 일시에 함성을 울리며 사기가 충천하였다. 서몽호에게 격서를 전하고 그 부대의 진을 무룡산으로 옮기고서 남북 부대를 합하고 의사의 군졸을 합하니 3천여 명이라, 각각 분대를 편성해서 서몽호, 서인충, 류정, 박손, 박문, 류백춘 등 각 장수들은 2백인을 인솔하여 요해처에 입둔시켜 적을 방어하고 나와 박봉수, 이한남, 심환, 이봉춘, 장희춘 등은 각각 위험처를 방어하였다.”

초5일에 대설이 쌓여서 사람과 말이 다닐 수 없는데 노략질하던 괴수 수백 명을 습격하여 전부 죽이고, 모든 총통과 군수물자를 가지고 돌아와서 먼저 경주판관 박이장 진에 서면 보고하였다. 이 전투에 이한남 공이 참여한 것은 불문가지다. 이어지는 이경연 공의 기록에는 이한남 공의 휘가 두 번이나 나온다.

류정의 '송호일기'에도 무룡산에서의 전열 재정비가 언급되고 있다. 이런 기록으로 보아 의사들이 지휘하는 의병들은 오합지졸이 아니라 군진의 편성과 역할, 군량 보급 등 매우 조직적으로 대응하였음을 알 수 있다. 의병들의 역할 자체가 지역을 지키는 것을 우선 목표로 하는 바 울산 의병들은 단독으로, 혹은 경주 등지의 인근 고을 의병들과 때로 연합하며 최선을 다하여 왜군과 싸우고 있었다.

아. 계사년(1593) 정월 이후 섣달까지의 기록(약술)

“환군하는 길에 경주의 여러 의사들을 만나고, 저축한 군량으로 일반 백성들을 구휼하고 영농을 도왔다. 4월말에 초유사 김성일이 전사하자 모든 장수들이 모여 애도하였으며, 7월 하순에는 경주인 이눌이 양읍兩邑(울산과 경주) 장수들을 거느리고 태화강과 공암에서 왜적을 토벌함을 듣고 검남장군과 달려가 왜적 수백 명을 목을 베었더니 그 공을 나에게 돌리매 사양하였으나 이눌이 권응수에게 서면 보고하여 조정에 보고되었다. 8월 15일에 그곳의 장수와 병졸은 모두 돌려보내고 검남과 심환은 군중軍中의 사무를 계획하고 돕기 위하여 자신은 신병을 치료하고 대신 형들을 보내 진중에 머무르게 하였다.”

박진남의 용사록에 따르면 계사년 2월 하순에 울산 의사들이 문경 당교에 까지 달려가서 크게 왜적을 격파하고 돌아온 기록이 있다. 이경연의 용사록에는 ‘검남장군’이 몇 차례 나오는데, 그는 아마 동산의사 이경연의 최측근 부장으로 보인다. 그가 이경연 공과 헤어진 후에 화왕산전투에서 공이 위기에 빠지자 구출하게 된다. 임진년 해를 넘기면서 전쟁 초반에 패퇴했던 관군도 전력이 어느 정도 정비되어 의병군과 합동작전을 펴는 경우도 많았다. 다른 지역으로 원정 출전하는 경우도 더러 있었지만 대개 울산과 경주 부근에서 왜적의 발호를 차단하기 위한 전투가 임진년에 이어 계사년에도 계속되었다.

태화강 전투는 1593년 2월 6일 밤 10시경에 시작된 전투였다. 이언춘의 ‘동계실기’ 등에서 기록하고 있는데, 2월 2일 윤홍명, 이계수, 이응춘, 이눌, 이우춘, 김응하 등 제장들이 학성관에 모여 대책을 논의하였는데 배 10여 척을 만들어 대응하고, 기풍제를 올리며 화공법으로 적의 선단을 패퇴시켜 경주로 진출하려는 왜군을 격파하였다.

달현 전투도 여러 차례 벌어지는데 1593년만 해도 2월과 4월 두 차례나 있었다. 그 외 개운포 전투, 동천 전투, 문수산 전투, 전천 전투, 유포 전투, 모화 전투, 열박산 전투 등 수많은 전투가 벌어지는데 부분적으로는 기록이 있으나 어떤 의병장이 어떤 전투에서 공을 세웠는지는 세세히 알 길이 없다.

그해(1593. 10. 29) 왜적을 격퇴 후 ‘구강동고록’을 작성하였는데 이한남 공의 휘는 보이지 않는다. 당교회맹에서 보듯이 분명히 전투에 참여한 기록이 있는데 회맹록 명단에는 없는 것이다. 그 외 기록들이 거의 모두 개인의 기억에 의한 것이기 때문에 모두가 정확하다고 볼 수는 없는 것이다. 김득추의 『영재실기』에 임란 초 의병장 현황을 보면 경주 31, 안동 44, 영천 26, 대구 18, 상주 30 등이나 울산은 단 10명만 기록되어 있는 것만 봐도 객관성의 담보가 전혀 되어 있지 않음을 알 수 있다.

자. 갑오년(1594)에서 병신년(1596)까지 3년간의 기록(약술)

- 갑오년(1594) 정월, "왜병이 점점 위축되어 각 포구에 산재하니 영남의 의사들은 싸움을 멈추고 농사를 계획하였으나 백성들 중에 밭을 갈만 한 자가 없었다. 각처의 장수들과 병졸이 농사를 지어 장구토록 군량의 계획을 마련하였다."
- 4월 초3일, "좌방어사가 통문을 돌려 추천한 성명을 왕에게 보고하여 영남 출신 의사들 300여 인에게 교지를 내렸는데 내 이름은 병과에 들어 있었다."
- 7월 초3일, "훈련한 군대가 신령에 달려와 좌방어사 권응수의 군진과 대구 최동보, 경주 이눌, 영천 정세아, 은진현감 이곡이 모여서 계속 교전하여 왜적을 창암에서 격파하고 적군 수천 명을 죽이니 왜장 가등이 패하고 달아났다. 16일에 환군하여 병진을 대운산 북쪽 광청동에 옮겼다."

이한남 공이 받은 교지 내용은 "만력 22년(1594) 정월 25일에 무과 병과에 제234인 급제 출신자"로 되어 있다. 의병장 중에서 경상좌도방어사인 권응수의 추천에 의해 무과 급제자가 된 것이다. 이경연 용사록에는 언급이 없으나 삼봉 이시립의 '갑오년 정월 15일자 일록'(화암실기 중간본, p.52~p53.)에 아래와 같은 내용이 실려 있다.

"울산 의장 이경연, 이한남, 이인상 등 10여 인의 장수들이 정병 5

천여 명을 거느리고 문천 상류로 모이고, 본읍 의장 이경한, 이몽성, 권사민 등 6인과 대구 의장 최동보, 서승후 등이 합세한 병력은 수천에 이르렀다. 이 때 적병이 양천 근교에 오래 머물러 있을 계획이라, 여러 고을 의장들이 상의하기를 저 왜적의 우두머리들이 진에 머물고 있는 지가 여러 날이 지났는바 군량도 떨어지고 밥도 굶는 판이라 인근 부락에 가서 약탈을 하면서 교전할 뜻이 별로 없는 것 같다. 그러니 이때를 틈타 습격을 하면 전멸시킬 수 있다 하니 모두 찬성하였다. 이날 밤 삼경에 모든 군사가 일시에 좌우로 협격하며 북을 치고 함성을 지르며 돌진하면서 베어죽인 자만 수 천여 급이라 남은 왜적은 그날 밤에 도망하더라. 이 소식을 듣고 부윤 박의장이 소를 잡고 술을 가져와서 모든 군사를 크게 위로하더라."

- 을미년(1595)년 정월 13일, "오랜 병이 다시 발작하여 병진에 나아갈 수가 없어서 백씨와 중씨를 군진에 대신 머물게 하였다. 4월 초열흘에 나와 모든 의사들은 군을 거느리고 권응수 병진에 따랐다."

- 9월 17일, "들으니 왜적이 영천군 이계 고을에 잠둔하여 추평에 가득하다 하니 울산의 의사들이 군중 천여 명을 거느리고 달려가매 나도 역시 달려갔다."

- 10월 초이틀, "들으니 왜병이 조령을 넘어 군병을 거두어 모으고 좌우 제장들이 군위군 사평에 이르러 왜적 수천을 만났으나 각 군 의병장들이 힘을 합하여 공격하니 적군이 풍체를 바라보고 패하여 달아났다."

- 병진년(1596) 2월 13일, "검남이 말하기를, 주장의 훈공이 이와 같으며 왜적의 괴수도 점점 물러가니 저도 역시 물러가겠습니다. 전라도 등지에서 토적하여 공을 세워 자손의 계책을 마련하소서."

을미년(1595)과 병신년(1596)은 이경연의 용사록에 언급하지 않았고 다른 의사들의 기록도 마찬가지여서 이한남 공의 행적도 알아낼 방도가 없다. 병신년 3월의 팔공산 1차 회맹에 58개읍에 422명 중 울산 의사 10여 인이 참여하였다.

차. 정유년(1597), 다시 왜란이 일어나다

도요토미[豊臣秀吉]의 조선 재출병 명령이 떨어지자 가토오[加藤淸正]는 고니시[小西行長]가 출진 준비를 서두르고 있음을 알고 1597년 1월 13일 바다를 건너 서생포에 이르고, 소서행장도 부산성에 입성하였다. 소위 정유재란이 일어난 것이다. 재란 초반에는 울산에서 큰 전투가 일어난 기록이 보이지 않는다. 7월 9일 경상우방어사 곽재우가 화왕산성에서 고립되자 이경연을 비롯한 울산의 모든 의사들이 병사들을 거느리고 달려갔다. 15일에 산 아래에 이르니 열읍에서 모인 의사가 639인이었다. 20일에 적병의 기세가 매우 드세나 곽재우는 힘찬 모습으로 지휘하였다. 이경연은 최동보와 함께 나아가다가 동보가 적탄에 맞아 말 앞에 떨어질 때 마침 한 장사가 나와 나를 부축하여 막하에 들어가서 보니 이는 검남이었다. 헤어졌던 부장을 만났던 것이다. 이어지는 이경연 공의 용사록은 같은 해 10월 15일에 글을 지어 함월산에 기도드리고 이날 밤에 왜적을 대파한 사실을 세세히 적고 있다.

"10월 무렵 적세가 크게 왕성하니 15일에 정성을 다하여 함월산에 기도하고 꿈속에 선조 절도공을 뵈옵고 깨어나니 심신이 어리둥절하였다. 막하에 장졸들을 불러서 대오를 정비하고 다시 그 대오를 배치하여 이한남은 선봉을 삼고 이겸수는 후익을 삼고 이덕수는 종사를 삼고 기타 족척과 가동은 깃발의 신호를 인도케 하고 다시 일대를 나누어 먼저 출발시켜 오봉 남곡에 잠복하고 우렁찬 함성으로 출동하니 이 밤의

삼경이라 달빛은 하늘에 가득한데, 북을 울리고 나팔을 불며 돌을 메고 활을 쏘며 무룡산에서 내려오니 왜적 수천 명이 여러 겹으로 포위하여 총통의 소리가 진동함에 모든 장졸들이 두려워하니 달은 밝은데 진지를 어떻게 대처해야 할지 걱정스러운 순간이었다. 그러나 흉노들은 평지에 있고 나는 산 위에 있는지라 돌을 던지고 활을 쏘았는데 갑자기 땅에는 회오리바람이 크게 일어나 천지가 캄캄하고 달빛도 모두 삼켜 버려서 지척을 분간하기 어려웠다. 우리 진영의 병마는 오고갈 길을 알았으나 저 왜적들은 스스로 서로 밟아서 죽은 자가 헤아릴 수 없었다. 그래서 숨고 달아나 심천동에 이르니 큰물이 밀어닥쳐 물에 빠져 죽은 자가 수천이었다. 우리 병사는 칼과 피 한 점 흘리지 않고 앉아서 그 공을 거두어 병사 김응서에게 서면 보고하여 조정에 보고되었다.”

임진왜란 초기와는 달리 왜군은 조명朝明연합군에게 밀려 불리하자 10월 중순부터 왜군이 도산성을 구축하였다. 조명연합군이 이들을 물리칠 요량으로 울산에 집결할 즈음 이경연 공은 의사 6인과 4백여 병졸들을 거느리고 명장 마귀를 마중하러 나가 대구에서 상봉하였다. 이 6의사 가운데 한 분이 이한남 공일 가능성이 높다.

가토오가 서둘러 도산성을 축조하자 대규모 조명연합군이 공세를 준비했다. 명장 마귀, 양호 등이 인솔하는 명군이 3만 6천여 명이고, 조선군이 만 2천여 명이었다. 제1차 전투는 1597년 12월 22일부터 다음 해 1월 4일까지 전개되었다. 이 도산성 전투의 특징은 의병군이 선제 공격에 나섰다는 것이다. 약 보름에 걸쳐 벌어진 1차 도산성 전투의 현장에 울산 의병장들도 크게 활약했는데, 그만큼 희생자도 속출했다. 그런데 서생포에 주둔하던 왜군과 서남방에 있던 왜군이 대규모 지원을 나왔다. 조명연합군은 사람과 말이 동사하는 등 사태가 점차 불리하자 도산성 함락 직전에 수많은 사상자를 낸 가운데 포위망을 풀어주고 경주로 철수하였다.

그 이후에는 1598년 5월에 울산 의병들은 안골산에서 왜적을 대파하였으며, 2차 도산성 전투가 9월 22일부터 나흘 동안 전개되었다. 그 이후에도 몇 차례 더 전투가 벌어지다가 11월에 왜장 도요토미가 죽자 12월에 마침내 왜군이 철수하니 7년 전쟁도 막을 내렸다.

6. 맺는 글

임진왜란은 우리나라 5천년 역사상 가장 큰 전쟁이었다. 이런 전쟁에서 왜군을 물리칠 수 있었던 것은 명군의 도움에 힘입은 바도 당연히 크지만 의병장들이 내 나라를 지키겠다는 절의를 가졌기 때문에 가능했다. 왜군들이 가장 오래 머물렀던 울산은 다른 지역에 비해 치열한 전투가 많았고, 전쟁의 상흔이 매우 컸다. 왜장 가토오가 거의 대부분 울산에서 보냈으니 인적, 물적 피해는 차마 일일이 다 기록하지 못하지만 이경연 공이 용사록에 '창의에 나설 때는 친인척이 30여 인이고 가동이 18인이었는데 살아서 돌아온 사람은 각각 예닐곱과 넷이었다.'고 적고 있으니 그 참상이 오죽하였겠는가.

선조 임금은 1599년 12월 27일 어사 윤휘를 보내어 경주와 울산 지역에서 공로가 많은 장수들을 위로하였다. 뿐더러 조정에서는 울산 의사들의 공로를 기리어 울산과 언양을 합하여 도호부로 승격시켰다. 이에 앞서 같은 해 10월에 마귀 제독이 서생성으로 돌아와서 집을 짓고 그 당의 이름을 '창표당蒼表堂'이라 하였는데 임란 공신을 모실 사당이었다. 사절死節이 10인이요, 생절生節이 28인이며, 만도晩到가 15인이며, 도청에 제독 마귀, 교정에 장군 편표, 도유사 겸 부사에 곽재우라, 이한남 공도 생절의 한 분인 바 창표당이 허물어지고 없는 지금도 여전히 해마다 56분의 선열들을 제향하고 있다.

이한남 공은 임진왜란 초기부터 의사로서 두드러진 활동을 하다가 1594년 정월에 무과에 급제하였다. 그 후 여러 차례 경주와 울산 등지에서 쌓은 전공으로 용양위부호군으로 제수되었고, 그 후 훈련원 부정으로 승진하였다. 왜란 평정 후 공이 41세이던 1605년에 조정으로부터 선무원종 3등공신 녹권을 받았으며, 공의 선고先考에게 호조참의 증직 벼슬을 내렸다.

이한남 공은 7년 동안 사사로움을 돌보지 않고 나라에 헌신하다가 하늘이 돌보았음인지 살아 돌아왔으나 전쟁 와중에 부인을 비롯한 많은 식솔들을 잃었다. 공은 본디 무업을 하지 않았기에 다시 책을 읽고 붓을 잡았다.

그러나 공이 남긴 문적이 흩어져 없어지고 사적이 명백하지 못하여 후세에 가히 영향을 주지 못하니 아쉬움을 금할 길이 없다. 그나마 동고동락했던 이경연 공이 남긴 용사록에 이한남 공의 전공들이 부분적으로 실려 있어서 이 글이 가능했으니 그 고마움은 이루 말할 수 없다.

공은 노년에 이르러 태화강이 바라보이는 언덕에 두어 칸의 초옥을 지어서 '지은정志隱亭'이라는 편액을 걸고 노년을 보내다가 65세를 일기로 세상을 떠났지만 공公이 남긴 유일한 시 한 편이 '제월당실기'에 실렸으니 옮겨본다.

"월상오동혜광화　만일당주옹금회　月上梧桐兮光華　滿一堂主翁襟懷……, 오동 위에 달이 뜨니 밝은 빛 당을 찾네. 주인의 깨끗한 마음씨여 진실로 맑고 겸허한 오동과 같다. 달빛은 월곡月谷으로부터 나오나 8년의 공업功業은 백세에 꽃다우리. 시든 오동 연주함이 높고 넓으니 진실로 곡조 알아 서로 잊지 마소서."

후일 이한남 공이 세상을 뜨고 손자 이동영이 생원진사시에 입격을 했다. 이휴정 이동영은 제월당 이경연 공과 천재 심환 공의 유사를 지었으며, 박대장 봉수 공과 송호 류정 공의 찬문을 지었다. 천재 공의 손자가 여천초당을 복원하면서 기문을 이휴정에게 청하거늘 쾌히 수락하며 세의를 이어갔다.

학성이씨 집안사람들은 현종 5년(1664)에 세덕사를 건립하여 시조 충숙공 이예와 수사공 종실, 제월당공 경연(6세)과 그의 종자 대명은사공 득준(7세), 죽재공 겸수(7세), 난은공 한남(8세) 등 여러 분의 훈업풍절을 자손들이 보은할 목적이었으나 성사를 이루지 못하였다고 한다. 뿐더러 충숙공의 많은 후손들이 직접 의병에 참여하여 무려 23분이나 '선무원종공신록'에 올랐다.

공이 노년을 보냈던 '지은정' 자리에는 손자인 이동영의 호를 딴 '이휴정'이라는 정자가 긴 세월이 흐른 후 복원되어 지금도 우뚝하다. 묘는 울산광역시 남구 옥동 갈티 산에 있으며, 묘비는 김도화가 지었다. 후손들은 번창하여 400여 호에 이르고, 공군참모총장을 배출하는 등 각계 요로에서 두드러진 활동을 하고 있다.

임진왜란이 끝나고 400년 세월이 흐른 뒤인 지난 2000년에 그 옛날 도산성 맞은편에는 그때의 의병장들을 모실 '충의사'가 지어졌다. 모두 214분을 모신 이곳에 이한남 공도 그 중 한 분으로 배향되어 있는 바 임란의사들의 충의단심이 자손만대에 이르도록 본받아야 할 것이다.

*본고本稿는 (사)임진란정신문화선양회에서 임진왜란 때 공을 세운 선무원종공신들의 사적을 발굴하기 위해 발간하는 공신들의 유사집遺事集에 수록하기 위한 글입니다. 선무원종3등공신 훈련원부정 이한남 李翰南 공은 필자의 13대조인 바 문중의 공의公議에 따라 후손인 필자가 여러 가지 자료들을 참고하여 썼습니다.

마음 또한 거기 머무르다

'걸어온 길과 걸어갈 길이 있습니다. 걸어온 길이 그랬듯이 걸어갈 길도 직선은 아닐 것입니다. 때로는 꾸불꾸불 돌아가야 할 때도 있고, 때로는 울퉁불퉁 흔들리며 갈 때도 있을 것입니다. 하지만 돌아가고 흔들리며 가더라도 양보할 수 없는 가치가 있습니다. 진실과 정의를 위한 끊임없는 도전, 부정부패에 맞서고 언론 사명을 지키는 용기, 약자와 소외된 자에 대한 따뜻한 시선…….'

어느 신문사의 광고 문안입니다. 우리가 꿈꾸는 길은 늘 시원한 직선은 아닐 것입니다. 그러나 거친 길일수록 올곧게 끝까지 갈려는 열망은 더 강해집니다. 돌이켜보건대 나의 젊은 날의 초상은 그다지 밝지 못했습니다. 아마도 제가 걸어야 할 길이 곧은 선이 아니었나 봅니다. 그래도 한참을 그렇게 걸으면서 좀 더 의연한 사람이 되고 싶었습니다. 어떤 상황에서도 속 깊은 느티나무처럼 당당한 기품을 잃지 않겠다고 다짐하며 여기까지 왔습니다.

생각이 한참이나 머무르던 곳이 있었습니다. 그곳에서 세상에 대놓고 말하고 싶은 때도 있었습니다. 희망일기를 쓰고 싶었고, 시골에서 나이도 들고 싶었습니다. 허위의식에 대해 항변하고 싶었고, 세상을 바꾸는 사소한 변화를 주문하기도 했습니다. 염치부재의 시대를 탓하고, 축원의 글을 쓰며 전기를 꿈꾸기도 했습니다. 다시 태어나기 어려운 세상에 무엇이 성공하는 삶인가를 돌아보기도 했습니다. 사람의 길은 대동의 꿈을 이루는 것이라는 생각도 가끔씩 합니다.

생각의 울타리 안에 여태껏 남아있는 글 몇 편을 추수했습니다. 그래도 얼추 40년 가까이 곰삭은 이야기도 있고, 근래에 문학지에 실은 글도 몇 편 있어서 다행이라 생각하며 '산문일고'라는 방을 만들어 정리했습니다. 원래 수필이라 생각하기보다 줄글 좀 써놓은 것이 있었지만 가족과 관련된 글은 이미 발표되었고, 교육과 관련된 것은 마지막 이야기에 담을 계획인지라 몇 편 되지도 않았습니다.

여러 해 동안 적은 일기 중 37일분만 '단문일록'으로 정리하였고, 제석문과 신년송도 여러 편 실었습니다. 저 푸른 소나무 천년을 살듯 친구들과의 교감도 오래도록 이어지기를 바라고, 봄비처럼 편안한 동문들과 함께한 행사에 사용했던 글도 간추려서 실었습니다. 이미 친구들이나 지인들이 더러 세상을 떠났지만 영원한 이별을 마음 아파한 글 몇 편과 금연 다짐 글을 '애별리고' 방에 담았습니다.

종종 길을 나섰습니다. 산으로, 관광지로, 해외로 나서 보면 많은 걸보고, 느끼고, 배웁니다. 배려를 배우고 참는 것도 배웁니다. 세월이 참좋아져서 이런 구경을 하는구나 하는 생각도 했습니다. 나설 때마다 대개 함께 하는 사람이 다르기도 하고 자주 어울리던 사람들도 있습니다. 이 책에 실은 여행기는 모두 평소에 자주 어울리던 사람들과 함께 하며 돌아본 이야깁니다. 배운 것을 모두 담지는 못했지만 읽는 사람의 간접 경험에 도움이 되었으면 합니다.

제 마음 속에는 따르고 싶은 훌륭한 분들이 많습니다. 근래 몇 년 사이에 관심이 가는 몇 분의 평전을 읽으면서 마음 속 스승으로 여기며 흠모합니다. 제가 연구한 두 분은 그런 대상이라기보다 특별한 계기가 있어서입니다. '청년문사 송몽규'는 윤동주 시인의 생가를 탐방하는 과정에서 관심을 갖게 된 분이고, '선무원종3등공신 이한남' 공은 문중의 공의公議에 따라 13세손인 필자가 유사遺事를 쓰게 된 것입니다.

이렇게 망라하다 보니 생각이 머물렀던 글뿐만 아니라 마음마저도 함께 담은 '글집'이 되었습니다. 글의 장르로 구분하기보다 삶의 영역으로 구분지어 책을 엮다보니 모양새가 좀 그렇습니다. 글에 향과 멋과 맛이 느껴질 때 우리는 문학적 가치를 부여합니다. 그런 측면에서 보면 이 책속의 글은 난필졸문亂筆拙文에 불과하기에 일책一冊으로 상재上梓한다는 것이 좀은 부끄럽기도 합니다. 그러나 저는 그동안 써놓은 글들을 정리하는 데 의미를 두면서 읽는 분들이 혹여 한 줄의 글이라도 공감해주신다면 큰 기쁨으로 여기겠습니다.

2013. 5. 15 차밭 학교 교장실에서